ハヤカワ文庫JA

〈JA1412〉

ダークナンバー

長沢　樹

早川書房

8462

目次

ダークナンバー

登場人物

■東都放送関係者

土方《ひじかた》玲《れ》衣《い》………外信部海外素材著作権担当デスク

羽《は》生《ぶ》孝之《たかゆき》………子会社イーストメディア・ジャパン所属ディレクター

北上《きたがみ》貴《たか》史《し》………『ニュース・クロス』企画班担当プロデューサー

筑《ちく》摩《ま》省吾《しようご》………『イブニング・ダッシュ』ニュース統括デスク

戸《と》倉《くら》誠《せい》志《し》郎《ろう》……『ニュース・クロス』キャスター

武村《たけむら》徹《てつ》男《お》………施設管理部機材庫デスク、元カメラマン

富岡《とみおか》 博《ひろし》 ………車輛部配車係、元ビデオエンジニア

春《かす》日《が》井《い》洋介《ようすけ》……浦和支局長

青《あお》葉《ば》淑《とし》子《こ》………報道番組部長

■警視庁

渡《わた》瀬《せ》敦《あつ》子《こ》………刑事部捜査支援分析センター分析捜査三係係長、警部

八《や》幡《はた》 俊《しゆん》 介《すけ》……分析捜査三係捜査主任、警部補

佐《さ》倉《くら》一《かず》彦《ひこ》………分析捜査三係捜査主任、警部補

古《こ》崎《ざき》 誠《まこと》 ………分析捜査三係、巡査部長

日《ひ》野《の》 郁《かおる》 ………分析捜査三係、巡査部長

牛島《うしじま》克《かつ》也《や》………捜査支援分析センター所長、警視

小《お》山《やま》田《だ》圭《けい》太《た》……機動分析捜査二係係長

谷川《たにがわ》重和《しげかず》………捜査一課火災犯捜査一係係長、警部

堀《ほり》部《べ》直《なお》樹《き》………捜査一課第七強行犯捜査管理官

嵯《さ》峨《が》野《の》浩《こう》二《じ》……捜査一課火災犯捜査一係主任、警部補

■埼玉県警

加《か》古《こ》川《がわ》宏《ひろ》武《たけ》……捜査一課管理官

原島《はらしま》修《しゆう》司《じ》………浦和中央署刑事課強行犯一係係長、警部補

葛《か》西《さい》祐《ゆう》作《さく》………捜査二課課長補佐

■その他

斉藤《さいとう》月《つき》子《こ》………ケーブルテレビ局記者

玉《たま》城《き》 竜《りゆう》 介《すけ》……居酒屋店員

序

砂浜には様々なものが流れ着く。大半はゴミだが、中にはきれいな色の貝殻だったり、奇妙な形の木だったり、知らない文字が書かれた瓶が混じっていたりする。

晴れて暖かな風が心地よかったその日、七歳になったばかりの彼女は、いつものように浜辺を散歩し、漂着物の中から、掘り出し物を探した。

瓶も、原形をとどめたままのものは希《まれ》で、貝殻も気に入るものは少ない。

だが、この日、彼女は陽光を反射するものを見つけた。

それは流木の狭間に引っかかっていた。拾い上げると、半透明の書類入れのようなプラスチックケースだった。

開けると中から画用紙が三枚出てきた。少し濡れていたが、裏返すと、絵が描かれていた。力強くて、かつ繊細な鉛筆画だった。

湖畔のような風景画、船の上から見たような海の絵、三枚目は女の子が二人描かれていた。

笑顔がはじける、躍動的な女の子で、見ているだけで元気が出るような気がした。
このあたりの誰かが、海に落としたのだろうか。
女の子の絵には、すみに小さく『十和、和我』と書かれていた。
彼女はその絵を宝物にした。

第一章　邪　魔

四月一日　火曜　――渡瀬《わたせ》敦子《あつこ》

肌寒い曇天の夕刻、渡瀬敦子は小田急線を跨《また》ぐ陸橋に近い、緩い坂の上に立っていた。

神奈川県相模原市南区上鶴間本町にある、県道五一号の小さな交差点。そこから一本入った線路に並行するように下る坂だ。住宅と雑木林と、畑と駐車場、大形の立て看板が入り組んで点在し、見通しはさほどよくない。

風が通り抜け、久々に穿《は》いたスカートを揺らす。十一年ぶりに着た高校の制服。メガネを取り、ハンカチで額の汗を拭う。

『不審な自転車がそちらに向かっている』

耳に押し込んだ小型のイヤフォンに、八《や》幡《はた》俊介《しゅんすけ》警部補の声が聞こえてきた。渡瀬の班で捜査主任を務めている、一回り以上年上の部下だ。今は三十メートルほど離れたマンションの駐車場から、県道の監視に当たっている。

「状況①です」

渡瀬は無線に告げ、メガネを外してカバンにしまうと、スカートに差した警棒に触れる。何度もシミュレーションはした――深呼吸をひとつすると、県道を背に、スマホに夢中になっているふりをしながら、ゆっくりと坂を下り始めた。

すぐに低い崖と木立に囲まれ、周囲の視界が遮られる。

『今、俺の前を通過。三十代と思しき男性。紺の作業服、背にリュック』

八幡から追加情報が届く。自分の見立てとは違うが、握りしめた掌《てのひら》に汗が浮かぶ。渡瀬が向かう先には住宅街があり、数十メートル進むと、生活道路との丁字路がある。

『こっちも視認。自転車男通過』

交差点付近の倉庫の陰に潜んでいる古崎誠《こざきまこと》巡査部長からも報告が来た。

自転車が交差点を曲がり、背後から接近したら振り返り、それが連続暴行犯であれば、警棒で防御しつつ被疑者を足止めする。その間に、付近に潜んでいる捜査員が取り押さえる、という段取りだが……。

『おっと、男は県道を直進。そっちには曲がらなかったっすね、残念』

無線に古崎の軽口。渡瀬は立ち止まると大きく息を吐き、来た道を戻り始める。かつて新宿署と本部で組織犯罪対策課に在籍した古崎は、外国人犯罪組織との荒事の経験もあり、この任務にも気負いは感じられない。

定位置に戻り、首を一回だけまわす。

警察官は職業としての選択であり、求めたのは安定で、義務感や使命感などはなかった。事務職、研究職でそのキャリアを全《まっと》うする計算だった。そのための準備も万全だった。

しかし今、分析捜査官として現場にいる。

何かの間違い。計算違い。ただ、平穏無事に暮らしたい。それだけだったのに——

＊

一月下旬から東京都町田市と、隣接する神奈川県相模原市に跨がる地域で、女性が自転車に乗った不審者に棒状の凶器で殴打される事件が続いていた。連続通り魔だ。

犯行は夕刻から夜にかけて。被害者はすべて女性で、特に未成年を狙う傾向にあった。手口は、自転車に乗っている女性に正面から接近して殴りつけるケース、徒歩の女性を背後から襲うケースの二種類だった。

一月二十八日に町田市内で最初の事件が発生、二月十日に二件目。一件目、二件目とも打撲や小さな裂傷の軽傷事件だったが、同二十五日に神奈川県相模原市で殴打事件が発生。手口から、同一犯による三件目と認定された。

その時の被害者は中学二年生と、小学四年生の姉妹だった。姉は顔面の打撲だけだったが、妹は肩に一撃を受け、右鎖骨を骨折した。

重傷者が出るに至り、警視庁と神奈川県警が協議、町田南署内に署長を本部長とする合同捜査本部を設置することで合意した。ただ、政治的思惑なのか、面子《メンツ》の問題なのか、双方とも捜査一課は投入されず、近隣警察署から応援を得ただけの比較的小規模な捜査本部となった。

　しかし、翌日の二月二十七日、相模原市内で四件目が発生した。襲われた女子高校生は、鼻骨を骨折し、前歯を二本失った。

　警察は捜査態勢と警戒を強めていたが、三月十三日、町田市内で五件目の犯行を許した。現場は住宅密集地のど真ん中だった。被害者の女子大学生は、眼球破裂の重傷を負った。目撃証言から、犯人はパーカのフードを被った中肉中背の人物。性別は不明。凶器は長さ三十センチほどの木製の棒。共通点は、不意打ちに近い形で、被害者が顔面かその周辺を狙われていることだった。

　この五件目を以て、神奈川県警は捜査一課の投入を決め、警視庁も腰を上げざるを得なくなった。遅きに失したという批判が湧き上がった。

　先に神奈川県警が一課投入を決めたから、一課同士で情報共有の不徹底、牽制合戦の恐れがあったから、など様々な憶測が飛んだが、警視庁が送り込んだのは、捜査一課ではなく、刑事部捜査支援分析センター分析捜査係だった。

　渡瀬率いる分析捜査三係総勢五名が着任したのは、翌三月十四日だった。

　捜査本部は一気に四十名を超える大所帯となった。

　その日の捜査会議で、町田市側の捜査を警視庁が、相模原市側の捜査を神奈川県警が担当し、捜査本部で情報をすり合わせるという基本方針が確認されたが、渡瀬が最初にしたことは、捜査方針見直しの提案だった。

『犯行が一日につき一件のみであることから、被疑者は日頃から秩序を好み、抑制的かつ慎重な性格であり、職場、もしくは学校等で責任のいる立場にあるとも考えられます。また、捜査本部設置翌日の犯行を鑑みて自己顕示欲が強く、激情型の要素も含んでいます』

　犯行箇所は、町田駅を含む半径三キロの円内に集中。犯行間隔は二日から二週間。使用される自転車は毎回違うようで、町田駅周辺で数件の自転車盗難が報告されていた。

『顔面を狙うのは、目撃を防ぐのと同時に、被疑者が顔にコンプレックスを持っている可能性があります。美醜へのこだわりです』

　ここまではうなずく者もいた。しかし——

『また、警察の動きに敏感で反体制的な性向から、芸術関係の仕事か趣味に携わっている可能性が高いと思われます。ただし、その分野で思うような結果は出せていません。それが強い自意識と破壊衝動を生じさせています』

　捜査本部は暴力事件の前歴者に加え、武道経験者の線を追っていた。

　決め手は、三件目の被害者二人の証言だった。姉妹は剣道を習っていて、先に襲われた姉が、負傷しながらも、襲撃者が棒を振り下ろす瞬間を見ていた。

『棒は右手に持って、力の入っていない握りで、振り下ろした瞬間にきゅっと握った。わたしが先生に習った、竹刀《しない》を持つときの右手の使い方だった。すごく上手だった』

　剣道の猛者揃いである捜査員たちは、大いに納得した。軽く握り、インパクトの瞬間に力を込めるのは、竹刀の〝キレ〟を最大限に引き出す極意でもあった。

——中学生の証言は知っているだろう？　考慮に入れ忘れていないか？

疑問を呈したのは、捜査本部で実質的に指揮を執る町田南署刑事課長だった。

『考慮していますが、剣道の熟達者と、反体制的な性向は上手く結びつきません』

渡瀬は事務的に応えた。

——そうとも言えないだろう。

『いえ、今日、ここに来る前に、当該被害者姉妹に再度聴取を行いました。それで、これまでの捜査が先入観に囚われている可能性が高いと結論を出すに至りました』

ざわめきが静まった。いや、冷えたと形容するのが適当かと思われた。だが渡瀬は構わず続けた。『彼女は剣道をやっているがゆえ、竹刀の握りを例に出したに過ぎません。凶器はあくまでも短い棒状のものです。彼女は握り手と手首の使い方を語っただけです』

——我々の筋読みが間違っているということか？

『事実、該当者はいまだ見つからず、被疑者を検挙できていません』

そう応えた瞬間、異物を見るような視線が渡瀬に集中した。

——芸術関係者なら絵筆を凶器に使うのか？

『いいえ。太鼓のバチのようなものを考えています』

——渡瀬係長は竹刀を持ったことがあるのかな？　太鼓を叩いたことは。

反応が早く、やや早口になっていることから、怒りを噛み殺しているのは明らかだった。

『竹刀はあります。太鼓はありません』

真面目に応えると、あちこちから忍び笑いが聞こえた。

捜査本部の結論は、再考の余地あり、だった。

——質問がある。

手を挙げたのは、渡瀬の隣に座る神奈川県警捜査一課の強行犯係長だった。確か、駒津《こまつ》という名だった。

——興味深い分析でした。これまでの捜査状況から、次の犯行を予測できますか？

『相模原市内で発生する可能性が高いと思われます。具体的には南区西大沼付近の路上です。時期は三月下旬の週頭から半ばにかけて』

このまま何もしなければ、という条件付きですが、と付け加えた。

——ウチの管内か。西大沼はゴルフ場の脇の真っ直ぐな林道だな。邀撃《ようげき》班を編制しその周辺を重点的に警戒したいが？

駒津の提案に、刑事課長は渋面をつくった。階級は同じ警部だが、他県警の捜査一課にイニシアチブを渡したくないという気負いが見て取れた。

——不確かな予測を元に捜査をするのは、時間と人員を無駄にする可能性がある。

——しかし、焦点を絞らないと、人がいくらいても足りません。

駒津も食い下がり、神奈川県警による相模原市内の邀撃捜査は承認された。しかし、渡瀬が提案した〝芸術関係者〟への捜査に人員は割かれなかった。

腹の底から怒りが湧く。石頭でわかりやすい刑事課長ではなく、小賢しい犯人に対してだ。

この犯人は、中途半端に頭を使い、中途半端に慎重になり、中途半端に挑発して、何よりも中途半端さを自覚していない。現実を反映しない強烈な自意識を持つが故、犯行を止めることが負けであるという強迫観念を生み、思考が行動に縛られている。早晩自滅するのは確かだが、そんな中途半端な覚悟で、自分の平穏を揺るがし自制心に刃を立てる犯人を、渡瀬は許すことができなかった。

その四日後の三月十八日、六件目が発生した。

買い物帰りの若い主婦が襲われ、顎と腕に軽傷を負った。現場は町田市南成瀬一丁目。渡瀬の予測から四キロ以上離れていた。

その日の捜査会議は荒れた。

――せっかくの分析も、空振りじゃ神奈川さんもいい迷惑だな。

『プロファイリングは占いではありません。今回のケースは、確率が一番高いところを狙っただけです。常に一番確率が高い目に事が収束するとは限りません。依然として南大沼は、犯行発生の確率が高い地域です』

必要だから言ったが、結果的に捜査員たちの心情を逆撫でした。

人との接し方は、まだまだ学習する必要があった。渡瀬もそこは素直に反省した。

――邀撃するならエサが必要だと思わないか？　より確率とやらが上がるだろう。渡瀬係長は女学生のようだからいいエサになれるんじゃないのか？

言質を取った。

エサ――実際にそれが一番効率のいい邀撃だと思っていた。ただ捜査倫理上、提案していなかっただけで。

『私服の婦警を警戒に出す案はわたしも考えていましたが、リスクとらしさの面で躊躇《ちゅうちょ》していました。わたしが適任という声があるのでしたら、やらせていただきます』

＊

そして、今日に至った――売り言葉に買い言葉。

冷たい風が頬を叩き、物思いに沈みかける意識を現実に引き戻す。寒い。怖い。今になって後悔していた。

雲が切れ、淡い残照がわずかに街に降り注ぐ。

『こちら佐倉。自転車が通過。注意しろ』

無線から佐倉一彦《さくらかずひこ》警部補の声が響いてきた。

佐倉は住宅街の生活道路沿いに潜んでいた。渡瀬の進行方向にあたる。

『人着《にんちゃく》はパーカにリュック。ニット帽、マスク。中肉中背。性別は……断定できない』

落ち着いた声。分析捜査三係では次席の捜査主任だが、警備部で機動隊、捜査一課で特殊班《SIT》の経験もある冷静沈着な捜査官だ。渡瀬が囮《おとり》になることを、最後まで反対していた。

『体つきはリストにいるやつに似てない？』

艶《つや》やかな女性の声が割り込んでくる。丁字路に面した住宅の庭に潜んでいる日野《ひの》郁《かおる》巡査部長だ。『佐倉さんはどう思う？』

日野は渡瀬と同世代だが、渋谷署刑事課、機捜を経験後、分析捜査係に配属されるまで、本部生安サイバー犯罪対策課でインターネット犯罪の捜査に携わっていた。

『人着も班長の見立てと合致する』

佐倉は応えた。

「状況②ですね」

渡瀬は告げ、草むらに隠しておいた自転車を引き出した。住宅街方面から不審者が近づく場合は、自転車で坂を下る。それが状況②案だ。

『丁字路手前で不審者が自転車を降りた。明らかに周りを警戒している感じ』

日野が報告してきた。『班長がいる路地も気にしてる。付近に通行人なし』

『各員警戒』

佐倉が号令すると同時に心臓が大きく鼓動し、呼吸が浅くなる。落ち着いて――

渡瀬は前カゴに入れたカバンの後ろに警棒を隠し、自転車に乗ると、ゆっくりと坂を下った。隙をつくるべく、片手運転でスマホを見ながら。

『不審者が丁字路を曲がった。そっち行ったよ班長』

日野の口調が、わずかに揺れた。徐々に自転車の速度が上がる。前方に人影が確認できた。逆光で顔が陰になり表情はうかがえない。

渡瀬はここでメガネを取り忘れたことに気づいたがあと十メートル、あと五メートル――人影が進路を塞ぎ身構えた。マスクに隠された顔。腕が振り上げられる。棒状のものが握られていた。渡瀬はスマホを投げ棄て、前カゴに手を伸ばす。同時に凶器が握られた腕が振り下ろされた。

　警棒を居合いのように引き抜き、顔面への一撃をかろうじて防いだが、手首に電流のような衝撃。崩れる平衡感覚。渡瀬は咄嗟にハンドルを切り不審者に体当たりし、自転車とともに地面に叩きつけられた。

「警察です！」

　痛みを押して立ちあがり、体勢を崩した不審者に肩からタックルし、地面に押し倒すと、マスクを思いきり引き剝がした。

　女だった。

　再度凶器が振り下ろされる。反射的に顔を背けたが、左目尻に激痛が走り、メガネのレンズが砕け散った。押さえつける手が緩み、腕の中から女がすり抜けた。遠ざかる足音――だが時間は十分稼いだ……はず。

「警察だ！　止まれ！」

　複数の足音が通り過ぎていった。

　仰向けになり、右目だけ開けた。暮色の空が広がっていた。

「大丈夫？」

視界に肉感的な女性のシルエットが入り込んできて、抱き起こされた。日野だった。髪を後ろでまとめ、上下ジャージのジョガースタイルだ。

「目から血が出てるよ」

「目尻をかすっただけです。眼球は大丈夫みたいです」

渡瀬が応えると、左目にハンカチが当てられた。

「額に大きな痣《あざ》ができてる」

渡瀬は手で額を隠した。

「これは生まれつきだから」

程なく「確保した！」と叫ぶ声が聞こえてきた。潜んでいた神奈川県警の捜査員たちが首尾よく捕まえてくれたようだ。

渡瀬は半身を起こし、ハンカチで左目を押さえつつ、路面を見た。

転がっていたのは、予想通り、バンドの演奏で使われるドラムスティックだった。しかも、ヘビーメタルと言われるジャンルで使われる、通常より太くてフラットなスティックだ。細めの和太鼓のバチと表現してもいいだろう。

犯人は、手首のスナップも利《き》かせていた。そこに自意識と反体制的な性向、熟達した〝スティック〟さばきを結びつけた結果だった。

制服についた汚れを払いつつ立ちあがった。

これで、日常に戻れる――。

四月三日　木曜

朝、南麻布にある官舎を出て、麻布十番の駅に向っていると、歩道でスマホを見ていた女性が歩み寄ってきて、肩を並べた。小柄で、パンツスーツ姿がどこか板に付いていない。ふんわりとした巻き髪が愛らしいからだろう。

「渡瀬警部ですね」

女性はそう聞き、見上げてきた。童顔だが瞳に意志の強さをたたえ、笑みを描く口許には、不敵さすら感じる余裕が漂っている。

渡瀬はすぐに、見知った顔であることに気づいた。とは言え、十年以上前の記憶で、メイクで顔も随分変わって見える。見分けられたのは、現場で研鑽《けんさん》した日々のお陰か。

「東都放送報道局のヒジカタレイと言います」

やはり、土方《ひじかた》玲《れ》衣《い》。

「少しお話をうかがってよろしいですか？」

よそよそしく名刺を差し出され、礼儀として受け取った。

「どういったご用件でしょう」

玲衣が渡瀬に気づいた様子はなかった。当時は渡瀬姓ではなかったが。

麻布通りに出て、二の橋の交差点で信号待ちになった。

「町田の連続通り魔事件についてなんですけど」

「広報文が回っていると思います」

杓子定規《しゃくしじょうぎ》に応え、玲衣が古い知り合いであるというフィルタを取り外した。

「ちょっと確認したいことがありまして」

玲衣は構わず続けた。「渡瀬警部は五件目の事件のあと捜査に加わって、六件目で被疑者を絞り込んで、七件目で自らの手で逮捕したんですよね」

「逮捕したのは、捜査本部の捜査員です」

神奈川県警の一課捜査員が逮捕したことで、町田南署からは面子を潰されたと散々嫌味を言われた。だが、分析捜査三係が警戒と監視を担当し、神奈川県警が確保担当であることは、事前に了承されていたことだ。

「犯人があそこに来るとわかっていたんですよね」

「他の場所でも捜査員が警戒していました」

信号が青になり、歩き出す。玲衣は脚の長い渡瀬に合わせ、大股でついてきた。

「でも、女性捜査員が囮となった地点は、渡瀬警部がいた場所だけですよね。渡瀬警部自身が囮になったんですよね。それって逮捕の自信があったからですよね」

玲衣は下から渡瀬の顔を覗き込む。「ケガをされていますね」

昨夜から絆創膏だけにしたが、髪で隠し切れていないようだ。

「町田南署の刑事課長さんは、捜査を引っかき回されたとご立腹でしたけど、結果出してますものね渡瀬さん。内偵は成功ですね」

玲衣は「内偵」の部分を強調するように言った。わずかに、胸が騒いだ。

「次に逮捕された中嶋亜未《なかしまあみ》のことなんですが……」

中嶋亜未は二十七歳の独身で、町田市内を拠点とするヘビーメタルバンドのマネージャー=責任ある立場だった。去年までドラムを担当していたが、新加入の男性ドラマーと交代させられていた。パワー不足、スピードコントロールが不安定、容姿がバンドの方向性にそぐわない——それが交代の理由だったという。

『新加入の奴がわたしよりパワーがあるとは思えない』『一本調子のスピードばかりで、グルーブを理解しないばかばかり』

中嶋はそう供述しているという。自身の音楽性が認められず、鬱屈した思いが募っていたのだろう。凶器は、自分の技術の象徴だったのかもしれない、と取調官は言っていた。

「報道各社は判で押したように容疑者の異常性ばかり強調していますけど、彼女のバンドのメンバー、友人知人を取材すると、おかしな点が浮かんだんです」

渡瀬は前を向いていたが、横顔を凝視されていることを感じていた。

「主婦が襲われた六件目の事件以前から、容疑者を含むバンド仲間の中で、警察が複数のロックバンドのメンバーを捜査しているって噂が流れていたみたいなんですよね」

洞察の鋭さは、昔のままのようだ。

「それで、ちょいと視点を絞り込んで取材し直したんですが、関係者のうち二人が、背の高い二十代後半くらいの女性から〝バンド関係者が捜査されているか？〟

と話を聞かれたそうです。本人は記者を名乗ったようですけど、昨日までに、少なくとも新聞、テレビ、インターネットニュースにそんな取材をした記者はいないってことを確認しました」

　玲衣は一気に核心を衝いてきた。「他の捜査員はそんなこと一言も匂わしていなかったんですが、なんでですかね」

　関係者の些細で信憑性の低い〝噂〟に目を向ける者はいないと踏んでいたのだが。

「その〝記者〟とやらに警察の捜査を臭わされた人っていうのが、音楽スタジオの社員の女性と、ライブハウスのミキサーの女性で、二人とも仲間内では〝スピーカー〟として知られていたみたいですね」

　数十メートル前方に、地下鉄の入口が見えていた。

「そんな事情を知り得るの、仲間内でなければ、もの凄く優秀な記者か、警察か」

　土方はバッグからスマホを取りだした。「ま、記者の線はわたしが消したので……捜査本部には二人、女性捜査員がいましたよね。一人は渡瀬警部、あなたと、もう一人は日野巡査部長」

　玲衣は、ディスプレイを渡瀬のほうに向けた。画像が表示されていた。渡瀬の写真だった。町田南署の前で撮られたようだ。

「取材対象の二人は、この画像の女性に感じが似ていたと話していました。断言ではありません。証明もできません。この記者は防犯カメラのないところに取材対象者を呼び出して、話を聞いたみたいですけど」

あの時はメガネを取り、髪型を変えていたが——玲衣は確信しているようだ。

「穿った見方かもしれませんけど、渡瀬さんは被疑者に声が届くことを計算に入れて記者になりすまして噂を流すことで挑発し、犯行を誘発させたんじゃないですか？　そのために女性がケガをしましたけど」

五件目の犯行後、芸術関係者への捜査に関して、再度の増員要請をしたが、却下された。このままでは早期解決はない。渡瀬はそう判断し、捜査本部にも部下にも内密で動いたのだ。

身近にまで伸びてきた捜査の手に怯えた犯人は、同時に行動を起こさなければという強迫観念に駆られた。その上で、身の安全を考慮に入れた＝自宅から遠い場所を犯行現場に選んだ。それが六件目の現場だ。そのお陰で犯人の居住地域を町田駅より東と絞り込むことができ、七件目にして適切な場所に網を張ることができたのだ。

「あ、こういうの内偵ではなくて、挑発って言うんでしたっけ」

「そのような事実は一切ありません。失礼します」

渡瀬は再び歩き出す。

「待ちなさいよ、草薙《くさなぎ》敦子」

十年以上も前に捨てた名を呼ばれ、思わず立ち止まった。

地下鉄の入口前だった。玲衣が行く手を塞ぐように正面に立った。

「また、蟻地獄つくったんでしょ、中学ん時みたいに」

　見上げてくる顔は、知性と傲慢さと愛くるしさが同居している。少し怖可《こわか》愛《わい》い——

「敦子を虐めた主犯三人を社会から抹殺した時みたいに、策を弄したんでしょ。十年以上たっても変わってないね。邪魔者は手段を選ばず誰にも気づかれず……」

　玲衣は親指で首を搔き斬るポーズをした。

「いつまで忘れたふりしてんのよ、敦子」

　言われた途端に——十四歳の玲衣の顔が眼前に蘇った。

『同類だよ、わたしたち』『世界をつかまない？　お互いがお互いを補完し合える世界』

　忘れていたこと……いや、長い間触れていなかった……。

「そろそろお互い手を取り合えるだけの力と影響力を持ったと思わない？　これから……」

　突然、玲衣のスマホが着信音を奏でた。玲衣は「こんな時に」とぼやきながら電話に出ると、口許に手を当てコソコソと五、六歩離れた。

「なんですか朝っぱらから……こっちは仕事中です、取材中！」

　口調が、切羽詰まったものになる。「……知りませんよ、悪いのは向こうだし、知事は許してくれたし、アオバさんが勝手に騒いでることでしょ！」

　今は、時間が欲しかった。心を整理したかった。

　渡瀬はゆっくりと足を進め、地下鉄への階段を降り始めた。

「え？　異動？　マジ!?　信じらんない！」

　玲衣の悲嘆が背後から聞こえてきた。

第二章　転　流

十月二十四日　金曜　——羽生孝之

羽生《はぶ》孝之《たかゆき》は、筑摩《ちくま》省吾《しょうご》の背中を見ながら、足早にデスクの間を進んでいた。

仕切りのない広いフロアに政治、経済、社会、外信、取材、ウェザーの各出稿部エリアが並び、中央にはそれらを統括する編成デスクの円卓がある、東都放送のニュースセンターだ。フロアにはニューススタジオ、副調整室、ＶＴＲ編集室が併設され、東都放送報道局の心臓部となっている。

粘ついた汗が、額に張り付いている。

午後三時を過ぎ、夕方のニュース番組、『イブニング・ダッシュ』のＯＡ《オンエア》に向け、空気が殺伐としてくる時間帯だった。ネクタイ姿の記者はキーボードを叩き、あるいは電話に向かい、カジュアルな服装のディレクターは、何かをぼやきながらデスクとＶＴＲ編集室を行き来している。

社会部、経済部、政治部の脇を抜けていくと、外信部のエリアだ。壁一面に埋め込まれた二十を超えるモニタ。十五箇所ある海外支局を掌握し、ロイター通信、ＡＰ通信など各国からのニュース回線が集約されている。

　何人かが羽生に気づき、視線をそらした。

　筑摩の背中が、外信部長のデスク前で止まった。羽生も並ぶように足を止めた。

「利根《とね》部長、『イブニング・ダッシュ』の筑摩です」

　利根外信部長が顔を上げた。上がってきた原稿をチェックしていたようで、キーボードの周囲に資料が広げられている。ブルーのストライプのシャツがトレードマークで、肌の色は浅黒く、どこか東南アジア系に見える風貌だ。

「このたびは、我々の不手際で大変ご迷惑をおかけしました」

　筑摩が頭を下げる。羽生も少し遅れて頭を下げた。

　筑摩は『イブニング・ダッシュ』のニュース統括デスクで、羽生は筑摩旗下のニュース班に所属していた。

「ああ、あれね」

　利根がイスの背もたれに身を預ける気配。

「担当ディレクターの羽生孝之です。申し訳ありませんでした。すべて自分のミスです」

　利根はデスクに両肘をつき、顎の前で手を組んだ。目は、少なくとも怒ってはいない。

「君たちが謝ったところで、何が変わるわけでもないしさ。とりあえずこっちに任せてよ」

　カイロ、ロンドン、ニューヨークの支局長を歴任、二〇〇一年の米同時多発テロ、二〇〇五年のロンドン地下鉄テロを現場で経験していて、多少のことでは動じない。しかし、それは利根の基準だ。ことの重大さは羽生も理解していた。自分が吹けば飛ぶような存在であることも。

羽生と筑摩は東都放送の社員ではなく、東都放送系列の制作会社『イーストメディア・ジャパン』所属だった。筑摩は番組のニュース統括デスクであると同時に、同じ制作会社の上司でもある。

「ミスは起こるものさ。要はどうフォローするかだね。僕ではない適任者が動いているよ」

利根はディスプレイに目を落とし、作業を再開した。話は終わり。事態は現場レベルを離れているということだ。

一礼して、報道フロアを出る。

「引きずるな」

筑摩はサバサバとしたものだ。現場でたたき上げ、今年の夏からニュース統括デスクとなった。三十八歳で、本人はまだ現場に留まることを希望していたと聞く。

「適任者とやらが処理してくれているんだ、結果を待とう」

羽生が制作局第二部の番組『ドキュメント・ジャパン』から、報道局『イブニング・ダッシュ』に配属されて二カ月弱。プロである以上、慣れない仕事だったからなど言い訳にもならなかった。

羽生と筑摩は、報道フロアのある三階から、階段で四階のスタッフルームに戻った。報道フロア同様フラットな空間に『イブニング・ダッシュ』と、夜の看板ニュース番組『ニュース・クロス』の企画班が同居していた。

スタッフの大半が報道フロアに降りていて、〝イブニング〟のデスクは半分ほどが空いていた。残ったスタッフが筑摩と羽生に気づいても、小さく会釈するだけ。

『カットの並び、もう少し論理的に考えようよ』『これでいい、ではなくて、これでいいのか？　と最後の最後まで疑問を持てよ』

自分が吐き出してきた言葉が、痛々しく耳の中に響く。業界内評価の高い深夜のドキュメンタリー番組出身であることに驕《おご》りがあったのかもしれない、偉そうな御託を並べたわりに、新人ADがやるようなミスをしてしまった。

「よう、お前んとこなんかやらかしたんか」

〝クロス〟の北上貴史《きたがみたかし》が歩み寄ってきた。ネクタイ姿だが、シャツの袖を肘までまくっている。「立会の時、淑子《としこ》さんが騒いでたぜ」

青葉《あおば》淑子報道番組部長のことだ。

「海外素材の無断使用。うっかりミスなんだが」

北上は東都放送の社員で、筑摩と同期。〝クロス〟では企画班担当プロデューサーだ。

「なんだ、そんなのよくあることだろう。ロイターとかAP通信なら、〝過去素材〟でも四百ドルか五百ドルの世界だろうが」

海外通信社が配信したニュース映像は、契約しておけば、基本的に配信から一定期間は無料で使用できる。料金が発生するのは、その期間を過ぎた『過去素材』だ。

『ＡＳ＆Ｅ』って会社が権利を持つ映像が、ＣＮＢの素材に混じっててさ、クレジットを見落として、そのまま使ったんだ」

「『ＡＳ＆Ｅ』？　知らんな」

ＣＮＢは東都放送が提携しているアメリカのニュース専門チャンネルで、ＣＮＢの映像素材は基本的に使用フリーだが、送られてくるニュース番組の映像の中に、時折ＣＮＢ以外の映像も混じってくる。ＣＮＢが独自に他社から購入した映像で、画面の隅に『Reuters』などニュースソースのクレジット表示がされている。その場合、クレジット表示された映像の権利を、東都放送で改めて確認しなければならないのだが、羽生は見落とし、結果的に番組の中で『ＡＳ＆Ｅ』の映像を〝無断〟で使った。

「アメリカン・スポーツ＆エンタテインメント。調べたら、ロサンゼルスに本社がある芸能ゴシップ系通信社で、パパラッチの親玉みたいなところで」

筑摩の言葉を、羽生は目を伏せながら聞く。

羽生は昨日の放送で、ハリウッドの人気俳優の不倫スキャンダルのＶＴＲを構成、編集した。その中の数カットに『ＡＳ＆Ｅ』が権利を持つ映像があったのだ。

「『ＡＳ＆Ｅ』の日本の代理店が、たまたまＯＡを見て、許可を出した覚えはないって問い合わせてきたんだ。その代理店が、芸事協会に入ってない独立系で、情報局の芸能デスクもあんまり付き合いがなくて、たぶん部長クラス以上の直接対応になってる」

「それは穏やかじゃないな」

羽生に向けられたのは、哀れな子羊を見る視線だ。

「その代理店の本社は香港にあって、結構なコワモテらしいんだ」

筑摩は脱力した笑みを浮かべた。

羽生は出社後、問題となったＶＴＲを確認し、激しく瞬くカメラのフラッシュの片隅に『ＡＳ＆Ｅ』というクレジットを確認した。薄いグレーの見えづらい表示だった。

「向こうはふっかけてきている。確か十万ドルだったかな」

羽生は、初めて具体的な金額を聞き、肩を震わせた。

「無断使用のペナルティも含めての金額だろうけど、上はどう処理するのかな」

「でも、鬼姫が見落とすなんて珍しいな」

「いや、彼女に落ち度はないよ。昨日から別件で出張中だし」

鬼姫――羽生もその異名の主を知っていた。

外信部海外素材著作権担当デスク、土方玲衣。

海外から入ってきた映像素材の権利を確認し、番組に使用の可否を出す現場責任者だ。

「羽生にとっては、代理店より玲衣ちゃんのほうが怖いかもな」

著作権確認申請書に明確な使用目的、適正な使用秒数などがキッチリと書かれていなければ、何度でも書き直しを命じ、申請を受理しても、実際のＶＴＲ編集で申請の範囲を逸脱していれば番組に怒鳴り込み、デスクであろうがプロデューサーであろうが、きつく叱責する。

ただし、著作権がどこにあるのか不明な素材に関しては、海外通信社とコンタクトを取り、場合によっては権利所有者に直接交渉し、料金取り決めから手続きまで迅速にクリアし、番組で使えるように尽力してくれる。つまり、敵にすれば鬼。味方になれば鬼に金棒の存在なのだ。

「昨日は誰が権利担当だったんだ？」

「外信の瀬田《せた》だった」

専任デスクの土方が不在の時は、外信部の記者が持ち回りで著作権処理を担当することになっていた。

「全力で責任回避しただろう、あいつ」

「まあな」

著作権処理担当は、原則申請が生じたVTRをチェックしなければならないが、瀬田は気づかなかった。

「申請されていない映像の責任まで負えないって、昼の立会で声裏返してたな。言い返しはしなかったけど」

「仕事の量も質も変わんねえのに、無《む》闇《やみ》矢《や》鱈《たら》に人を減らすから、チェック機能が低下するんだ。経費削減する場所が間違ってるよな」

北上は筑摩の肩をぽんと叩くと、〝クロス〟の島へ戻っていった。

羽生にできることは、結果と沙汰を待つことだけだった。

十月二十五日　土曜　――渡瀬敦子

午前七時に仮眠室から捜査支援分析センターに戻ると、フロアの一角が慌ただしくなっていた。機動分析捜査係が出動準備をしているようだ。

渡瀬は彼らを横目で見ながら席に着き、帰宅の準備をした。デスクには、首都圏で発生している複数の事件の捜査資料が広げたままになっていた。

窓からの陽光が白い壁に反射し、起きがけの目をこすりながら片付けていると、十名ほどの捜査員たちが出動してゆく。その最後尾にいた一人が、渡瀬のデスクにやって来た。

「徹夜明けか？」

″ＳＳＢＣ″《捜査支援分析センター》のロゴ入りキャップを被った機動分析捜査二係の係長、小山田《おやまだ》圭太《けいた》だ。

「仮眠明けです。緊急招集ですか」

「お前も行くか？　小平だ。例の連続放火の六件目かもしれない」

現場は小平市栄町。通報は午前三時二十二分。火災はすでに鎮火――小山田は情報を告げた。「そろそろお前の出番になるような気がするんだよな。現場だけでも見ておいたほうがいいと思うが」

通報は、渡瀬が仮眠室に入った直後だったようだ。

「同行します」

今日は休日だが、そう応えるのが正解だろう。渡瀬は資料の片付けを中断し、使っていたタブレット端末をバッグに入れ、上着を羽織った。

機動分析捜査二係総勢十一名と渡瀬が三台のワンボックスに分乗し、霞ヶ関の警察総合庁舎別館を出たのは、午前七時十二分だった。

機動分析捜査係の主な任務は、事件現場周辺の防犯カメラ映像の収集、分類分析し、被疑者の『前足』＝現場へやって来る足取りと、『後足』＝逃走経路を割り出すことだ。

透明度が高い青空の下、首都高に乗り、西へ向かう。

「概要は知っているな」

助手席の小山田が振り向いた。渡瀬は膝の上に化粧ポーチを置き、ほつれた髪とメイクを直しながら「一応は」と応える。

小平市、小金井市、西東京市など東京西部で起きている連続放火事件。デスクに積み上げた資料の一部はその事件のもので、〝通常業務〟として分析を続けている。請われれば支援、助言をする用意はあった。

「堀部《ほりべ》管理官もいよいよ尻に火がついているって感じだな。不謹慎な冗談だが」

捜査支援分析センターは、機動分析捜査係と、分析捜査係の二種類の捜査係を有し、殺人や強盗、窃盗、詐欺、サイバー犯罪、交通事故などあらゆる案件に対応する。

機動分析捜査係同様、分析捜査係も現場に赴くが、任務は現場の状況、現場で得た情報から事件の全体像、犯人像を分析し、現場捜査員たちに助言する。一係と二係は民間登用も含めた科学捜査、サイバー犯罪などの特別捜査官が顔を揃え、文字通り分析と支援が任務だが、渡瀬率いる三係は毛色が違い、犯罪科学分析官と熟練の現場捜査員を組み合わせ、場合によっては単独捜査も可能な実働部隊となっていた。

最初の放火事件発生は五月十六日。小金井市の前原町の住宅街だった。これまで五件発生し、二人が死亡、三人が火傷や避難の際の転倒で重軽傷を負っていた。

一連の事件を特徴付けているのは、〝巻物〟と名付けられた可燃物の存在だ。紙や木くずなどを、油の染みたタオルでくるみ、紐で縛ったもので、最初の現場でその燃え残りが発見された。そして、六月二十八日、小平市上水本町一丁目で発生した二件目でも〝巻物〟が発見され、同一手口の連続放火事件であると認定された。

武蔵小金井署と小平署が合同で捜査を始めたが、七月二十五日に三件目が発生。重傷者が出た時点で、武蔵小金井署内に捜査一課を中心とする特別捜査本部が立ちあがった。

しかし、八月十四日に四件目が発生し二名が死亡。九月二十六日に五件目が発生、捜査本部は被疑者検挙に繋がる成果を得られぬまま、現在に至っている。

「無論、プロファイリングは済んでいるんだろう？」

小平市栄町二丁目。これが連続放火の六件目なら、場所日時とも予測の範囲内だ。

「すべての現場をこの目で見てからでないと、何も言えません」

渡瀬は無難に言葉を選んだ。

「被疑者の性質が、町田のケースと似ていると思うが？　少なくとも連続放火犯の定型からはずいぶんと外れている」

一番多いのは、衝動に任せて一晩に複数件、無秩序に火を点けるタイプだが——「こいつは月一ペースで秩序的だ。冷静に犯行を続けているが、〝巻物〟を使い続けるあたりは挑戦的で、自己顕示欲が強いとみえる。死者が出てもやめないところを見ると、殺意を含む、鬱屈した思いを腹の底に溜めている人物だろう。どうだ、渡瀬」

　自分に襲いかかってきた女の、血走った白い目。こめかみにまだ残る傷痕が、少し疼《うず》いたような気がした。

「性質は近いかもしれませんが、この放火は犯罪の経験を持つ熟練者の仕業《しわざ》です。前歴者である可能性が高いと思います」

「そういうもんか」

　できることなら分析だけで済ませたかった。

　大学在学中に国家公務員Ⅱ種の資格を取り、警察庁に入庁を果たした。いわゆる準キャリアだ。事務職を希望した。激務には違いないだろうが、現場に出なくて済むのなら、忙しさは問題ではなかった。

　警察大学校から交番勤務、地方県警の所轄署勤務を経験した。つらい数ヵ月ではあったが、通過儀礼と割り切った。乗り越えれば事務職に就くことができる。出世競争さえしなければ、煩わしい人間関係とも距離を置けると。

　任官と同時期に、特別研修制度が企画され、事務職よりさらに人と距離を置けるであろう研究職への道が示された。渡瀬は手を挙げてアメリカに留学、ＦＢＩの研修プログラムを受けた。

しかし、これが間違いだった。

帰国後は、希望通り科警研で行動科学分野の研究職に就くことができたのだが——わずか一年で、新設された分析捜査三係への異動を命じられた。

『本場で学んだ分析官と優秀な捜査官の組み合わせで、現場にどんな化学変化を引き起こせるか。先例はない。君たちが先例を作るんだ』

創設を推進していた刑事局長はそんな訓示をしていた。悪夢としか思えなかった。

「寝ててもいいぞ」

ぼんやりした横顔を見られたのだろう、小山田に声をかけられた。小山田は膝の上にタブレット端末を取りだし、現場付近のマップを見ていた。

「いえ、頭は冴えているつもりです」

渡瀬もメイク道具をバッグに突っ込むと、タブレット端末に小山田と同じマップを表示させた。

現場は西武線の線路のすぐ北側にあり、碁盤の目のように道路が交差する新興住宅地だ。築年数のごく浅い戸建てと、低層マンションが主だ。商店やコンビニなどはなく、防犯カメラ映像の収集が難しい地域と言えた。住宅街の北には遊歩道付きの雑木林があった。

「前足、後足とも徒歩だろうな。付近の幹線道路は青梅街道と府中街道だが、これまでのケースを考えると、二つの街道は避けるはずだ」

渡瀬に異論はない。統計的にも都市型放火犯の大半は、徒歩による犯行だ。

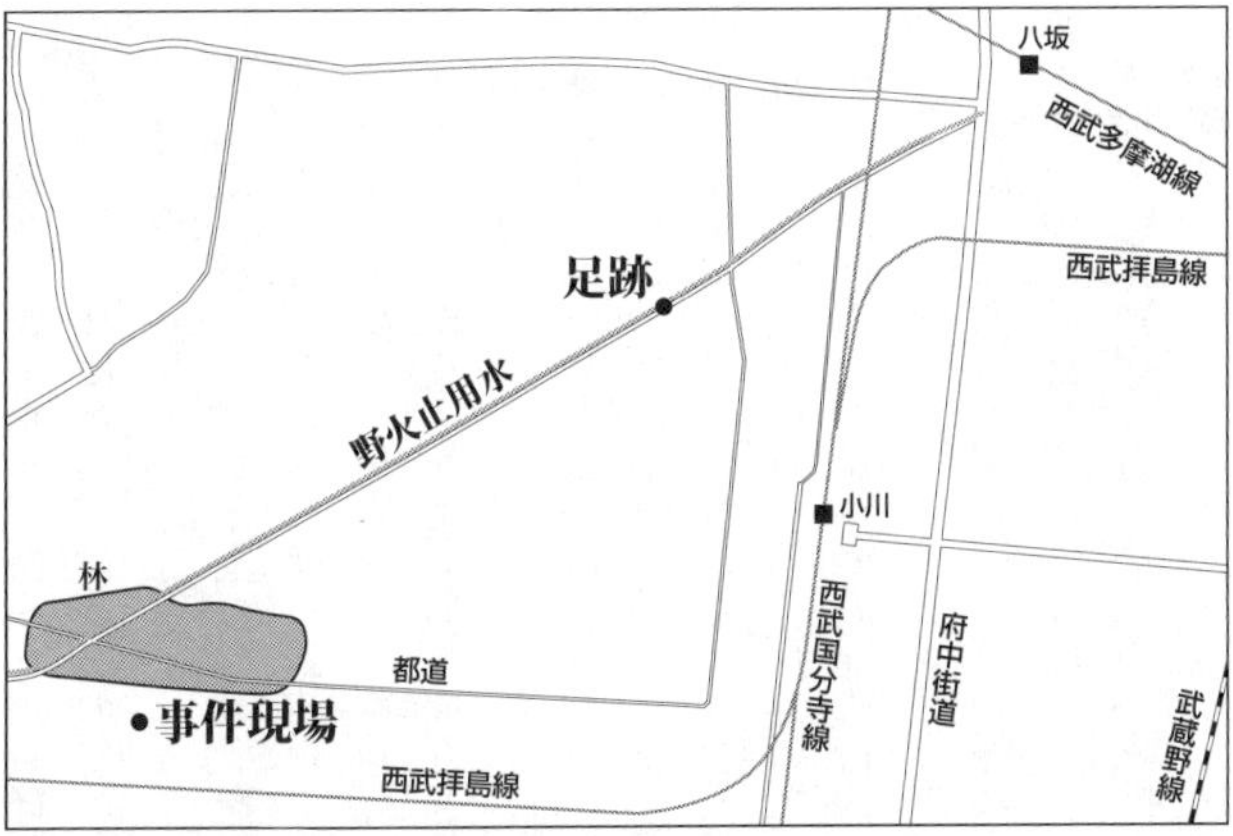

北の雑木林に対し、住宅街の南は西武拝島線の線路で蓋をされていた。

「踏切にも防犯カメラがあるから、線路越えの可能性は低いだろうな」

　過去五件、捜査一課及び管轄警察署の防犯カメラ捜査で、犯人に繋がる情報は得られていなかった。犯人がカメラを意図的に回避している可能性が高かった。

「報告じゃ、犯人が犯行後に現場に戻ってきた気配もない」

　たいがいの放火犯は騒ぎを起こすこと自体が目的で、消火活動や現場の様子を見に戻ってくる。従って、野次馬の中に共通する人物を探すのが捜査のセオリーだが、今のところそれも空振りを続けている。事件発生時間前後の不審者の目撃情報も、有効なものは認められなかった。また、現場からは〝巻物〟以外、時限発火装置などの遺留物、痕跡は見つかっていない。

「なら北側の雑木林が、侵入と逃走経路と考えていいな」

現場は雑木林に近い、住宅街の外れにある一戸建てだ。「雑木林の中に小さな川が流れているな。野火止《のびどめ》用水か……」

小山田はディスプレイ上のマップを指でなぞる。野火止用水にある橋は一箇所で、橋と繋がる遊歩道は、雑木林の北にある都道に出ていた。

「放火なら前足、後足ともこの都道経由だろう。ただし、都道の東側と西側には店舗とコインパーキングが集中している。姿なき放火魔は躊躇なく北を目指すだろうな」

「同意します」

車が現場に到着したのは、午前八時二十分過ぎだった。

片側一車線の狭い道路を消防車輌と警察車輌が埋めていた。少し離れた場所に車を停め、降りた途端に、ゴムが焼けたような異臭が鼻をついた。

焼けたのは狭い庭付きの一戸建てで、一階の三分の一ほどが黒焦げになっていた。

小山田は部下たちを車の周囲に待機させ、現場へと向かった。渡瀬は一人、現場とその周辺を歩いてみた。

住宅街ではあるが、各住宅の間隔に余裕があり、畑や空き地、駐車場も点在し、見通しは悪くなかった。ただ街灯はほぼ無く、闇に紛れることはできる。

現場の住宅に戻ると、小山田が玄関前で男と話していた。革ジャンを着た中肉中背の男。

「渡瀬！」

小山田が手招きをした。渡瀬は小走りで玄関前に赴いた。

「火災犯捜査の谷川《たにがわ》さんだ」

半ば白くなった髪を後ろに流し、眉が太く彫りが深い。名前は知っていた。谷川重和《しげかず》警部。堀部管理官旗下の係長で、凶悪犯罪の現場、鑑識畑でたたき上げた四十五歳だ。

「本人が興味を持っていたので、連れてきました」

小山田が余計なことを付け加えた。

「分析捜査三係の渡瀬です」

渡瀬は頭を下げた。

「ああ、町田の……」

谷川は渡瀬を一瞥した後、興味なさそうに小山田に視線を戻した。「さっそくですが、カメラのほうお願いします。人は要りますか」

「必要になったらお願いします。谷川さんこそ留意点や要望がありましたら」

「そちらの視点でお任せするということで」

「では現場の北側を重点的に収集します。車中で渡瀬と話して、犯人の侵入と逃走のルートが北の雑木林であると推測しました」

小山田は敬礼し、小走りで車輌を停めた場所まで戻ると、部下たちを前に防犯カメラ映像収集の区割りを始めた。

谷川と二人きりになり、渡瀬は立ち去るタイミングを逸した。

「興味を持ったと言ったな」

谷川が焼け焦げた壁を眺めたまま言った。

「職務として捜査資料は分析しています」

渡瀬は気まずさを感じながら応えた。機動分析捜査係の面々が、小山田の号令とともに散っていく。

「火元となった車庫から、オイルが染みこんだタオルの燃え残りが見つかった。家人は見覚えがないそうだ」

「〝巻物〟ですか」

「そうだ。これで六件目だ」

タオルや紐などは、どこにでもある量販品で、購入者をたどることはほぼ不可能であり、材料も一定していなかった。そして〝巻物〟の存在は犯人しか知り得ない証拠として、マスコミには伏せていた。

「せっかく来たんだ、君の見立てを聞きたい」

「では上司に連絡を……」

「杓子定規に考えるな。こっちも個人的な興味だ」

「では、非公式にですが……」

渡瀬は小声で言いながら、タブレット端末に目を落とした。

「一連の連続放火は、欲求に任せて一晩に複数箇所に火を点ける無秩序型とは一線を画しています。犯人は理性的で、秩序立っていて、計画性があり、自意識が強い人間です。社会的な地位がある人物、あるいは犯罪の経験者です」

　渡瀬の予測は後者だが、あえて口にはしなかった。

「前がある人間か？」

「可能性は高いと読んでいます」

「具体的にどんな犯罪だ」

「窃盗です」

　犯行現場はバランスよく分布し、放火というファクタを取り払うと、窃盗犯の行動パターンと驚くほど合致し、教科書通りで次の犯行が予測しやすかった。

「窃盗犯がなぜ放火をするようになったのか、君の見解は」

「わかりません。ただ、火を点けるという行為を無視すれば、窃盗犯の行動になるという特徴を発見しました。それだけです」

　谷川はふんと鼻から息を吐いた。

「分析官なら、被疑者を絞り込んでいるだろう」

「侵入窃盗の前歴者ですが、当たりはつけています」

　現段階で四人に絞り込んでいた。いずれも放火が発生したエリアを〝仕事場〟としていた。

「いずれ、参考にするときが来るかもしれないな」

　谷川は名を聞こうとはしなかった。

「逃走経路を見たいのですが」

「君の意見も北だったな。一緒に行ってみるか」

谷川は革ジャンのポケットに手を入れ、道路を渡り、縁石と低い柵をまたぐと雑木林に入った。妙な雲行きになったと思いながら、渡瀬は同行した。

雑木林は下生えに覆われていて、遊歩道は石畳だ。足跡の採取は困難に思えた。

「めぼしい足跡は見つかっていない」

谷川は先回りしたように言った。「今のところだが」

三十メートルほど入ったところで、幅二メートルほどの川が流れていた。野火止用水だ。

川沿いには高さ一メートルほどのフェンスがあり、東に少し歩くと小さな橋がある。そこを渡って遊歩道を右折し、数十メートル歩くと都道に出た。渡瀬は都道を渡り、用水沿いの路地に入った。戸建てが密集する住宅街だ。

「おい、どこに行く」

「川が気になったものですから」

左側に築年数を重ねた住宅が並び、川側の右手には街路樹が並んでいる。対岸に路地はなく、住宅の裏手が直接川岸に接していた。

渡瀬は立ち止まると、タブレット端末に付近のマップを表示させた。

「どのみち犯人はこの住宅街を抜けることになる」

「確かにそうですが」

渡瀬は柵を乗り越え、川岸に降りると、水の中に足を踏み入れた。たちまち靴の中に水が浸入し、パンツの裾が濡れた。水深は十数センチといったところだ。

「何してる」

谷川が怪訝《けげん》そうに声をかけてきたが、渡瀬は応えず、下流に向け数メートル歩いてみた。水音はさほどしないが、深夜ならもう少し響くだろう。次に靴を脱ぎ、靴下のまま十メートルほど歩いてみた。土や角の取れた石の感触で、危険はなさそうだ。

「裸足で歩いても、問題はなさそうですが、夜だと投棄物を踏む可能性もありますね……でもサンダルか何か、別に用意しておけば、仕事用の靴を濡らさずに済むか……」

渡瀬は自身に言い聞かせるように確認する。「二百メートルほど先からは、一部暗渠《あんきょ》になっています。姿を見られることなく、現場から離れられます」

「川が逃走路なのか」

「少なくとも川に向けられた防犯カメラはありません。雑木林の中で川に入り、そのまま都道の下をくぐり抜けて、下流へと移動した可能性もあります。これなら雑木林に近い住宅を狙った意味もありますし、防犯カメラと目撃者の問題もある程度クリアできます」

渡瀬は靴を川岸に置き、川の中に立ったまま、野火止用水の画像と映像を検索した。

「このまま下流に移動すると府中街道の下をくぐって、東久留米を通り、新座方面に抜けますが……」

「府中街道の手前から商業地域だし、住宅も密集している。深夜でも人目があるぞ」

谷川も野火止用水を使った経路に興味を示したようだ。

「そうですね、その手前で上陸するのが妥当です」

渡瀬はマップをスクロールする。「府中街道の手前に西武国分寺線の踏切がありますが、踏切設置の防犯カメラのリスクは考えるはずです。その手前で上陸するでしょう」

渡瀬はさらにマップを拡大する。野火止用水は、住宅街の中を流れ、裏口がそのまま川に面している住宅が少なくない。住宅が途切れている場所は――

「有力なのは、栄町三丁目から小川西町二丁目の付近ですね」

両岸が大型のマンションか、学校など深夜は人気《ひとけ》がなくなる地域だった。「画像を見る限り、護岸されていない部分が多いですね」

「足跡が残る可能性が高いか」

渡瀬は川から上がると、谷川の手を借りて護岸ブロックを登り、道路にもどった。

靴下を脱ぎ、靴の中の水を捨ててから直《じか》に履く。

「さすがに冷たいですね」

「分析捜査はこんなことまでするのか？」

「基本はフィールドワークです。それが一番効率よく情報を得られます」

都道に出るまで、乾いた路面に靴跡がついた。午前十時になろうとしていた。

「お付き合いいただいてありがとうございました。今日はこれで帰ります」

渡瀬は一礼した。

着信音で目が覚めた。

白い天井と、カーテンの隙間から入り込んだ陽光が、床に光の道を作っていた。午後三時四十分だ。帰宅が午前十一時半。ベッドに入ったのが正午過ぎ。三時間半ほど眠ったことになる。

横になったまま、枕元のスマホを手に取った。表示は『牛島《うしじま》克也《かつや》』。捜査支援分析センターの所長だ。

『寝てたか』

「今起きました」

『朝から小山田に付き合わされたそうだな』

「志願して同行しました」

寝起きでも、流れるように嘘が言えるようになった。

『例の火災の件だが、小川西町の野火止用水脇の盛り土から、成人と思われる足跡が見つかった』

採取された足跡は二つで、何者かが川から上がる際に付いたものと断定されたという。谷川は自分の〝非公式な意見〟を容れたようだ。

『その足跡が、現場住宅近くの雑木林で発見された足跡の一つと一致した』

渡瀬は上半身を起こした。

『聞き込みは現在も続行中だが、深夜に川の中を歩くような足音を聞いた住人が一人いた。堀部君も君に興味を示している。準備は怠らないでおいてくれ』

「わかりました」

準備しろというのなら――

渡瀬はベッドから起き上がり、衣服を脱ぎ捨て、バスルームに入った。鏡に映る裸の自分。額から左のこめかみ、首筋から左の乳房にかけて刻まれた赤黒い〝呪い〟の刻印。目をそらし、熱い湯を浴びた。

北足立署に到着したのは、午後五時半。二階の刑事課に行き、盗犯係の係長を呼び出してもらった。急なアポにも対応してくれた。

やって来たのは、五十代半ばの丸顔で肩幅の広い男だった。

「お電話しました、捜査支援分析センターの渡瀬です」

「盗犯の栗尾《くりお》です。いや、こんな若くて綺麗な女性だったとは驚きだな」

栗尾は渡瀬を応接スペースに案内した。テーブルにはすでに資料が置いてあった。

向かい合って座る。

「玉城《たまき》がまた何か？　分析センターさんが……しかも係長自ら出張《でば》ってくるなんて」

栗尾は指を舐め、ファイルをめくった。

「予備的な調査と言いますか、動向を把握しておく必要が生じまして」

犯罪の地域、特性、手口を警察庁のデータベースに掛け、自ら導き出した連続放火犯の条件に合致した人物は四人。その本命が玉城竜介《りゅうすけ》だった。

「最後の懲役から二年ちょっと経ってますね。今は実家に戻って、真面目に働いとると報告されとるんですが」

本籍は神奈川県藤沢市。「半年前、藤沢駅に近い居酒屋で働いているのが確認されております。三カ月前も、藤沢駅前で藤沢中央署盗犯係の者が、玉城を目撃していますね」

本部と神奈川県警の捜査三課にも照会を求めたが、藤沢市立石在所のまま情報は更新されていなかった。

資料に添付されている玉城の顔写真は細面で端整だ。スーツを着せたら普通にビジネスマンに見えるだろう。

大学卒業後、警備セキュリティ会社に就職したが、五年後に横領と窃盗が発覚し逮捕、解雇された。窃盗を生業《なりわい》とするようになったのは、その後だ。

「今日お聞きしたいのは、玉城の性質についてです。栗尾さんは、玉城を二度逮捕して、一度は自ら取り調べに当たりましたよね。そのご経験から、アドバイスをいただきたいのですが」

わずかに、栗尾の頬が緩んだ。そして、その口から武勇伝が連射された。

――やつは若いのに冷静で、慎重で、手練《てだ》れで、手強い相手だった。

――昔体操選手だったらしくてな、塀や壁を越えるのはお手のもので、ノビにこだわっていたな。居空《いあ》きもかなりやっていたはずだ。

家人が在宅している住居への侵入だ。難易度が高いが、目立つ場所に財布や高級バッグ、身につけていた貴金属が置かれていることが多く、実入りがいい。データでは、就寝中の家人の枕元に置いた財布を盗むケースも少なくなかったという。

居空きへのこだわりは、自分の技術と度胸を示威する行為だ。

――三角割りの手癖を見れば一目瞭然なんだが、玉城の場合、それがこれ見よがしなんだよな。隠そうともせん。

三角割りは、窓ガラスを割るテクニックの一つだ。その手口と手癖は、窃盗犯の〝指紋〟とも言えるが、それだけを証拠として被疑者を逮捕することはできない。

栗尾の言葉は、渡瀬の分析を補強するものだった。

残り三人は条件こそ合致するが、身体能力と犯行の誇示の面で、玉城に劣った。

翌二十六日日曜、渡瀬はチームに招集をかけ、神奈川県藤沢市を訪れた。渡瀬と八幡、日野は玉城の実家のある立石、佐倉と古崎は藤沢駅前の勤務先と二手に分かれた。

立石は国道四六七号線から一本路地に入り、境川まで緩やかに下る斜面と坂道の多い住宅街だった。

玉城の実家は、坂を下りきった境川に近い、畑に囲まれた平屋住宅だった。ただし道幅が狭く、路上駐車を余儀なくされ、運転手の日野を残し、八幡と二人で実家を訪ねた。

渡瀬がパンツスーツであるのに対し、八幡はノーネクタイに着崩した革ジャンだった。捜査一課勤務が長いが、それ以前は新宿署、渋谷署、丸の内署、野方署と渡り歩き、盗犯係、強行犯係で実績を挙げていた。分析捜査係では渡瀬の補佐という立場なのだが、勘による単独捜査を好む傾向にあった。

緊張する渡瀬とは裏腹に、八幡は無造作に引き戸をノックした。しばらくして、「開いている」と中から声がして、八幡が引き戸を開けると、灰色の作業服を着た六十年配の男が立っていた。

玉城竜介の父、玉城嘉辰《よしたつ》だ。今は藤沢市内の自動車整備工場に勤務している。妻は十年前に病没し、父子二人暮らしのはずだ。

「警察の者です」

渡瀬はバッジを掲げた。「竜介さんについておうかがいしたいことがあります。ご在宅ですか」

「いないが、また何かやったのか」

「最近の様子をうかがいに来ただけです」

「と言っても、竜介の仕業と疑われる事件があったんだな」

嘉辰は渡瀬と八幡を居間に上げた。

「一昨年懲役から帰ってきて、保護司の紹介で居酒屋で働いておった」

嘉辰はお茶を出すと、言った。「真面目にやって、警察が様子を見に来ることも少なくなっていたんだが」

玉城竜介は、刑務所で炊事場担当となり調理の経験を積み、出所後一年間居酒屋で働き、調理師の資格を取り、厨房で働くようになったという。

「刑務所の炊事場も実務経験と認められて、ようやく心を入れ替えたのかと思ったのだが」

「ただの様子うかがいですよ。ご心配なさらずに」

八幡が柔和な笑みを浮かべる。「働いていることがわかれば、帰ります」

「ここ半年ほどあまり帰ってこない」

嘉辰は目を伏せた。「顔を見せるのは、月に一度か二度で……。知り合いの居酒屋を何軒か掛け持っていると聞いているが、別にそれを確認したわけじゃない」

不信感を持っていると思われたくなくて、確認できないでいるという。

「ならばこちらで確認します」

渡瀬も自然な笑みを心がけたが、上手くできているかどうかは自信がなかった。

玉城家を辞し、周辺の聞き込みを行ったが、玉城竜介の動向を知る者はいなかった。玉城家のほうから近所付き合いを絶っていて、また近隣住民にしても、玉城家は腫れ物あつかいだった。

――気の毒だと思うよ。嘉辰さんは元々工場を経営していたんだけど、保障やら何やらで財産全部なくしてしまってね。

玉城竜介は確認できているだけで、三ケタの犯歴を持つ〝太い〟窃盗犯だ。ただ、嘉辰の実直さを知る旧来の住民のお陰で、孤立はしていなかった。

　聞き込みの途中で、佐倉から連絡があった。

『玉城は半年前に「海風」を辞めている』

　出所後、玉城がアルバイトを始めた居酒屋だ。『今は月に数回、客として来るだけのようだ』

　神奈川県警の目撃情報は、客としてきた姿だった？

「それで、行方は」

『都内の居酒屋に移ったとしか聞いていないそうだ』

　海風の主人も、玉城の立場上、あまり深くは聞かなかったという。『店の名前も聞けていないそうだ。先方の店に迷惑がかかる可能性もあるということで』

　先方が玉城の前歴を知らない可能性もあり、居酒屋業界の中で、いらぬ噂が立つことを避けたい気持ちもあるのだろう。

　国道沿いのコンビニの駐車場で佐倉の班と合流した。

「玉城が行方を晦《くら》ませたのが半年前だとすると……」と佐倉。「ざっくりとはしているが、一連の放火が始まった頃と一致するな」

　車輌のボンネットに置いたタブレット端末には、各放火現場の位置が表示されていた。

「玉城が犯人と仮定すると、どこが拠点かわかるか？」

　八幡が聞いてくる。

「小平駅周辺です。ただ、住居とは限りません。新たな職場の可能性もあります」

渡瀬は、その日のうちに玉城の情報を本部と神奈川県警の三課に伝えた。双方とも『留意しておく』という返答だった。

その後も分析捜査三係は通常業務の合間を縫って、玉城の拠点割りだしに動いた。

しかし、堀部管理官からの連絡はなかった。

十月二十七日　月曜　――羽生孝之

月曜と木曜の放送を担当する羽生は、朝から殺人的な慌ただしさの中、ネタのリサーチ、企画会議、ナレーション原稿の作成、ＶＴＲ編集をこなした。

羽生が担当したのは、首都圏を荒らしている窃盗団のミニ特集だった。土曜に新たな犯行があり、足立区のスーパーの壁が重機で破壊され、ＡＴＭが強奪された。羽生は二日間取材に出て、ミスを引きずる余裕もないほど、繁忙を極めたのがせめてもの救いだった。

放送終了後、羽生は帰宅せずスタッフルームに居残った。怒鳴り込まれる前に、土方玲衣に謝罪しておくためだ。著作権デスクは二十四時間三交代制だが、今日は別件で外出していると聞いていた。

午後八時過ぎ、夜の立会に出ていた筑摩がスタッフルームに戻ってきた。

「いたのか。お前の件、カタがついたぞ」

興奮と安堵が入り混じったような表情だ。「条件付きだが」

「土日の間に動いたんですか？」

交渉など、事が動くとすれば今日からと踏んでいた。

「詳しい説明はなかったが、羽生が使った素材に関しては、正規の使用料金に若干の色をつけて払っておしまいだ。三千ドルだった」

「条件というのは？」

「今後、海外芸能ネタを扱うときは報道局、情報局、制作局問わず『AS&E』系列の映像を優先的に購入することだって。継続的にな」

悪くない条件だった。訴訟を想定し、法務部まで動き出した状況で、この件の交渉担当者はどんなマジックを使ったのか。

「表向き購入するかどうかはこちら側の匙加減だが、商取引の儀礼としてそれはないだろうな。次の〝衝撃映像系〟の特番で、海外セレブ映像コーナーでも設けて集中的に使うことになる。報道番組部長が、制作一部に頭を下げて頼みに行くことになった」

「制作まで巻き込むことになったんですね」

「だがそれも永遠に続くわけじゃない。目安は、総額十万ドルに達するまでと踏んでる。罰金として一括で十万ドル支払うのか、長い時間をかけて十万ドル分の映像を買い、番組に活かすのかでは意味が全然違う。それに十万ドルの目安のあとも取引は続くだろう」

「土方さんには今日謝罪します」

羽生は、土方のスケジュールに合わせて待機していることを説明した。「九時に帰社予定だとさっき利根部長から聞きましたので」

　先に行動することで反省の意を示し、少しでも負い目を軽くして仕事に戻りたかった。

　報道フロアとＶＴＲ編集室の間にある打ち合わせスペースの一角をパーティションで仕切り、事務デスクを三台押し込んだのが、外信部著作権デスクだ。よりＶＴＲ編集室に近い位置で、というニーズで設置されたのだが、離れ小島と揶揄されている。

　午後九時過ぎ、『ニュース・クロス』の放送準備で忙しない報道フロアを抜け、土方玲衣のデスクに赴いたが、外信部の女性記者が一人いるだけだった。ただ、土方のデスクには、バッグと上着が無造作に置かれていた。帰社しているようだ。

「〝イブニング〟の羽生です。土方さんいらしてますよね」

「Ｖ編に行きましたよ」

　記者は申請書に落としていた目を、ちらりと上げる。「今は行かないほうがいいと思いますけど」

「そんなわけにはいかないので」

　羽生が応えると、記者は「お好きに」と苦笑して、再び申請書に目を落とした。

　問題のＶＴＲをチェックでもしているのだろうか。羽生は思いながら、デスクの先にあるＶＴＲ編集室へと足を踏み入れた。大小三十のＶＴＲ編集ブースが居並ぶ広いフロアで、今は半分ほどのブースが、〝クロス〟の編集作業で埋まっていた。

　羽生は人を縫いながらパーティションで仕切られた各ブースを一つ一つ覗き、一番奥の30番ブースに、土方玲衣の姿を見つけた。

　一人ではなかった。痩身で背が高い男の後ろ姿。外信部の瀬田だ。土方玲衣は編集卓前のイスにふんぞり返って腕と脚を組み、瀬田を見上げていた。

　タイミングを計りながら、羽生はゆっくり接近した。

「……あなたの目は飾りですか？　あなたの口は言い訳専用マシーンですか？　申請されていない素材まで責任負えないって、本気で言っていますか」

　土方の声は、抑制されているが多分に怒気を含んでいた。「外信に通達されていませんか？　著作権デスクはＯＡされる海外素材のすべてに責任を負うって。あなたの耳はただの穴ですか？　シュコツィアン鍾乳洞ですか？　吉見百穴ですか？　きちんとＶＴＲを見たんですか？　瀬田さん」

　土方は左手で編集コントローラーを操作し、モニタを指さした。慇懃無礼の極みだが、小柄で声質が柔らかいためか、瀬田の横顔は反省というより、苦笑だ。

「見たつもりだけど……」

「見た？　市原悦子のほうがずっとよく見てますよ。モニタを見てください。はっきりくっきりクレジットが映っていますよね。ちゃーんと『ＡＳ＆Ｅ』と読めますよね。確かにカメラのフラッシュが激しくて素人さんには見えにくいかもしれないですが、瀬田さんは素人ですか？」

まつげの長い丸みを帯びた目は、瀬田の顔を捉えて動かない。色素の薄いロングヘアは、少しくせ毛気味だが、それが巻き髪のようでチャーミングだ。眉も感情の昂ぶりに合わせて、上下によく動いた。報道フロアですれ違うことはあったが、まじまじと表情を観察したのは初めてだった。

「何をニヤニヤしてんですか？」

土方が眉をつり上げた。

「解決したんだから、もういいだろう？」

「解決してさし上げたんですよ、わたしが。瀬田さんの怠慢が原因となったミスを」

土方はすっくと立ちあがり、胸ぐらをつかむような勢いで瀬田を見上げた。表情から愛らしさが消え、眼光は猛禽のように変貌した。瀬田がわずかにのけぞった。

「もう一度言おうか？　下手すりゃ勝ち目の薄い訴訟になって、一千万超えの損害を会社に与えかねないミスをしたお前の尻を拭ってやったんだ」

ドスの利いた声が発せられた。「土日返上して、『AS&E』本社と日本の代理店と直接交渉して、関係各所に協力をお願いして。なぜだかわかるか？　わたしが海外素材著作権担当の責任者で、真面目に精一杯全知全能を尽くしているからだ」

「よくあるミスだろう。向こうも……」

役員でも管理職でもない土方玲衣が、直接交渉して解決？

「ばかですの？　コンテンツビジネスは、この仕事の根幹なの。上質なコンテンツを創り、販売する。それをビッグバジェットで制作できるのが東京キー局」

　元の慇懃無礼な口調に戻り、瀬田を遮った。「東都放送も、アジアを中心にコンテンツビジネスを最優先で展開しています。アメリカではネットの配信ビジネスが急成長しています。そこでまず問題になるのが、作品の権利処理です」

「それが何だって……」

「あなたにとってはただのケアレスミスかもしれませんが、ビジネスの規格で見るとまったく違うんです。わたしたちはルールを破ったんです。ルール破りは、信用の低下に繋がります。今の認識のままだと、あなたは今後も会社に害をなす危険があります」

　瀬田は何か言葉を返そうと口を動かしたが、何も出てこなかった。羽生も、忙しさの中で視野狭窄を起こしていたと気づかされた。そして、〝先に行動する〟などと、心証を良くすることを考えていた自分を恥じた。

「木曜当日に急にやれと言われて、細かな引き継ぎもされていない。そもそも土方、お前がシフトに穴を空けたからだろう」

「出張です。水曜昼の立会でわたしの出張は利根部長に伝達され、部長からデスク経由で外信部員全員に周知されたはずです。それがなされていないのなら、外信部内の連絡体制の問題です。わたしに文句を言う前に、連絡に遺漏がなかったか調べることが先じゃないですか？　わたしの出張自体に文句があるのなら、政治部の羽黒《はぐろ》部長にお話ししてください。羽黒部長の要請、利根部長の許諾の上で、わたしの出張は決定しました」

「そういう問題じゃない。なぜ俺がお前なんかに……」

「あくまでも外部のディレクターが勝手にやったことって言いたいんですね。その通りですね。シメますよ、そちらも。でもあなたは最後の砦《とりで》だったんです。責任取るのはプロダクションのスタッフではなく、わたしたちです。仕事舐めてません？」

「だから土方、お前も先輩を舐めてるのか、こんなところに呼びつけて」

瀬田は苦し紛れに、論点をすり替えてきた。瀬田は羽生と同じ三十一歳。土方は瀬田の二期後輩の二十九歳だ。

「論点のすり替えもみっともないですよ。当該責任者はわたしです。わたしは責任者として、ミスをしたスタッフに反省と注意を促す義務があります。わたし自身も反省します」

不意に、土方玲衣の視線が羽生に向いた。「わかった？　張本人さん。同じこと二度言うの面倒くさいから、今ので理解してくださいね」

羽生は「はい」と返事をし、心から「申し訳ありませんでした」と頭を下げた。

「瀬田先輩は謝らないんですか？」

床を見つめる羽生の耳に、挑発的な声が聞こえてきた。

スタッフルームに戻ると、デスクに筑摩が残っていた。

「どうだった？」

「瀬田さんと並んで小言喰らいました。かなり風貌と性格のギャップがある人ですね」

羽生は筑摩の隣に座った。「土方さんが土日返上で、代理店と先方の本社と直接交渉したそうです」

「そうか。じゃあ、『ＡＳ＆Ｅ』の関係か、代理店に知り合いがいたんだろうな。いや、週末に交渉をまとめられたんだから、知り合い以上の確かな人脈があったんだろう」

「でも著作権担当のデスクが出張なんて、どんな用件なんですか」

土方は、政治部長の要請で出張したと言っていた。

「政治部からのご指名で、兵庫県知事選の応援演説に行った民治党の三善《みよし》幹事長の取材だ」

兵庫県知事選は、与党である民治党が推薦した候補者が勝っていた。

「三善幹事長のお気に入りなんだよ、玲衣ちゃんは」

三善忠直《ただなお》幹事長は、主要閣僚、党の主要ポストを何度も経験した有力議員だ。

「政治部が年内の衆議院解散の匂いを嗅ぎつけて、時期を探ろうと玲衣ちゃんを臨時の政治部記者として送り込んだんだ。幹事長も玲衣ちゃん相手には、口が緩くなるかもしれないからな。もともとおやじ殺しだし」

土方は政治部に在籍していた経験があり、官邸や民治党を担当していたという。

「単におべっかや提灯記事で気に入られたんじゃない。閣僚や所属議員に不正の疑惑や不祥事があったときは、臆することなく追及して、政権批判もするが、政策や施政に対する理解が深くて、揚げ足取りはせずに、芯を喰ったニュースを書いてくれる。時に厄介な小娘だけど聡明で信頼できる、というのがとある与党大物議員の秘書から聞いた土方評だ」

土方の存在感は、羽生の実感を易々と超えた。

「彼女を煙たがる人もいれば、その姿勢をよしとして認める人もいる。三善幹事長は後者だ。それに三善さんは幹事長になる前から金曜の夜になると、毎週のように番記者を連れて赤坂の馴染みの店に飲みに行っててな、土方はその〝飲み会〟の常連で、いつも最後まで付き合っていた。そういう関係だからこそ、書けることもあるんだろうな」

その時、上着を肩に引っかけた利根が、ふらりとスタッフルームに入ってきた。

「まだいたのかい。運がよかったというか悪かったというか」

利根が羽生の姿を認め、手近なイスに座った。

「事は穏便に済んだんだけど、困ったことに、誰かが責任を取らなきゃいけなくなってね」

「もしかして、青葉さんが何か言ったんですか」

筑摩が言うと、利根は「わかる？　やっぱり」と肩を落とした。「青葉さんの呼びかけで臨時部長会がさっきあってね、まず最初に謝罪されたよ」

〝イブニング〟や〝クロス〟など報道番組は、報道番組部が統括している。その長である青葉報道番組部長が、迷惑をかけた外信部に頭を下げるのは当然だが、利根の表情はそれ以上のことを物語っていた。

「筑摩君はたぶん口頭注意くらい。それで……」

利根は羽生に視線を向けた。「羽生君、君は〝イブニング〟を外れることになる」

「ちょっと待ってください！」

筑摩は狼狽《うろた》えたように声を上げた。「来てまだ二カ月ですよ。しかも、ミスと言っても、誰もが一度や二度やっているミスです。それで辞めた人間なんてこれまでいましたか。ただでさえ人手不足なのに、今から羽生の穴を埋めるなんて、難しいですよ」

「まあね、僕もね、もう済んだ話だから、スタッフを辞めさせる必要はないって言ったんだけど、聞き入れてくれなくてね。すまなかった」

「制作一部に頭を下げる屈辱を、誰かの首を切ることで晴らしたいわけですか。そんなので貴重なスタッフを切られるなんて理不尽です！」

「いえ、いいんです筑摩さん」

羽生は「こちらこそ申し訳ありませんでした」と頭を下げた。

利根は右手で自分の頭を軽く叩いた。

「それに加えて玲衣ちゃんの現場復帰の話も、お流れになりそうだ」

政治部と社会部が土方を欲しがっていて、本人もどちらかでの復帰を望んでいたという。

「青葉さん、当該部署にも責任があり、引き締めるのは当然だって仰ってね。いや責任があるなら外信部長たる私でしょうと言ったんだけど……」

利根はそこで言葉を区切り、立ちあがった。「羽生君、少し休みなさい。次の仕事は私がなんとかするから」

想像以上に報道局の幹部と土方玲衣にダメージを与えている——スタッフルームを出ていく利根の背中を見送りながら、羽生は悔恨のため息をついた。

「正直、報道の仕事を舐めていたのかもしれません」

入念なリサーチと取材、構成、時間をかけた綿密な編集が身上だった。そんな羽生にとって、荒削りで短時間で構成から編集まで済ませるニュース番組は物足りなかった。自分のセンスと技術が活かせない。そんな思いが根底にあったが、いざ現場に投入されると、そのスピードについていくのがやっとだった。その焦りが虚勢を生み、自分自身がその虚勢を信じ、驕りに繋がった……。

「ま、羽生も今後、玲衣ちゃんには頭が上がらないな」

言われるまでもなかった。

「そんな優秀な人がなぜ、著作権担当のデスクなんですか？」

重要ではあるが、客観的に見れば事務処理だけの閑職とも言えた。

「春の都知事選でちょいとやらかしたんだ。その時は玲衣ちゃん、社会部だったんだが、先週の出張と同じ理由で、民治党の推薦候補の中継担当でね」

今年の三月三十日投開票の都知事選で当選したのは、民治党推薦の田《た》渕要介《ぶちようすけ》元衆議院議員だった。

「選挙特番の中継中に、トラブった。中テレが時間オーバーして、玲衣ちゃんが割り込んで、中テレの中継を強制終了させようと知事を挟んで半分揉み合いになって、それがＯＡに乗った」

土方は、中央テレビが田渕都知事に取り付けたピンマイクを、強引に外そうとしたという。

ＮＨＫや民放、インターネットＴＶなど中継対応をする局は事前に中継の順番と割当時間を話し合い、投開票当日に臨むが――

「中テレは十分以上オーバーしててさ。玲衣ちゃんは何度も中テレの現場ディレクターに早く終わらせるよう要請して、田渕都知事陣営のスタッフに了承を得た上での割り込みだったと聞いている。ほかの局のためにも、行くしかなかった」

中央テレビも確信犯だったのだろう。

「田渕都知事は行きがかり上怒りはしたけど、本人からも民治党からも正式な抗議はなくてね、その場限りで終わりのトラブルだったんだよ。中テレもあとで詫び入れてきたし。ただ、青葉さんが過剰反応してね」

土方は一時人事預かりになり、現在の部署に異動したという。

「ちょっとした波風でも青葉さんにとっては大事《おおごと》なんだろうな。成果成績云々より、経歴に傷をつけずに、早く上に行きたいのさ」

筑摩が帰宅し、羽生も帰宅しようとデスクを立った午後十時半過ぎ、携帯が振動した。見知らぬ番号だった。

『羽生君？』

馴れ馴れしい女性の声だった。『土方玲衣。わたしのデスクまで来てくれない？』

叱責の続きだろうか。

急いで階下に降り、報道センターの喧噪からぽつりと離れた著作権デスクに出向くと、土方がイスにふんぞり返っていた。帰宅前なのか、すでに上着を着ていた。

「わたしと仕事する気ある？」

土方は羽生をひと睨みすると、唐突に言った。

「著作権デスク専任が一人だけじゃ、今後も今回のようなミスのリスクが高くなるって、センター長に意見と懸念を申し上げたら、専任を三人に増やしてくれるって内諾を得たの」

土方は、キュートな笑みを浮かべた。「どう考えてもエキスパートじゃないやつが、やっつけで仕事をしたから、ミスを発見し未然に防ぐことができなかった。だったらエキスパートを養成しましょうって建設的な提案も一緒にね」

「それで、僕ですか」

「やらかした本人がやるのが、一番身に沁みていいと思ったし、青葉さんにクビ切られてヒマになるでしょ？　というか、わたしの記者復帰が正式にお流れになる原因をつくったんだから、君に断る権利はないから。これでも寛大すぎる措置だと思わない？」

他局を当たれば、ディレクター契約できる番組があったかもしれないが、それは義理を欠く行為だと思った。

「筑摩さんとも相談の上ですが、よろしくお願いします」

土方の行動力に圧倒される思いだった。

「あ、近いうちって言ったけど、今からわたしに付き合って。外出するから」

土方はバッグを手にし、立ちあがった。向かい合うと、思った以上に小柄だった。そして、叱責を受けたときはパンツ姿だったのが、スカートに替わっていることに気づいた。

連れだって局を出ると、正面エントランス前でタクシーを拾った。

その後の数時間は、〝夢現《ゆめうつつ》〟だったとしか言いようがなかった。

土方は、本革の高級ソファの上に立ち、流行りのアイドルグループの曲を、振り付きで歌っていた。短めのスカートの裾が上下左右に躍り、何度も脚が露わになる。羽生は半ば放心状態で、機械的に手拍子をしていた。

西麻布にある、高級カラオケ個室ダイニングだった。テーブルもそれを囲むソファも、調度品も高級クラブのようなＶＩＰルームで、バーカウンターにはバーテンダーもいた。

酒が入り、ハイになった虎谷《とらや》史郎《しろう》が、羽生の肩を叩いた。

「俺は俗物でね、高潔な精神も、仲間だの絆だの、そんなものも煩わしいと感じるほうなんだ。今が楽しければいい、それで金と権力と女が手に入るのならなおいい」

虎谷は、『ＡＳ＆Ｅ』の日本代理店、ＴＣＰ＝東京クリエイティブ・パラダイスの社長だ。黒い高級ジャケットを羽織り、シルバーのネックレスとブレスレットを身につけ、シャツはカジュアルだ。三十前後だろう。色黒で、整髪料で光る黒髪を後ろに流した、軽さと威圧感を併せ持つ男だった。

「相手の不手際につけ込んでペナルティを科すのは簡単だ。だが別の手法で、その立場を利用できるんじゃないのか？　まず怒りを抑えて、冷静に現状を見ろ。大金だがその場限りの金だけを受け取って、巨大メディアグループとの関係を終わりにするか、今後も続くビジネスチャンスにするか。どちらが得か考えてみろ」

　そこで虎谷は破顔し、感心したように首を横に振る。「玲衣ちゃんにそう言われて、俺は今後ビジネスというものを真剣に考えていこうと思ったんだ。威圧と恫喝は確かに威力を発揮するが、その場だけだ。司法の締め付けも厳しくなった。悪い噂はネットですぐに広がる。親父も言ってた、時代が変わったってな」

　その土方は、虎谷が連れてきた二人の部下の手拍子に応えて、満面の笑みで腰をふりふりポーズを取っていた。部下の脇では、スーツ姿の落ち着いた中年男性が静かに飲んでいた。受け取った名刺には『専務取締役　高田《たかた》輝人《てるひと》』と書かれていた。

「今回の処理を親父に話したら、褒められたよ。人生で初めて。お前もビジネスのやり方がわかるようになったとな」

　虎谷の本名は許史《きよし》郎《ろう》。上海と香港を中心に映画製作会社、芸能プロダクショングループを率いる父からグループ会社の一つ、ＴＣＰを引き継いだ二代目と土方から聞いた。

「親父も俺がこのまま変わらなかったら、家から放り出すつもりだったとさ。俺は土壇場で合格したんだ」

　虎谷は陶酔したように自分語りを展開し、羽生はとにかく機械的に相槌を打った。

　東都放送を出たあと、土方に最初に連れて行かれたのが、西麻布の高級焼肉店で、そこで虎谷と高田を紹介された。羽生は張本人ですと謝罪し、事情を話したあと、なぜか土方、虎谷らとともに高級和牛の焼肉を大いに堪能し、このカラオケダイニングに流れてきたのだが、焼肉でも、カラオケダイニングでも、土方は勧められた酒を、種類やアルコール度数関係なく、すべて飲んだ。それ以前に率先して飲んでいた。

羽生に関しては、『わたしの出世の足を引っ張ったので、奴隷にしました。わたしが潰れた場合の帰宅補助係にします』と宣言し、無理に飲まされるような事態には陥っていない。

そして、土方は飲むほどに無防備になっていった。時に虎谷にしなだれかかり、閉じていた脚も徐々に開き、虎谷の視線も特に気にすることはなかった。途中、虎谷と二人で部屋を出て、一時間近く帰ってこなかった。その間は高田専務がボブ・ディランやローリング・ストーンズを歌い上げ、間を持たせた。

午前四時を回り、高田が「そろそろ翌日の業務に差し障るかと」と意見し、虎谷は少し名残惜しそうな表情を見せたが、従った。

外苑西通りの歩道で虎谷一行と別れ、姿が見えなくなった途端、土方は糸の切れたマリオネットのように、その場にへたり込んだ。

「大丈夫ですか?」

羽生は屈み込み、肩に触れた。「気持ち悪いですか」

「二時間以上前から気持ち悪いわ、この能天気」

土方は頭を垂れたまま、掠れた声で応えた。そこで羽生は、自分が帰宅補助係と呼ばれたことを思い出した。

「家まで送るんですよね」

「代々木上原。井の頭通り……富ヶ谷の交差点から、百メートル」

土方は力尽きたように、歩道に横になった。投げ出された白い脚が、艶めかしかった。

その手法はどうあれ、この人は何事も全力なのだ――羽生はそう思いつつタクシーを止め、土方を抱きかかえて乗せた。十五分と掛からず富ヶ谷の交差点を通過し、上原一丁目交差点付近で停車してもらった。

土方の肩を抱くように、歩道に降り立った。

「どこっすか」

羽生は、土方を背負うと聞いた。

「脇に煉瓦色のマンションあるだろ……。そこの一一〇一……」

賃貸にしても分譲にしても高そうなマンションがあった。

エントランスホールからエレベータに乗り、一一〇一号室のドアの前に立つと、土方は羽生の背中から手を伸ばし、器用に解錠した。

「入りますよ」

土方を背負ったままの苦しい体勢でドアを開け、背中側から玄関に体を滑り込ませた。

「真っ直ぐ廊下がある。その一番奥の右側が寝室だ。一度降ろし、明かりを点けて……」

「このままでも大丈夫ですよ」

「言われた通りにしろ……奴隷」

羽生は土方をいったん廊下に降ろし、明かりを点けて納得した。玄関には十足を超える靴やブーツ、ハイヒールが並べられ、廊下の至るところに靴の箱、雑誌や書籍の山、衣装ボックスが乱雑に置かれていた。

土方は這うように玄関脇のトイレに入ると、扉を開けたまま便器を抱くようにして激しく嘔吐した。

「みず……冷蔵庫」

土方の声に、障害物を避けつつキッチンへ行き、冷蔵庫からミネラルウォーターのボトルを取って戻ると、トイレから這いだしてきた土方に手渡した。土方はトイレットペーパーで口許を拭うと、二口、三口と水を飲んで頭を振る。

「ごめん、流しといて」

羽生は便器の中を見ないようにして流すと、再び土方を背負い、廊下の奥へと進んだ。

「寝室の前ですよ」

「速やかに中に入り、わたしをベッドに寝かせろ……」

「入っていいんですね」

「案ずるな、君は何かできるタマじゃない。早くしてくれ。頭がガンガンに痛い」

羽生は足でドアを開けると、寝室に入り、明かりを点けた。衣類と衣装掛け、書籍、雑誌などが、廊下よりさらにカオスな状況で散乱し、中央にセミダブルのベッドが置かれていた。

造り自体は、白を基調としたシックで高級感溢れる寝室だ。

　羽生は土方をベッドに寝かせると、二歩下がった。

「今日は申し訳ありませんでした」

　羽生が改めて頭を下げると、土方は仰向けのまま目を開けた。

「全身全霊リミッターオール解除で虎谷社長を楽しませてやった。短気で単純で虚勢を張る典型的なヤンキー気質だから御しやすかった。一応、支払いは報道の交際費から出ている。十万ドルを三千ドルに負けさせたんだ。当然だ。勝手に話を進めて青葉部長が怒ったみたいだけど、青葉部長以外はみーんな感謝してる。ざまあ見ろ」

「でも、無防備すぎました」

　土方を見る虎谷の視線、部下二人の視線。謝罪の意味もあるだろうが、飲食店の接待とカラオケだけで虎谷が納得するはずがない。ビジネスマンの父親から諭されたとしてもだ。そして、虎谷とともに席を外した一時間——

「ゲスなことを考えているな」

「いや、何も」

「顔見ればわかるよ。失望させるなよ、羽生君」

　土方はしばらく黙って天井を見る。

「消えてた時間は彼の野望を聞いてあげてた。軽い狼藉はあったけど。あとは高田専務のほうに手を回したんだよ。実質、虎谷社長の手綱を握る立場だしね。それに彼はわたしとお付き合いがある芸能事務所の社長さんとも懇意にしててね、いろいろ根回しはしたさ」

三善幹事長といい、土方の武器の一つは広い人脈のようだった。

「ビジネス目的で一線越えるのは、わたしの中では一発レッドの反則……」

土方はあえぐように息を吐き、半分ほどになったペットボトルを差し出した。「これ冷蔵庫に戻してきて」

キッチンへ行き、冷蔵庫にミネラルウォーターを入れ、寝室に戻ると、土方はすでに寝息を立てていた。

羽生は「お疲れ様でした」と一礼して土方の部屋を出た。外通路からは麻布方面の夜景が広がり、ビルの影に切りとられた地平線が白み始めていた。

十月二十八日　火曜未明　――トワ

明かりが灯されていない部屋では、酒とタバコと黴《かび》と生ものが腐ったような臭いが混ざり合っていた。私は酔いつぶれ、ちゃぶ台に突っ伏している男を見下ろした。

擦り切れた畳の六畳間だ。窓から入る街灯の淡い光が、散乱した漫画雑誌やスポーツ新聞、焼酎のペットボトルを照らしている。

黄さんの伝《つて》で、ようやく見つけた。

かつては冷酷で傲慢ではあったが、統率力があり、細部まで目が届く男だった。

だが、すべてを失い、環境が変わると、男も変わった。組織を動かしていたというプライドに固執し、やり直せるはずの機会を自ら放棄し、借金にまみれ、仲間たちも去った。

　今は日雇いの仕事で食いつないでいるが、私を見つけたことに関しては、かつての能力をうかがわせた。ただ、その目的は金の無心だった。ためしに金をやったら、すべて酒に替えた。

　酒に溺れた、くたびれた中年。周囲も男がそういう人間であることは知っている。軽く蹴ってみたが、なんの反応も示さなかった。

　ちゃぶ台の端には、吸い殻が山となっている灰皿。これを火元としようか――灰皿の脇には安タバコとライターが置かれていた。

　指先で灰皿を、ちゃぶ台の下に落とした。灰と吸い殻がスポーツ新聞の上にこぼれた。

『日本人《日本人》能以《なら》比較有利的《高く》价格售出《売れる》』

　男の甲高い声が、不意に鼓膜を揺さぶる。幻聴だとわかってはいるが、思わず耳をふさぎ、頭を振る。封印したはずの記憶が今になって重みを持って蘇り、胸を押し潰そうとするのは重ねてきた罪への罰か。

　古い木造アパート。侵入の痕跡さえ、すべて灰にしてくれるだろう。右隣は深夜勤務の若い警備員で、朝まで帰ってこない。左隣は、新聞配達の中年男でそろそろ起きる頃だ。寝ぼけていても、火事となれば逃げ出すはず。それ以外に、二階に住人はいない。

　着火には持参したライターを使った。切り口が赤く燃える。最終的にスポーツ新聞に燃え移るよう慎重にセットし、部屋を出た。

第三章　現　場

十一月十七日　月曜　――渡瀬敦子

車から降り立つと、影が随分と長くなっていることに気づいた。

小平市上水本の住宅街、二つ塚西通りと呼ばれる小さな通りだ。比較的新しい一戸建て住宅が並ぶ中に、畑や木立が散在している。

「ここも代わり映えしないな」

運転席から降り立った八幡が、伸びをしながら言った。「ホシが同じ条件の場所を選んでいるとも言えるが」

通りには学校帰りの小学生や中学生が目立ち始めていた。

六月、二番目の犯行があった現場だ。狙われたのはこの通りから二十メートルほど路地を入った住宅で、一部が焼失し、今は消失部分の再建途中だった。ステンレス製の門扉を備えていたが、犯人は裏手の庭から侵入し、〝巻物〟を複数置いたと見られている。家人が早く火災に気づき、水を撒きつつ一一九番したお陰で、〝巻物〟が燃え残ったのだ。

「この辺でも、およそ半数の家が自動点灯のライトか、防犯カメラをつけています。防犯意識はそれなりに高い地域ですね」

　現場となった住宅にも、玄関先に防犯カメラと自動点灯ライトが取り付けられていた。

「ここまでで八幡さんの印象は？」

「自信がなければ、家人がいる住宅の庭先に侵入しようとは思わない。自己顕示欲が強い人間が選びそうな場所ってことだ。本当に玉城かもな」

　渡瀬と八幡は、朝から連続放火の現場を、都心に近い順に回っていた。

　堀部管理官から連絡があったのは昨夜だった。

『明日は、刑事部長がこっちで記者会見を開く。テコ入れの発表だ。近隣署から増員がかかる。連絡が遅くなってしまったが、帳場には君の係も加わることになる』

　堀部は鑑識の経験が豊富で、現場で得た情報、証拠を重視する傾向にあると牛島所長から聞いていた。

『俺は町田と先月の小平での君の分析力を評価しているが、若干の軋轢や相互不理解があって、君を快く思わない連中もいる』

　それが三週間も連絡を寄越さなかった主たる原因だろう。だが、その期間を利用して予備捜査を行い、玉城の拠点――職場を割り出していた。

『君に望むのは、次の犯行予測だ。そのためのチームも編成する』

　堀部はそう明言した。

『でしたら明日はすべての現場を回ります。合流はその後でよろしいでしょうか』

渡瀬は堀部にそう返答した。

『明日は早めに午後八時から捜査会議を行う。その時までに来てくれればいい。君の分析と次の犯行予測を発表してもらう』

過度な期待は胃を刺激する。

渡瀬はタブレット端末に地図を表示させた。これまで六件、すべての現場の位置情報を重ね合わせてあった。

《小金井市・小平市・西東京市連続放火事件》

①五月十六日　金曜　小金井市前原町五丁目　半焼
②六月二十八日　土曜　小平市上水本町一丁目　軽傷一名。一部焼失
③七月二十五日　金曜　小平市回田町××　重傷一名。全焼
④八月十四日　木曜　小金井市東町一丁目　死亡二名。全焼
⑤九月二十六日　金曜　西東京市南町三丁目　軽傷一名。一部焼失
⑥十月二十五日　土曜　小平市栄町二丁目　一部焼失

「ここも北側に玉川上水がありますね。畑に沿って北に逃げる経路が想定できます」

玉川上水沿いに未舗装の遊歩道があり、東西どちらへも速やかに逃走が可能だった。

「先月駆り出された栄町と似た土地か」

現場の北に雑木林があり、犯人が野火止用水を利用し逃走した可能性が高くなっていた。

北側の玉川上水沿いは未舗装だが、砂利を含んだ土の路面は固く、雨が降らない限りは足跡は望めないだろう。両側は木立が並び、住宅や道路からの視界を遮蔽している。現場からは百メートル前後。

捜査本部も当然ここは調べている。ただ、痕跡が残っていないだけだ。

渡瀬がまとめた共通点は、幹線道路からある程度の距離があり、半径百メートル圏内にコンビニや商店などの店舗がなく、防犯カメラの設置箇所が比較的少ないこと。周辺に公園や雑木林、河川など、防犯カメラが設置されていないエリアがあること。

渡瀬は新たに逃走路を描き込んだ。

①小金井市前原町五丁目
→北側に野川。河川敷あり。逃走路として使用可能。防犯カメラ無し。
②小平市上水本町一丁目
→北側に玉川上水。遊歩道は木立により遮蔽。防犯カメラ皆無。
③小平市回田町××
→現場東側に広めの畑と小さな用水路。用水路沿いは防犯カメラ無し。
④小金井市東町一丁目
→南側に野川と武蔵野樹林公園。

⑤西東京市南町三丁目
↓北側に石神井川。護岸され、通りからは見えず。
⑥小平市栄町二丁目
↓北側に雑木林と野火止用水。用水脇で犯人のものらしい足跡発見。


犯人が入念に現場の下見をしているか、土地鑑を有しているのは確実であり、窃盗の前歴者という分析の大きな論拠となっていた。

「どうする、栄町に行くか？　早くしないと日が暮れる」

八幡が声をかけてきた。車で十分ほどの距離だった。

「いえ、そこは一度見ていますし必要なデータは揃っています」

「じゃあ武蔵小金井署だな」

佐倉、古崎、日野の三人も、夕方には武蔵小金井署に設置されている捜査本部に合流することになっていた。

「いえ……」

逃走路に関して、疑念が残る現場がひとつあった。

「小金井市東町……もう一度行っていいですか」

「さっき見ただろう」

「全部見たから、違いに気づいたんです」

連雀通りを都心方面に戻り、西武多摩川線の踏切を越えたところで、右に入った。暮色は濃くなり周囲は薄暗くなり始めていた。

三階建ての集合住宅と一戸建てに挟まれた路地を進むと、右手に、黒く焼け焦げた塀が見えてきた。ただし、塀に囲まれた敷地に、家屋はなかった。八月の四件目、木造家屋が全焼し、二人が死亡した現場だった。

近くの有料駐車場に車を入れ、現場の前に立った。今も《立入禁止》の黄色い規制テープで囲まれている。

渡瀬と八幡は手を合わせた。

火元は玄関先と勝手口付近。日頃から段ボールや板材などが置かれており、一一九番通報した近隣住民は、正面の玄関と裏口の両方が燃えていて、たちまち家全体が炎に包まれたと証言した。鑑識からも、玄関と裏口が火元との結果が出た。

焼失した木造家屋は二階建ての築五十五年。脚が不自由な男性とその妻が逃げ遅れ、焼死した。

「とりあえず班長が窃盗犯を標的にした理由は理解している。ノビ師は自分に自信があるヤツほど、手口は変えない。だが放火だ。放火と窃盗は違う」

八幡は、この分析をそのまま捜査会議で開陳することに懸念を抱いているようだった。

「なぜ窃盗犯が放火に走ったのか、結論は出ていないんだろう」

「窃盗前歴者の犯行は、行動面から考えた可能性の一つ、と考えています。放火の理由は、帳場で捜査すればいいだけのことです」

「そう上手くいくか？」

資料によると、この現場で死亡したのは鈴木《すずき》章介《しょうすけ》、六十七歳と、その妻顕子《あきこ》、五十五歳。鈴木章介は以前九州で小さな建設会社を経営、自らも現場に出ていたが、十年前に事故で右脚を切断、仕事を引退したと周囲に語っていた。現住所に越してきたのは六年前で、ここ一年ほどは体力的にも衰え、認知症の症状が出ていたという。時折、妻が押す車椅子で散歩に出る姿が見られていた。夫妻に子供はなく、近い親戚もいなかった。妻の顕子には多少の近所付き合いがあった。聡明かつ穏やかで、真面目な性格だったという。二人の葬儀は地元の商工会が合同で行い、遺骨は小金井市内の陵苑に納められた。

収入面では、章介名義でアパートを二棟所有、顕子がアパートを管理する不動産会社の事務をしていて、生活に困ることはなかった。また、章介名義の口座には二千万円ほどの預金が残されていた。

渡瀬はタブレット端末に、現場の家が焼失する前の画像を表示させた。

「確かに、ほかの現場と比べて、質素な家だな」

八幡が言う通り、小ぶりな二階屋で、アパートのオーナーにしては慎ましいと感じた。捜査本部も同様に考えたようで、鈴木夫妻を狙って殺害した可能性も視野に入れて捜査しているが、現在のところ鈴木章介夫妻とトラブルを抱えていた人物は見つかっていない。預金や資産の動きも監視していて、その面の捜査にも遺漏はない。

「ここにこだわるのは家が質素だったからか、犠牲者が出たからか」

「いえ、逃走路からの距離です」

渡瀬は六箇所の地図を、ディスプレイ上に並べた。「ほかは現場住宅から、川や雑木林、畑など逃走想定路まで百メートル以内です。しかし、ここだけは三百メートル以上離れています。行ってみましょうか」

日中に来た際には、この現場周辺しか歩かなかった。

八幡とともに南へと向かうと、ものの数十メートルで周囲の雰囲気ががらりと変わった。真っ直ぐで整備が行き届いた道路と、道路沿いに築十年以内と思われる現代的な一戸建てが並び、それぞれ門があり、ガレージがあり、庭があった。加えて、古いが立派な日本建築の家屋も散見された。

その住宅街の真ん中で立ち止まった。

「ほかの五件と比べると、こちらのほうが標的としての共通性が高いのは自明です」

資産的な面で、窃盗犯が狙いそうな住宅が並んでいるのだ。「逃走路へのアクセスを見ても、こちらの住宅街を狙うのが理にかなっていると思います」

「地形は袋小路だが……」

住宅街の西側は西武線の線路で塞がれ、南側は武蔵野国際大学の広大な敷地があり、フェンスで囲まれている。そのさらに南側には野川が形成した崖になっていた。その崖を下る一本道が、渡瀬が想定した逃走路だ。

「鈴木家はこの住宅街の北の外れです。さらに北の連雀通りと、東の天文台通りはコンビニや店舗、公共施設も多く防犯カメラに映るリスクが高い場所です。住宅街の北側で犯行に及ぶなんて、リスクしかありません」

なぜ鈴木家でなければならなかったのか――この異質さを取り除けば、渡瀬には被疑者の姿が見えてくるだろう。

捜査本部へと向かう車内で、渡瀬はタブレット端末の地図をじっと眺め、ある可能性に気づいた。調べると付近は複数の警察署の管轄が入り組んでいた。

事実確認のため武蔵小金井署、三鷹署、府中署の地域課に順に電話をかけ、調布署でヒットした。思った通り——

渡瀬は、その〝資料〟を武蔵小金井署の捜査本部に送るよう要請した。

これで、捜査本部で発表する分析結果に肉付けができた。

武蔵小金井署に到着し、着任の挨拶のため署長室へ向かったが、記者会見の最中だった。開け放たれた扉から、取材陣の応対をする刑事部長と一課長、堀部管理官、武蔵小金井署署長の姿が見えた。

「……先月の犯行で、犯人は現場に重要な手掛かりを残していきました。現在捜査本部はその手掛かりを元に着実に捜査を進展させています。そこでさらに捜査員を増員し、新たな捜査手法も取り入れ、犯人を追い込む態勢を取っています」

東村《ひがしむら》部長は力強い語調で笑顔を作っていたが、目には厳しさが刻まれていた。渡瀬は挨拶を諦め、八幡とともに階段で階上へと向かった。

捜査本部は五階の講堂に設置されていた。扉の脇に掲げられた『小金井市・小平市・西東京市連続放火事件捜査本部』の〝戒名〟を横目に渡瀬は一度深呼吸し、足を踏み入れた。

午後八時を前に多くの捜査員たちが戻り、報告書の作成に追われているか、あちこちで数人が集まって話し込んでいた。時折向けられる好奇の視線は無視した。

担当班ごとに分けられた長机の〝島〟と、資料が貼られたホワイトボードやプロジェクター、ノートパソコン等ＯＡ機器が、部屋の一部になったかのように馴染んでいた。捜査本部にとって好ましい状態ではない。

後方に佐倉と古崎、日野がいた。八幡はそちらに向かい、渡瀬は雛壇に向かった。デスク要員がいるほかは、谷川だけだ。

――町田では帳場に従わず、神奈川の強行犯係長に手柄を差し出した。

――粋がって現場に出て、ケガをした勘違い女。

背中から聞こえてきた。

「また会ったな」

谷川は無愛想だが、拒絶感はなかった。「堀部さんは会見中だ、すぐに来る」

「お世話になります。至らない点が多いかと思いますが」

「ああ、初日から無断で資料請求するなんてな。君宛だ」

谷川は紙の束を掲げた。「手短に説明しろ」

調布署からファクシミリだった。

「先に目を通させてください」

調布署の一一〇番通報の記録だった。入電は八月十四日午前一時二十七分。

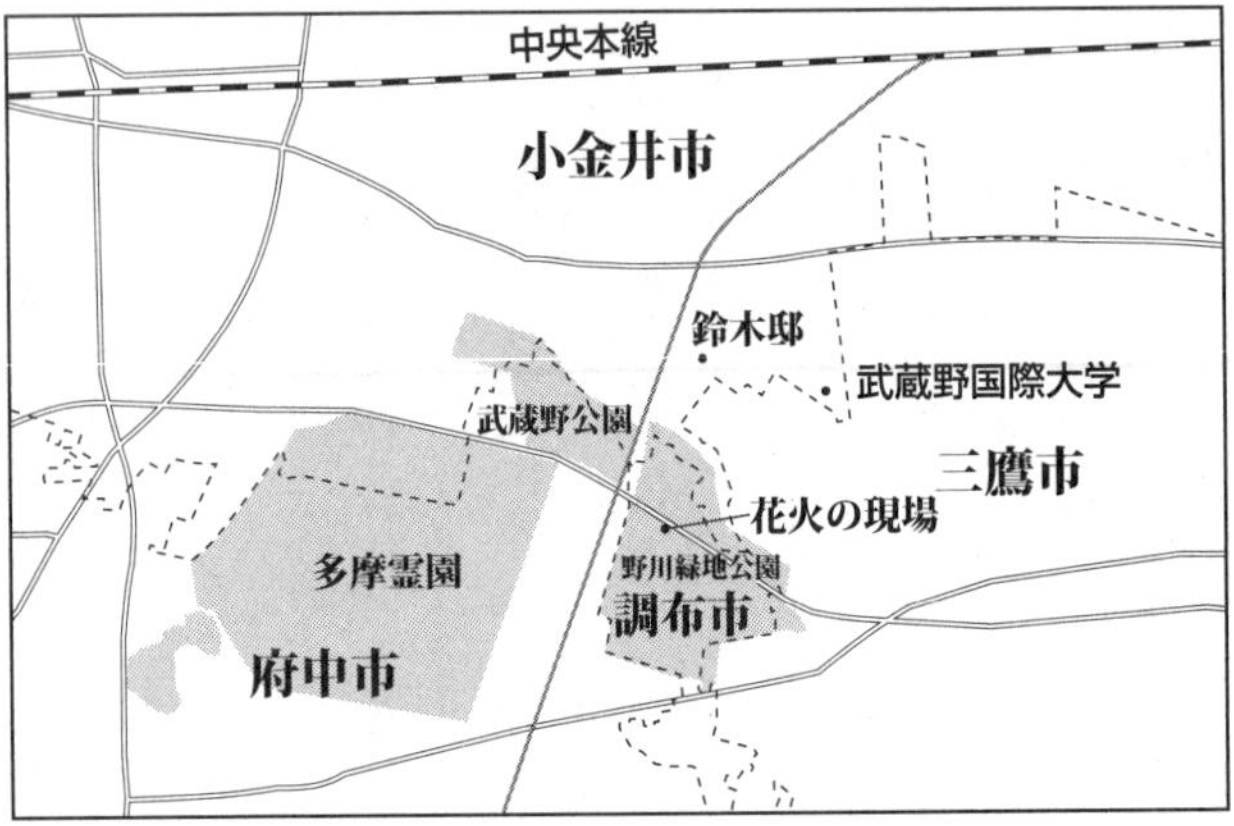

鈴木家の火災が発見されるおよそ一時間半前だ。

「野川緑地公園で深夜、八人前後の男女が花火をして、近隣住民から通報。どういうことだ、こいつらを疑っているのか」

「いいえ、なぜ火を点けたのが鈴木家でなければならなかったのか考えていて、ふと思い立ったんです」

逃走経路として計算していた南の抜け道が使えなかったから、住宅街ではなく、難易度を下げ、鈴木家に火を点けた可能性だ。

さらに野川緑地公園付近は小金井市、三鷹市、府中市の市境が入り組んでいて、その間を楔《くさび》のように調布市が割り込んだ形になっていた。つまり各警察署の管轄の境界も入り組んでいた。そして、広大な公園の一部分だけが、調布署の管轄となっていて、花火をしていたグループは調布市側にいた。それが武蔵小金井署に伝わっていなかったのだ。

「想定していた逃げ道に人がいた。それで説明がつきました」

逆に言えば自分の分析が間違っていなかった証左でもあった。犯行時間と九十分のズレがあることなど考慮すべき点はあるが、ひとまずこれで〝異質〟な部分を説明できる。

「着眼点はいいが、今後独断は控えろ」

「申し訳ありませんでした」

気まずい雰囲気のまま、午後八時になった。

「君はこっちに座れ。端が空いてる」

谷川に言われるがまま、雛壇の端に座った。六十名を超える捜査員たちが、整然と席に着き、一課長、堀部管理官、武蔵小金井署署長など捜査幹部が入室してきた。

「お、来ているな」

堀部が渡瀬の姿を見つけ、小さく手を挙げた。

起立がかかり、礼をし、着席する。

「まずは、増員があった」

堀部が告げた。

四十歳。捜査一課の管理官の中では最年少だ。背が高く、スーツの着こなしは自然。短く刈り揃えた髪が清潔感を、ギラリと開かれた目と締まった口許が熱い意志を感じさせた。

「紹介する。こちらは――」

渡瀬は立ちあがった。そして、空気の変化を察知した。好意的な変化ではなかった。

「捜査支援分析センター、分析捜査三係の渡瀬君。野火止用水の足跡発見は彼女のお陰だ」

「渡瀬敦子です。よろしくお願いします」

余計なことを、と思いつつ渡瀬は頭を下げた。

その後、各担当チームからその日の捜査報告が行われた。

先月二十五日の六件目からおよそ三週間。野火止用水の足跡は、早い段階で靴底の形状から関東、東海、北陸で広く流通している中国製のサンダルだという結果が出ていた。しかし、購入者の追跡捜査は雲をつかむような話で一向に進んでいなかった。水を踏む足音については、午前二時半前後と特定されていたが、その時間帯の野火止用水周辺での不審者の目撃情報はゼロのまま。つまり、渡瀬が挙げた成果は、なに一つ実を結んでいなかった。

「最後に、渡瀬君から」

堀部が再び渡瀬の名を呼んだ。「彼女には本事件の分析を依頼した。明日から彼女の分析に対応した専従捜査班を発足させる」

困惑の色の濃いざわめきが、床を這う。

渡瀬はタブレット端末を大型モニタに接続し、捜査員たちを前にした。

「今日までにすべての捜査資料を精査し、すべての現場を回り、若干の予備捜査をしました。そこから得た情報を警察庁のデータベースと比較し……」

町田の時と同じ。速やかに事件を終息させ、次の平穏をたぐり寄せればいい——「手口と行動から、被疑者を四人に絞りました」

どよめきが起きた。一人、笑みを浮かべているのは堀部だ。

渡瀬はタブレット端末を操作し、モニタに容疑者四人の顔写真を表示した。これまで捜査本部が一切マークしてこなかった四人だ。

高木《たかぎ》頼道《よりみち》　五十六歳
金村《かねむら》功《いさお》　六十一歳
窪田《くぼた》陽次《ようじ》　五十二歳
玉城竜介　三十七歳

「いずれも侵入窃盗の前歴がある人物で、それぞれが小平市、三鷹市、府中市に住んでいることが確認されていますが、玉城の居所は現在不明です」

捜査本部は放火の前科があり、小平市、小金井市周辺に在住している人物を複数リストアップし、行確や事件時のアリバイ捜査を行っていたが、成果は出ていない。

「玉城は半年前に実家を出て以来、連絡がないそうです」

――事件が始まった時期と重なるな。

誰かが呟いた。

「放火の前歴者に加え、上記四名の窃盗前歴者を捜査対象に加えることを提案します」

現行案を否定せず、あくまで並立することを強調した。町田で学んだ、反発を和らげる手法だ。

「侵入と、防犯カメラを避けて逃走という〝プロ〟をうかがわせる犯行から、窃盗犯に着目しました」

放火犯の八割は男性というのは、捜査員なら誰でも知っているデータだ。そこに収入や生活状況など、複数のデータを加えた。

「六件の現場も、彼らの過去の〝仕事場〟と重なり合っています」

「窃盗犯がなぜ放火に転じたのか、説明してほしい」

谷川が聞いてきた。

「今のところ、不明です」

頭を横に振る者、半笑いで隣席の相棒に話しかける者、困惑を浮かべる者……。

「ただ、彼ら以上に、放火があった六箇所すべての土地鑑を持つ者はいるでしょうか」

問いかけると、全員が押し黙った。

「あくまでも、その四人が被疑者ならな」

谷川が釘を刺す。

「居所が判明している三人には、身辺捜査と同時に行確が必要です。玉城は早急に居所を確認しなければなりません」

「目星はついているのか？」

堀部が間髪容れず聞いてくる。

「居所は不明ですが、犯行拠点となり得る勤務先は予備捜査で確認しました」

渡瀬は犯行現場の分布から、拠点が小平駅を中心とした半径百メートル以内の地域と仮定した旨を説明した。

「玉城を見つけたのか」

堀部が興奮を抑えるように聞いてくる。

「見つけました」

「そんな捜査のこと、聞いていないぞ」

反面、谷川は冷静であり、半ば呆れ気味だ。

「複数の案件の分析は通常業務です。また、所長から帳場への参加を示唆されておりましたので、通常業務の範囲を若干拡大しました」

渡瀬は言うと、玉城の写真をモニタに表示させた。食材の入った箱を持ち、飲食店の勝手口に入る際の写真だ。

「六日前に撮影したものです。玉城の勤務先は小平駅南口にある居酒屋『ＪＩＮ』。その厨房で働いています」

「分析通りのところに玉城がいたと言うんだな」と堀部。

「偶然かもしれませんが」

渡瀬は応える。「ただし、まだ居所の断定には至っていません」

この三週間、特殊詐欺事件、荒っぽい窃盗団の事件と、いくつかの捜査に加わった。その合間を縫っての予備捜査だった。佐倉と古崎による聞き込み、八幡の客を装った居酒屋巡りで十日を費やし、最終的に八幡と佐倉が客として『ＪＩＮ』へ行き、厨房にいる玉城を確認した。ただし、警戒させないため本人との会話、店長や店員に話を聞くことは避けた。
『JIN』の閉店は午前〇時半。玉城が店を出るのは午前一時過ぎ。通勤はバイクです。バイクであれば、閉店後、犯行時間内に各現場に行くことは可能です」

「ならヤサはこの帳場で探すのが筋だな」

堀部は躊躇《ためら》うことなく言い、谷川が鼻を鳴らした。

「小平駅及び居酒屋周辺の四箇所の防犯カメラの映像を入手済みです。どちらも映像の保存期間は一カ月で、先月二十五日の六件目しかカバーできていませんが……」

午前一時から二時の間に、バイクに乗った玉城らしき男が、駅西側にあるファストフード店の防犯カメラに映るパターンが一番多かった。玉城が横切った先には踏切があり、駅の北側に抜けていると思われると説明する。

「ただし、事件が発生した先月二十五日、玉城の姿は映っていません。従って、明日から上記四名の行確に加え、玉城の居所の割り出し、『JIN』と居所周辺の聞き込み、範囲を広げて防犯カメラの映像の収集によって、各事件時の玉城のアリバイ確認を提案します」

場は静まりかえってはいたが、畏怖や驚嘆、納得によるものではなかった。

オマエハ、ナニヲイッテイルノダ？　無言の視線がそう語りかけてきた。だがそれもすべて織り込み済み——渡瀬は続ける。「居所に関しては、円仮説から青梅街道より北と推察できます。心に留め置いていただけたらと思います」

連続放火の場合、犯行の八割以上が拠点型の犯行だ。そして、連続する犯行地点のうち、最も遠い二点を結んだ線を直径とする円に、その拠点が存在する。『円仮説』の基礎である。犯行は秩序型。犯人が慎重であれば、最初の犯行は拠点から遠い場所で行われる。犯行の順番、分布、犯行現場の条件、犯人の心理を勘案すれば、犯人の拠点が、青梅街道より北であることはすぐに判明する。

分析に間違いはない。統計は嘘をつかない。

「玉城の捜索班、ほか三人の行確班を編制する」

堀部の決断に対し、複数の捜査員たちから「はい」と返事が上がったが、困惑含みだった。

「よろしい。それで、本題だが……」

堀部は続ける。「次の犯行の予測を聞かせてくれ」

渡瀬は大型モニタに小金井市、小平市を中心とした広域地図を表示させた。これまで六件の現場が、犯行順、日時情報とともにポイントされていた。

「次の犯行ですが」

渡瀬はモニタの一点を指さした。武蔵小金井署から北北西に直線距離で一キロほど離れた一角だ。「まずここを中心とした半径三百メートル程度の地域です」

住所は小平市上水南町。住宅街であり南側に東京学英大学、西側にはサレジオ学院の広大な敷地。北側にも小さな公園が点在している。

「もう一箇所は……」

指し示したのは、小金井市中町。南には野川、東側に武蔵野樹林公園。鈴木夫妻が死亡した四件目にほど近い地域だった。

「四人ともこの一帯を仕事場にしていた記録があり、まだ放火が発生していない地域です。犯行は今週末の可能性が高いと思われます。被疑者がわたしが上げた四人以外の可能性も考え、明日の夜からにでも、上記二箇所での邀撃態勢に入ることを提案します」

「待て渡瀬」と谷川が遮った。

「玉城の捜索に三人の行確、その上二箇所の邀撃、張り込みとなると、三十人は必要だ」

谷川が言うと、多くの捜査員たちがうなずいた。「これまでの捜査をすべて見直し、編成も一から組み直すことになる」

「対応する」

堀部が応えた。「玉城の居所に関しては一日二日で結果が出るだろう。邀撃は渡瀬の係と谷川の係から嵯峨野《さがの》の班を充てる」

「全力を尽くします」

渡瀬は応えてみせたが、この言葉が本心なのか出任せなのか、自分でもわからなかった。

十一月十八日　火曜　――羽生孝之

羽生は午後三時に出社し、報道フロアを抜け、打ち合わせロビーに向かう。

海外素材著作権デスクに着任して二週間が経っていた。各デスクに報道用のＬＡＮ端末と書類ボックス、壁際に二十二インチのＯＡモニタがあるだけの殺風景な〝島〟だ。

「おはようございます」

デスクにいた日勤の柊《ひいらぎ》凛々子《りりこ》に挨拶する。

「どうもねー」

凛々子はデスクに肘をつき、手にしたスマホに視線を固定したまま応えた。

羽生同様、連休明けの今月四日から著作権デスク専任となったが、着任早々から万事この調子だ。そばかすに低い鼻、厚めの唇と個性的な顔立ちで、今日はダメージつきのデニムパンツ、ラフなパーカという出で立ちだ。ショートボブの髪は、見事なまでの金髪だった。

『先週まで〝電撃ナイト24〟にいたんだけど、理不尽な要求しかしないパワハラ・セクハラチーフDの股間を蹴っ飛ばして、すわ謹慎かというタイミングで玲衣姐さんに拾われてん』

それまで深夜のバラエティー番組のディレクターだった凛々子は、自己紹介でそう言った。

東都放送の社員であり、過去に報道局で社会部と報道番組部を二年ずつ経験した二十八歳だ。

「引き継ぎ事項はありますか」

羽生はカバンを置き、上着を脱ぐ。今日は午後三時半から午後十一時半までの夜勤シフトになっていた。

そろそろ〝イブニング〟用の著作権申請が増えてくる時間帯だ。

「あるけど気にしなくていいよ。〝イブニング〟終わりまでここにいるから」

凛々子はスマホに目を落としたまま言った。

「どういうこと」

「そろそろ玲衣姐さんが来る。来たら指示に従って」

凜々子はそれだけ言うと、また自分の世界に閉じこもった。

羽生はキーボードを叩くと、報道素材サーバに接続、一覧画面を呼び出した。国内の取材映像や海外通信社から配信された映像が日付と、政治部、社会部、ネット局などカテゴリごとに整理集積されている。

いつものように各番組のニュース項目予定表を見ながら、項目に対応する映像をチェックしてゆく。新宿歌舞伎町で発砲事件が発生していた。

羽生が映像をチェックしている間、〝イブニング〟のスタッフが三件の著作権処理の申請に来て、凜々子が処理したが、一人でも十分対応できる作業だった。申請が集中するのは各報道、情報番組のOA二時間前からで、ほとんどの時間は、映像のチェック以外はデスクに座っているだけ。業務の量的には閑職であることを、勤務二週間で実感していた。

午後四時過ぎ、土方が出社してきた。昨夜から今日午前の〝泊まり〟勤務を終えて六時間ほどしか経っていないが――

「おはようございます、姐さん」

凜々子はスマホを置いて立ちあがり、一礼した。

「凜々子、ここを頼む。たぶん夜勤終わりまで」

「がってんです」

凜々子も朝八時から勤務しているはずだが、即答だった。

土方は上着を脱ぎ、パーティションのハンガーに掛けると、羽生に向き直る。

「一緒に来て、企画のプレゼンに行くから」

「企画？　著作権デスクが？」

「あなたの仕事はなに？」

土方が冷たく言い捨て、先に行く。羽生は慌ててあとを追った。向かった先は、四階にある『ニュース・クロス』の企画班スタッフルームだ。土方は勝手知ったる足取りでデスクの間を渡り、イスにふんぞり返る北上の姿を認めた。

「北上さん！」

土方が大きく手を振って声を上げる。北上は席を立つと、「声がでかい」と言いながらやって来た。

挨拶をすると、北上は興味深げに羽生に視線を向けてきた。

「もう鬼姫ちゃんの秘書か」

「奴隷です」

土方は即座に言い返す。「例の企画、持ってきました。今ヒマでしょ？」

「俺以上にヒマな奴に言われたくないな」

北上は応えながら、土方と羽生を打ち合わせスペースに案内した。広いテーブルにはプレビュー用の再生機と、使い込まれた報道ＬＡＮ端末が置かれていた。

「前に話してた、頻発する連続事件ってやつです」

　土方はバッグからレポート用紙の束を取り出し、北上の前に置いた。企画書だ。企画者の欄には『筑摩省吾』と記名されていた。

「筑摩の名を騙《かた》るか」

「迷惑料代わりです。本人は承諾しました」

　北上は苦笑しながら、企画書をめくった。

「『欧米型犯罪に対応する警視庁の新スキーム』？」

「そういう言葉を使ったほうが企画通りやすいじゃないですか」

「通すかどうか決める人間の前で言うな」

「春に町田で起こった連続通り魔と、今起こってる小金井と小平の連続放火を扱います。特に放火は、今までの連続放火とはパターンが全然違うし、町田の事件と犯人像が繋がるかもしれないし」

　土方は本題に入った。

「そう言えばお前、町田の通り魔取材してたな」

「終わってさあまとめようって時に取り上げられたから、そのリベンジ。結構奥が深い事件だったのに、ただ犯人の異常性だけを興味本位で強調しただけのクソみたいな特集に仕立て上げた〝イブニング〟と〝クロス〟に対しても、スジ通さないとね。せっかくの素材と綿密かつ重厚な取材資料を無駄にしやがって」

　土方は北上の胸に人差し指を突きつけた。

「それで鬼姫ちゃんは、どう差別化をつけるんだ？　一度やったことをウチでもう一回やるんだから、生半可な内容では通せない」

北上はホールドアップのポーズで応える。

「町田の事件を導入にして、小平の放火を分析します、解決まで」

「放送は事件次第か。それで二つの事件をどう関連づける。犯罪の現代性とか犯人の異常性とか、そんな陳腐なものはだめだぞ」

「そんな陳腐な特集にまとめた張本人に言われたくないです」

土方はバッグからスマホを取りだし、画像を表示させた。土方と同世代に見える女性の写真だ。「主人公はこの人。警視庁の渡瀬敦子警部です。二十九歳の準キャリアで、前職は科警研の分析官」

スマートな体型でパンツスーツが映え、目鼻立ちも整ってはいる。だがフレームが厚い野暮ったいメガネをかけ、ストレートのロングヘア、前髪は眉を隠すように切りそろえているため、垢抜けていない印象だ。

「磨けば光る素材だな。本人は自分の美貌に気づいていないのか」

北上がテレビ屋らしい評価をした。

「その点はわたしがアドバイスします。町田の連続通り魔は、彼女が解決に導きました」

渡瀬警部は捜査本部に参加後、二週間あまりで容疑者の犯行の日時と場所を予測し、逮捕したと土方は説明した。「彼女の所属は、刑事部捜査支援分析センターの分析捜査係。捜査一課とは別の組織です」

サイバー犯罪やインターネットによる脅迫や威力業務妨害など、広域化、複雑化する現代型犯罪に対応するために数年前に設立された部署だという。

「連続放火は堀部管理官が指揮を執っていますが、目下苦戦中なので呼ばれたんだと思います」

土方はＬＡＮ端末を使い、報道素材サーバから十七日の月曜日に社会部のクルーが取材した二十二分間の映像を呼び出した。取材場所欄には武蔵小金井警察署と記されていた。東村刑事部長と捜査幹部の会見だ。

「会見の取材映像の中に……」

土方はマウスを使い、目的の場所で映像を止めた。カメラマンが位置を変えようと、移動した一瞬、署長室の入口が映った。

「ほら、渡瀬警部の姿がありました」

「よく見つけたな、こんな一瞬しか映っていないものを」

北上はわずかに目を見開く。

「テコ入れのために、渡瀬警部を投入したのかも。これなら彼女を介して、連続放火と町田の通り魔を並立させて構成ができます」

「手こずる事件に警視庁がとっておきのクローザーを投入したということか」

「クローザー？　その言葉いただきます」

土方は企画書の余白に『Closer』と書き加えた。

「彼女は町田で結果を出しています。密着していれば、犯人逮捕の瞬間を撮れるかもしれません。二人が死亡し、三人が負傷している事件です。犯人は死者が出ても犯行を続ける凶悪犯です。社会的影響も大きいと思います」

「連続凶悪事件か……」

北上は腕を組み、何か思案する。

「迷うことある？」

真っ直ぐ北上を見据える土方の視線が、冒険に臨む少年のようだった。

だが、渡瀬警部が期待の女性警官だったとしても、今のプレゼンだけではプライムタイムのニュース特集としては少し弱いような気がした。たとえ逮捕の瞬間が撮れたとしてもだ。

自分ならどうするだろうと羽生は考える。

まずは欧米で起こった、同様の事件をＶＴＲに組み込むだろう。事件の経過と解決に至るまでの捜査の道筋と、犯人の人間像。何が犯行に走らせたのか、逮捕の決め手となったのか、まずそれを明示させ、今回の事件と対比させる。犯罪心理の専門家や、元警官の分析も必要だろう。だが、それでも〝クロス〟が求める水準には達しない。

「確かに面白そうだが、この企画では八十点だ。〝クロス〟のネタにするには、もう十点分の積み重ねがないとな」

北上も同じような見解のようだ。

「たとえばだ」

北上は端末を操作してニュースサイトにアクセスし、数ページ分の記事を印刷した。「二番に出したやつ持ってきてくれ！」

ＡＤがプリンタから記事のプリントアウトを持ってきて、北上の前に置いた。

土方が記事を手に取った。羽生も覗き込む。

『連続ひったくり事件』

『英語講師の女性が死亡』

そんな見出しが見えた。先月二十八日に埼玉で発生した事件で、羽生も憶えていた。被害者が死亡したことで、各局が報道していた。ただ、続報がないところを見ると、まだ犯人は捕まっていないようだ。

「連続事件くくりなら、埼玉のこれも加えたらどうだ。埼玉県警も手こずっている」

北上が土方を見据える。瞬時に類似の事件を被せてくるあたり、北上という男の情報収集と把握の能力、見識の広さを感じさせた。

「連続通り魔は、東京と神奈川に跨がる事件。これに埼玉が加われば、首都圏で頻発する連続事件という見出しが打てるし、構成も重層的になるぞ」

「首都圏とか、連続事件くくりじゃなくて、分析捜査班の女性分析官くくりです。埼玉の件は関わってないし、埼玉のこれを入れたところで八十三点にしかなりません」

「テーマはタイトル通り『欧米型犯罪に対応する警視庁の新スキーム』でやれ。美人分析官とやらは従だ。あくまでも、新たな脅威に対抗する警察組織という図式だ」

「さすが、リーマンがメイン視聴層の〝クロス〟的な考えですね」

「お前は先鋭的に過ぎる。理論や知識を振り回す若くて生意気なリーダーは、一定年齢以上の男性層の反感を買う場合が多い。それは如実に数字に表れる」

「ええ理解できます、わたしも放送局員の端くれ。でもそれだけ追っても、凡百の同僚先輩たちに埋もれてしまいます」

「それを考えるのはもっと先でいいだろう。俺の言う通りにすれば、〝イブニング〟の視聴層にも見てもらえる。筑摩名義の企画なんだからな。関係する番組が増えれば、予算の枠も広がる。浦和支局も継続取材をしている。味方は多いほうがいいぞ」

　羽生もプリントアウトのうち一枚を手に取った。

　記事によると今年の七月から、さいたま市を中心に、月に一回から二回発生、一日に二件犯行に及ぶケースもあった。多くの現場は住宅街で、犯行は夕方から夜にかけて。単独歩行か自転車の女性に背後からバイクで近づき、バッグを強奪するという手口だった。

　女性が死亡したのは六件目。負傷者はいずれも犯人に抵抗し、バッグを抱え込むなどしたため、地面に倒されたりしたという。死亡した女性も、倒された際に、縁石の角に頭を強打したと見られていた。

「分析官《プロファイラー》ではなく分析《プロファイリング》が主題だ。その中で、渡瀬警部が出てくるのはいい。だが、ワンノブゼムだ」

「考えておきます」

「埼玉を取材しろ。命令だ。でなければ、ボツ」

北上が押すと、土方は少女のように頬を膨らませ口を尖らせた。

「同じような事件を並べても面白くない。比べるなら、タイプが違う事件が鉄則。でないと視聴者が混乱するので嫌です」

「じゃあウチでは扱わない」

北上はにべもなく言う。

「冗談です。北上さんの言い分にも一理ありますので、取材させていただきます」

土方は態度を豹変させたが、どこか余裕を感じさせた。「ただ、渡瀬敦子の所属や正体を知るメディアはまだありません。それがアドバンテージです。取材しながら、彼女が前面に……たとえば彼女が容疑者検挙の矢面に立つようなら、そっちメインにしますよ。それでもだめなら、『ドキュメント・ジャパン』か『警視庁密着特番』にでも売り込みます、アメリカの犯罪パートでもくっつけて」

「とりあえず精算はここで持つ。行けそうなら別途予算をつける」

ひとまず取材にOKが出たのだ。北上は、話は終わりとばかりに企画書を閉じた。

「ところで……お前さっき、わたしがアドバイスしますと言ったな」

「ええ、テレビ映えするように。警視庁の切り札がもっさり女子じゃ困りますから」

「ということは、もう彼女とパイプはできているのか」

「中学時代の同級生です」

土方はあっけらかんと応えた。「町田の取材中に偶然見かけて、びっくりしちゃった」


「著作権デスクが取材なんて、聞いたことありませんよ」

階段を降りながら土方に聞いた。

「ヒマだからやるの。羽生君もこの二週間でわかったでしょ」

二の句が継げなかった。確かにその通りだが。

「もともと著作権デスクやりながら、乾坤《けんこん》一擲《いってき》の企画を温め、取材復帰即ブレイクの予定だったけど、どこかの意識高い系ディレクターが初歩的なミスをして、監督者であるわたしが責任取らされて、半年で終了するはずだった禊《みそ》ぎが延長になったからね」

さらに言葉が返せなかった。

「ヒマなのに、専任三人ですか」

外信部員のサポートも、大部分残したままなのだ。

「逆に聞くけど、専任を三人に増やすとどうなると思う？」

これまでの土方の言動を思えば、何か意味があるに違いないが――

「答えは簡単、三倍ヒマになる」

「冗談、ですよね？」

呆気にとられ、反応がワンテンポ遅れた。

「真面目ですが何か？　わからんか意識高い系クリエイターかぶれ」

　理解した。記者復帰のための大仕事をする時間が捻出できる。

「貴様が新人ADみたいな下手を打った時点で、こっちも手を打ったの。社会部も、政治部もわたしが自由に動けるほうが都合いいからノーと言うわけない。しかもチェック体制強化というお題目なら、ミス大嫌い冒険完全否定スーパー事なかれ減点主義の青葉さんもうんと言わざるを得ない、パーフェクトな専任三人案！　しかも貴様の尻ぬぐいと、不作法だけど有能な女性ディレクターの救済も同時進行で処理しながらな。日本の放送局史上初の、生え抜き女性社長を目指すわたしの成り上がり人生に、停滞は許されない！」

　デスクに戻ると、〝イブニング〟の放送が始まっていたが、凜々子は彫像のようにスマホを見ていた。デスクには、六枚の著作権処理済みの申請書が置かれていて、一応仕事はしていたようだ。

　モニタでは、スタジオトークが展開されていた。背景の大型モニタに、安堂《あんどう》総理が映っていた。トークメンバーは、MCとレギュラーコメンテータ、ゲストの政治評論家だ。

　このところニュース、情報番組とも、にわかに衆議院解散を伝えるようになり、解散時期や今後の政局など、政治評論家たちが出演し論じる回数が増えていた。

「解散総選挙は、懸念材料ね」

「選挙なんて先のことじゃ……」

「先のことだったら、羽黒部長がわたしを三善幹事長のところに送り込んだりしない。安保法制が拗《こじ》れたあたりから解散臭がしてるっての。政治部の嗅覚を馬鹿にすんな」

土方に睨まれた。「それに選挙モードになったら、わたしの下僕たちがそっちにかかり切りになる。そんなときに事件に進展があったりしたら、即応できない可能性がある。いわば自由に翼を広げられないのよ。選挙に関係ない外信あたりから奴隷を調達しておかないと」

土方に悪魔の微笑み。

″イブニング″は話題が変わったようで、俳優のように精悍で面立ちの整った青年の顔が大型モニタに映った。

『小《こ》坂真輔《さかしんすけ》議員（35）に熱愛発覚』とタイトル。

政局と同時に、イケメン若手議員に恋人発覚、などといったネタを合わせてやってしまうところが、主婦層を強く意識した″イブニング″らしかった。政治部の記者も、民治党の三善幹事長のぶら下がり取材で、熱愛発覚のネタをぶつけていた。

――あの小坂議員にも春が来たようですが。

――あいつも男だし、恋人や愛人の一人二人で騒ぐなよな。

与党圧勝ムードの中、幹事長は豪快に笑い、上機嫌だった。気になり、ネットで調べると、小坂真輔衆議院議員は当選二回で民治党三善派。現在は文部科学大臣政務官を務めていた。

「そうだ、明日から取材始めるんだから、機材の手配しようか」

土方が思い立ったように、席を立つ。「ついてきて、羽生君。機材庫の番人と顔つなぎ」

またも、秘書か付き人のように土方にくっついて移動する。

エレベータで地下一階まで降り、薄暗い廊下を通り抜けていく。

東都放送の地下一階は駐車場になっていて、中継車や取材車が並び、撮影機材庫、美術倉庫、技術、美術系スタッフの執務室や控室などが集中していた。

取材部撮影機材庫は地下駐車場に面していた。

土方が「こんちはー」と廊下側の通用口を開けると、ひんやりとした空気が羽生の首筋を撫でた。機材庫はカメラや各種音声、照明機材が押し込められた機材ラックに囲まれ、金属と革の臭いが充満していた。

隅のデスクに六十年配の男が一人、座っていた。別の一角では、取材終わりなのか若い技術スタッフが、カメラ機材をラックに戻している。

「生きてます?」

土方が挨拶すると、デスクの男は表情をほころばせた。

「お、玲衣ちゃんか、久しぶりだね」

男は深く皺が刻まれた目尻を下げた。短く刈った頭髪の四分の三が白く、無精髭も半分は白かった。

「最近全然顔見せなかったけど、どうした」

「外信部に異動になりまして、なかなか外に出られなくなってるんです」

「できる子にはいろんな部署を経験させる、人事の愛情か……」

男が羽生に気づいた。

「紹介しますね、部下になった羽生君。これからちょくちょく機材を借りに来ますので、よろしくお願いしますね」

「羽生です。よろしくお願いします」

「おう、よろしく。機材庫デスクのタケムラだ」

タケムラは応えた。「で、出庫伝票はどこに付ければいいんだい、外信か？」

「それがですね」

土方は周囲をうかがうように視線を走らせると、「あまり公《おおやけ》にはできないんですが、矢《や》矧《はぎ》部長と北上デスクの密命でとある事件の取材をすることになりまして。伝票は〝クロス〟の北上さん宛てに」

「密命ってことは、取材部がカメラ担ぐわけじゃないんだな？」

カメラマンを含む取材部のクルーが出る場合は、ＥＮＧカメラを出庫することになる。

「基本、わたしたちだけで。機材もデジでいいです」

「要は外信にバレなければいいんだな」

「外信というより、青葉部長に」

「そういうことなら、ついでで悪いが、トミさんが外に出たがってるから、時々連れてってやってくれねえか」

「トミオカさん？　いいけど今どこにいるの？」

「車輌部の配車管理だ。息苦しくてかなわんのだと」

忙しない顔合わせが終わりデスクに戻ると、〝イブニング〟〝クロス〟の著作権処理を機械的にこなした。

土方が告げる。

「凜々子、このまま夜勤ラストまで」

「がってん」

そして、午後九時五十五分、『ニュース・クロス』が始まった。

メインキャスターの戸《と》倉《くら》誠志《せいし》郎《ろう》が挨拶をし、ニュースのラインナップを軽く紹介した。彫りが深めでロマンスグレーのやや長い髪を、ナチュラルに左右に流し、男の色気を感じさせる風貌。NHKで二十年間アナウンサーと報道記者を務めたあと、フリーとなり、『ニュース・クロス』のメインキャスターとなった。

トップは新宿歌舞伎町の発砲事件だった。戸倉が新宿の現場を呼んだ。中継だ。

現場リポートから、事件発生時の周囲の状況、目撃者のインタビュー、警察の動きと、要点を押さえたオーソドックスな構成だ。

スタジオに戻ると、戸倉とコメンテータのトークが始まる。

『歌舞伎町に馴染みの店があるんですが……あ、普通の呑み屋さんですがね』

番組の名物でもある、戸倉の〝語り〟が始まる。『三十年来の友人であるマスターとよく話をするんですが、昔から歌舞伎町は様々な反社会的集団の犯罪や抗争の舞台となったが、彼らなりの節度を持っていたと話すんですよね。今はマナーや常識を知らない外国人グループが幅を利かせて、街の景色が変わったと嘆いておりました』

ニュースに対する厳しくも公正な見識と、呑み屋のようなトークが同居しているのが戸倉の持ち味だった。

土方は時間を確認すると、上着を羽織りバッグを手にして立ちあがった。

「羽生君、行くよ。凜々子、あとよろしく」

凜々子はスマホから顔を上げず、軽く右手を挙げただけで返答した。

土方は何も言わずエレベータホールに向かい、羽生は後ろに控えた。

「行き先は歌舞伎町？」

「もしかしてばか？」

土方は振り返ることなく言った。「サツ回り。社会部の基本。若手の必修科目」

連続放火の捜査本部があるのは、小金井市の武蔵小金井署だ。

「小金井ですね」と一応確認した。

「今から取材の第一歩ね。君は裏筑摩企画のディレクターでもあるんだから、しっかりしてよね」

「ディレクターって……」

「『ドキュメント・ジャパン』で実績があるから、羽生君を拾ったんだけど？　取材も編集も特集向きだと思うよ。若干勘違い気味だけど、それはわたしが矯正する」

土方が自分の担当回を見ていることに驚いた。しかし随分と上から目線で、褒めているのかクサしているのか――

「今日はペン取材のみ。だから車はなしね」

局を出て神谷町から地下鉄に乗り、六本木で大江戸線に乗り換え、新宿から満員の中央線に乗り、武蔵小金井駅で降りたときには午後十一時近くになっていた。

南口を出て交差点から連雀通りを西に向かい数分歩くと、右手に五階建てのビルが見えてきた。それが武蔵小金井署だった。

「捜一の谷川係長と嵯峨野主任には面識がある。どちらかはいるはず。嵯峨野さんはニュートラルで話しやすいからいてほしいんだけど」

土方に続いて、武蔵小金井署の玄関を潜った。一階ロビーには煌々と明かりが灯っていて、交通課のカウンターの奥には、当直らしい署員が数人いた。

「東都放送の土方です」

「ああ、ご苦労さん。しばらくだね」

四十代半ばに見える、ジャケット姿の男がやって来た。

「谷川係長か嵯峨野主任あたりが、頭シャキッと夜風に当たりながらタバコでも吸いに来る時分だと思うのですが、裏の喫煙所は誰もいないですし。どうですかカンダさん」

カンダと呼ばれた男が苦笑しながら、背後に「おい」と声をかけると、若手の署員がカウンターから出て、階段を駆け上っていった。

しばらく待つと、若手が降りてきて「嵯峨野主任がタバコを吸うそうです」と伝えてきた。

すぐに階段の奥から足音が響いてきて、ブルゾンにスラックスの男が現れた。がっしりとした体格の男だった。厳つい顔相と柔和な目つきがアンバランスで、逆にそれが迫力となっている。四十歳前後だろう。右手にハイライトとライターを持っていた。

「お久しぶりです、嵯峨野主任！　今はウチだけですよ」

土方が満面の笑みで歩み寄る。役者だ。

「珍しいやつが来たな。何もないぞ」

嵯峨野は玄関に向かって顎をしゃくる。外に出ろという意味だ。

土方と嵯峨野のあとについて、羽生も外に出た。

「ウチだけって、もう一人いるじゃないか」

「だからウチの期待の若手です」

嵯峨野は駐車場の奥へ行き、植え込みの縁石に腰掛けた。傍らには灰皿のスタンドが置かれていた。土方は嵯峨野の隣に腰掛け、羽生は土方の近くに立って控える。

「二人で来るなんて、ヒマなのか？」

嵯峨野は言いながらタバコに火を点けた。

「時節の挨拶と、新人の顔つなぎですよ」

嵯峨野は「ほう」と紫煙を吐いた。タイムリミットが、嵯峨野がタバコを吸い終えるまでということは、なんとなく理解できた。

「ここの帳場には初めて顔を出したな。随分長いこといるんだが」

「町田の連続通り魔事件が終わったあと、すぐ異動になったんです」

話しながら足をブラブラさせる仕草が、少女のようだった。「東村部長が重要な手掛かりが摑めていると言ってましたけど、それにしてはちょっと厳しい目つきでしたね。犯人逮捕まで着実に前進していますって感じじゃない」

「そりゃ君個人の印象だろう」

「激励というより、テコ入れですよね。捜査方針の転換とか」

「テコ入れなんかしょっちゅうやってるよ」

「たとえば東村部長は増員を口にしましたけど、捜一以外の新たな風を入れたとか、そんな話はないですか」

「近隣署から優秀な人材が応援に来てくれたよ」

嵯峨野の受け答えは、万事はぐらかすようだった。

「渡瀬警部の係が加わったと聞いているんですが」

嵯峨野は黙って灰皿に灰を落とす。

「昨日の会見の時、姿を見たんですよね。署長室の外から会見の様子を見ていましたよ。町田の連続通り魔事件の幕を引いた分析官が、いよいよ投入されたと解釈していますが」

嵯峨野のタバコは、半分ほどになっていた。

「ま、若手が前線に出て経験を積むのはいいことだと思うよ」

嵯峨野が灰皿でタバコを潰し、立ちあがった。「さすがに冷えるな。お前らも帰れ」

「明日からも寄らせてもらいます」

「それはいいが、調子に乗って犯人を利するような真似はするなよ」

嵯峨野は釘を刺し、伸びをしながら署内に戻っていった。

「取材終わり」

嵯峨野の背中を見送ると、土方はまったく未練を見せることなく駅へと向かう。

「さすがに喋ってくれないか。無駄足でしたね」

羽生は横に並びながら、正直な感想を漏らした。

「無駄足？　何を聞いてたの？」

嵯峨野はなに一つ具体的な言葉を発していない。少なくとも羽生にはそう思えた。

「原則として、警官は記者の質問に嘘は言わない。でも無闇に情報を漏らすこともしない。本来は一課長か代理が情報管理をするけど、わたしは個々の捜査員の顔を見ていたい。言葉より、顔と仕草。あんな対応でも、そこから有益な情報を摑み取るのがわたしたちの仕事。それで今回は目的を達成する大収穫」

羽生も警察への直接取材は初めてではないが、所轄の副署長や当直員ではなく、個々の捜査員に直当たりするのは初めてだった。

「わからない？　じゃあ、収穫を披露しようか」

土方は立ち止まり、羽生に向き直った。「まず捜査方針の変更については、はぐらかしたけど、否定はしなかった。これは肯定と受け取っていい。増員については、敦子が加わったことを否定しなかった。何も言ってないのに、〝若手〟なんて言うし」

　羽生は嵯峨野の言動を改めて思い起こす。

「そこでポイントとなるのが、若い捜査官が前線に出て経験を積むことはいいことだとか、百戦錬磨のベテランたちは面白くないでしょうね。これで敦子が捜査方針の変更に関わっていることも推測できる。経験を積む、という表現は、そのせいで風当たりが強いということ」

　一気に喋った土方はふう、と息を吐く。

「敦子ね、町田の連続通り魔を解決に導いたのはいいけど、着任後最初の犯行予測を外した上に、町田南署員より神奈川県警の捜査員を信用して、散々現場を振り回したって風評が警視庁内で広がってる。わたしは違うと断言できるけど」

　用意周到な土方のことだ、ただの感情論ではないと思うが――

「敦子って、我慢のリミッター超えると暴走する傾向があるの。誰も気づかないほど静かに……」

　憂いを噛みしめるように、土方の口許に力が入った。「でもそれが彼女の最大の武器。諸刃の剣だけど」

第四章　邀　撃

十一月二十二日　土曜　——渡瀬敦子

マスキングされたサイドウィンドウに、街灯の淡い光だけがポツンと透けている。

頃合いかと思い、渡瀬は時計を見た。午前一時を過ぎていた。

真夜中の住宅街。渡瀬が乗る前線指揮車は、南堀野中通りに面したマンションの駐車場を借り、停められていた。人通りが途絶えて久しいが、怪しまれないように渡瀬と八幡は後部シートに陣取り、運転席と助手席は無人にしてあった。

各所に散った捜査員からは、異変を知らせる連絡はない。深夜の張り込みを始めて三日目。渡瀬は小平市上水南町の現場を警戒している。

高木、金村、窪田の三人には行確がつき、今のところ不審な動きはない。

問題は、玉城だ。膝に置いたタブレット端末には、野球帽を被ってあごひげを生やした男の顔が表示されていた。二階建てアパートの階段を上ってゆく姿——三日前に撮影された玉城竜介だ。建物は、東大和市奈良橋五丁目の《サンハイツ奈良橋》。捜査本部は十九日未明、十人を投入して仕事を終え『ＪＩＮ』を出た玉城を追跡、帰宅場所を見つけた。

捜査班は管理会社からそこが玉城の現住所であることを確認、同十九日の出勤から、玉城の行確態勢に入っていた。

――仕込みから閉店まで、真面目に働いている。プライベートは店主もほかの店員も知らないようだという。さらには別の班が、『ＪＩＮ』と《サンハイツ奈良橋》周辺の防犯カメラ映像の収集を続けている。

捜査本部の方針を否定せず、説得力がある手土産＝今回は玉城竜介＝を持参し、自身の意見を受け入れさせる余地を作る。さらに、本命の玉城が被疑者ではない可能性も考え、ここでこうやって網を張っている。

大丈夫、十分対応できている――

タブレット端末の表示を六分割された監視カメラ映像に切り替える。

「犯行想定時間帯に入りました。各捜査員に警戒を厳にするよう念押ししてください」

八幡はうなずき、携帯通信系無線のトークボタンを押す。

「前線指揮車から各員へ。犯行想定時間帯に入った。警戒を一層厳にせよ」

指示の後、また静寂が戻る。

十五分後、行確班から入電があり、マル対の一人、窪田陽次の帰宅を告げた。窪田は侵入窃盗と強盗致傷の前科がある五十二歳の男だ。府中市内に独り暮らしで、建設作業員をしている。

『酔ってはいたが、足取りはしっかりしていた。すぐに明かりが消えたから、風呂にも入らずに寝たようだ』

『お疲れさん、すぐに交代を行かせる』

行確班同士の会話が、音量を絞ったスピーカーから聞こえてくる。

各行確班は交代要員、居所監視員を含め六名で、それが四人分計二十四名。渡瀬の邀撃班は分析捜査係、武蔵小金井署員合わせて十二名で、前線指揮車の渡瀬と八幡のほか、十名が五組に分かれ、犯行予測地域の要所に配置されていた。現場指揮は佐倉。

また、渡瀬は学英大学の防犯網の死角を含む六箇所に偽装した監視カメラを設置し、その映像を自身のタブレット端末と、捜査本部のモニタに共有させ、監視していた。

捜一嵯峨野指揮の邀撃班十名も、小金井市中町に展開し、やはり渡瀬の指導で要所にカメラを設置し、同様の監視を続けている。

計四十六名。捜査本部の三分の二の人員を動員した、次で仕留めるための布陣だ。

ジリジリと時間が過ぎる中、『高木頼道、動き無し』『金村功、自宅から動かず』と、時折行確班の声がスピーカーから漏れてきた。

そして、午前一時十七分、同じ行確班からの入電があったのだが——

『玉城竜介ロスト』

玉城行確班からだった。『バイクを残して消えた』

「消えたとは」

八幡がマイクを持ち、聞いた。

『仕事終わりで「ＪＩＮ」を出たのが確認できたので、駐車場に先回りしたんだが、来なかった。すまない。相棒が見ていると思ったんだが、相棒はその時ちょうど、帳場に連絡を入れていて、隙があった……』

玉城の行確担当は、武蔵小金井署の刑事課員だった。

『周囲を探したが、今んとこみつかってない。すまない』

凡ミス。バイクで通勤という情報が先入観を生んだのだろう。

「行確に気づいた可能性は」

『その感触はないんだが……』

渡瀬は八幡からマイクを受け取った。

「前線指揮車渡瀬です。玉城行確班は、玉城の捜索を続行。高木、金村、窪田班は交代後、捜索に加わってください。玉城がタクシーを使っていないか、小平駅周辺のタクシー会社に当たってください。あとは、『ＪＩＮ』周辺の別の飲食店にいる可能性も踏まえてください。バイクを残したのは、酒を飲むからかもしれません」

無線から了解と複数の返答があり、現場同士で担当の振り分けが行われる。

「周辺捜索に、あと何人か欲しいですね。谷川さんに人を出してもらいましょう」

「理解はするが、まずは行確班の報告を待て。近くにいるかもしれない」

八幡が遮った。「必要以上に帳場に負担を強いて波風を立てないほうがいい」

渡瀬は「そうですか」と答え、玉城ロストを捜査本部に伝えた。

『了解した。引き続き前線指揮を執れ』

それが谷川からの返答だった。

午前二時、捜索班から玉城に該当する男を乗せたタクシーはないと報告が来た。

そして、玉城発見の声を聞くことなく、午前三時二十分に通信司令センターから車載無線に緊急配備の指令が静寂を破った。

——小金井市関野町一丁目×××で火災。放火の疑い濃厚。

武蔵小金井署が動き出し、署活系無線も一斉にがなり出した。

指令に沿い、武蔵小金井署及び周辺各署と機捜の車輌、巡回班が一斉に動き出す。

「どうする班長、的外れの場所で火が点いたぞ？」

八幡の試すような問いかけ。

『玉城捜索班以外は、現時点を以て任務を中断』

渡瀬は携帯系無線に指示を出した。『佐倉さんと嵯峨野さんの班は、総員で緊配の指令に従ってください』

渡瀬は指示のあと、唇を噛む。

『了解』『了解した』と佐倉、嵯峨野から同時に返信があった。

これが〝巻物〟による放火なら、玉城以外の全員のアリバイが確定することになる。

再び、捜査本部の谷川へ連絡を入れる。

「渡瀬です。佐倉、嵯峨野主任以下二十名、緊配指揮下に入ります」

『用件はそれだけか？』

谷川は淡々と応えた。『俺は管理官に連絡後、現場へ出るが……』

「わたしも現場に向かいます」

『好きにしろ』という言葉をもらい、渡瀬はマイクを置いた。

「じゃあ好きにさせてもらうか」

八幡は後部座席からいったん降りると、運転席に移った。

「予想外の場所か？」

　エンジンをかけながら、八幡が聞いてきた。

「小金井公園のすぐ近くですね。少し意外でした」

渡瀬、嵯峨野の警戒地点から直線距離で約四キロ。町田の時のように、犯行を誘発させ、情報を得ようと策を弄したわけではない。同一犯なら、純粋な読み違えだ。

　胃がズキリと痛んだ。


　深夜の五日市街道沿いを、警察車輛と消防車輛が埋め尽くしていた。そのせいで渡瀬の前線指揮車は路地に入ることができず、少し離れた歩道に乗り上げる形で駐車させた。

　警戒に当たる警官と消防士、野次馬が入り乱れていた。渡瀬は『分析捜査』の腕章を着け、八幡とともに降車し、近くの制服警官に現場を聞いた。

路地の奥の住宅密集地の一角だった。消防車輛も路地に進入できずに、五日市街道からホースを伸ばしていた。そのホースをたどるように路地に入った。現場に近づくにつれ、異臭が鼻を突く。狭い十字路を曲がると、喧噪と人間の密度が上がった。

現場は二階建てのアパートに挟まれた、駐輪場に毛が生えたような駐車スペースで、その片隅にあるゴミ収集ボックスと、向かいにあるアパートの壁が黒焦げになっていた。すでに鎮火したようで、消防士たちは現場の確認に移っていた。

渡瀬は素早く周囲を観察する。路上にいるパジャマやジャージ姿はアパートの住人だろう、捜査員が事情を聞いていた。

「違うな」という八幡の言葉に、渡瀬も「そうですね」と応えた。

住宅街ではあるが、戸建ては少なく七割ほどがアパートか低層マンションだ。塀や門扉がある住居は少なく、侵入は容易。これまでの六件とは明らかに現場の性質が違った。

駐車場の隅に、谷川の姿があった。

「お疲れ様です」

濡れた足元の中、渡瀬は谷川に歩み寄って頭を下げた。

「お疲れ様です、か」

谷川は脱力気味に応えた。彼もまた渡瀬の予測に従い、本部に詰めていたのだ。「火元は二箇所。一箇所はあそこだ」

谷川は半分焼け落ちたゴミ収集ボックスを指さした。

「これまでの現場とはまるで違います。連続放火ではないように思え……」

「〝巻物〟があった」

谷川が遮り、渡瀬を見据えた。「発見者の消火が迅速だったお陰で、二個が焼け残っていた。一つはゴミ収集ボックス。もうひとつはアパートの外壁の下の廃材」

同一犯？　一瞬の混乱を収拾し、思考とデータを整理する。

「不審者、不審車輌の目撃情報は出ていますか？」

「まだない」

谷川は現場のアパートを一瞥し、渡瀬に視線を戻した。「見当違いの場所に配置した二十人以上の邀撃班を均等に巡回させておけば、防げたかもしれない、と言うのは酷か？」

大量動員には反対の声が多かったが、堀部が押し切り、谷川も渋々了承した。

「犯行地点が想定と異なっていた理由を探します。ただ見当違い、という結論は性急だと思います」

「言葉のあやだ、気にするな」

「見落としたデータがあるか、データの精度に問題があった可能性もあります」

「ポジティブなのか、依怙地《いこじ》なのかわからんな、君は」

それが〝非を認めない〟と受け取られることは理解していた。

「現場は過去六件とパターンが違い過ぎます。〝巻物〟がなければ、別人の犯行と言い切れます。放火されたのはアパートです。それにゴミ収集ボックスに〝巻物〟を投げ込むだけなど、仕事も徹底していないと感じます」

「その違和感は俺にもある。だが模倣犯の線は考えにくい」

〝巻物〟の存在は公表していない。犯人しか知り得ない事実だ。

「状況を見る限り、その可能性も考慮に入れるべきです。これまでの犯人が持つ矜持《きょうじ》もプライドも、この現場からは感じられません」

渡瀬はゴミ収集ボックスに歩み寄り、中を覗き込んだ。〝巻物〟の周りに雑誌や衣服のような布が置かれ、黒焦げになっていた。「ゴミ収集ボックスを燃やしたところで、確実にアパートに引火するとは限りません。現に壁を焦がした程度で済んでいます」

連続性、一貫性の欠如。突然犯人が犯行方法を転換する事例はいくつもあるが、それには明確な理由があった。

「より多くの現場でより高精度のデータを得れば、次の機会に活かせます」

「次か」

谷川の声が低くなる。「データの精度とやらが上がるまで、家が燃え続けるわけか。このアパートには六部屋あって、そのすべてに入居者がいて、八人の入居者全員が就寝中だった。向かいの住人がトイレに起きて火に気づかなかったら、全員死んでいた可能性もある」

「……軽率な発言でした」

「分析捜査班の意義は理解しているつもりだ。だが君の立場はこれで悪くなった」

「捜査会議までに、予測と違った理由を検証し、説明します」

谷川は「理由か」と呟き、渡瀬を見返した。

「玉城はまだヤサには戻っていない」

アパート監視班に連絡を取っていた八幡が報告した。「で、ポカしたのは永源《えいげん》と高千穂《たかちほ》なんだが、行確班編入に不満を漏らしていたな」

八幡が言うと、谷川は口許を歪めた。

「サボタージュじゃないだろうが、言い訳できないな」

なぜパターンを外した――渡瀬は思案に沈む。四件目の鈴木章介宅放火の違和感は、犯行時間帯に逃走予定路で若者が花火をしていたというアクシデントがあったためと解釈できた。今回もアクシデントがあり、犯行手順を変えた可能性はある。だとしても場所も手口も安易すぎた。

渡瀬はタブレット端末の地図に、玉城の犯行データを重ねた。玉城の犯行地域を色の濃淡で表したもので、犯行回数が多い地域ほど濃い赤になっている。これまでの六件は、赤が濃い地域で行われていたが、この現場は無色だった。

玉城のアリバイは確認されていない。だが、ここは玉城の知らない土地だ。

「小山田の班を呼ぶ」

谷川が言った。周辺の防犯カメラを総ざらいする気だ。「君はすべきことをしろ。初動の上がりは午前九時。十時に捜査会議。渡瀬は引き続き分析と助言を頼む」

谷川に現場を離れることを告げ、乗ってきた車輛に戻った。渡瀬は助手席に、八幡は運転席に乗り込んだ。

「行き先は玉城のヤサか」

「いいえ、上水南町の現場へお願いします。カメラを回収します」

「緊配が済んでからでいいだろう」

「なぜ、あの場所に火を点けたのか、朝の会議までに答えを出したいんです」


早朝の通りは空いていて、十分ほどで上水南町に戻ることができた。

車でゆっくりと巡回しつつ、六箇所に設置した監視カメラを回収した。

「答えはどこにある」

八幡は学英大学の塀に設置した最後のカメラを回収し、荷台に置いた。「収録したデータは署にもあるだろう」

「署に転送したデータでは、解像度が十分ではありません」

「それでカメラ本体か」

カメラ本体に残る動画データ――

「細かい作業が必要です。署に戻ってください」


午前五時前だったが、捜査本部は忙しなく動いていた。堀部はノーネクタイに寝起きの顔で、通信機器が置かれたデスクに陣取り、次々と入る報告を処理していた。

「外したな渡瀬。君も完璧じゃないってことか」

渡瀬に気づいた堀部が、頭を掻きつつ声をかけてきた。表情に悪意はなかったが、周囲の捜査員たちは違った。

「原因を究明します」

渡瀬と八幡は、分析捜査係のテーブルに回収したカメラを置いた。

「で、何を見つければいい」

パソコンの前に陣取った八幡が聞いてくる。

「重点警戒時間の前に近づいてきて、不自然に引き返した人」

渡瀬自身、ディスプレイから目を離していた時間があるのも確かだ。

「そのココロは」

「犯人がわたしたちの張り込みを察知、上水南町、あるいは中町での犯行を諦めた可能性を探ります」

鈴木章介邸と同様、アクシデントによる計画変更だ。これなら、犯人の行動規範から大きく外れない。

「邀撃班の存在自体が、アクシデントか。あり得るとは思うが、佐倉と嵯峨野が動きを察知されるとは思えないけどな」

どちらも経験豊富な捜査員だ。

「プロの犯罪者なら、警官をかぎ分ける嗅覚はありませんか?」

日本の場合、殺人犯のほとんどがアマチュアだ。しかし窃盗犯は犯行を繰り返し、技術とプライドを高めていくプロの犯罪者だ。

次に渡瀬は本部で、嵯峨野班を呼び戻したいと堀部に要請し、半数を捜索に残すことを条件に了承された。渡瀬は嵯峨野に連絡を入れ、警戒地域の特設監視カメラの回収を指示し、そこでテーブルに着くと、六台分のカメラの映像チェックに没頭した。

四十分後に、嵯峨野以下四名が捜査本部に戻ってきた。

「嵯峨野さん、映像のチェックをお願いしたいんです」

渡瀬は主旨と要点を伝えた。

――てめえのケツを拭けってか。

嵯峨野班の一人がぼそりと言い、嵯峨野が「黙れ」と釘を刺した。「画面拡大で、不審な動きをした奴を探すんだな」

嵯峨野班も、分析捜査係のテーブルでデータをコピーし、映像のチェックに入った。渡瀬も引き続き作業に没頭した。

午前五時半過ぎに緊配は解除。機捜と各捜索班は、目撃者捜しに移った。

午前七時、小山田班が現場付近の防犯カメラ映像の収集にかかったと連絡があった。

渡瀬班がすべての映像をチェックし終えたのは、午前八時半過ぎだった。どのカメラも何組か通行人や自転車を捉えていたが、不審な動きは見られなかった。

八幡はデスクに肘をつき、目頭を揉んでいた。

「いかがですか」

「異常なしだよ」

隣のテーブルでは、嵯峨野班がまだ根を詰めていた。

「お手伝いします」

渡瀬は、嵯峨野班が未見の映像のチェックに入った。

異変に気づいたのは、十五分後だった。東西に延びる見通しのいい通り――カメラは東を向いていた。小金井市中町二丁目のNO.6カメラ。

奥からやって来る自転車が映しだされていた。無灯火だ。自転車はカメラのほうへ向かって来たが、次第に速度を落とし、停まった。時間は午前二時半過ぎ。

帽子を被った人物。その人物はゆっくりと通りを右折した――が、十分後に戻ってきて、元来た道を引き返していった。

渡瀬は映像を戻し、自転車の人物が正面に見えるところで止め、映像をキャプチャした。

野球帽と暗色のブルゾンに暗色のパンツ。玉城かどうかは、肉眼で判別がつかなかった。

自転車はママチャリのようで、前カゴにはコンビニのものらしい袋が入っていて、袋から缶のようなものが数本、頭を覗かせていた。

「何か見つけたか？」

八幡と嵯峨野が、渡瀬の肩越しにディスプレイを覗き込んできた。

「自転車が引き返しています」

渡瀬はこの人物を《不審者A》と分類した。

午前九時まで映像の検証を続けたが、不審者は〃A〃だけだった。

そして九時七分、アパート監視班から、玉城帰宅の報告が来た。バスでの帰宅だった。

初動捜査を終え、午前十時から始まった捜査会議は刺々しい緊張感を孕んでいた。

――『JIN』で見失い、《サンハイツ奈良橋》に帰宅するまでの足取りは不明。

緊配、周辺聞き込みで有力な情報は得られず、目撃者もなし。少なくとも、姿をくらませた後、『JIN』周辺にはいなかった。

さらに防犯カメラ映像収集班の報告が入った。

――サンハイツに向かう路地の入口にあるガソリンスタンドの防犯カメラの映像を入手。一カ月分の動画データが得られました。

――大概の場合、午前一時半から二時の間にバイクで帰宅する玉城の姿が映っていますが、前回の犯行時、十月二十五日には映っていないことが確認されました。結局、その日の映像に玉城の姿はありませんでした。

渡瀬は報告に耳を傾けながら、ある報告書に目を落としていた。小金井市緑町付近で、自転車に乗った人物に職務質問をした記録だ。

だが会議が進むにつれ、二十人を超える人員を〃見当違い〃のところに配置し、巡回が手薄になり、警戒に穴が生じていたこと、玉城を見失ったことが大きく問題とされた。

――分析官にうかがいます。なぜ予測が外れたのでしょう。

当然の質問が飛んできた。

渡瀬はまず、関町一丁目の現場がこれまでと様相が違うこと、一貫性がないことを説明し、モニタに《不審者A》を映しだした。

「犯人に何らかのアクシデントが生じ、犯行場所の変更を余儀なくされた可能性があります。監視カメラが不審な動きをする人物を捉えています」

渡瀬は一連の映像を再生する。できうる限り拡大し、明るく補整したものだ。そして――

「張り込みに気づき、その場から離れたとも受け取れる動きです」

ざわめきと困惑の空気の中、「結論は」と谷川が促した。

「わたしたちが犯行予測地で警戒していたからこそ、被疑者はそこでの犯行を断念、これまでとは違う状況での犯行に及んだ可能性を、新たに提示します。一連の事件の被疑者による犯行なら、犯行の安易さ自体が、予定外のアクシデントを示唆しています。そのアクシデントが、邀撃班の存在です。それならば、〝巻物〟という確固たるメッセージを残しながら、これまでとは様相が違う場所へ火を点けたという筋が通ります。失態があったとすれば、警戒態勢を犯人に気づかれたことです」

――結局俺たちのせいだって言うのか。

嵯峨野班のベテランが声を荒らげた。

「いいえ、わたしの見通しが甘かったせいです。事前に想定して然るべき状況でしたが失念していました」

一同はいったん静まったが、向けられる不信感は、密度を濃くしてゆく。

「しかし、張り込みに気づいたならなぜ大事をとって犯行を中止しない。リスクが高すぎるだろう」

谷川が沈黙を破る。「理性的な犯人とは思えないな」

「火を点けることにこだわりがあるのかもしれません。四件目の鈴木邸の例もあります」

渡瀬は「あるいは」と付け加え、わずかに思案する。「犯人同士の意思や連絡が不徹底だったのか」

渡瀬は鈴木邸を例に挙げた。

「複数犯とは初耳だが」

「〝巻物〟が現場にありながら、まるで別人のような犯行であることから、複数による犯行の可能性を新たに提示します」

――ああ言えば、こう言う。

――徹底して間違いを認めないんだな。

渡瀬は応えずにもう一度モニタの映像を再生し、映った人物を指さした。

「昨夜、何件か自転車に乗った対象を職質したとの報告がありますが、この男性に見覚えのある方はいますか？　すべての職質の報告をいただきたいのですが」

後方の捜査員が、周囲の反応をうかがうように手を挙げた。

「小平署の友成《ともなり》です。前カゴにあるのはビールですか？」

友成はメモ帳を広げていた。「シマオという男に職務質問《バンかけ》しました」

島尾《しまお》宗典《むねのり》。年齢は三十二歳だという。

「声をかけた時間は午前二時七分。場所は小金井市緑町二丁目一の×の路上。コンビニにビールを買いに行った帰りだったそうです。見たところ、野球帽と着衣は映像のものとよく似ていると思うんです」

「ヤサは確認したか」

谷川が聞く。

「近所だというので自宅までついていきました。住居は梶野町四丁目四の×の×のアパート、《コーポ・センターシティ》です。アパートの駐輪場に自転車を停めて、家に入るまでを確認しました。自転車の防犯登録も本人名義、身分証は持っていませんでしたが、きちんと鍵を使って玄関を開けました」

友成が現場を離れるのを待って、改めて自転車で出かければ、あの時間、あのカメラに映ることは時間的に矛盾はない。

「玉城が変装していた可能性は？」

渡瀬が聞くと、友成は首を横に振った。

「玉城ではありません。背格好は似ていますが、玉城の顔は頭に叩き込んであります」

落胆するような呻きがあちこちから聞こえた。

●第七の現場は、これまでと様相、条件がまるで違う。
●玉城は『ＪＩＮ』で行方不明後、帰宅までのアリバイなし。
補足＝前回犯行時、帰宅の記録なし。アリバイは不明。
●犯人は犯行予定地に警察が張っていたため、犯行を断念した可能性。
補足＝緑町で《不審者Ａ》とよく似た男、島尾を職務質問。
●島尾の居所は放火予定地点、小金井市中町の近所である、梶野町。

渡瀬はタブレット端末に新たに打ち込んだ。梶野町が拠点なら、火を点けるために、ごく近所の中町に現れる道理がない――あの現場はあくまでも、玉城の犯行、あるいは玉城と同様の地点を拠点とする犯人を想定して割り出したものだ。

導き出される回答のひとつが、島尾が共犯者である可能性だ。

「島尾を洗います」

捜査会議後、渡瀬は分析捜査班に告げた。

同日　――羽生孝之

武蔵小金井署の会議室で、間もなく記者会見が始まろうとしていた。ＴＶカメラ七台と、新聞社が全国紙と地元紙を含め八社。副署長が応対しているが、雛壇のテーブルにはまだ誰も着席していない。

「君、何時に現着した？　四時過ぎ？　当然現場全体は押さえたよね」

早朝から現場取材をした社会部の若手記者は、土方につかまって迷惑そうだ。

「現場に女性の警官いた？　この人」

土方はスマホを記者に見せた。渡瀬警部の画像だった。

「いたような、いなかったような……」

「あんたそれでも記者？　それで現場を見た感触は？」

現場に入ることは社会部に伝えてあった。

「感触って、連続放火の七件目ってもう発表されているし」

「七件目の現場を見て、何も思わないの？　どう考えても今までと感じが違うじゃない。ツッコミどころはそこだからね」

土方に詰問され、若手記者は憤然として黙り込んだ。

本来なら今日は朝から、埼玉の連続ひったくり——死者が出ているため、正式には連続路上強盗致死傷事件の取材にかかるはずだったが、早朝の火災で急遽小金井までやって来たのだ。朝九時に現場に行き、焼け跡を見たあと二、三近隣住民のインタビューを撮り、武蔵小金井署に移動してきていた。埼玉行きは、午前十一時の会見のあとだ。

連続放火の取材に関しては、昨日までに、すべての現場の取材を終え、目撃者や現場近隣住民のインタビューをいくつか撮っていた。

『鬱憤晴らしや騒動目的のにわか火点けとは全然違うね』

それが土方の見解だった。確かに、閑静な住宅街の塀付き、庭付き一戸建てばかりを狙い、火元も塀の内側や庭に面した部分ばかりだった。

「時間みたいっすよ」

若手記者はもごもごと口の中で言うと、前列のほうへ移動していった。

時間通りに捜査幹部が二人入室してきた。羽生と土方は後方から記者会見を見守る。

「若くてシュッとしたほうが堀部管理官で、メガネのオジさんが署長」

土方が耳元で囁いた。発表は署長によって行われた。

火災の発生状況、通報時間、推定される発生時間などが淡々と伝えられる。

「本件に関しては、本警察署に捜査本部を置く連続放火事件と同一と思われる兆候を確認、一連の連続放火の七件目である可能性が高いと判断しています」

署長が言い終えると同時に、質問が飛ぶ。

巡回を強化し、火災直後に緊急配備までかけたのに、被疑者を捕らえられなかったのはなぜか。

——緊配が万能というわけではない。

火災発生から通報までのタイムラグが短い。犯人は近くにいたはず。どこに問題があったのか。

——被疑者が徒歩で犯行に及んだ可能性が高く、住宅街に潜まれると見つけにくい。

犯人はどのような人物と予想しますか。

――慎重で狡猾ですが、いくつか証拠を残している。

土方はムッツリと前方を睨んでいたが、不意にカメラを持つ羽生を指先でつついた。

「質問するわたしを撮って。誰も核心を衝かないし、ほんとボンクラばっかり」

羽生はカメラを構えると、フレームに土方を捉える。それを確認し、土方が手を挙げた。

「東都放送の土方です」

よく通る声で、取材陣の多くが振り返り、会見場が一瞬静かになった。

「捜査本部は本当に同一犯と考えているのですか？」

「ええ、そう判断し報告しましたが」

署長は訝《いぶか》しげに応える。

「現場を見る限り、これまでとはかけ離れた状況なんですが、何をもって同一犯と判断したんでしょうか」

署長が、脇にいる堀部管理官に目配せした。

「何をもって状況が違うと？」

堀部管理官はテーブルに肘をつき、最後部にいる土方を見据えてきた。土方は、記者たちを回り込むように、ゆっくりと前方へと歩いてゆく。

「これまでは少なくとも資産を持っていそうな一戸建てが狙われていましたよね。それも、庭や塀の内側に侵入して。でも今回はアパートで、外のゴミ収集ボックスという誰でも火が点けられそうな場所が燃えています。明らかに違うでしょう」

最前列まで出ると、土方は立ち止まった。法廷ドラマの弁護士のようだ。「それでも、同一犯と判断できる何かが現場にはあったんですね」

堀部管理官がマイクを手にした。

「これまでの現場と状況が違うことは、捜査本部でも問題視はされた」

会見場がざわめいた。

「模倣犯の線はないのですか？」

「その意見も確かに出たが、違うと我々は判断している」

「複数犯説は？」

「あらゆる想定をして捜査に臨んでいる」

「でしたら、同一犯の犯行であると知らせる目印かメッセージが残されていたんですよね」

断定的に言った土方は余裕綽々、大胆不敵そのものだった。

「それ以上のことは捜査に支障をきたす。応えられない」

上手い、と羽生は素直に思った。警察は否定しなかった。

会見場は、他社の記者たちによる質問、確認が波状攻撃のように飛び交った。そのほとんどが、土方の主張に乗ったものだった。

最後列に残っている羽生は、横からの視線に気づいた。羽生と同じ、最後列で三脚を立て、会見を撮影している女性のコンビがいた。おそろいのオレンジのブルゾンを着て、腕に『むさしのコム』と社名がプリントされていた。地元のケーブルテレビ局のようだ。

カメラを構える四十前後と思しき女性と視線が合い、会釈し合った。髪を後ろで結び、小さなメタルフレームのメガネをかけている。もう一人は二十代に見え、ＡＤかカメラ助手のようだ。

「この事件にずっと密着しているんですが、大手さんが来ると、こんなふうにはじき出されてしまうんですよね」

メガネの女性が声をかけてきた。

「でも、あの記者すごいね」

女性は、横にいた若手の肩を叩いた。「あなたもがんばんないと」

しばらくして土方が戻ってきた。

「見せ場できたし、わたしの役目も終わりね」

言葉とは裏腹に、土方の表情は不満げだった。「もう時間、行こうか」

ＪＲ浦和駅に降り立ったのは午後一時過ぎだった。

「あのまま武蔵小金井署に残っていれば、敦子のご尊顔拝めたかもしれないのに」

土方はホームに降りたそばから、吐き捨てるように言った。

「腹いせに、堀部さんをやり込めたんですか」

「やり込めた？　わたしが盛り上げたお陰で、たくさんのメディアが取り上げてるじゃない。

そうなると市民からの情報も集まりやすくなって警察も万々歳」

「警察が隠していたことを、暴いたようにしか見えませんでしたけど」

「警察は早々に同一犯と発表している。現場の状況がほかと違っても、同一犯という確固たる証拠があるのは、少し考えれば誰でもすぐわかること。その何か、つまりメッセージが〝何〟であるか秘匿できれば、何かがあることくらい、マスコミに漏れても警察には何らダメージはない」

羽生は感嘆と畏怖を混ぜて呑み込みながら改札を抜けた。

土方は取材に当たり、浦和支局にアポを取りつけ、すべての資料の開示を求めていた。支局長は、土方の政治部時代の先輩らしかった。

東都放送浦和支局は、駅から五分ほど歩いたビルの二階にあった。自治体の庁舎や施設、銀行、金融関係企業の看板が目立つ、オフィス街の一角だ。

通りに面したエントランスから階段を使って二階に上ると、土方は勝手知ったるように、『東都放送・浦和支局』と書かれたガラス扉を開けた。

「春日《かすが》井《い》さん、お久しぶり！」

資料棚や機材棚に囲まれた雑然とした空間に、デスクが四台、向かい合わせで押し込まれていた。そのデスクに男性が一人。

「よう、来たな」

彫りが深く、髪は耳が隠れるほどの長さだった。ジャケットにジーンズというラフな格好で、三十代後半に見えた。彼が春日井支局長だ。

「外信部海外素材著作権デスクの羽生です」

羽生は春日井と自己紹介と名刺の交換を済ませた。

「春日井さんだけ？」と土方。

「みんな取材に出てる。俺は突発待機。県警に動きがあればすぐに動く」

浦和支局は総勢四人。春日井のほかは記者一人に技術スタッフが二人という陣容だった。

春日井は、土方と羽生を打ち合わせスペースへ案内した。テーブルの周りを、コピー機や資料棚が囲んでいる。

「適当な場所に座ってくれ」

春日井は声をかけ、テーブルに置かれた社内ＬＡＮ端末を起動させた。土方と羽生は春日井の向かいに座った。

「昼ニュースでやってたぜ、土方が堀部さんをやり込める場面」

春日井が端末のディスプレイをこちらに向けた。ネット配信されたニュースが再生されていた。法廷弁護士のように、雛壇の捜査幹部に語りかける土方だ。『犯行現場に犯人のメッセージか』と新着の見出しが躍っていた。

「は？　やり込めてないし。報道されてない事実を確認しただけ」

土方はバッグからタブレット端末を取りだした。「さあ、北上貴史に命令されてここに来たの。連続ひったくり事件の情報を洗いざらいちょうだい」

春日井もうなずいて、クリアファイルから折りたたまれた紙を取りだし、テーブルの上に広げた。一メートル四方ほどの地図だった。

「俺が作った犯行地図だ」

さいたま市浦和区を中心とした地図で、犯行地点らしき場所には赤で×印が付けられ、その下に日時や情報が書き込まれていた。

「相変わらずアナログね。パソコンあるならそっちに作ればいいのに」

土方のタブレット端末には、さいたま市の地図が表示された。あちこちにつけられた赤い星印のアイコンの位置は、春日井の地図の×印と一致していた。

「でかいほうが全体がつかみやすいのさ」

地図の×印とディスプレイのアイコンは九箇所。負傷者二名、死者一名。

「こうやって改めて見ると、連続放火と現場の分布が似ているような気がするね」

土方がディスプレイを何度かタップすると、小金井周辺の地図が表示された。

路上強盗には、スポーツタイプの中型バイクが使われ、背後から道路の左側を歩く歩行者、あるいは自転車の女性に近づき、バッグを強奪するというもので、被害者自身の目撃情報はヘルメット姿の横顔か、バイクで逃げる後ろ姿だった。狙われたのは、主に高級バッグだ。

犯行時間帯は夕方から夜にかけて。現場はいずれも住宅街か、住宅が途切れた通りで、目撃証言は少なかった。

一回の被害額は、五万円から十五万円程度。中の金品より、バッグのほうが高かったというケースもいくつかあった。

「犯行間隔と現場の関係性は、抑制と計画性を感じるね」

土方は地図を、さいたま市のものに戻した。

九月の二件はそれぞれ一人ずつ軽傷者が出ていた。いずれも荷物を取られまいと抵抗した女性で、バランスを崩し転倒した際に、擦過傷や打撲を負っていた。十月の犯行は十二日と二十八日の二回。その十月二十八日の事件で、抵抗したと思われる女性が死亡していた。

土方は、各犯行の日時と場所を表にした。

《埼玉・連続路上強盗致死傷事件》
①七月十八日　金曜　さいたま市中央区新中里五丁目
②八月十二日　火曜　南区太田窪三丁目
③九月十日　水曜　蕨市北町四丁目及び川口市芝富士一丁目（二件　負傷者一名）
④九月二十一日　日曜　南区白幡二丁目（負傷者一名）
⑤十月十二日　日曜　中央区下落合三丁目において二件
⑥十月二十八日　火曜　南区南浦和三丁目、同一丁目（二件　死者一名）

「特に六件目は、死者が出た後も犯行に及んでいる。捜査本部もいずれ容疑を強盗殺人に切り替えるだろうさ」

春日井は表情を曇らせた。

ただのひったくりではなく、凶悪事件なのだ。北上が重要視したのも理解できた。

「死亡した女性は南浦和駅を出て、徒歩で自宅に向かっていたが、ひったくり犯に襲われた。バッグを取られまいと抵抗して転倒、歩道脇の縁石の角に頭を強打したと見られている」

「目撃者は？」

「いない。ただ、警察は付近の防犯カメラを解析して、犯行時間帯にバイクに乗った容疑者らしき映像を入手した」

盗難バイクでの犯行。報道されている事実だ。

「県警は前歴のあるバイク窃盗犯、バイク窃盗グループを中心に捜査している」

「犯行に使われたバイクは見つかっているの？」

「今月に入って見つかった。棄てられていたのは、荒川河川敷にある秋ヶ瀬緑地公園の外れだ」

春日井が指した場所には、緑色の×印。バイクの発見は報道されていなかった。

「これはオフレコ情報なのね」

土方が確認すると、春日井は「そうだ。気をつけてくれ」と注意喚起した。

「バイクは同じ場所から二台見つかった。目撃証言と映像、遺留物で犯行に使われたものと確認された」

「遺留物とは？」

「一台には負傷者の髪の毛、もう一台には死者の血液が付着していた。いずれも微量。見つけた県警の執念を感じるな」

　春日井は、ＬＡＮ端末を土方に向けた。

●ＹＡＭＡＳＥ　キグナス４００　七月二十六日　埼玉県蕨市南町（毛髪）
●ＳＵＺＵＫＡ　アンタレス２５０　八月十七日　埼玉県川口市西川（血液）

　画像付きだった。いずれもスポーツタイプの中型車だ。

「日付は盗難届が受理された日で、住所は盗難があった場所だ」

　アンタレスを盗まれた川口市の被害者は、帰省から戻ってきたらバイクが無くなっているのに気づき、盗難届を出したという。

「ＹＡＭＡＳＥが九月十日か二十一日、ＳＵＺＵＫＡが女性が亡くなった十月二十八日の犯行に使われたのね」

　土方は言いながらタブレット端末に新たな情報を打ち込んでゆく。

「そうだ。死亡被害者のそばにあったタイヤ痕もアンタレスのものだった。二台ともカウルを外して、配線の付け替えでエンジンをかけて盗む手口が使われている。ポピュラーな方法だが、分解の手筋、手癖が同じで、同一犯と判断されているわけだ」

「あくまでもバイクを盗んだ人物に関するものね。でも手癖で同一犯とわかるということは、

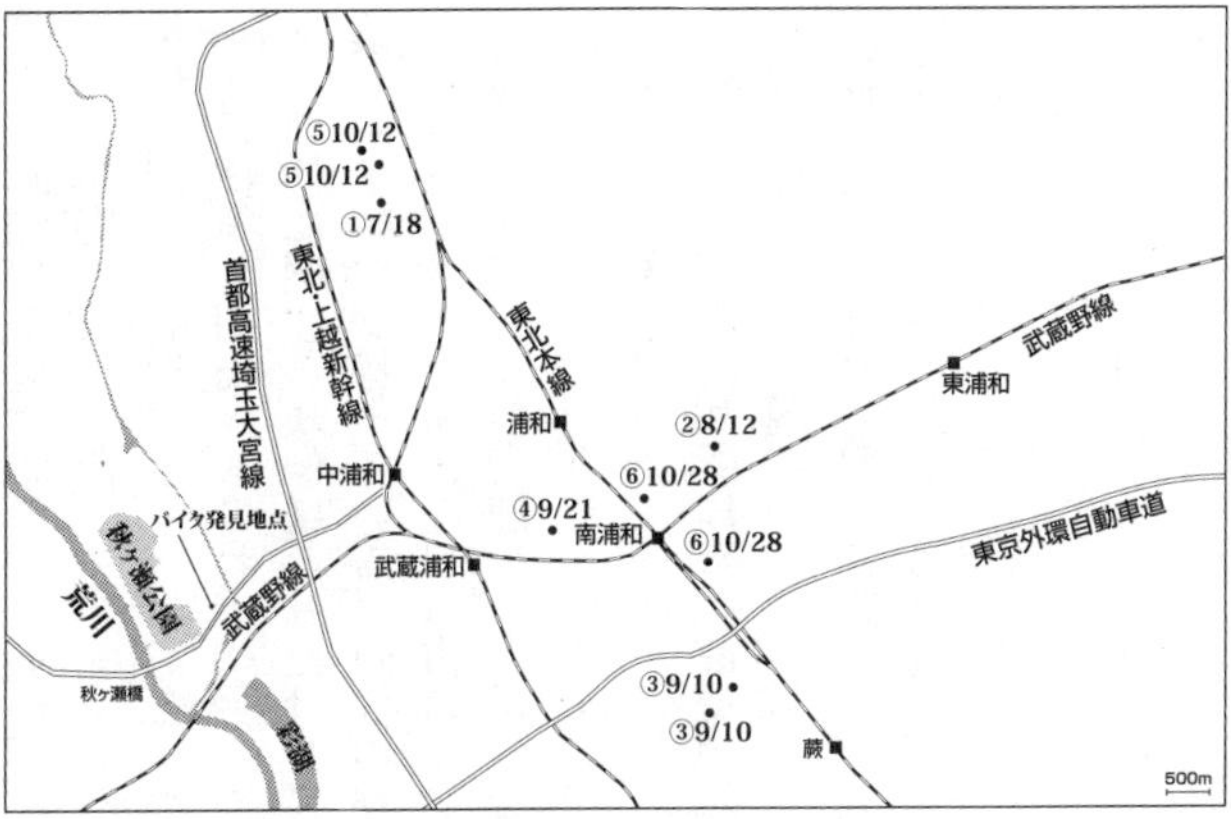

プロの犯行ってわけね。だから警察は前歴者と窃盗グループを追っている」

「そうだ。犯人はそのグループと繋がりのある可能性が高いからな」

　ならば、窃盗犯の特定がひったくり犯の特定に繋がる――羽生は置いてけぼりにならないよう、ノートに情報を書き込む。

「当該アンタレスの映像がある」

　春日井は端末に動画を呼び出し、こちらに向けた。『10/28・17:48』と日時が表示されていた。夕刻であまり鮮明ではないが、交差点で信号待ちをするバイクとライダーを、真後ろからとらえていた。

「ドライブレコーダーの映像ね。場所は？」

「ここだ」と春日井が地図の一点を指さす。「川口市小谷場の交差点だ」

　現場からほど近い。ライダーはフルフェイスのヘルメットと、手首まで覆うライダースーツ姿だ。体型はやや細身で、男性にも女性にも見えた。

「犯行時間は午後六時頃。こいつが容疑者なら犯行直前ということになる」

信号が青になり、前のアンタレスが走り出す。そしてプロのレーサーのような体重移動で車体を倒して右折すると、加速しつつ姿を消した。

「運転技術も相当なものね」

「この件に関する映像はこれだけだ。タクシー会社がニュースを聞いて提供したもので、警察も同じ映像を持っている。映像の存在は報道しないよう各社に要請されているがな」

現場は、さいたま市と川口市の境界付近のマンション街だが、南浦和駅周辺は商業地区で道幅もあり、多くの店舗やビルが軒を連ねている。

「アンタレスは犯行前後、防犯カメラを避けて、川口側から当該現場に侵入、再び川口側に逃走したと警察は考えている」

春日井は、南浦和駅周辺は商業地域で、回避不能な防犯カメラ網があり、警察はそう結論づけたのだろうと説明した。

「被害者の女性は、南浦和駅から、川口市小谷場の自宅に向かっていたんだから、歩道を歩いていた被害者の正面から接近し、すれ違ってからUターンしてバッグを奪おうとした、ということね」

「その通りだ」

「この死亡事案のあとも、もう一件やってるよね。その時の手口は？」

「背後からだ」

　春日井の答えを聞いて、羽生は自分なりに思案を巡らせた。

「Uターンはこれまでのパターンにないですし、顔を見られるリスクが生じますよね。慎重な犯人としての連続性と統一性がありません」

　我ながらいいこと言ったと思ったが――

「Uターンの意味は留意すべきだけど、リスクに関しては、犯行時もう日は暮れているし、ヘッドライトを点けているわけだし、顔を見られるリスクはほぼゼロね」

　土方に両断された。

「警察もそう判断している」と、春日井にも追撃を受けた。

「連続性と統一性で論じるなら、すべての現場でバッグを奪ってる。殺人を犯したあとも、もう一件犯行に及んでる」

　土方は春日井の地図に目を落とす。「慎重であると同時に、確実性と完遂性がこの犯人を特徴付けているとも言える」

「警察もそちらを重視しているから、Uターンというイレギュラーを無視している」

　春日井が補足した。「負傷者は二名とも、押さえ込まれて動けなくされたあと、バッグを奪われている」

「バイクなんだけど、盗難から犯行に使われるまで一カ月以上のタイムラグがあるよね。その場合の保管場所について、窃盗犯が保管しているのか、犯人が保管しているのか、警察の見解は？」

土方が疑問を口にする。羽生も言われるまで気づかなかった。

「窃盗犯側と考えている。なぜかわかるか」

春日井は土方を試すように、問いかけた。

「二台が棄てられた場所は同じでも、時期は一緒じゃないってことね」

土方は即答した。

「ご名答。汚れ具合や、腐食具合から一カ月ほどの間隔があると見られている」

遺棄の場所は同じでも、棄てられた時期は違う――

「羽生君ついてきてる？　犯人は犯行後すぐにバイクを棄てたの。なぜか。バイクの安全な保管場所を持っていないと考えられるから。従って経済的余裕はない、という犯人像が浮かんでくるよね。相手をケガさせたり殺してまでも、実利を得ようとひったくり続けているわけだから」

「じゃあ、バイクの棄て場所を見張っていれば、犯人がバイクを棄てに来るかもしれないですね」

「だから報道されていないの、アンタレスの映像も含めて。やっと気づいた？」

土方が吐息を漏らしつつ言った。

「たぶんバイクは発見された場所に戻されていると思う。周りに監視カメラと、捜査員を配置してね」

「お、追い付きました」

羽生の言葉に、土方は「よろしい」と言った。

「春日井さん、死亡者の詳しい情報を」

「今送る」

春日井がキーを叩くと、すぐに土方のタブレット端末にメールが届いた。

●多《た》村《むら》戸《と》紀《き》子《こ》・四十二歳。現場・さいたま市南区南浦和三丁目×番地。

　犯行時刻は午後六時頃と推定。

　住所・川口市小谷場七××、《コーポ・サクラダ》二〇一。独り暮らし。

●勤務先の英会話教室からの帰り。南浦和駅から徒歩での帰宅途中に被害者に遭い、死亡。目撃者なし。ただし犯行直前の容疑者らしき防犯カメラ映像あり。

●勤務先の同僚によると、バッグは使い込まれた量販品で、決してブランドものではなかったという。

●バッグを奪われる際、かなり強く抵抗して揉み合いになったのか、被害者の上着には不自然なしわができ、仰向けに倒れ、後頭部を縁石の角に打ちつけた。頭部の傷は、ただ倒れたというより、たとえば大外刈りのような、強い力で倒されたとしか考えられないと捜査員H。
●仕事熱心であり、英会話教室の講師、生徒からの評判もよかった。
●身寄りがなく、葬儀はせず英会話教室の同僚や生徒、近所の人が小さなお別れ会を開き、遺骨は火葬場の一時保管サービスに預けられている。

「他の被害者の住所氏名と、バイクを盗まれた人の氏名を」

土方が要請し、春日井は資料を添付したメールを土方のアドレスに送る。

「あと捜査本部のパイプは誰？　一課長か代理以外にいる？」

「浦和中央署刑事課のハラシマさん。強行犯一係の係長だ。帳場では防犯カメラ解析班の補佐をやってる。捜査員Hはハラシマさんだ」

原島修司《はらしましゅうじ》警部補、と土方のタブレット端末に名が刻まれた。


浦和駅から南浦和駅に移動した。

土方と羽生はマップを見ながら、駅前から徒歩で死亡事案となった六件目の現場に向かう。

「ま、いずれ全部の現場を回るけどね。全部支局任せじゃ格好つかないし」

東口の大通りから、真新しい大型の集合住宅やマンションが建ち並ぶ区画に入った。両側は常緑の街路樹。五階建てから十階建てほどの住宅が並び、清潔感に満ちていた。

午後の時間帯で、人通りは疎《まば》らだ。犯行があった右側の歩道を歩いた。確かに、この閑静な区画に中型バイクで潜んだり流していたら、住民の印象に残りやすいだろう。

歩道の脇に『目撃者を探しています』と書かれた警察の立て看板が設置されていた。

ここが、現場のようだった。

羽生は機材バッグからカメラを取りだし、位置を変えつつ周囲の街並みや、現場の様子を撮影した。

そこからカメラを回したまま、川口市方向に百メートルほど進むと、整備された道路が途切れ、路地となった。周囲も大型のマンションから、小さな一戸建てや低層のアパートが目立つようになる。

「駅から歩いて十分ってところね、多村さんの住居は」

《コーポ・サクラダ》は赤い鳥居と電話ボックスを過ぎた先にあった。白い二階建てで、築十年以内に見えるどこにでもある造りだ。

「ここの二階ね」

土方はアパートの前で立ち止まった。各階に四部屋あり、家賃は七万から八万円といったところか。

「慎ましやかな生活。資料にもあったよね。犯人はなぜUターンをしてまで、襲ったのか。発見時の服装は、ごく普通のブラウスとジャケットとデニムのスカート。勤務先の英会話教室を出るときに持っていたバッグはブランドものではなかった。リスクを冒しても襲いたくなるおいしそうな標的？」

犯人はおよそ一時間後、さほど遠くない場所で、その日二件目のひったくりを成功させている。その犯行は、これまで通りヘッドライトを消し、背後から近づいてバッグを奪う手口だった。

「多村戸紀子のケースに関しては、単純なひったくりにしては若干の疑問が残る。もう少し調べる必要が出てきた感じ。それが収穫かな」

最短距離で、物事の核心を衝く——それが土方玲衣のやり方だと認識できた一日だった。

同日夜　——渡瀬敦子

野次を飛ばす者はいない。

午後九時半過ぎに始まった捜査会議は、分析捜査三係の報告で、時が止まった。

「……どういうことだ」

数秒、間を置いて谷川が聞き返した。

「島尾宗典は別人だった」

八幡は再度応えた。「友成が職務質問をした島尾宗典と、今日、俺たちの応対に出た島尾宗典は別人だったんだ」

「友成、本当か？」

谷川が声をかけると、友成がやや緊張した面持ちで立ちあがった。

「別人と断言できます。勤務先と不動産屋、近所の住人に確認し、今日応対した島尾が本物の島尾であることがわかりました。私が職質した島尾とは別人です」

午後、八幡が友成を引き連れて確認に出向いていた。

本物の島尾宗典は午前六時過ぎ、仕事から帰宅したという。

「バンをかけた島尾が家に入るまでを見届けたんだろう、お前は」

堀部の問いかけに、友成は「はい」と応えた。「きちんと自転車に鍵をかけ、玄関ドアの鍵を開け、家に入りました」

「島尾は三鷹駅前にある居酒屋の店長で、閉店後の午前五時まで店にいたことが確認された」

八幡が後を受けた。「任意で部屋の中を見せてもらったが、購入した缶ビールは見当たらなかった。不審に思い自転車とドアの鍵も確認した。自転車は島尾自身の物だったが、鍵が付け替えられていることが本人により確認された。玄関の鍵穴も、ピッキングのような傷が認められた。盗まれたものはなし」

八幡は報告を終えると、一同を見渡してから座った。

「明日一番で鑑識を出していただけますか」

渡瀬が言った。「容疑は住居侵入で」

「渡瀬はどう分析する」

問いかける堀部の声が、わずかに上ずっていた。

「ニセの島尾は職務質問を受けた上、嵯峨野主任の警戒を見て引き返しました。それを考慮すると、島尾の部屋は、警察の目に留まった場合の緊急避難先と考えられます」

「疑われたらそこの住人に成りすますのか」

「玉城は常習の窃盗犯だった。ピッキングのスキルがあってもおかしくはないな」

　八幡が腕を組んだ姿勢で言った。

「ニセの島尾は玉城の共犯者の可能性があります。それに避難場所は、想定した放火現場の近くであるほうが望ましいと言えます」

　渡瀬は応えた。

「放火の予定地点に嵯峨野の班が張っていた。それに気づいたニセの島尾が引き返し、避難先に入った……という筋か」

　谷川が確認する。「君が朝主張した通りだと？」

「そうです。警察は、原則として放火犯が自分の住む地域に火を点けないことを知っています。それを逆手に取ったと考えてもいいかもしれません」

「せっかく避難先に逃げ込んだのに、なぜ火を点けた」

　堀部が即座に言い返す。

「今はわかりません。火を点けること自体が、目的化している可能性もあります。その上、早朝のうちに本物の島尾が帰宅することを知っていたと推察します」

「慎重で緻密な犯行だったものが、いきなり人が変わったような理由も、そこにあるかもしれないんだな」

「可能性はあると思います。島尾宗典の住居から、関野町の現場まで徒歩でも十分前後でしょう。ただしそれほど時間の余裕はありません。彼を被疑者と仮定するなら、最短距離を通り、防犯カメラの回避に時間を掛けることも難しかったはずです」

「ニセ島尾を追うか……」

堀部が声を上げた。「どうだ。谷川」

「異論はありません」

「ほかの現場近くにも、島尾のアパートのような緊急避難場所があるかもしれません。可能性が高いのは、帳場が立ち警戒が強まって以降の現場です」

「現場付近から、ピッキングの痕跡がある家を探すのか」

谷川が聞いてくる。

「条件は、犯人と同じ年格好の人物が住む、犯行時間帯に住人がいない住居です。独り暮らしなら条件が合うケースは多いでしょうが、複数人で居住していても夜中に不在でしたら一軒家も当てはまると思います。これは、プロの盗犯なら当然心得ているポイントです」

これも、玉城の犯行を示している。

「ニセ島尾が共犯なら高木頼道、金村功、窪田陽次の行確は続行か」

谷川が言う。「いいか？　渡瀬」

「妥当だと思います」

渡瀬は応えたが、彼女の中で高木、金村、窪田の線は消えた。

「玉城周辺に関する捜査は、渡瀬の班に一本化する。嵯峨野は引き続き彼女に協力しろ」

堀部の指示が飛び、嵯峨野が「はい」と返答した。

「あとは三鷹の居酒屋だ。玉城が客としてきている可能性がある。友成はニセ島尾の似顔絵を作成」

玉城は今日も通常通り出勤し、捜査員が二人張りついていた。

捜査は前進した――いや、前進の可能性がある手掛かりを入手したに過ぎない。七件目の犯行を許した事実は変わらない。五十人規模の捜査員を無駄に使った重圧からも解放されていない。

捜査会議後、渡瀬はトイレに駆け込み、胃の中の物をすべて吐き戻した。


八幡、佐倉、古崎は武蔵小金井署に泊まっているが、渡瀬と日野は、駅前のビジネスホテルに部屋を取っていた。

雑務を終え、自主検討会という酒席に付き合う日野と別れ、署を出たのは午前二時過ぎだった。ホテルまでは歩いて五分ほどだが、署の玄関を出た先の歩道に小柄な影が待っていた。

渡瀬は小さくため息をつき、足を速める。

「ちょっと逃げないでよ、敦子」

土方玲衣が肩を並べてきた。

「わけわかんないよね、あんなところに火を点けてさ」

渡瀬は応えない。玲衣が会見で堀部に食い下がったことは聞いていた。ニュースサイトで確認したが、玲衣の見立ては的確だった。

「タクシー拾わないってことは、ホテル取ってあるのね。ちょっとスッキリした顔してるのは、何か進展があったのかな」

吐いて楽になったから──とは言わない。代わりに「うるさい」と反応し、後悔した。

「今日は友人として来たの。欲しいのは情報じゃなくて、アドバイス。放火のことは聞かない。それでいいでしょ」

渡瀬の苛立ちも、どこ吹く風だった。

「疲れてるの、付きまとわないで」

「ギブアンドテイク、手ぶらで来たわけじゃない」

「……じゃあ少しだけ」

口が勝手に言ってしまった。玲衣に対しては、引き剝がせない負い目があった。十五年前の借りは、まだ返せていない。

「それならお酒はなし」

渡瀬が選んだのは、前原坂上の交差点に面したファミリーレストランだった。

ほかの客から離れたテーブルにつき、コーヒーとサラダだけオーダーすると、玲衣はタブレット端末を取りだした。

「まずはこれを見てほしいの」

地図上の赤いアイコンで、埼玉連続路上強盗致死傷事件の現場だとわかった。各事件の日時と場所、状況と詳細は、渡瀬の頭にも叩き込まれていた。

「これが何か？」

「この事件と同時進行で取材している事件。時期的に、そろそろ次が起こってもいいんじゃないかと思って」

玲衣の視線は試すようだ。「分析しているでしょ、敦子なら当然」

「埼玉の事件を、どうしてわたしが」

目を伏せ、小声で応える。

「敦子が知らないはずがない。分析にはたくさんのサンプルが必要でしょ」

「勝手なこと言わないで」

「あ、目が泳いだ。相変わらず敦子は思っていることが顔に出るね。その上、嫌いな人と嫌なことがはっきりしているから、敵を作りやすい」

感情を抑え込み、表情を殺すことを覚えたつもりだが——

「だいぶ演技は上手くなったけどね」

玲衣は一転、肘をついて満面の笑みを渡瀬に向けた。「もう分析して答えを持ってる顔」

オーダーしたサラダが届き、ブレイクとなった。玲衣は凄まじい速さでサラダを平らげ、コーヒーを飲んだ。渡瀬も警察官となり、多少は〝早飯〟を覚えたが、それ以上だった。

「取材の参考なの？」

落ち着いたところで渡瀬は聞いた。妥協してしまう自分に、小さな苛立ちを覚えながら。

「そ。犯行の瞬間を撮ることができたら、敦子を一生愛しちゃう」

「ばかなこと言わないで」

「あ、頬が赤くなった」

玲衣は昔からこうだった——最短距離で、胸の奥に入り込んできた。

「わたしの名前を出さないこと。あくまでも個人の見解とすること」

「心得てる」

渡瀬はタブレット端末を取りだし、『さいたま市及び蕨市、川口市連続路上強盗致死傷事件』のファイルを呼び出した。玲衣が身を乗り出し、ディスプレイを覗き込んできた。

さいたま市を中心としたマップに、九つの光点。玲衣が自分の端末を並べた。

違いは、それぞれの光点が、線で結んであるかどうか。

「さすが、わたしのより全然整理されているし、線での思考はしてなかったわ」

「これに埼玉県警が公表している、地域別犯罪発生率データの路上窃盗のデータを重ねるとね……」

渡瀬がディスプレイをタップすると、マップに赤の濃淡が重ね合わされた。

「ひったくりとか車上狙いが多いところが、濃い赤なのね」

濃い赤のエリアは、主に都市部や隣接する住宅地だった。九箇所の光点は、いずれもその地域にあった。

「見事にアイコンが重なってるね。裏を返せば、そこが目撃されにくいというか犯行に適した場所ってことよね」

玲衣が顔を上げる。「それで次の犯行日時と場所、敦子個人の見解は？」

「犯行は今週中。今日明日の可能性もある。場所は……」

渡瀬がディスプレイの一角をタップすると、さいたま市南区の一角が青い円で染められた。新幹線の線路と新大宮バイパスの間にある、工場街と住宅街が入り交じるエリアだ。

「この円の中なのね」

「これまでのパターンを踏襲するなら」

「ありがとう。参考になった」

渡瀬は帰ろうと腰を上げ、上着を手に取ったが、玲衣は待ってとその手を押さえた。

「言ったでしょ、ギブアンドテイクだって、埼玉県警からお土産持ってきてる」

渡瀬はまた腰を下ろした。

「敦子は、連続放火と埼玉の連続ひったくり、同じフィールドで俯瞰して見てたりする？」

十五年前と同じ。何かを見通し、自分とは違う視点から物事を見下ろしている目。

「まさか。今は放火に集中してる……。でも事件の内容は話さないから」

「こっちは構成上そうしないといけないんだけど、テレビ屋特有のこうだったら面白いなって考えから見ると、興味深い符合を見つけたの」

玲衣のタブレット端末に二台のオートバイの画像が表示された。

「連続ひったくりに使われた盗難バイクよ。盗まれた日と盗まれた場所は、報道されてない。独自に入手したネタ」

●ＹＡＭＡＳＥ　キグナス４００　七月二十六日　埼玉県蕨市南町
●ＳＵＺＵＫＡ　アンタレス２５０　八月十七日　埼玉県川口市西川

符合は、すぐに見つけた。

それぞれのバイクの盗難届が出された日——ＹＡＭＡＳＥのキグナスは、連続放火の三件目、七月二十五日の翌日。ＳＵＺＵＫＡのアンタレスは、四件目、八月十四日の三日後だった。

「アンタレスは、帰省していた住人が自宅に戻ってきて盗難に気づいたの。つまり十四日に盗まれた可能性もある」

玲衣が思考を読んだかのように、欲しかった情報を口にした。

「日付の符合、偶然かな」

同じフィールドで並べて俯瞰する——

「盗難現場の状況は？」

渡瀬は逸《はや》る気持ちを抑えながら聞いた。

「ほとんどが塀や庭を持った一戸建て。庭やガレージに侵入して、盗み出してる」

本当に気まぐれであり、興味本位だった——渡瀬はタブレット端末に玉城のかつての〝仕事場〟を表示させ、バイク盗難現場と重ね合わせた。

一致した。

「あと女性が死亡した事件、おかしなところがある。資料渡しておくね」

「これをどうしろというの？」

「だから助言の見返り。これでいったんチャラ」

ここで玲衣のスマホが振動した。着信表示を見た玲衣が、泡を食ったように背を向け、口許に手を添えつつ電話に出た。

「……なんですか部長、こんな夜中に……え？　今からですか？　朝の散歩に付き合えって……泊まり明けで一日取材で今この時間で結構寝てないんですけど……」

玲衣の声は小さくてもよく通る。昔からそうだった。

「若いから大丈夫って、来年三十の女に対してそれは嫌味ですか、皮肉ですか、セクハラですか……はい、わかりました、ご期待に添えるようにがんばります」

玲衣はスマホをバッグにしまうと、口を尖らせながら上着を手に取った。

「ちょいと姿を消すかもしれないけど、助手の男が会いに行くと思うから、ちゃんと応対してあげて」

玲衣は心得ていて、自分の分だけのお金を置いて「またね」と足早に去って行った。

第五章　交　点

十一月二十三日　日曜　――渡瀬敦子

小山田から島尾と思われる人物の映像を発見と連絡があり、捜査本部にデータが届いた。

「友成、来い」

端末の前に陣取った谷川が声をかけると、控えていた友成がデスクまでやって来た。

「二十二日午前二時ちょうどだ」

友成がデスク助手の背後に回り、ディスプレイを覗き込む。

「ニセ島尾がビールを三本購入しているが、銘柄はこれか」

谷川の問いに、友成は「同じ銘柄です」と応えた。

今行っているのは、不審者Ａとニセ島尾が同一人物かの検証だ。

「顔認証にかけるので、できるだけたくさんのアングルで顔くださいね」

谷川の向かいに座り、ノートパソコンを前にした日野が手を挙げた。元サイバー犯罪対策班の彼女が映像の解析を担当している。

今朝までに、ＳＳＢＣの顔認証システムで本物の島尾宗典と、不審者Ａの顔の骨格がまるで違うことが判明していた。そして、玉城竜介とも。

小山田が送ってきたのは、島尾の住居から二百メートルほど離れた、小金井市緑町にあるコンビニの防犯カメラ映像だ。朝から小山田の機動分析捜査係が動き、周辺の防犯カメラからニセ島尾と不審者Aの足取りを追っていた。

ニセ島尾は、ロングの缶ビールを三本買ってコンビニを出ていた。

「ビールの数が違います」「カゴには五本入っていましたが」

渡瀬と友成がほぼ同時に指摘した。

「嵯峨野班のカメラに映った自転車の男の前カゴには、ビールが五本入っているように見えます」

「私がバンをかけたときも、前カゴにはビールが五本入っていました」

渡瀬の言葉を受け、友成が言った。

「また小山田さんから動画データが来た。コンビニ入口前のカメラ」

日野が告げた。「当該自転車が止まってるね。大きなほうのモニタに出すよ」

雛壇脇の大型モニタに、映像が表示された。コンビニの出入口近くに停められたニセ島尾の自転車を拡大すると、前カゴにはすでにビールが二本入れられていた。

「封の開いたビールはあったか」

谷川が友成に聞く。

「開いていた缶はありません。飲酒運転にも注意していたので、確認しました」

「顔認証ソフトでは、九九パーセントの確率で不審者Aとニセ島尾が同一人物との結果がでてますが」

日野の手により、大型モニタに、ニセ島尾と不審者Aが並んで表示された。

「自転車の型式も酷似、人着服装も酷似、ビールの銘柄と本数も同じで、時間的にも矛盾はない。同一人物と考えて差し支えないだろう」

作業を眺めていた堀部が言った。「ニセ島尾こと不審者Aは、午前二時過ぎにコンビニを出て、自宅手前で友成の職質を受けた。そしていったんアパートに避難し、友成をやり過ごしてから、再び五本のビールを持って、二時半頃、嵯峨野班が警戒するエリアに近づき、引き返した。その後は午前三時過ぎの犯行まで、シェルターにいたのか、どこにいたのか」

持って出たということは、何らかの意図を持って使うつもりだったという意味だ。

「これは私見ですが」

渡瀬は割って入った。「ビールのロング缶は〝巻物〟とほぼ同じ大きさと形状であると考えます」

友成の報告で、不審者Aはバッグやカバンの類いは持っていなかった。

「ビール缶の中に、〝巻物〟を隠し入れていたというのか」

谷川が聞いてきた。

「可能性です。この男が被疑者かその共犯なら、〝巻物〟を持っていなくてはなりません。その上〝巻物〟は職質や荷物の検査で見つかってはいけません」

渡瀬は応えた。

「不審者Ａの疑いが強まったのは確かだ。この男の足取りを追おう。小山田班には、もう少し現地で粘ってもらおうか」

意気が上がる堀部とは裏腹に、渡瀬は別のことを考えていた。

埼玉の連続路上強盗致死傷事件との奇妙な共通点だ。犯行地点がことごとく玉城の〝仕事場〟と合致しているのは、捨て置けなかった。しかも、路上強盗の被疑者の特性も窃盗犯のそれであり、連続性の中に特異な犯行＝多村戸紀子死亡＝も含まれている。

「玉城はどうしている」

という谷川の声で、思考を中断した。

「帰宅後に動きはありません」

渡瀬は応えた。放火があった昨日午前九時過ぎに帰宅。午後四時頃に家を出ると、バスと電車を使い『ＪＩＮ』に出勤、午前一時半まで勤務したあと、駐車場に置いたままにしていたバイクに乗り、午前二時に帰宅した。

今は佐倉と古崎を中心とした行確チームが監視している。

「ビール缶の偽装を指摘するなんて、玉城はシロと考え直したのか？」

堀部が聞いてくる。嫌味、と言うより興味の視線だ。

「不審者Ａが実行犯ではない可能性もあります。玉城の犯行である可能性もあります。他の三人の警戒も解くべきではありません。まだなにも確認されていません」

「新たに必要なことは」

「各現場に犯人の〝避難場所〟がある可能性があります。通報されていない侵入事件も含めて、今一度掘り起こして洗うべきです」

新たに判明したことで、確認すべきことも増える。それが、前進だ。

「君はどうする」

堀部が聞いてきた。

「小金井の現場を見たいと思っています。不審者Aの動きを分析したいので」

「君自身が現場に出る必要はない。邀撃も本来君の仕事ではないはずだ」

堀部が諭すように言った。しかし、一分一秒でも早く事件を終わらせ、日常を取り戻すには、現場で犯人を〝罠〟にかける材料を探すしかなかった。町田のときのように。

渡瀬は八幡を同行させ、小山田と合流した。

小山田班は、現在、周辺の防犯カメラの映像を収集していた。小山田自身は、島尾のアパートに近い中央線の高架沿いに指揮車輌を停め、タブレット端末に表示された周辺地図に目を落としながら、部下たちと無線交信している。

ここから関野町の現場までは、直線距離で千五百メートルほどだ。

「不審者Aが乗っていた自転車は、朝まで島尾のアパートにあったことが確認された」

小山田は顔を上げた。

「でしたら、現場までは車輛か徒歩ですね」

「徒歩なら、時間的に最短距離で行っただろうな。それも踏まえて動いているがね」

「警察がすぐそばで警戒しているという心理的圧迫もあったはずです。それが短絡的な犯行に繋がった可能性はあります」

渡瀬と小山田のタブレット端末には、加工処理されより見やすくなった不審者Aの画像が表示されていた。特徴的な唇の端の歪みは、長年蓄積した〝負〟の思いによるものだ。恥や虚勢、後悔——裏を返せばコンプレックスと分不相応のプライドに支配された人物と分析することができる。人相認識技術の基本だ。

「激情時は短慮だが、平静時は用心深くて、挙げ足を取られないよう常に気を張っているタイプだな。ただ、職質された時点で顔を覚えられたことを想定しただろうから、余計に慎重になったはずだ」

慎重さとプライドがせめぎ合った結果、難易度を大幅に下げた放火となったのか。

「だけどね」

小山田は恨めしげに周囲を見渡す。「実は苦労してんのよ、この俺が」

「泣き言とは、小山田らしくない」

ブルゾンのポケットに手を入れ、寒そうに背を丸めた八幡が声をかける。

「不審者Aが、朝までに島尾の家を出たのは確かなんだが、映像が一つも見当たらない」

「うちの班長がヒントか答えを見つけたみたいだ」

八幡が渡瀬を指さした。

「この中を通った可能性は？」

渡瀬は表示させた地図の上を指でなぞった。小山田の眉がぴくりと動いた。

「川……いや、用水路か」

中央本線から、現場に近い五日市街道の間には、用水路が大きく蛇行しながら横たわっていた。仙川の上流部で、ほぼ涸れ川の状態だ。

「現段階でのただの思いつきで、中に降りて人が移動できるかどうかは未確認です」

「そうか、六件目も野火止用水を使っての逃走の可能性が濃いからな。だったら、カメラに映る危険は軽減されるが、全くなくなるわけじゃない。それは俺たちが確認しておく」

　玉川上水沿いの道で渡瀬は降車すると、周囲を観察しながら川沿いを歩く。両岸には、上水に沿って鬱蒼とした並木が続いていて、玉川上水を挟んだ対岸が五日市街道だった。不審者Aが七件目の実行犯なら、用水路を上手く使い住宅街を抜けたとしても、関野町の現場に火を放つには、五日市街道を越えるという大きなリスクがある。

　この付近で玉川上水を渡るのなら、関野橋と梶野橋だ。しかし、深夜でもそれなりに交通量のある幹線道路であり、関野橋交差点には終夜営業のレストラン、中型マンションが面していて、防犯カメラに映るリスクが高い。五百メートルほど東にある梶野橋交差点は深夜営業の店舗やマンションはないが、交通量は同じだ。ただし——

渡瀬が見上げたのは、歩道橋だった。梶野橋から百五十メートルほど東で、玉川上水と五日市街道を一気に渡ることができる。上水沿いを歩けば、カメラに映るリスクも少ない。

渡瀬は歩道橋の階段を上り、五日市街道の上に出た。八幡は黙ってついてきた。

歩道橋の前後には車輌用の信号。街灯は歩道橋より高く至近にあり、手すりには交通安全の横断幕が張られていた。

「屈めば身は隠せるし、夜中に歩道橋の上を注意するドライバーもいないだろう」

五日市街道を渡り、歩道に降り立った。周囲には住宅やオフィス、工場があったが、外から見る限り、防犯カメラは見当たらなかった。

「ルートはこちらのほうが安全ですね」

ここから関野町の現場までは、歩いて五分とかからなかった。渡瀬は通りから、焼けたアパートを見遣った。

この現場に、鮮やかな技術は必要ない。実行犯は、玉城のような技術は持ち合わせていない。もしかしたら、不審者Aは玉城に対抗心を燃やしていたと解釈することもできた。玉城が主犯ならだ。

そして、アパートの向かいの路地の奥に見える緑。樹林や芝生の広場、運動場やスポーツ施設やサイクリングコースを含んだ、広大な小金井公園だ。

路地を進み、住宅が途切れたところで、一気に視界が広がった。開放感。安堵感。しかし、犯行時は真夜中だった。広がったのは緑ではなく、漆黒の闇だった。逃亡者の身を溶かし込む、希望の闇だ。その希望の闇を目前にして、心にわずかな余裕が生まれた。広大な小金井公園は、広大な逃走路でもある。その余裕を使い、火を点けるという最低限のプライドを満たした——渡瀬は地図をスクロールする。

川と用水路は——公園北部から延びる青い筋を見つけた。

石神井川だ。しかも小金井公園内が水源だった。渡瀬は、木々の間や広場を抜け、十分ほどかけて、樹林の中にある川の畔にやって来た。幅も深さも用水路の倍ほどあったが、コンクリートの護岸と、格子状の上部は同じ造りだった。ただし渡してあるのは鉄骨だ。地図の倍率を下げると、川は鈴木街道の下を通り、田無方面に延びていた。水は中央に少量。移動に支障なしだ。

「逃走路になり得るが、コンクリートじゃゲソは無理だな」

八幡が川を覗き込んだ。

渡瀬は川に沿って歩き、公園を出た。鈴木街道を渡り、畑の脇の小径を抜けると、木々が壁のように並んでいた。遊歩道のようだが、地図には記載されていなかった。

その遊歩道は、五千分の一の縮尺で、わずかな線として表示され、三千分の一で初めて道として表示された。

小金井中央公園の北に、北西から南東方向へ斜めに走る一直線の道。

「道が現れました……」

「多摩湖自転車道だ。大発見のように言うな」

入ってみると鋪装され、整備された道だった。自転車が余裕を持ってすれ違え、ジョギングや散歩する人も多い。道に沿って様々な種類の木々が並び、場所によっては枝が空を覆うほどだ。

　東大和市の多摩湖から、西東京市新町で五日市街道と合流するまでの約十二キロをほぼ一直線で結ぶ、歩行者と自転車専用の道だった。

「班長さん、東京生まれだろう、どこだ？」

「堀切です」

「この辺の土地鑑は」

「全然ありません」

「今まで地名と地形がスラスラと出てきて、大層な口上と分析をしてきたと思っていたが、とんだ大間抜けだな」

「言い訳はしません。だいたいはこれで済ませてしまっていたので」

　渡瀬はタブレット端末に目を落とした。

「こんなに整備された自転車道が、三千分の一まで拡大しないと表示されないなんて……決してマップを批判しているわけではありませんが」

　渡瀬は言いながら忙しなく地図をスクロールした。「緊配時、ここに検問は？」

「車道と交差する部分はチェックしているだろうが、自転車道はやっていないはずだ」

「この道は小平駅付近で『ＪＩＮ』のすぐそばも通ってますね。玉城竜介の自宅近くまでも一直線に延びています。五件目と六件目の現場も、この自転車道を起点に移動できますね」

渡瀬は地図に二つの光点を表示させる。「五件目はこの場所から石神井川の中を移動すれば着けます。六件目は、野火止用水を北上して、その先には多摩湖自転車道があります」

「警察の警戒が強まることを想定した、移動と逃走用のルートか」

不審者Ａは、小金井中央公園ではなく、その先にあるこの比較的安全な多摩湖自転車道を前に心の余裕ができ、犯行に及んだのか——

「玉城が『ＪＩＮ』を出たあとに姿を消したのも、このルートを使ったからかもしれません。わたしはバイクに気をとられて、この自転車道を想定せずに指示を出していましたから、見つからなくて当然です」

玉城の居住地、『ＪＩＮ』との位置関係を見れば、玉城の関与が濃厚に思えてくる。ただ今回、不審者Ａが実行犯だとするなら、この道の周辺に、不審者Ａが安全に帰ることができる拠点があるはずだ。

石神井川は、多摩湖自転車道の下を横断するように抜けて、西東京市側へと続いている。一応鉄柵が張ってあるが——渡瀬は深呼吸を一つすると、鉄柵を越えた。

「注意されたら、言い訳お願いします」

「俺に降りろと命令しないところは評価してやる」

渡瀬は線路のように等間隔に鉄骨が渡された川を見下ろす。底までは二メートルほど。中央部に水が溜まっているが、両端は歩くスペースが十分にある。

渡瀬はコンクリートの縁に手をかけ、おっかなびっくり足を降ろし、ぶら下がるような体勢になってから手を放した。上手く着地できた。

「すぐに戻ります」

渡瀬は覗き込む八幡に声をかけ、川底を下流へと進んだ。眼前には暗渠が口を開けていた。三十メートルほど先に出口の光が見える。

壁沿いを歩き、問題なく暗渠を抜けることができた——途端に木漏れ日。頭上が樹で覆われた。タブレット端末の写真で確認すると、川を囲むように樹木が生い茂っていた。

スマホに八幡から着信があった。

『どうだ。無事か』

「十分移動できます」

渡瀬は川の縁を見上げる。ジャンプすれば縁に手をかけられそうだ。「運動能力が高い人なら、一人で川から出られると思います。石神井川を移動路と考えるのでしたら、犯人の拠点の一つは、西東京市向台町の一帯と考えるのが自然ですね」

向台町から田無駅にかけては、住宅密集地でもあった。

『次の邀撃で的を絞れそうか』

「昨日の犯行で、犯人は法則を崩しました。予測の精度は保証できません」

渡瀬はそれよりも恐ろしい事態も予測していた。「でも一番懸念されるのは……」

『犯行の終息だな』

八幡も心得ていた。

「犯人が慎重かつ狡猾なら、もう危険は冒さないと思います」

『そう悲観するな。奴はこれまで確実に火を点けてきたんだ。アクシデントがあろうと、火を点ける強い欲求か動機があると俺は思うんだがな。四件目の鈴木邸がそうだと班長さん、あんた自身が結論を出したんだろう』

八幡の言い分には一理ある。しかし、七件目のアクシデントの大きさは、鈴木邸とはまるで違う。不審者Aがすべてを破壊したのだ。

「鈴木邸の時とは違うと考えたほうがいいと思います」

玉城を本命としているが、まだ決定的な証拠は出ていない。このまま犯行が終息すれば、玉城に手を出すことはできなくなる。別件で逮捕するにしても、その材料がない――いや、ないわけではない。玲衣がもたらした、偶然かもしれない奇妙な符合。

放火と同じ期日に発生していた可能性が高い、埼玉のバイク窃盗だ。もし仮に玉城の犯行なら引っ張れるが、盗まれた時間帯の特定が、玉城の放火時のアリバイを保証することにもなりかねない。それは、自分の間違いと向き合うことだった。

夜の捜査会議は淡々と進んでいた。

渡瀬はさらに多摩湖自転車道を映す防犯カメラの発見と、映像の収集を求めた。

そして、渡瀬が要請した島尾の部屋の鑑識結果だが、部屋の鍵がピッキングにより開けられたことが確認された。ドアノブとその周辺、室内からは、島尾本人の指紋しか検出されなかったが、ドアノブの一部と、自転車のハンドルは、布状のもので拭われた痕跡があった。

盗まれた物はなく、侵入が目的であったと推察された。室内から、いくつかの毛髪が採取されたが、鑑定中だ。また付近住民に不審者Aの目撃情報はなく、ビールを売ったコンビニの店員も、顔を憶えていなかった。少なくとも常連客ではないという。

継続事案の報告も芳《かんば》しいものではなかった。

「玉城本命の方針は変わりない。重要になってくるのが、各事件における玉城のアリバイだ。困難だと思うが、不審者Aの捜査と両輪でいく」

堀部が大まかな方向性を打ち出した。「新たに不審者Aの捜索班、シェルターの捜索班を編成する」

「難しいのは『JIN』の協力ですね」

谷川が堀部に意見する。捜査協力を頼んだ者から、被疑者へ情報が漏れることは往々にしてある。それで、当面は、居酒屋『ＪＩＮ』の店長、従業員と接触せずの捜査となった。

「『ＪＩＮ』の監視態勢ですが……」

玉城行確班からの報告――「向かいにある文房具店の防犯カメラから、正面出入口が見えることがわかりました」

すでに行確班は動画を借用、玉城が午前一時九分に店を出たことが確認された。さらに十月二十五日、小平市栄町の六件目に関しては、午前一時二十七分に店を出るのが確認された。それ以前については、動画データが残っていなかった。

小山田の機動分析捜査二係は、発火時刻直前に深夜の住宅街を移動する不審者Aの姿を持ち帰ってきた。小金井市緑町にある小金井東中学校の校門内側に設置された防犯カメラで、校門の前を通過した姿が確認された。

島尾のアパートと関野町の現場のほぼ中間点だった。

「時間は午前二時五十七分。服装体格持ち物ともに、不審者Aと同じです。時間的にも合致します。ここでいったん足取りは途絶えますが、次に現れたのは、ここです」

映像が切り替わり、暗い公園のような風景の中、街灯の下を通過する男の姿が映った。

「武蔵野市桜堤二丁目にある桜堤公園のカメラです。向かいにある大型マンションの自治管理組合が臨時で設置した防犯カメラの映像です」

深夜の公園に人が侵入し、騒いだり花火を上げたりなど迷惑行為がしばしばあり、設置さ

れたのだという。

「不審者Aは、マンションの防犯カメラを警戒し、公園側を歩いたようですが、臨時の防犯カメラ設置の情報は摑んでいなかったようですね」

各防犯カメラの距離は、直線距離で八百メートル。

「その時間、二つのカメラの間には確か、警戒班が巡回していたはずだ」

谷川が言った。「不審者の報告はないか」

誰も何も言わず、幾人かは俯いたままだ。

「おそらくですが」

小山田は画面を切り替えた。モニタには地図が表示され、二つの防犯カメラの間が青い線で結ばれた。

「この経路で移動したのではないかと考えられます」

それは道路ではなく、住宅街の狭間や道路の下を通っていた。

「用水路です。今の時期、水は流れていません。深さは一メートル七十センチほど。屈めば十分闇に紛れることができます」

感嘆を含むざわめきが上がった。「その後、不審者Aは公園前の通りを北上、歩道橋を使って五日市街道を渡り、現場に至ったと推察されます」

小山田は説明を終えた。渡瀬の推測通りだった。

これで不審者Aの犯行が濃厚になったが、それだけだ。

犯行グループを誘導する有効的な一手――渡瀬はそればかりを考えていた。

十一月二十四日　月曜未明　――羽生孝之

日付が変わって一時間、武蔵小金井署の玄関前で待ち始めて二時間が経過していた。

人通りが途絶えて、静寂が居座る中、軽ワゴン車が警察署の駐車場に滑り込んだ。ボディに『むさしのコム』の社名が入っていた。

赤いテールランプが消えるのと、ドアの開閉音が響くのが同じタイミングだった。

暗がりから姿を見せたのは、先日の記者会見にいた女性だった。運転席から降りてきたのは、その助手だ。

羽生は会釈して、玄関に視線を戻したが、女性が「また会いましたね」と話しかけてきた。助手は車の脇に控えたままだ。

女性はジャケット姿で、『むさしのコム報道部』の腕章を付けていた。

「わたし、サイトウと申します」

名刺を差し出された。

『むさしのコム報道部・報道制作チーフプロデューサー　斉藤月子《さいとうつきこ》』

差し出されたので、名刺交換するしかなかった。

「『イブニング・ダッシュ』の方だったんですね」

異動前の名刺だったが、面倒なので訂正はしなかった。

「どなた狙い？」

「まあ、警視庁のほうを」

「だったら堀部さん？　谷川さん？」

「そんなところです」

「どっちも口が堅い御仁ですよ。地域の情報は、やっぱり地元の警官がよく知ってます」

地元警察署内にネタ元がいるというニュアンスだ。「それに、普段から付き合いが深いと、いつ出てくるかわからず延々と待つよりも、水面下でアポを取ることもできますしね」

数分後、武蔵小金井署の玄関から男性の捜査員が伸びをしながら出て来た。

「それでは失礼します」

斉藤は会釈すると、背筋を伸ばして捜査員に歩み寄っていった。そのすぐあとに、スラリとしたシルエット。渡瀬敦子警部だ。土方から、駅前のビジネスホテルに部屋を取っていると聞いていた。

『いい？　努めて冷静に隙を見せることなくぐいぐい押していけば、敦子はきちんと対応してくれる。押しに弱いの。でも押し過ぎると陰湿な仕返しをされるから気をつけてね』

土方には、アドバイスなのか脅しなのか判然としない言葉で念を押されていた。

当の土方は日曜の早朝から、政治部の要請で出張に出ていた。戻りは月曜早朝の予定だ。

「渡瀬警部」

羽生は声をかけた。「東都放送報道の羽生と申します。出張で不在の土方玲衣の代理としてやって来ました」

わずかだが歩く速度が落ちた。羽生は肩を並べた。思いのほか長身で、一七〇センチ近くあるだろう。

「お疲れのところすみません。埼玉の件で、伝言を預かっています」

「手短にお願いします」

渡瀬警部は小声で応えた。前を向いたままの横顔。淡い街の灯に浮かんだ緩やかな鼻の稜線と唇が、優美な曲線を描いている。メイクと髪型さえ変えれば、モデルのような容姿になるのは明らかだが、警察官という職業のため、それを避けているとも思えた。

「原文のまま読みます」

羽生はメモを取りだした。「埼玉の連続路上強盗致死傷事件の法則性について、敦子から大きなヒントをもらい、なんとなく見いだすことができました。その法則性について、埼玉県警はまったく掴んでいないようなので、教えてあげるつもりです。もちろんわたしが発見したものとして」

反応はない。あえて表情を動かさないようにしているような印象も受けた。

「その答えが敦子と同じなら、自信を持って埼玉県警に売りつけます。間違えていたら友人の誼《よしみ》で、間違えていると、派遣した助手で奴隷の羽生にはっきり伝えてください」

そして、土方が導き出した法則性のベースは、意外なものだった。

「犯行日時の算出は、Ｇ１レース。オートレースのＧ１レース開催週を軸にしている」

渡瀬警部の口許が引き締まり、初めて視線がこちらに向いた。

「その通りです」

「土方にそう伝えます。どのような分析が？」

「ひったくりという犯罪の特性からギャンブルを見いだし、犯行間隔に合ったものを抽出したに過ぎません」

「次の犯行の軸はＳＧレースの『スーパーライダー・フェスタ』。今週木曜の二十七日から川口で開催。だから今週は犯行の確率が高い、と土方は考えています」

オートレースは川口市、船橋市、伊勢崎市、浜松市、山陽小野田市、飯塚市の六都市が主催している公営競技だ。ただ、人気低迷から船橋オートレース場の廃止が決まっていた。

「犯罪分析におけるひったくりの特性を、教示していただけますか。土方に伝えます」

渡瀬警部は立ち止まり、歩道の端に寄った。街灯の光から外れた暗がりだった。

「ひったくりは愉快犯的要素よりも、収入と生活に密接に関係していて、生活や遊ぶ金欲しさのために犯行を重ねるケースが大半です。特にギャンブルが動機の根底にあるケースが多いと報告されています。これが大前提です」

　羽生はＩＣレコーダーを使わず、自筆でメモをとった。敦子を警戒させないで、という土方の指示だった。

「今回さいたま市を中心に発生している連続路上強盗、ひったくりは、事前に盗んだバイクを使用するなど、犯行を見る限り手慣れた人物、つまりプロかプロに近い人物の犯罪である可能性が濃厚だと思っています。それに加え、前科がありギャンブルを好む人物が、この事件の犯人像を分析する上での最大公約数です」

　そこにオートレースを好むという要素を加えれば、かなり容疑者を絞れるのではないか。これは埼玉県警にとって、大きな情報になりそうだった。

「ギャンブルなら、元手が必要になります。しかし収入がそれに見合っていない。だから金を強奪する。人が死に至っても、犯行は収まらず躊躇は感じられません。必ず金を取ろうという、強い意志と冷静さがそこに垣間見えます。ですから、パチンコやスロット依存などの即物的な欲求を抑えられない人物は除外されます。今回のひったくりの被害額は、一回で数万円から十数万円です。従って、その程度の額が元手となるギャンブルを探すことが、分析の端緒でした」

　その上で、競馬、競輪、競艇などあらゆるレースの開催日程を、犯行日時と照らし合わせていき、合致したのが、オートレースだったのだ。

　裏を返せば、そんな犯罪の特性を土方も知っていたということだ。

「オートレースはもともと強くて人気がある選手が順当に勝つケースが多いようです。だからハンデがあります。それでも比較的番狂わせも少なく、単勝も複勝も倍率はそう高くなりません。だから昔からのファンは、二倍三倍の倍率のところに十万、二十万をつぎ込む方法を好む人も多いそうです。そういう人は、予想という遊びの要素よりも、真剣に着実にお金を増やすという要素が強い面もあります」

だから、必死になる。希望額になるまで金を強奪する――

「土方はこの件をすぐに埼玉県警に伝えるよう、手配しています。オートレースの件も、土方の見解として埼玉県警に伝えます」

渡瀬はうなずくことも返事もせず、そのまま歩き去った。

埼玉県警に伝えます、とは言ったが、羽生はすでに動いていた。今朝から――

羽生は泊まりシフト明けで、日勤＋夜勤の凜々子と引き継ぎを行い、わずかな仮眠をとった後、午後にはさいたま市へ行き、犯行が予測されている地域で、先程まで警戒に当たっていた。昨夜、渡瀬警部が予測した場所だ。

犯行と警察の追跡、あわよくば逮捕の瞬間を撮るために。

今回は、東都放送車輌部のワンボックスカー付きだった。

『張り込みなんぞ、何年ぶりかね』

ハンドルを握っていたのは、六十年配の丸顔ゴマ塩頭の男性だった。富岡博《とみおかひろし》という車輌部の配車係だが、休日出勤してきて『姫は人使いが荒いねえ』と、運転席に乗り込んできた。

技術部の元VE《ビデオエンジニア》で、車輌部に異動となり、来年定年を迎えるという。

『カメラは俺だ、あんちゃん』と助手席に乗り込んできたのは、施設管理部で機材庫の番人をしている武村徹男《たけむらてつお》だった。

『トミさんとコンビで張り込むのは、東進親睦会事件で上田《うえだ》大臣を追っかけたとき以来か』

『二十年も前だ』

東進親睦会事件が、大手ゼネコン各社が中央政界に多額の賄賂を渡していた事件であることは、羽生も知識として知っていた。上田は当時の建設大臣で、後に逮捕された。

現場付近の巡回、張り込み中も、二人からは延々と昔話を聞かされた。

今日は何も起きなかったが、明日も張り込みに出る予定だった。その時も車輌と、武村と富岡の二人、あるいはどちらか片方がついてくる。

ともあれ、今日の仕事は果たした。〝イブニング〟の日常より確実に激務だった。

駅前からタクシーに乗り、シートにもたれると、穏やかな眠気の中、渡瀬の生真面目そうな横顔が浮かんできた。

陰湿な仕返し――想像もつかなかった。

十一月二十四日　月曜　――トワ

ドアを開ける。ベッドが並んだ薄暗い部屋だ。窓から見える鉛色の空。壁の黒い染み。ゴミが散らばる床。人いきれ、人の臭い、腐臭、滞留した空気。

死にたいが、死ぬことは許されない。死ねないのなら、狂いたい。そう思い続けていた。

ベッドの上では、黒い人影が緩慢に動いている。〝クランケ〟と呼ばれる人たちだ。

生気を失った目だけが、暗がりに白く浮かび上がっている。咳、呻き、すすり泣く声、懇願、悲観、絶望が込められた独り言、時々奇声。

私に向けられる、強い恨みが籠もった視線。

台車に載せた水と食事を配って回る。液体をかけられる、汚物をなすりつけられる。尿だったり糞便だったり。ただし、食べ物を投げられたことは一度もない。

――死ね。

――お前もすぐババアになって捨てられるんだよ。

体に傷がつくようなことはされない。〝商品〟である私を傷つければ、重い〝罰〟を受けるからだ。

外で稼げる私は、無条件に怨嗟の対象だった。

私の分の食事に汚物が混ぜ込まれてあるのが日常だった。私は食べ続けた。病気になり、死ぬことができると思ったから。しかし、体調を崩し、苦しい思いをするだけで死ぬことはできなかった。すぐに治療され、仕事に戻された。洗って食べろと叱責された。

配膳が、彼女の番になる。

窓際にいる、ここで一番若い彼女。

――ありがとう、トワさん。

知っているのはミヤという名前だけ。この糞溜めのような〝病棟〟でも、生きることを、希望を抱くことをやめない可憐で美しい女の子だ。今はベッドから動けないが、精一杯の笑顔を私に見せてくれる。

常日頃から言われていた。

『お前たちは存在しない。誰からも見えず、誰も興味を持たない。ここ以外、お前たちの居場所はない』

――風景が、湖畔に飛んだ。

確か、ミヤと初めて会った場所だ。

山林に囲まれた〝病院〟は、五分ほど歩くと崖があり、下には湖が広がっていた。きれいな景色ではあったが、何人もの〝クランケ〟たちが身を投げた絶望の湖でもあった。

ミヤはそこでスケッチブックを持ち、鉛筆で湖の風景を描いていた。

『あ、こんにちは』

何年かぶりの、人の笑顔だった。

『病院の人ですよね。モデルになってください』

有無をいわせず、ミヤは戸惑う私を描き始めた。

ほんの数分だった。ミヤは描き上がった絵を私に見せた。笑顔の私だった。

止めどなく涙が流れた。わけもわからず、泣いてしまった。

風景がまた〝病院〟に戻った。私はミヤの教育係になっていた。

――あれは可愛いが、少しここがな。

監視長の李哲浩は人差し指でこめかみを指した。軽度の知的障害、と認識した。

――秘密を守り、客と会話できるように仕上げてくれ。それまでは表には出せん。

そう、命じられた。

かつて戸井先生から教わったように、私は彼女に様々なことを教えた。算数、読み書き、日本語、女としての所作、仕草、男の迎え方。

――がんばれば、わたしもトワさんのようになれるの？

――大人になったらいろんなところに行きたいね。

無邪気に語りかけてくるミヤの瞳は澄み、声は希望に満ちていた。そして、彼女は聡明で、乾いたスポンジのように、知識や教養を吸収していった。

それが嬉しくて、自分もさらに学び、彼女に教えた。

彼女に知的障害などなかった。少しだけ、言外のことを読み取れないだけだ。

飛び抜けた才能は、やはり絵だった。

紙とペンを与えてみると、空想の街、空想の人、空想の世界を、次々と描いた。

明るい色使いの、自由と希望と稚気に満ちた絵。誰に習ったわけでもないのに。

次第に、死ぬことも狂うことも考えなくなっていた。

彼女が生きる理由となった。いつかここを出て、自由に生きるという夢を見せてくれた。

また、風景が変わった。闇の中にいた。

閃光。怒声、罵声が割り込んでくる。

呆然としていると、腕をつかまれ、走らされた。

廊下に煙が充満していた。グラグラ揺れる視界。パン、パンと乾いた破裂音は銃声？　廊下に、倒れた男。頭が半分弾けて、大量の血が広がっている。それを飛び越えるように走り過ぎる。角を曲がり、扉を蹴り開け、階段を駆け下りる大きな背中。引っ張られる私。破裂音はどんどん近くなってくる。

突然、夜空が頭上を覆った。正面から当たる風。足が痛むのは、裸足だからだ。振り返ると、〝病院〟が炎上していた。建物から走り出てくる人影。何人も、何人も。一部は脱力したように崩れ落ちる。

――モタモタするな、トワ。死ぬぞ。

調理係の周さんだった。

怒声、罵声、悲鳴、火、爆ぜる、炎、悲鳴、銃声、足の痛み、激しく揺れる視界。

――前を見ろ、死ぬ気で走れ。

恐怖が足を竦ませる。でも――

『ねえミヤは　ミヤがいない！』

――病棟はもう火の海だ、諦めろ。

走った。いや、手を引かれ走らされた。迫ってくる黒い塊は、窓から見えていた森だ。何かあったらそこへ逃げろ、と誰かが話していた。空気を切り裂くような音がして、目の前から広い背中が消えた。

周さんが、倒れたまま動かなくなった。その場にへたり込んだ。振り返ると、大きな炎を背景に、黒い人影が見下ろしていた。

武警の制服だ。それで、夢を見ていることを自覚した。

これは記憶の風景。この恐怖も絶望も、記憶が創り出したものだ。

ただ、わかっていても恐怖は消えなかった。

黒い人影が持つ銃口が光った瞬間——嵐のような強い風を感じ——

目が覚めた。灰色の天井、寝汗、荒い呼吸。

カーテンの隙間から、淡い光が入り込んでいた。

家賃六万円のワンルーム。これが今の日常であることを確認し、上半身を起こした。

目尻と耳が涙で濡れていた。

大丈夫——ここは大丈夫。

まだ午前四時半だった。二時間ほど眠ったようだ。フローリングの床に直に敷いた布団と、小さなテーブルだけの素っ気ない空間。

『……絶好の場所という印象ですね』

小さく、低い倍音がカットされた声が聞こえてきた。枕元に置いたノートパソコンで、動画が再生されていた。音は外れたイヤフォンから漏れていた。

動画はループ再生モードになっていた。

映っているのは、新興の住宅街を歩く、肩幅の広い中年男性。

名は草間《くさま》光一《こういち》。二十年間警察官を務めた後、アメリカでセキュリティ・ガードの講習を受け、帰国して警備会社を設立した都市防犯アドバイザーだ。日焼けした丸顔に軽妙な喋りで、犯罪心理や防犯コメンテータとして、メディアによく顔を出している。

私は俯《うつぶ》せになり、イヤフォンを付け、画面に見入った。

『都市の中心部には、とかくエアポケットのような場所が出現するんですよ。特に町田は川と線路が街を分断していますからね、余計にそうなるのかな』

草間が、街の様子を見回しながら言った。閑静な住宅街だ。カメラは、草間の視線を執拗に追う。それでいて周囲の位置関係もはっきりとわかるカメラワークだ。

『警察は、これまで七件の犯行を許しているわけです』

今年の四月三日、『報道ナイト・サンデー』で放送された、町田の連続通り魔事件をリポートしたＶＴＲだ。四月一日の容疑者逮捕直後に緊急取材されたものだ。

制作したのは、むさしのコム報道部。私自身も制作に加わった。

ＶＴＲでは、草間が刑事のキャリアを活かし、現地を歩き事件の分析をしていた。

もう何度見たかわからない。

画面に『町田市・南成瀬』とテロップが表示された。六件目の犯行があった現場だ。

『ここは夕方以降、人通りは少なくなります。犯人はそれを知った上で、ここを犯行場所に選んだんです。この近辺をよく知っているということです。つまり、地元の人間の犯行であることを示していますね』

　若干早口だが、滑舌がよく、わかりやすい説明だった。

『でもね、これまで五つの現場を回ってきた中で、この六件目、ほかと違うと思ったでしょう。四件目の事件を思い出しましょうよ。それまではだいたい二週間間隔だったでしょう』

　二月二十五日の三件目の翌日、警察は捜査本部を設置し、早期の容疑者検挙を目指すと発表した。四件目は翌二十七日だった。

『犯人は捜査本部の立ちあげに反応して、すぐに犯行に及んだ。これまで犯人は慎重だと思っていたんですが、これですぐにかっとなることがわかったんですね』

　草間は坂の途中で立ち止まった。犯行現場だった。

　六件目は、徒歩で坂を下っていた二十八歳の主婦が、背後から自転車で坂を下ってきた犯人に、追い越しざまに顔面と腕を殴打された。

『前の犯行から八日。この現場も、前の犯行場所からわずか一キロ。それまで犯行場所はそれぞれ三キロ以上離れていて、バランスよく散らばっていましたよね』

　画面に六件の犯行場所、日時が記された地図がインサートされた。

『でもね、この六件目で、また犯行日時、犯行場所のバランスが崩れたんです。おそらく、三件目の後のような、犯人を挑発する何かがあったと考えることもできるんですよね』

　画面は、容疑者逮捕となった七件目の現場に切り替わった。

相模原市南区上鶴間本町三丁目。草間は、県道から住宅街へと続く坂の上に立っていた。

『この坂を下ったところで、容疑者は私服で警戒していた女性警察官を襲い、逮捕されたわけです。警察はここで警戒していたんですね』

草間が坂を下りて行く。『正確には警戒ではなく、私が思うに犯行日時と場所を読み、網を張っていた』

そして草間は、容疑者逮捕の現場に立った。

『結果的に、七件の現場すべてが町田駅を中心とした半径三キロほどの円の中に収まっているということですね。いわゆる拠点型円仮説というやつで、統計的には犯人がこの円内に居住している可能性が高いとされている説です。多少のイレギュラーはありましたが、概ねその枠内に収まっています』

――犯行の順番と分布から、犯人の居住地域が線路を挟んだ相模原側というのは、草間の予測通りだった。

そう、ナレーションが入った。

――しかし、草間が感じたイレギュラーとは。

『一番のイレギュラーは六件目の犯行です。五件目のあと、警察は容疑者に向け、何らかのアクションを起こした。その結果が、ここでの容疑者逮捕に繋がったと、私は推測しているわけです』

――むさしのコムの取材に、警察は捜査上支障があると、口を開かなかった。

取材ＶＴＲが終わり、画面はスタジオに戻った。

大型モニタを挟んで、女性キャスターと草間が立っていた。

『さて、小平市と小金井市を中心に発生している連続放火事件との共通点なんですが』

キャスターが草間に問いかけた。

私の現在の仕事場であるむさしのコムは、三鷹市に本社を持ち、武蔵野市、小金井市、小平市、西東京市をカバーするケーブルテレビ局だ。いまは、放送区域内で発生している連続放火事件に、多くの取材力を割いていた。

町田の事件との共通点——報道取材部はそこに注目していた。

斉藤は連続放火でも継続取材をし、火災のたびに草間をゲストに呼び、分析させた。

『共通点というより、タイプが違いますね。推測される犯人像もまるで違う』

だが草間は、共通点は乏しいとした。

『具体的には……』

『連続放火ってのはたいがい欲求に任せたもので、衝動的なものなんだよね。一晩に何軒も火を点けて、消防車が集まったり、人が大騒ぎするのを見て憂さを晴らす行為なんです。町田の事件は一見計画的に見えましたが、実は感情によった計画性に乏しい単純な事件でしょうね。でもね、こっちの放火のほうは犯行を重ねるほど警察や地域住民の警戒が強くなり犯行の難易度自体が上がるにもかかわらず、一定期間に確実に犯行を続けている。てことは、犯人は胸の内にある欲求や衝動をコントロールできる理性と抑制と計画性を持った人物ということになる。このタイプは、ある程度の社会的地位と経済力、学歴、職能を持っているケースが多いんだよね。町田の容疑者とはまるでタイプが違いますね』

背後で気配が動いた。

「何見てんだよ」

男が起き出し、指先で私の肌を撫でてきた。「なんだよ、ニュースかよ。真面目か」

「研究しないといけないから。仕事で知識を付けないと、上が厳しくて」

「今じゃなくていいだろうが」

男が私の額を小突き、背後から抱きついてきた。無精髭でザラついた顎が首筋に当たり、硬く屹立したものが太腿の間に入り込んできた。男が起き出す前にせめて下着くらい着けておけばよかった。

細面の優男で、華奢だが、筋肉質の体をしている。モデルと本人は言っているが、時々特殊なアダルトビデオに出ているだけだ。

強引に仰向けにされる。ウェーブのかかった髪と首からぶら下がったネックレスのシルエット。影の中に、白い歯が浮かび上がる。毎度吐き気を催すが、私は「また？」と誘うように言った。のし掛かられた。発情した猿のような顔。目を閉じ、男に身を任せた。抑えた嬌声も悦びの演技も未来に向けた儀式だ。

〝病院〟にいた頃、私は〝クランケ〟の世話係より吐き気がする仕事をしていた。

週に何度か、李に連れられて大きな街に出ていた。人が多く煌びやかな光に包まれる、高層ビルが建ち並ぶ街だ。

『日本語以外に反応するな。名前は十和子《とわこ》。いいな』

李は毎回のように私に言った。

心を殺して臨んだ。高級なホテルで、ビジネスマンを相手にした。日本人、中国人、韓国人、アメリカ人。皆高そうなバッグを持ち、高そうな時計をして、お喋りで、傲慢で、中身は役人とさほど変わらないと感じた。

鈴木十和子として何年も過ごした。

今は現実を知り、自分の体験がなんであるのか、どれだけの人がそういう境遇にあるのか数字として知った。

「どうした、気持ちよくないか？」

男の声で我に返った。

「ん？　そんなことないよ」

やがて、ミヤも佐藤美也子《さとうみやこ》として、仕事を始めた。

明るく献身的で夢を語り、前向きなキャラクターは、多くの客に受けた。創ったものではなく、それが彼女の〝地〟だった。

ただ、当時のミヤはまだ十四歳だった。ミヤにあの地獄を思い出させてはならない。

もう少しがんばればいい。もう少し――その先に幸せが見えるから。

第六章　懸　念

十一月二十四日　月曜　――羽生孝之

午前八時に出社すると、土方がイスの背もたれに寄り掛かり、腕を組みムッツリと視線を落としていた。政治部のリリーフから戻ったばかりのようで、コートを羽織りマフラーを巻いたままだ。

「おはようございます」

羽生は様子見がてら挨拶した。

「悪いね、深夜まで仕事させたあげく、日勤なんて」

言葉とは裏腹に、じろりと羽生を睨んだ。

「帰りは何時だったんですか」

「三十分くらい前。引き継ぎはわたしがしといた」

今朝にかけての泊まり番は、外信部の担当者だった。「と言っても、今日は外信ネタどころじゃないから」

「大きな事件でも起こったんですか」

羽生もわずかな仮眠だけで、ニュースも見ずに慌ただしく出勤してきた。

「ええ、大きなネタね。このわたしが寝ないで取ってきたんだもの。お陰で頭だけでも立会に出ないといけなくなった」

土方はあくびをかみ殺し、ムッツリ顔に戻った。

「大ネタって」

「衆院選」

土方の急な離脱は、衆議院解散に関する情報を取るためだった。羽生はテレビを点けたが、朝の情報番組はどの局も特段変わった内容はやっていなかった。

「行こうか、ムダな時を過ごしに」

土方は席を立つと、羽生を待つことなく報道フロアに向かった。

朝の立会はその日のニュース予定がメインだったが、編成デスク周辺には政治部長以下、各出稿部のデスク、記者たちが集まり、騒然とした空気を発散している。奥の報道番組部のデスクに青葉部長の姿もあった。

「始めるぞ！」

マイクを手にした編成デスクのかけ声とともに、記者やスタッフが集まってきた。土方と羽生もその輪に加わる。まず政治部デスクからの報告が始まった。

「衆議院解散と総選挙について、今朝進展がありました――」

土方がふんと鼻息を漏らした。

政治部デスクは、与党民治党幹事長の秘書の一人が地元へ戻り、印刷業者と接触したことをつげた。「地元協力者からの情報で、間違いはありません」

「秘書の動きを選挙ポスターの発注、もしくはその準備と判断、衆議院解散が一両日中と推測します。現在総理番、与党三役の各番、野党番の情報も含めて、政治部が確認に当たっています」

空気に緊張感が加わる。

「今のところ党幹部連中ははぐらかすばかりですが、それで土方――」

政治部デスクからマイクを引き取った編成デスクが、一人帰り支度万全の土方に声を掛けた。土方に視線が集中した。「昨日からお疲れだった。幹事長直当たりの感触は」

「印象も何も、わたしの当たりを否定しなかったですから、その判断は適切でしょうね」

土方は羽黒政治部長を一瞥し、編成デスクに視線を戻した。

「それだけじゃ書けないぞ」

編成デスクは応える。政治部は投開票日の予測から逆算して、解散、公示日を推測しなければならないが――

「羽黒部長からレクを受けた予想日全部当てて、一番いい表情とリアクションをしたのが、今日の解散発表、十二月二日公示、十四日投開票です」

「そんなのでわかるの？　言質を取ったわけじゃないでしょう」

青葉部長が一歩進み出た。「それに公示までたった八日なんて」

「わかります。でも解散は今日です。それだけの関係は築いています」

土方は青葉部長に視線を合わすことなく断言した。

「公示日まで十日未満というのも、先例がないわけじゃない」

羽黒政治部長が言い添えた。「歳末の慌ただしさで投票率が低くなれば、与党有利でもありますが」

「そんなことわかっています。幹事長には各社張り付いているでしょう。そこであなただけにサインを送ることはあるの？」

「自宅でサシで話しました」

「この時期、各社も自宅まで同行しています。それとも朝の散歩のとき？　三善幹事長は、毎朝六時の犬の散歩が日課ですけど、そのときは番記者も同行します。今朝もです。一対一になんてなれませんよ」

青葉部長は、言語明瞭な滑舌でまくし立てる。

「接触したのは幹事長の帰宅後、深夜ＳＰも各社も帰った後です」

土方はいささかも動じない。周囲がわずかにざわつき始める。

「ご家族もいるのに、それは非常識じゃない？」

青葉部長も姿勢と表情を崩さない。

土方を異動させた辣腕部長と、反主流ながらも周囲の信頼を得ている土方の対峙を、息を殺してうかがう記者、スタッフたち。

「深夜訪問はしていません。自宅のそばで待機していました」

土方は静かに応える。

「なんのために」

「庭に出てくるのを待ってました」

青葉部長は、呆れたと言わんばかりに天を仰いだ。

「事前に出てくるのを知っていたの？　それともただ待っていたの？　通報されても知らないわよ。下手をすれば出入り禁止になるかもしれません」

「今の各社幹事長番は、幹事長が自宅に帰った場合、就寝前にタバコを吸うために庭先の縁側に出てくることを知りません。それが何時頃かは言いませんけど」

土方は記者たちの輪を睥睨《へいげい》する。「そこで生け垣越しに、お話ししました。三善家は三年前から幹事長夫人の発案と強権で屋内禁煙になったんですよ、お孫さんができたので。他社には言わないでくださいね」

ざわめきの中、「幹事長がホタル族か」という声が聞こえてきた。

「羽黒部長……」

編成デスクが、輪の外縁部にいる政治部長に視線を送った。「総理は何か」

「ついさっき官邸に入ったが、声かけには何も匂わせていない」

「少なくとももう一人、閣僚か党三役クラスから言質が必要じゃありません？」

青葉部長が口を挟む。

「そこまでやったら各社気づくし、横並びになるでしょうね」

編成デスクが言った。一社でもいつもと違う動きをすれば、他社も見逃さず、何かあると動き出す。前線では記者同士の監視、駆け引きも行われている。

「土方の動きは察知されていません。今なら抜けます」

政治部デスクも言い添えた。政治部の記者ではない土方を使うことで、他社の目を欺《あざむ》くのが、羽黒政治部長の戦術のようだった。

「これまでの情報の積み重ねと、幹事長の確実なサイン。十分だと思いますが」

政治部長が青葉部長に言った。

「三善さんは昔からリップサービス過剰です。話半分とは言いませんが、判断はあくまでも、土方さんの思い込みです。慎重を期す必要があります」

早く解散総選挙の速報を打ちたい編成デスクと政治部長と、慎重、と言うより勇み足を恐れる青葉報道番組部長の構図が浮かび上がった。

「総理の今日の動きは？　記者会見のタイミングは？」

編成デスクが、政治部デスクに聞いた。

「昼から経済諮問会議があり、その後に囲みが予定されています。何かあるとしたら、そこでしょう」

——信用できるか？　三善と安堂は、あんまり仲良くないぞ？

——だが中国との関係改善で、三善は安堂に貸しをつくったしな。

――解散は三善の意向が強いのかもな。

次々と憶測の声が上がる。

「用が済んだのなら、わたし帰りますね」

土方は空気をものともせず言い放つと、羽生に「あとよろしく」と告げ、一人輪を抜けていった。

「早く報じることも大切ですが、ニュースは正確でなければいけません」

土方がいなくなったところで、青葉部長がぴしゃりと言う。

「正確を期すにしても、判断は早くお願いします」

編成デスクは、青葉部長を一顧だにせず、政治部長に言った。

結論が出ないまま、立会は終わった。結局、午前九時四十分、朝の情報番組『モーニング・サプリ』の枠内で、〝安堂総理、今日衆議院解散へ、来月二日公示か〟と速報された。断定ではなく〝解散へ〟〝公示か〟という表現が、落としどころだったのだろう。その分インパクトも薄れたが、これを受け昼のニュースはどの局も解散報道一色となった。他社も確証を摑んだ証拠だ。ともあれ、東都放送は一歩先んじたようだ。それは、土方の成果だった。

午後二時過ぎ、経済諮問会議を終えた安堂総理が、記者会見で衆議院解散と総選挙の実施を宣言した。土方の報告通り、十二月二日公示の十二月十四日投開票というスケジュールだった。各局、午後の情報番組の枠内で臨時ニュース体制を取った。

直後に、土方以上に不機嫌そうな顔で凜々子が出社してきた。羽生が「おはよう」と声を掛けると、「うぃす」と返事。

「引き継いだら、出るよ」

今日も埼玉の連続路上強盗致死傷事件の張り込みだ。

「わたしが行く」

凜々子は羽生をギロリと睨むと——「羽生君は疲れているから凜々子が行きなさいって、姐さんが」

とは言え凜々子も取材に出る土方、羽生に代わり、日勤夜勤泊まりと、ほぼ二人分のシフトをカバーしている。そして今日も、泊まりシフトに入っている。

凜々子は仏頂面のまま、足を引きずるようにエレベータホールへと向かった。

解散報道一色の中、著作権デスクを訪れる者など皆無だったが、午後三時過ぎ、筑摩がやって来た。

「ここは静かだな」

筑摩は温かい缶コーヒーを羽生の前に置くと、土方の席に座った。

「離れ小島のうえに、柱の陰ですから」

「どうだ、慣れたか？」

「この仕事にですか？　土方さんにですか？」

「どっちもだよ」

「慣れていません」

羽生が即答すると、筑摩は「やっぱりそうか」と苦笑した。

「まあこれで十二月早々選挙モードだな。報道、情報も、レギュラーと年末スペシャルの準備をやりながら、さらに選挙特番の準備だ。気が滅入るな」

滅入る、と言った割には、筑摩には生気が漲《みなぎ》っていた。筑摩も選挙特番スタッフの中核を担うはずだ。

「それで、羽生には中継班に入ってほしい」

筑摩はいきなり切り出した。冗談を言っているようには見えなかった。

「例の件で干されていると理解しているんですが」

「あんなの誰でもやるポカだし、別に異動しただけで干されているわけじゃない」

「でも青葉部長がご立腹なんでしょう」

「青葉部長は羽生の顔も知らないさ」

あくまでも標的は土方なのだろうが、それはそれで複雑な気持ちだった。

「土方さんには？」

「これから言うが、総力戦だからノーとは言わないさ。制作の中継担当だから、基本的には当日のコーディネーションになるように調整する」

中継先に行くのではなく、本社の副調整室《サブコン》に入り、中継先とＯＡディレクター、スタジオのキャスターの橋渡しとなる役目で、基本的に忙しいのは番組当日だけだ。

「筑摩さんは？」

「サブで中継を仕切ることになりそうだ」

総選挙となると、全国の数十箇所と中継回線を結ぶことになる。中継の交通渋滞が起きないよう調整、采配する役目で、常に複数箇所の進行状況を把握しつつ、先を読みながら咄嗟の判断力も必要になる。

「中継の全体統括は？」

「北上がやる。俺は北上にサブを仕切れって言われたんだよ」

そして、選挙特番の内容、構成、演出の方針、携わるすべての制作スタッフの手綱を直接握るのは、報道番組部長の青葉だ。

「番組の中枢は、青葉さんに近い人が固めるだろうから、たぶんＮＨＫみたいな色になるだろうな……いや、最近はＮＨＫだって冒険してきているしな……」

最後のほうは愚痴のようになっていた。

同日　――渡瀬敦子

玉城が住む《サンハイツ奈良橋》は新青梅街道から脇道に入り、五十メートルほど北上した右側にあった。アパート、マンション、住宅の中に菜園や畑が散在する地域だ。佐倉が指揮する玉城行確班の拠点は、《サンハイツ奈良橋》と通りを挟んだ対面にある、建設会社の小さな倉庫だった。

玉城のアパートから見えないよう、渡瀬は新青梅街道に面した建設会社の正面側から入り、裏手に回って、引き戸をそっと開けた。

八畳ほどの広さで、壁を覆うスチール棚には工具などが入った大小の木箱や、プラスチックケースが積み重ねられていた。

アパートが見える窓際にパイプイスを並べ、佐倉と古崎が座っていた。

「お疲れ様です」

渡瀬は足音を忍ばせ、小声で言った。アパートを注視していた佐倉は、渡瀬に目礼すると、再びアパートに視線を戻した。

「普通に喋っても大丈夫っすよ、ここでは」

古崎が苦笑混じりに言って、空いたイスを渡瀬の前に置いた。そばには建設会社の好意で提供された電気ストーブが赤く灯っていた。

渡瀬はパイプイスに浅く腰掛けた。

「もう佐倉主任、監視マシーンですわ。堅苦しくて……」

「お前に集中力がないだけだ。それでよく銃対が務まったな」

佐倉はアパートに視線を向けたまま言う。

「なんで分析捜査が、監視任務なんてしますかね」

古崎は明らかに不満そうだった。昨夜の班編制で、渡瀬が手を挙げたのだ。「いくら実験的な捜査班だとしても……」

「黙れ」と佐倉が遮った。「考えあってのことだ」

問題は、十一月以前の事件発生日、玉城がいつ帰宅していたのか、なのだ。

嵯峨野の班が周辺のモーターショップ、コンビニ、レストランなど店舗や事業所二十七軒を調べたが、十月以前の動画データが残っているところはなかった。また、聞き込みによると、玉城に近所付き合いはなく、特に目立つ存在でもなかったという。深夜帰宅時のバイクのエンジン音については、近所の数人が認識してはいたが、目くじらを立てるほどではないという答えが大半だった。

「もうすぐ八幡さんも来ます」

捜査経過の説明後、渡瀬が言うと、古崎も察したのか「なるほど」と呟いた。「またよからぬことを思いついたわけね」

捜査本部以外で、話し合う場が欲しい——午後一時過ぎ、ブルゾンの襟を立てた八幡がやって来た。

「で、何を企んでいる」

八幡は手近なイスに腰掛けた。

「玉城が本ボシであるという見立てが崩れそうなので」

「犯行の特性、性向、手口、地域性すべてが玉城を指していると言ったのは班長だ」

「でも、決定的な物証がありません」

「もう少し粘ってもいいと思うが？」

八幡は、アパートから視線を外さない佐倉を一瞥する。「あいつは粘りすぎだがな」

警察の捜査対象になっていることに気づかれれば、犯行が終息し、ただでさえ乏しい証拠が隠滅される可能性もあった。

「諦めたわけではありません。帳場に内密で探りたい線が出てきました」

「いきなり提案したら総スカン喰らうことなんすね」

古崎がわずかに身を乗り出した。

「そうですね。実は情報提供があって」

埼玉の連続ひったくり事件で使われているバイクが盗難車であり、そのバイクが盗まれた日時が、連続放火の犯行日と重なっていることを説明した。

「ネタ元は？」

八幡が聞く。

「埼玉の事件に関わっている知人、とだけ」

町田で仕掛けた罠のこともあり、土方との関係は表沙汰にしたくなかった。「盗難があったのは深夜帯。場所はかつて玉城が仕事場にしていた場所です。手口も玉城とほぼ合致しています。一件なら偶然と考えますが、二件です。調べる価値はあると思います」

「玉城が、放火当日深夜に埼玉にバイクを盗みに行っていたと？」

八幡が半笑い気味に聞いてくる。「それが裏付けられれば、確かに総スカンだな」

玉城のために、少なくない人員と時間を割いているのだ。

「間違いとわかれば、それも前進です」

「古崎、代われ」

佐倉が輪に加わった。古崎は肩をすくめながら、アパートの監視に入った。

「具体的な方策は」

佐倉が静かに、表情を動かすことなく聞く。

「行き先を埼玉と仮定した視点で、防犯カメラの映像を収集します。『ＪＩＮ』から埼玉の現場へ。埼玉から自宅への帰路を予測します」

渡瀬はタブレット端末に地図を表示させた。

「うちだけでやるなら、往路か帰路のどちらかに絞ったほうがいいな」

「帰路に絞ろうと思っています」

「とは言え動けるのは四人だ」

佐倉が言った。日野は捜査本部で、防犯カメラ映像の整理分類と解析を担っている。

「谷川さんにお願いして、二人増員してもらっています」

現在、捜査本部は小山田班を中心に《サンハイツ奈良橋》と『ＪＩＮ』、各現場への経路上の防犯カメラの映像を収集している。つまり、捜査範囲は《サンハイツ奈良橋》の南側のみ。北は手付かずであり、埼玉に向かうのであれば、北へ向かう可能性が高い。

「佐倉さんと古崎さんは時間を見つけて、《サンハイツ奈良橋》北側を探ってください」

「目撃情報と、防犯カメラだな」

渡瀬はうなずく。

「十月二十五日と九月二十六日の動画データを」

六件目と五件目の足取りだ。「可能なら七月二十五日と、八月十四日も」

こちらはバイクが盗難に遭った日だ。

「わたしと八幡さんは、予測ルートを潰します」

渡瀬はマップの一点を指さす。「恐らくここを通っているはずです」

「では行こうか」

八幡が立ちあがり、渡瀬もそれに続いた。

建設会社の駐車場には、八幡が乗ってきた分析捜査班の車輌が停まっていた。

絞ったポイントは、西武多摩湖線・武蔵大和駅付近だった。

「本当は、玉城の影がないほうが、好都合なんですが」

渡瀬は助手席に乗り込むと、言った。

「好都合なのか、都合悪いのか」

八幡は白い歯を見せた。

三軒目に訪ねた、武蔵大和駅に近い都道東村山東大和線沿いの中古車販売店だった。『蔵《くら》田《た》自動車販売』という名称の、個人経営の販売店で、板金・塗装工場も併設していて、それ故か防犯カメラの設備が充実していた。

応対した六十代と思しき主人、蔵田政志《まさし》は警察のバッジに目を丸くしたが、渡瀬と八幡を事務所に通し、息子を呼びに奥へと消えた。

「確か、半年分は取ってあると息子が言ってまして」

程なく、主人は店のロゴ入りのブルゾンを着た男を連れて戻ってきた。

「息子です」と主人。「ヤツがカメラを管理していまして」

「販売部長の蔵田俊《しゅん》です」

三十代に見え、目許が主人とよく似ていた。

八幡がとある事案で防犯カメラの映像を確認したいと説明した。

「何かの犯人がこの辺を通った可能性があるってことっすよね」

俊はデスクトップパソコンを起動させた。渡瀬と八幡はディスプレイを覗き込む。

「窃盗事件ですね」

八幡が言った。嘘ではない。

「この辺もバイク泥が多くてね、うちバイクも修理するから、カメラを厳重にしたんすよ。保存期間を長くしたのも、持ち込まれた盗難車をそれと知らずに修理したり、改造したりするかもしれないからで」

俊はいくつかあるカメラの映像をマルチ画面にして見比べた。協力的なのは義憤からなのだろう。「工場のＣカメラですね」

Cカメラは工場の庇《ひさし》から通りに向けて設置されていた。

「まず七月二十五日の午前二時頃から見てもらえないか」

八幡が告げた。

「随分前っすね」

俊は保存リストの日付をスクロールし十月、九月、八月とデータを遡ってゆく。続いて、七月の日付がディスプレイの下から出現した。

「申し訳ありませんが、あとはこちらに任せてもらえませんか」

渡瀬が言うと、俊は怪訝そうに眉間に皺を寄せた。

「捜査上の秘密もあるからね。それに犯人に逆恨みされないためにも、知らないでおいたほうがいい。こっちもお宅さんから証拠をもらったとは言わないから」

八幡が大袈裟に顔をしかめて言うと、俊は一転、「ですよね」と引き攣《つ》った笑みを浮かべてパソコンの前から退いた。

渡瀬はマウスを手にし、七月二十五日早朝の映像を呼び出す。

バイクの車種と玉城の顔は、様々な角度から頭に叩き込んでいる。

集中し、目を凝らした。そして、午前四時三十二分三十七秒。記憶と同じ形状のスクーターが、中古車販売店の前を、埼玉方面から東大和市方面へ横切るのを認めた。

ヘルメットの横顔は判別しづらかったが、何度も繰り返し再生し、玉城本人と判断した。

渡瀬は俊に断ってデータをコピー、さらに《玉城の可能性あり。顔認証ソフトにかけてください》とメッセージを添え、日野に送った。

続いて八月十四日の映像データを当たる。

午前五時二分四十秒――玉城らしき姿が街灯の光の中を横切った。スクーター、ヘルメットともに、七月二十五日分と同一だった。

「これはビンゴか」

八幡の声を聞きつつ、渡瀬は日野に追加データを送った。

「とりあえず、ルートの分析は正しかったわけだ」

渡瀬は六月以降、つまり二件目以降の犯行日時の映像をすべて調べた。そして、九月二十六日と、十月二十五日の五件目と六件目の際も、玉城と思しき男が午前四時から五時の間に『蔵田自動車販売』の前を通過していることを確認した。

ここで日野からメールが届いた。

《顔相骨格ともに、玉城である可能性は九十九パーセント以上》

渡瀬はその情報を踏まえ、さらに事件発生日の前後と、事件とは関係ない日をいくつかランダムに調べ、帰宅時間から朝までの間に玉城が映っていないことを確認した。

つまり、玉城は事件があった日だけ、『蔵田自動車販売』の前を通り、帰宅していた。

気がつけば午後五時を過ぎ、外は暗くなっていた。渡瀬は長居を詫び、八幡とともに辞した。

拠点となった倉庫に戻ると、佐倉がイスに寄り掛かり、腕を組み目を閉じていた。

「お疲れ」と八幡が、ストーブに手をかざした。「サボっているのか」

「玉城は午後四時二十二分、バイクでアパートを出た。その時点で、追跡班に引き継いだ。十五分前に『JIN』に入ったのが確認されている。それを確認後、休憩しているだけだ」

「古崎はメシか」

「聞き込みだ。班長の指示を実行している」

佐倉は目を開けた。

「武蔵大和駅周辺で、玉城の影をとらえました」

タブレット端末の地図には、新たに『蔵田自動車販売』をマークした。

「微妙な位置だな」

佐倉もその位置関係に気づいたようだ。「武蔵大和駅前を経由して改めて現場へ行ったのか、埼玉へ行ったのか」

「玉城はすべての放火の時、埼玉へバイクを盗みに行っていたと仮定してみましょう。まず押さえるべきはバイク窃盗からの帰宅ルートです。少なくとも東京都に入ってからは、防犯カメラを避ける道を選ぶはずです。特に自宅周辺です」

渡瀬は地図の倍率を上げ、東大和市一帯を拡大した。

「カメラを避けて遠回りするにしても、現地に行き、バイクを盗み、朝までに帰ってくる必要があります。時間的に極端な遠回りはできません。そう考えると、武蔵大和駅付近を通過してから自宅まで、取り得るルートは二つ」

渡瀬はルートを二パターン、指でなぞる。東大和市に隣接する東村山市を通過するルート、そして所沢市を経由し、多摩湖と狭山湖を隔てる村山上ダムを通るルートだった。

「鍵となるのは東村山ルートで、多摩湖ルートは考えなくていいでしょう」

埼玉方面から村山上ダムを通り帰宅するには、所沢を抜けて、ドーム球場付近を通ることになる。球場の一帯はレジャー施設が多く、防犯カメラも多数配置されている。それ以前に――「多摩湖、狭山湖自体が東京都の水源で、周辺は、レジャー施設より監視カメラの巣窟になっています。玉城が慎重なら、このルートは絶対に選ばないと思います」

八幡、佐倉ともにうなずいた。

「東村山ルートでも西武多摩湖線のお陰で、ルートが絞れます」

小平から東村山一帯は、西武新宿線、池袋線、多摩湖線、国分寺線、狭山線、拝島線の線路が絡み合っている。そして大半の踏切に、監視カメラがあった。

新青梅街道以北で踏切は四箇所あった。このいずれかを通らなければならない。当然、玉城は通らないという選択を選ぶ。

「それで武蔵大和駅前の通りか。そこは高架だからな」

八幡が言った。

「武蔵大和駅前は小さいですが商業地域で、防犯カメラが設置されている可能性は高くなりますが、踏切を通るよりましです。たまたま蔵田自動車販売が厳重だったんです」

渡瀬はマップを東へとスクロールする。やがて現れたのは、荒川だった。

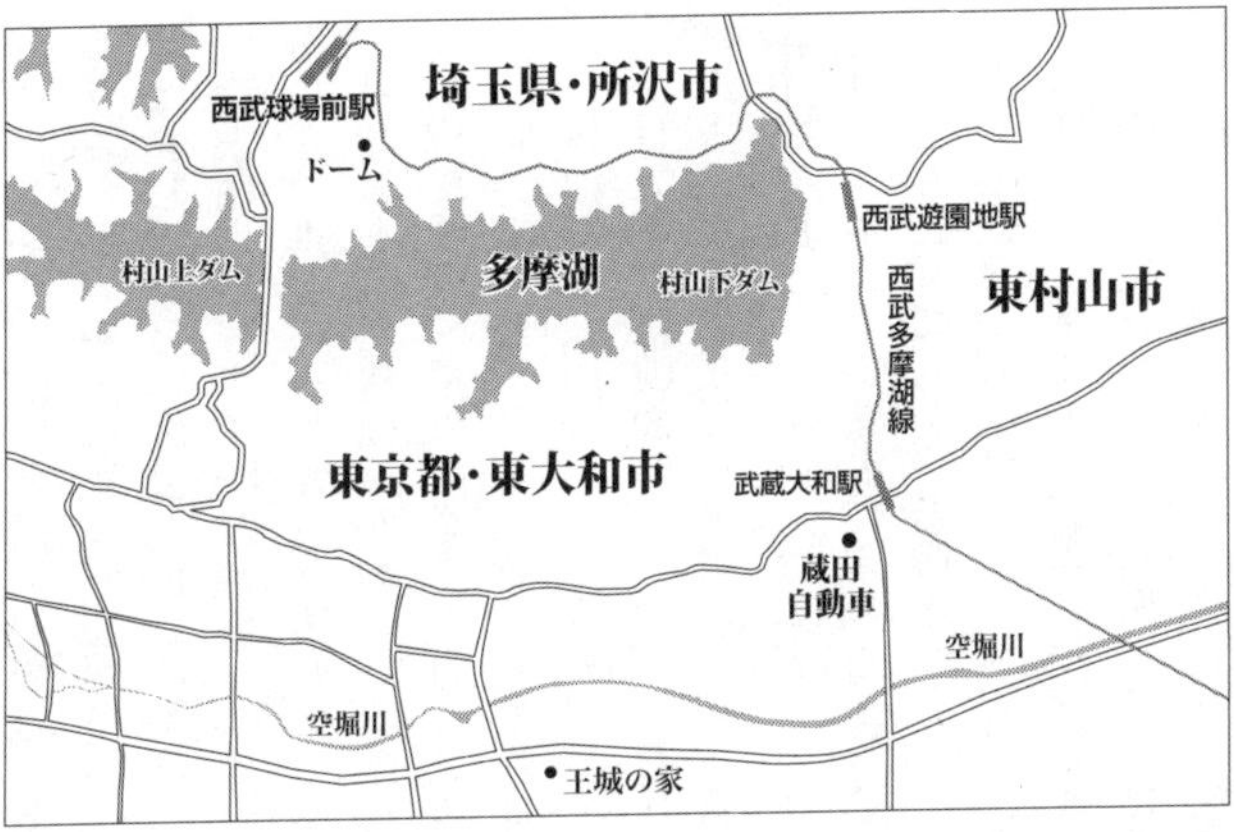

「都内中心部を避け、極端な遠回りをしないのなら、埼玉からの帰路に玉城が利用する橋は三つしかありません。下流から幸魂大橋、秋ヶ瀬橋、羽根倉橋の三箇所です。ただし、幸魂大橋の至近には、大規模な下水処理プラントがあり、監視が厳重です。従って、玉城が使うとすれば秋ヶ瀬橋か、羽根倉橋から東村山に至るルートに絞れます」
「いや」
八幡が遮る。「玉城が橋を渡ったのなら、焦点を絞るのは橋を渡る前だ。確実に埼玉にいたことになる。明日俺たちが動くのは、埼玉だ」
渡瀬は八幡の提案を受け入れた。

武蔵小金井署の駐車場でスマホが振動した。『土方玲衣』。登録したばかりの番号だ。

「ごめん、あまり時間は取れない」

署の玄関に入ってゆく八幡の背中を見ながら電話に出た。

『こっちも時間はいらない。埼玉で七件目が起きた。女性が一人軽傷だけど、バッグは死守したみたい。犯人は逃走。現場は敦子が予想したエリア内。うちの取材班は惜しくもその瞬間は逃したけど、直後の捜査活動は撮影できた。ありがとう、敦子のお陰』

　玲衣は少し興奮気味だった。『オートレース好きの誰かさんの情報、支局を通じて埼玉県警にご注進しておいた。先方がどう扱うかはわからないけど』

　礼を言おうか決断しかねている間に、電話は切れた。

　署内で夕食を摂り、講堂に行くと半分ほどの捜査員が戻っていた。捜査会議までには、まだ時間があった。あと一時間もすれば、佐倉と古崎も交代して戻ってくるだろう。

　分析捜査の〝島〟で、日野が待っていた。

「今日入手した映像のことは、まだ伏せておいてください」

　八幡が大儀そうにイスにふんぞり返る脇で、日野にそっと耳打ちをする。

「すまし顔でアウトローなことする班長、実は好き」

「明日もお願い。それで現場と玉城のヤサの経路上の映像は？」

「ほとんど来てない。苦戦中」

　やがて佐倉と古崎が戻り、捜査員たちが揃い、捜査会議となった。《不審者A》と玉城竜介の捜査に、多くの捜査員がつぎ込まれていた。しかし、《不審者A》の影は見つけられず、玉城の周辺捜査も一切の画像、映像は得られなかった。渡瀬の提案によって編制された〝避難場所〟捜索班も成果なし。これは活動開始初日だから仕方ない面もあった。

捜査会議が終わり、捜査員たちが散会してゆく。

渡瀬は女性用ロッカーから着替えの入った紙袋を取りだし、トイレの個室でジャージに着替えた。隣の個室に誰かが入る音がした。

着替えを終え、紙袋を手に個室を出ると、隣から日野が出て来た。

「あれ、班長、ここで着替えたの？」

「ロッカールーム、狭苦しいので」

「個室のほうが狭苦しいと思うけど。変な人」

並んで手を洗う。日野は髪を結び、化粧を落としていたが、地顔も綺麗だった。胸も渡瀬の倍ほどある。自分も日野のような容姿だったら人生が変わっていたかも、とちらりと思う。

「寝るって感じじゃないけど、どこ行くの？」

日野が鏡越しに聞いてくる。

「ジョギング？　キャラに合わないんだけど」

「多摩湖自転車道の深夜の状況を知っておきたいと思って」

「ここから？」

「まさか。近くまで車を使うつもり」

「大丈夫？　ペーパードライバーのくせに。ったく世話が焼ける」

数分後、日野はスウェットに着替え、リュックの中に特殊警棒を入れてやって来て、分析捜査係の車輌に乗り込んだ。渡瀬も小さなリュックに財布とタブレット端末を入れ、助手席に乗った。

　車は静かに動き出し、連雀通りから新小金井街道に入る。

「どこに行く？」

「関前の起点の近くに駐車場があります。そこに入れるつもりでした」

　武蔵野市関前が、多摩湖自転車道の都心側起点だ。「花小金井駅近くまで歩いて往復するつもりです。往復で五キロくらいですね」

「ダイエットにもいいね」

　十数分で目的の駐車場に着き、車を入れた。

　準備をして多摩湖自転車道に入ると、最初の三分ほどはジョギングをし、うっすらと汗をかいたところで、ウォーキングに切り替えた。

　スタートから数百メートルは、住宅街の中だ。

　午後十一時半近いにもかかわらず、何人ものジョガーやウォーカーとすれ違い、時折頭を下げたり挨拶を交わす。一人で走る女性の姿もあった。果たしてこれが深夜一時過ぎにはどう変化するのか。週末の夜は、また少し状況は変わるだろう。

「ここを逃走路か移動路に使うとして、深夜でもジョガーに化ければ違和感ないかも」

　日野が小声で言った。

「挨拶することで、防犯にも繋がっていると思いますね。たぶん同じ時間帯にこの道を使う人は、お互い顔見知りにもなると思う」

「名前もどこの誰かもわからないけど、顔だけは知っている、みたいな？」

「犯人がもし用心深いなら、事前に顔なじみの存在になっているかもしれませんね」

「でも、リスクと背中合わせ」

「いえ、リスクは軽減されます。この事件が計画的で、長い準備期間があったのなら」

出発して十分ほどで、石神井川の上を通過する。すぐ先に、何かの施設らしい明かりが見えた。

「スーパー銭湯だ」

日野の声が弾む。左手に大型の施設があった。

「こちらが裏側のようですね。カメラも見当たらないようです。明日にでも訪ねて……」

「一緒に入ろうか」

「そうじゃなくて、この自転車道が映っている防犯カメラがあるかどうか確認するんです」

「だから、それとは別に今度入りに来ようよ」

「……遠慮します」

「これまで銭湯とか温泉に入ったことは？」

日野が改まった口調で聞いてきた。

「どうしてそんなことを聞くんですか」

渡瀬は立ち止まった。

「立ち止まるくらい重いならいい。ごめん。忘れて」

簡単なことだ。町田の事件で犯人に襲われた際、日野に額の痣を見られ、自分は隠そうとした。少し動転していて、思わず生まれつきと口走った。今日はトイレの個室で着替えているところを見られた。明らかに他者の目も避けていると悟られた。彼女は推測したのだろう、体にも隠したい痣があると。そして今、わたしの反応を見て推測は確信に変わった。彼女も優秀な捜査員だ。従って、隠す必要もなくなった。

「自分の意思で親以外の個人の前、不特定多数の前で裸になったことはありません。理由は顔と上半身に大きな痣があるからです」

渡瀬は、また不用意な表現を使ってしまい、後悔する。『自分の意思で』などと言うべきではなかった。また、彼女に気を遣わせてしまう。

「いいよ別に、言わなくても」

しかし、事実であり、今の自分を形作った主因だと思い直す。

体育や水泳の授業で、配慮されることはなかった。事前に相談しても、特別扱いはできないと拒否された。

モンスター。妖怪。ゾンビ。

心を傷つけることを目的に衣服を剝ぎ取られた――悪意に満ち、下卑た顔の群れがフラッシュバックする。

「この髪型は額とこめかみと首筋の痣を隠すために最適です。事情を知っている特定の美容院にしか行っていません」

額とこめかみの痣は、ファンデーションでも消している。町田の時は緊張と恐怖で汗をかき、何度も拭っているうちにファンデーションが落ちていた。

「ごめん、詮索して」

「これを機会に知ってもらってもいいかと判断しました。昔は辛かったですが、今は隠すことが習慣みたいになっています。日野さんと二人きりならお風呂に入れますが、銭湯は無理ですね。自分より他の人を不快にさせますから」

『警察官になれば、誰も関わったり襲ったりしないんじゃない？』

十四歳の玲衣の言葉が、鮮烈に耳に残っていた。『いい大学出て資格とれば、事務仕事だけでも』

警察官になって正解だったのか、いまだ判断できていない。

「実地調査を続けましょう」

渡瀬は言った。「ここは重要です」

この自転車道には罠＝偽装された定点カメラを複数箇所に設置することにした。膨大な情報量を照合、分析する作業が必要だが、それが分析捜査係の本領なのだ。

同日　――羽生孝之

倒れている被害者と、救急車と警察車輌がモニタに映しだされていた。現場リポートは、凜々子に呼ばれ急遽駆けつけた春日井が行っていた。

「金髪娘がニュースのリポートはできないものね」

土方はモニタを見たまま言った。

深夜の報道編集室だ。早朝のニュース情報番組のため、三分の一ほどのブースが稼働している。その一つに土方と羽生、〝クロス〟を終えたばかりの北上がいた。映像を撮ってきた張本人は、隣のブースでディレクター用のテーブルに突っ伏して眠りこけている。

路上に倒れている被害者は、会社帰りのＯＬだ。胸に抱いたバッグはブランド物だった。

『大丈夫ですか、今救急車が来ますよ』

春日井が倒れている被害者に声を掛ける。『見たところ傷はないみたいです。申し訳ない、撮ってて』

『大丈夫です。犯人は向こうに行きました』

女性は気丈にも、倒れたまま犯人が逃げた方向を指さした。カメラは指が向いた先を映しだす。夜の帳《とばり》が降り始めた住宅街の中を通る道路。サイレンの音が近づいてきて、やがて赤い回転灯の光が、辺りを舐め回す。やって来た警察官が現場から取材班を遠ざける。被害女性が救急隊に運ばれてゆく一部始終の映像は、事件直後の現場を生々しく切りとっていた。この部分は、『ニュース・クロス』でも速報扱いで使われていた。

凛々子もきちんと仕事をしたらしく、目撃者二名を見つけ出し、警察より先に証言を取った。中型バイクに黒っぽいライダースーツにフルフェイスのヘルメット。犯人が乗っていたのは、４００ccクラスの中型オートバイ。背後から被害者に近づき、バッグに手をかけたが、被害女性は大声を上げて激しく抵抗、犯人はバッグを諦め、そのまま逃走した。

事件直後だけに詳細な目撃証言が取れた。さらに治療を終え、病院から戻った被害者のインタビューにも成功していた。

バッグを守りきった高揚からか、精神的にもダメージを負ったような気配はなかった。

『そうですね、バッグに手をかけられたとき、泥棒って叫びました』

目撃者は、家の中からたまたま通りを見ていた二名だった。

『スマホと保険証、免許証も入ってたから絶対だめって言ってバッグ抱え込んだら、向こうも諦めたみたい。蹴ったり殴ったりはなかったです。わたしが勢い余って転んだだけで』

『ええ、向こうはすぐ諦めましたね』

なにこの気の抜けた犯行は――というのが土方の感想だった。

「この映像が撮れたのは、渡瀬警部が的確な予測をしたから」

エディター席に座った土方が、傍らの北上に言った。「予測の解説が必要だと思うけど、どうなりました？」

土方は、羽生が知らないところで企画に肉付けし、進行させていたようだ。

「草間さんと連絡が取れない」

草間光一は、元刑事の防犯アドバイザーで、プロファイリングの専門家でもある。

「なにそのできないＡＤみたいな言い訳」

「事実を事実の通りに言ったまでだ。草間のマネジメント先、勤務先すべてが彼の動向を摑めていない。自宅にも何度か人をやっているが、留守だった」

「やることやってんなら仕方ないけど……」

土方が北上をギロリと睨んだ。「今一番危惧しているのは、事件の山場と総選挙が重なること。具体的に言えば、羽生君と凜々子が選挙特番に引き抜かれること。春日井さんだって、十二月に入れば選挙の取材に取られてしまう。本当にこの企画をものにしたいのなら、最低でも二人を守って」

土方は、選挙特番のスタッフに加わらないことが今日正式に決まった。

「羽生君は中継コーディネータとして参加してもらう。当日だけだ」

羽生は土方に睨まれたが、「請われたら断れない立場ですから」と応えた。

北上は立ちあがると、「じゃ、諸々よろしく」と報道編集室をあとにした。

「逃げたな。何が諸々よ」

土方は吐き捨てる。「ちょっとまずい状況になってきたよね」

「衆議院の解散ですか」

「敦子が一刀両断で事件を解決する時期によっては、選挙報道で扱いが小さくなるかもしれないの。青葉さんもわたしのネタを潰しにくる可能性大」

「まさか」

「能天気も極まれりね。羽生君、私怨で首切られておいて」

自局の特ダネを潰しにかかるなど、羽生には考えられなかった。

「矢矧部長は味方だけど、北上貴史はいざとなったら弱腰になる。一匹狼を気取って部下に慕われているけど、ただ後ろ盾がいないだけ。防波堤が北上さんじゃ心細くて仕方ない。絶対に青葉さんの圧力に勝てない。元アイドルアナウンサーの力は伊達じゃない」

「え、アナウンサー……アイドル？」

「勉強不足も極まれりね。ウィキ見てみな」

羽生はスマホを取りだし、調べる。

青葉淑子。旧姓古鷹《ふるたか》。一九六四年生まれ。一九八七年東都放送入社。九〇年代を代表するアイドルアナウンサー。三十歳を機にアナウンサーから報道記者に転身。社会部、政治部でキャリアを積む。総理官邸、与党番を担当後は、政治部デスクに。記者転身後もニュース番組を中心にＭＣやリポーター、コメンテータとして活躍。

「今でもネット局の社長クラス、本社の局長クラスに根強いファンがいる。特に直接現場で関わっていない営業とか人事とか総務とか、その辺の人たちに」

羽生も危機感を覚え始めたが、続く土方の「確かに何度も尻ぬぐいさせたかもしれないけど、それ以上にわたしの若さと美貌と才能が眩しいんだ、きっと」の一言で、なんとなく上手く対処してくれるだろうと思い直した。

「若さというのは相対的な若さね」と最後に注釈を加えた。

第七章　誤　導

十一月二十五日　火曜　——渡瀬敦子

埼玉県所沢市から志木市に入り、市街地を抜けると車は全長一キロを超える長い秋ヶ瀬橋を渡った。

選択肢は二つあった。国道四六三号線を経由しての羽根倉橋と、志木市内を経由しての秋ヶ瀬橋。渡瀬が選んだのは、より現場に近く、幹線道路の経由が少ない秋ヶ瀬橋だった。

ポイントは、橋を渡って最初の交差点。付近一帯は工場街と住宅が混在していて、資材の置かれた空き地や、大型トラックが並ぶ駐車場も多い。

手近なコインパーキングに車を入れ、渡瀬が県道沿い、八幡が県道の南と分担を決めた。

「因果なタイミングか、昨日あったひったくりの七件目、この近くだろう」

「直線距離で一キロといったところです」

「どこかの取材クルーが、検証前の現場を撮ってた。運がよかったな」

玲衣の取材班だったが、渡瀬は何も言わず車から降り、地図を眺めた。

「まずは十月二十五日に絞って映像を探しましょう」

自分が最初に現場を踏んだ、小平栄町の六件目。土曜の七件目の放火では、玉城はバイクを使っておらず、帰宅もバスだった。

「班長にとっては、自分も駒なのか」

「純粋に人繰りの問題です。玉城の行確も疎《おろそ》かにできませんから、わたしも現場要員として計算に入れました。聞き込みは研修で経験していますので」

準キャリアで警部という階級にいながら、現場に出て時に土にまみれる渡瀬を奇異の目で見る者も少なくなかった。

「あまり合理的なほうに針を振りすぎると、時に道に迷うこともある」

八幡は含みを持たせるように言うと、県道を渡り脇道へと消えた。

もし十月二十五日の深夜から明け方にかけて、玉城が埼玉に来ていれば、放火における玉城のアリバイが証明される——渡瀬はまず県道沿いのコンビニ、運送会社、印刷工場を当たったが、道路に向けられた防犯カメラはなく、動画データの保存期間も短かった。

四軒目は、中古車販売店だった。駐車場タイプの展示スペースには、フロントガラスの内側に値札が貼られた車が二十台近く並んでいた。『梶山《かじやま》モータース』と看板が掲げられたビルは三階建てで、そこそこの規模だ。防犯カメラも何台か認められた。信号はないが、左右には脇に入る路地があり、通る車も減速する場所だ。

一階の事務所を訪れ、販売主任の応対を受けた。店のロゴの入ったブルゾンを着た四十年配の男で、西川《にしかわ》と名乗った。窃盗事件で付近を調べていると告げ、防犯カメラ映像をチェックする許可をもらった。

西川は渡瀬を事務所の奥にあるモニタルームに案内した。四畳半ほどで、スチール製の取り付けテーブルの上に、モニタが四台とデスクトップパソコンが置かれていた。

「カメラは四箇所で、すべてここで見ることができます」

西川はキーボードを叩き、モニタに四分割画面の映像を呼び出した。

左下の『カメラ③』が、路地との交差点付近を映しだしていた。道路に近い側に設置されているようで、減速し、通り抜けてゆく車輌が鮮明に見えた。

「動画データの保存期間は？」

「三カ月ですね。一応二十四時間回っていますよ」

期待通りの返答だった。ただし、二台のバイクが盗まれた七月二十五日と八月十四日のデータは消去されていた。

「泥棒って、空き巣か何かですか？　この辺り多いんですよね」

「バイク窃盗です。同じ人物が何台も盗んでいて、まだ続いています」

渡瀬は『蔵田自動車販売』の防犯カメラの映像を加工し鮮明にした画像を見せた。

「この男が窃盗犯とみられています。見覚えはありますか？」

「見覚えはないですがね……」

西川は興味深げに腕を組む。「お時間はかかるんでしょうか」

「犯行日時と時間帯がわかっているので、それほど時間はかからないと思います」

渡瀬は動画フォルダから十月二十五日のデータを呼び出した。『蔵田自動車販売』のカメラに映ったのが、午前四時十五分。秋ヶ瀬橋を通ったと仮定するなら、逆算すると、午前三時頃から四時頃の間にここを通った可能性がある。

西川が「何かあったら呼んでください」と言い残して出ていき、渡瀬は映像を調べ始めたが、すぐに嘆息した。そのカメラは販売エリアを照らす防犯灯のすぐ脇にあるようで、日が落ち、点灯すると強烈な光が入り込み、極端に見えづらくなった。

映像を補整し、粘ってみたが、映像は周囲が明るくなる午前六時頃まで強烈な光に遮られ、玉城らしきバイクの発見には至らなかった。九月二十六日の映像に関しても、条件は同じだった。

時計を見ると午後一時過ぎだった。切り上げようとしたとき、西川がＡ４サイズのパンフレットらしきものを持ってモニタルームに入ってきた。

「これが役に立つかどうかわかりませんが」

西川が渡瀬に手渡したものは、さいたま市が発行したパンフレットだった。表紙は荒川の写真で、『不法投棄監視カメラの設置について』とタイトルが打たれていた。

戸田市からさいたま市にかけての荒川堤防沿い付近には、工場街や露天の資材置き場、空き地が多く、不法投棄が問題になっていて、家電や家具をはじめ、自転車やバイク、時には自動車まで捨てられているという。パンフレットにはさいたま市と戸田市が共同で、その対策に出たと書かれていた。

「三年くらい前に、荒川沿いの地域の業者に配られたもので、必要なら市が無償で防犯カメラを貸与するって。設置費用も半分は市の負担で、なんでも赤外線撮影もできて、動く物や車が通ると自動的に撮影を始めるんだそうです」

パンフレットには、提供されるカメラの概要も載っていた。『トレイル・カメラ』と呼ばれるもので、元々はハンティングや野生動物の撮影用に使われるらしい。形も四角いボックスタイプで、電気やガスの検針器か配電盤にしか見えなかった。

「この辺りで導入した会社はわかりますか」

「確かね……橋のたもとの……『西浦和《にしうらわ》建材』さんだった」

渡瀬は礼を言うと、梶山モータースを出た。

西浦和建材は梶山モータースからさらに秋ヶ瀬橋側で、工場街の外れにあった。かつ、二台のバイクが投棄されていた秋ヶ瀬緑地公園に続く道沿いにある。

モルタルらしい二階建ての社屋の前には、資材置き場があり、側溝の形をしたコンクリートブロックや棒鋼が積まれ、周辺には雑草が生い茂っていて、冷蔵庫やイス、主要部品が外されたバイクが草の中に埋もれていた。渡瀬は資材置き場を回り込み、事務所を訪ねた。

サッシの引き戸を開けると、六十年配の作業着にダウンコートを着た男性が、デスクでお茶を飲んでいた。無精髭で胸板が厚く、首が丸太のように太い。

「梶山モータースさんから紹介を受けまして」

渡瀬は身分と用件を告げた。

「警察？　警察は女学生をアルバイトで雇うのか」

「訓練を受けた警察官です。今はバイク窃盗犯を追っています」

「冗談だよ、今梶山モータースさんから美人が行くからよろしくと電話を受けたところさ」

男は社長の大山《おおやま》と名乗った。

「それで、捜査の参考としてカメラの映像を検《あらた》めさせてもらっていいでしょうか」

「おう、そのカメラのお陰でこれまで三人を県警に突き出してやったんだ」

大山は黄色い歯を見せ、「ついてこい」と渡瀬を資材置き場に連れ出した。

「トレイル・カメラは三台だ」

大山は車輌が停められている付近と、河川敷側、道路側の三箇所を指さした。「赤外線の威力はすごくてな、どんなに暗くても不届き者の顔がばっちり映ってた。しかも一度標的をとらえると、首を振ってそいつを追尾する。犯罪の証拠になるから、基本的にデータは一年間保存してる。いつ何があるかわからんしな」

「では、道路側のカメラの映像を見せていただけますか」

事務所に戻り、カメラを管理しているパソコンの前に座った。

「自由に使っていいからな」と言って大山は自席に戻った。

まずは八月十四日のデータを呼び出した。映像は鮮明で、夜間の撮影状況も問題なく、行き交う車のナンバーも読み取れた。

午前三時から四時。通り過ぎるのは、ほとんどがトラックだった。バイクが通るたび、コマ送りにした。

そして、見つけた――表示の時刻は『0814　3:47』。

黒のフルフェイスヘルメット。シールの位置が『蔵田自動車販売』で撮影された映像と同じだった。

八月十四日、鈴木夫妻が死亡した火事の出火推定時刻は午前二時五十分頃。小金井市とさいたま市の車輌移動の時間を調べると、東京外環道を使って五十分。移動は可能だが……。

三件目の放火があった七月二十五日、五件目があった九月二十六日には映っていなかった。別のルートを使ったのかもしれない。あるいは時間帯が大幅に違ったのか。精査が必要だが、六件目の十月二十五日、梶山モータースのカメラでは視認できなかったが、午前三時四十二分に玉城らしい姿を認められた。こちらも放火後の移動が可能な時間だ。

ただし、いずれも現場と現場を直接バイクで移動できればだ。放火もバイク窃盗も、徒歩で現場へ赴き犯行に至っている。その時間を加味すれば、アリバイ成立となってしまう。

大山に許可を得て動画データをコピーし、日野に送ると、厚く礼を言って西浦和建材を辞した。

十五分後に駐車場で一度合流し、西浦和建材から入手した映像を検めた。

「埼玉県警の協力が必要だな」

「では堀部管理官から東村部長を通じて」

「違う、班長の独断で埼玉まで来たんだろう。まずは水面下で情報収集して、下地を整えた上で、堀部と谷川に伝えるんだ」

八幡は諭すように言った。「埼玉に口が堅く頭が切れて、人脈が広い知り合いはいるか」

「本部に同期がいます。八幡さんの条件に合うかどうかわかりませんが、捜査二課の課長補佐です」

葛西祐作《かさいゆうさく》は好奇心旺盛で、警察大学校時代から噂話を集めてくるのが得意だった。

「では、情報収集を頼んでみろ。俺は続きをやってくる」

八幡は防犯カメラ映像の収集に戻った。

渡瀬はメモリの名をタップした。たっぷり待たされた後、繋がった。

『誰、あんた。どこの記者』

無愛想だったが、記憶にある葛西祐作の声だった。

「葛西君、渡瀬」

『ワタセ……氷人形の渡瀬か！　大学校以来だな』

意識して無表情、無反応に徹していたら、葛西にそう名付けられ、同期たちに浸透した。

「小金井と小平の連続放火、知ってる？」

『関わってるのか。なぜ俺のとこ？』

「非公式な依頼があるの。九月二十六日、十月二十五日にバイク窃盗が受理されていないか調べてほしい。川口とか蕨の辺り、線路の近く」

『久しぶりの連絡でいきなり頼みごとかい』

「ごめんなさい」

直言直球――八幡にもよく気をつけろと指摘される部分だ。

『いや、逆に変わってなくて安心した。融通利かなすぎて、我田引水すぎて科警研追い出されたって聞いていたからさ』

そうだったのか――？　『まあ、直球勝負は悪いことじゃないと思うぜ』

渡瀬は深呼吸を一つする。

「できればでいいんだけど、九月二十六日と十月二十五日の未明頃から朝方にかけて。もしかしたら一日か二日後に通報されてるかもしれない」

『非公式ってことは、上に黙って何か嗅ぎ回っているんだな』

そう言えば衆議院が解散すると、ラジオニュースが告げていた。

「忙しくなるのね……ごめんなさい」

選挙が始まれば、選挙違反を取り締まる二課は忙しくなる。

『調べるだけなら簡単だが、久々に会いたい。本部の近くまで来られるか』

「まだ聞き込みの最中だから、今すぐは無理。夕方くらいなら」

『よし、近くまで来たら電話しろ。それまでに調べておく。こっちも上に内密にな』

同日午後　――羽生孝之

浦和駅のホームに電車が滑り込み、羽生と土方は降り立った。

「自分で言うのもなんだけど、どんどん状況が悪くなる」

土方のぼやきを聞きながら、羽生は無言で機材バッグを担ぎ直した。

総選挙が公示されれば武村、富岡両名も本業が忙しくなり、車輛もすべて押さえられてしまう。春日井と浦和支局も、選挙報道にかかりきりになるだろう。

「埼玉県警はどう反応するでしょうね」

改札を抜け、通りに出ると、羽生は聞いた。

「反応するか、じゃなくて、どう活かすかよ。そのための種はまいてあるから」

なぜ警察より早く現場に着くことができたのか——警察は興味を持ち、今日、捜査員の一人が会ってくれることになった。

昨夜、凜々子の撮ってきた映像には続きがあった。事件直後の現場や目撃者のインタビューを撮った後、現場検証を遠巻きに撮影してる場面で、一人の私服警官が近づいてきた。

『おたくらどこ。見慣れない顔だが?』

四十半ばに見える、トレンチコートの男だ。髪は短く、メタルフレームのメガネをかけ、商社マンか証券マンにも見えた。

『東都放送さ』

カメラを持つ武村が応えた。

『何かの取材で通りかかったのかい』

『いいえ、狙ってこの辺りで張ってたんです』

凜々子の声と金髪が割り込んできた。

『何を狙って』

私服警官は表情を変えずに聞き返す。

『この事件です。ここで起こると予測して、張り込んでいたんです』

『ほう、予測ね。どうやって』

『犯罪分析の専門家の助言に従ってです』

警官を前にしても、凜々子の声はいささかも動じていない――どころかかなり生意気だ。

『あ、すでに情報提供はしていますよね。オートレースの件です。お役に立ちました？』

そこで初めて、警官の表情が変化した。

『おい、ここは使うなよ』

『心得ていますよ』

画面の奥から〝クロス〟用のリポートを撮り終えた春日井がやって来た。

『春日井君か。予測して張り込んだという話は本当か』

『言ってませんでしたっけ、原島さん』

この、凜々子の機転と駆け引きがあったからこそ、それ以前に、土方が渡瀬警部から事件の予測を引き出してきたからこそ、原島警部補が会ってくれることになったのだ。

「今日から、著作権デスクのシフトに入らないからね、よろしく」

土方が唐突に言った。

「ＣＮＢとの直接交渉はどうするんですか。柊さんにできるんですか」

「あの子は帰国子女だし、東大で英文学専攻してたから問題ないよ」

東京キー局の社員で東大卒など珍しくはないが――

「あれがですか」

「それ、彼女に失礼じゃない？　原島氏と繋げてくれたのよ」

「春日井さんの力が大半かと……」

十分ほど歩き、旧中山道沿いにある雑居ビルの前に着いた。一階が小さな喫茶店で、中に入ると店内奥のほかのテーブルから離れた位置に、個室のような趣の六人掛けテーブルがあった。そこに春日井と、広い背中の男が向かい合っていた。原島だ。

テーブルについて挨拶を交わし、コーヒーを注文した。

「原島さんは、連続路上強盗致死傷事件捜査本部のブレーンの一人で、防犯カメラの分析担当だ」

原島の前には、ナポリタンスパゲティが置かれていた。「いいか、打ち合わせのためにたまたま入った喫茶店に、たまたま原島さんがいて昼食を食べていた。そこで食事の間、軽く世間話をした。わかったか」

土方も羽生もうなずいた。原島も、土方の情報にそれだけの価値を見いだしているのだ。

「春日井が敏腕だと言っていたが、こんなに可愛らしい方だとは思わなかった」

原島の目が、わずかに丸みを帯びた。

「現場を予測したのはわたしです」

土方が堂々と言うと、原島は「ほう」と興味深げに目を細めた。実際は渡瀬警部に答え合わせをしてもらったのだが。

「まずは簡単に説明しますね」

土方は、犯行期日の法則性が、オートレースのSG、G1レースの開催週と重なっていると説明した。

一件目　七月十八日　川口オートレース場でG1レース開催中
二件目　八月十二日　伊勢崎オートレース場でSGレース開催週
三件目　九月十日　飯塚オートレース場でG1レース開催週
四件目　九月二十一日　伊勢崎オートレース場でG1レース開催中
五件目　十月十二日　船橋オートレース場でG1レース開催中
六件目　十月二十八日　飯塚オートレース場でSGレース開催週

土方は、情報をタブレット端末に表示させる。

「これだけ重なると偶然とは言いづらいですよね。現にわたしはこれに従って、昨日の事件発生を予測しました」

そして、ひったくり犯の性質、そこに地域別犯罪発生率データを重ね合わせて場所を予測したことなどを、澱《よど》みなく語った。

「犯行場所の分布は教科書通りという感じです。次があるとすれば、路上強盗の発生率が高くて、まだ事件が起こっていない場所でしょうね。G1レースの法則なら、次の犯行は来月の十四日前後じゃないでしょうか」

「実に興味深いな」

「つまり、犯人がオートレースを趣味、もしくは生活の糧としているのなら、それが犯行の確実性と完遂性の理由となり、かつ慎重である必要性が生じます。犯人はそれほど裕福ではありませんが、強い自制心を持ってG1グレード以上のレースだけを楽しんでいる。これって、ひったくりも含めて、すべてゲーム？　なんて思ってしまいます」

土方は、時に好奇心旺盛な少女のような表情も垣間見せる。「でもね、正面から近づいて、Uターンって、やっぱり見過ごせないような気がします」

「何が見過ごせない」

「多村さんが亡くなった直後の犯行は前から？　後ろから？」

「後ろからバッグを強奪した」

「昨日の犯行は、被害者の証言と目撃情報から背後からでした。多村さんだけ正面から。そして、昨日の犯行は初めて失敗してる。気が抜けたんでしょうか」

一秒に満たないが、原島と土方の間で、静かに含みのある視線がかわされた。

「多村さんの場合は、顔を確認する必要があった。なぜなら、殺す相手だとキッチリ確認しなければならないから……と思ったりできませんか？」

「この情報は持ち帰らせてもらう。協力感謝する」

「もうひとつ気がかりなことがあるんですが」

原島は、手にしたフォークを、再び置いた。

「警視庁管内で起こっている連続放火事件はご存じですよね。捜査本部は窃盗の前歴者を容疑者としているようですが、こちらの連続路上強盗致死傷とリンクというか、奇妙な符合があることに気づきまして」

「どんな符号かね」

「犯行に使われた盗難バイクです」

土方は直球で手の内を見せた。しかも、警視庁が窃盗の前歴者を追っているなど、どこも報道していないことを、まるで既成事実のように語った。「これが盗まれた日と、放火の犯行日が重なっているんです。向こうが追っているのも窃盗犯で、この情報は一応警視庁の捜査員に伝えました」

「それで？」

原島は表情を動かさない。

「たとえば、放火事件の日時とバイク盗難の日時を照らし合わせて、すべてかそれに近い確率で合致したのなら、単なる偶然と言えなくなりますよね」

春日井も、すべて知っているかのように振る舞っているが、初耳のはずだ。

「それとうちの若い金髪がオートレースの件を切り出したとき、使うな、と仰りましたけど、それはそちらの容疑者リストの中に、オートレースを趣味か実益にしている人物がいるんですね。路上強盗の前歴者ですか？」

原島もギブアンドテイクは心得ているだろう。

「これは独り言だ。感覚的にはクロだが、クロにするには決定打がない人物がいる」

「でしたら、行確しつつ次の犯行を待ち、現行犯で押さえる手法ですね」

土方は続ける。

「一般的にはそういう捜査になるケースだ。常道としてな」

「でも、行確はまだ行われていませんね。でなければ昨日のひったくりでその人物は捕まっているか、シロとして容疑者リストから外れているはずですよね」

オートレースの情報提供は昨日で、原島はその対象が、まだ容疑者であるとしている。

「個人的な意見だが、二つの連続事件がバイク窃盗を介して繋がるなんてことがあれば、空恐ろしい気もするな」

冷静に考えれば、荒唐無稽な話だと羽生は思う。共通の犯人がいるとして、その動機はなんだ。二つの大きな連続事件を同時に起こす理由は。土方の中では、事件に対する仮説があり、それに基づき布石を打っているのだろうが。

同日午後　――トワ

取材から戻ると、報道制作部のデスクが、慌ただしく動いていた。私と入れ違いに記者とカメラクルーが、機材を手に地下駐車場へ降りていく。

私は一眼レフのムービーカメラが入ったカメラボックスを、デスクに置いた。

「遺体は自宅の風呂場ですね……目立った外傷なし……湯船に沈んでいたんですね」

ニュース班デスクの豊原《とよはら》が、受話器を耳と肩で挟み、復唱しながらキーボードを叩いている。その顔色と狼狽ぶりを見て、察した。

草間光一が発見されたのだ。

「ええ、クルーは向かいました……では」

受話器を置いた豊原が私に気づいた。

「ああ、お疲れ。大変なことになった、草間さんが亡くなった」

私は絶句してみせた。午前は季節ネタ用に小金井中央公園と井の頭公園で、紅葉を撮影していて、何も知らなかったように。

「事件みたいに聞こえましたけど……電話」

「まだわからない。斉藤さんが見つけたんだ。もう警察と救急には連絡したけど、一目見て死後何日か経ってたみたいで」

「でも、どうして斉藤さんが？」

正確には死後三日だ。

「同行取材をお願いしようとしてたんだが、連絡が取れなくてね、昼前に自宅に様子を見にいったんだ」

一昨日、帰社する段階で同行取材なんて話はなかった。

「取材って、事件に進展が？」

「武蔵小金井署で会見があっただろう。すべての現場に同一犯とする証拠が残っていたって」

一般市民には刺激的な話ではある。「それがなんであるのか、草間さんに推定してもらうために取材に連れて行くとか言ってたんだが」

草間の住居は武蔵野市吉祥寺北町五丁目。千川上水沿いにある一戸建てだ。住宅街の一角で、周囲の防犯カメラの位置は調査済みだ。

スマホが振動した。斉藤だった。

『今どこ？』

「本社に戻ったところです。お話は豊原さんから聞きました」

『吉祥寺署に張り付いてくれない？　わたしはただの事故じゃないと踏んでる。現場が少し妙なの。それは警察にも言うから』

目撃されず、防犯カメラにも映らず、遺留物も残していないつもりだ。

草間は突然訪問した私を疑うこともなく家に入れた。時間をかけ、相談という形で知識を得つつ、親密度を徐々に上げていった結果だ。離婚歴があり、独り暮らし。草間が私を女として見つつあるのを、肌で感じ取っていた。何度か個人的に酒席をともにしたが、家への訪間は、極力斉藤や同僚と一緒にした。飲み会で全員が酔いつぶれた機会を見計らい、草間の自宅の鍵を複数方向から撮影、画像から3Dモデルを作成し、合鍵を作った。

ジョギングしていたらつい来てしまった。そう言って、汗ばんだ姿を見せた。

夜中に一人じゃ危ないだろう。あの自転車道、夜中でも結構人が走っていて大丈夫だと思うんですけど。そんな会話を交わした。

パーカを脱ぎ、汗をふいた。下には体のラインが出る、小さめのTシャツを着ていた。草間の好みは、鍛え上げられた肉体だ。三カ月かけてウエストを絞り、腹筋を鍛える姿を草間に見せた。

草間は好きな銘柄の日本酒を持ちだしてきた。機嫌がよくなった証拠だ。私は冷蔵庫にある物で、簡単なツマミを作った。メンマとチャーシューとキャベツを味噌だれで炒めたもので、草間本人から作り方を教わった。

二人きりで杯を重ねた。すぐにできあがった草間は、いつものように自慢話を始めた。凶悪犯の追跡と逮捕、凄腕の詐欺師を追い詰めた話。多くは武勇伝で、二度三度聞いた話だ。さらに、どこの局の誰と仕事をした。あの刑事ドラマ、この犯罪ドラマの監修をした。俳優の、女優の誰それに銃の構え方を、手錠のかけ方を指導した——酔うと口が軽くなる酒癖のお陰で、多くの犯罪者の情報を得ることができ、相棒を見いだすことができた。

呂律がおかしくなったところで、草間は服を脱ぎだした。「風呂で酒を抜く」とそのままリビングで全裸になった。想定外だった。

「ちょっと待っててください」

焦りを覚えつつバスルームに行き、バスタブに湯をはった。

脱衣場に入ってきた草間に「君も一緒に」と衣服に手をかけられたが、やんわりと拒否した。そのまま脱衣所で数分間押し問答が続き、湯が溜まったところでバスタブへ誘導した。草間は抵抗することなく私に従った。足元がおぼつかず、十分に酔っていると判断できた。

裸にはならなかった。何度も招待され、指紋や毛髪が残っていてもおかしくはないが、陰毛を残す危険は冒せなかった。

そして、眠ったタイミングを見計らい、草間の両肩に手を置き、沈めた。抵抗はほとんどなかった。

リビングに脱ぎ捨てられた衣服を脱衣所に持っていき、脱ぎ散らかしたように投げ捨てた。一緒に飲んだ日本酒はラベルの部分を持つようにし、ガラスの部分には触れていない。そのラベルも、自分が触れた部分はハンカチで拭った。私が使ったグラス、食器、調理器具は洗って元の場所に戻した。作ったツマミは小皿に移した。炒め物は草間から習ったもので、残しておいても問題はない。玄関を出て合鍵で施錠し、目撃されることもなく無事逃げおおせたのだが、斉藤は何に気づいたのだ。私はどんなミスをしたのか――

モリノ！　森野！

豊原に呼ばれていた。我に返り、「はい」と応えた。

「ショックなのはわかるが、こういうときこそ落ち着いて取材に臨まないといけないからな」

そう言う豊原の目も、動揺からなのか瞬きの回数が増えていた。

「行ってきます」

取材用のムービーカメラを手に、吉祥寺署に向かった。

当初の予定通り、放火は終わりだ。

同日夕方　――渡瀬敦子

《玉城が外出。バイクにて。追跡班に引き継ぎ。『JIN』に移動する》

渡瀬と八幡のスマホに、同時にメールが来た。佐倉からだ。

「結局、収穫は班長の映像だけか、ばかでかい収穫だが」

運転席の八幡が言った。コインパーキングに停められた車の中だ。

「梶山モータースの展示場カメラは歩道から認められる。俺が見つけられるのなら、玉城も見つけられる」

「梶山モータースの前は通らないように迂回したのですね」

「だが、その手前にあった西浦和建材のトレイル・カメラには気づかなかった」

八幡はスマホを胸ポケットに入れ、エンジンを掛けた。「さあ、どこへ行く」

「県警本部のそばに」

車は駐車場から滑り出た。渡瀬は葛西に電話を入れた。

『待ってた、必要な情報は揃ったぞ』

「もう向かってる」

『今から言う住所をナビにぶち込め。浦和区高砂三丁目……店名は「胡蝶の夢」』

埼玉県警から歩いてすぐの場所だ。

「喫茶店？」

『雀荘だ。県警の人間は来ない。ビルの三階だ』

十数分後、中山道に出て県庁を回り込み、コインパーキングに車を入れた。県庁前交差点から一本路地に入ったペンシルビルの前に、雀荘の看板があった。エレベータを三階で降りると、正面に蝶が描かれた扉があり『麻雀カフェ・胡蝶の夢』と小さな看板が掲げられていた。八幡がノブを回すと扉は開いた。

「こんにちは」

渡瀬は、八幡の脇をすり抜けるように、中に入った。ヤニ臭が染みついた木目調のフロアには、全自動の麻雀卓が八卓並び、壁際にはバーカウンター。客はいなかったが、カウンターに葛西がいた。ノーネクタイのスーツ姿だ。

「久しぶり。そちらは」

「わたしの係で主任をしている八幡さんです」

八幡が「よろしく」と小さく手を挙げた。

「埼玉県警捜査二課、課長補佐の葛西です」

目が大きく面立ちも柔和だが、柔道三段で、逮捕術の訓練では抜きんでた技術を持っていた。しかし、荒事とは無縁な経済事犯希望で、今は希望通りの職場にいる。

「八幡です。担当は、凶悪事犯全般と新任係長の教育を少々」

「謝ることを覚えたのは、八幡さんの教育の成果ですか」葛西は微笑んだ。

卓を囲むように席に着くと、六十年配の男がカウンターの奥からコーヒーを三人分運んできて、また奥に消えた。

「学生時代にちょくちょく利用させてもらっててね、今でも時々休憩に使っている。ここは雀荘だけどカレーライスが名物でね、休みの今日も、主人は名物のカレーライスを仕込んでいるわけだ。こっちの話には無関心だから呼ばない限りは来ない」

葛西は言った。

渡瀬はまず、放火事件の捜査から窃盗の前歴者を割り出し、その影を追って埼玉まで来たことを説明した。

「男は玉城竜介。連続路上強盗に使われたバイクの窃盗に関わっているのか、調べてる」

渡瀬は玉城の画像を葛西に見せた。

「今のところ本ボシとみて、行確しているんだけど……」

「渡瀬の口から、本ボシなんて単語が出るなんて青天の霹靂《へきれき》だが……」

葛西は画像に目を落とす。「だが、この優男のバイク窃盗がクロなら、放火のほうはシロの可能性が高くなると」

葛西の右眉尻がぴくりと動いた。

「そっちの希望のブツだ」

葛西は内ポケットからメモを出し、渡瀬と八幡の前に置いた。「バイク窃盗が受理された日。この情報は連続路上強盗の帳場も共有している」

七月二十六日、八月十七日、九月二十七日、十月二十六日。盗まれた車種はいずれも中型。九月、十月の盗難はそれぞれ蕨市内、川口市内で発生していた。

「放火と合致しているな」

八幡が言った。

「玉城はこのバイクが盗まれた地域とその周辺で、数十件の窃盗を働いてる」

渡瀬は今日入手したばかりの動画を呼び出した。「今日、桜区田島にある建材会社で、バイク窃盗があった日に、秋ヶ瀬橋を通って帰宅する玉城らしい姿も見つけた」

「見た以上、玉城の画像と動画はもらうぞ」

葛西も言いながらタブレット端末を覗き込む。

「いいよ、どうせ明日にはそちらの捜査本部に提供するつもり。でも動くのは早いほうがいいから、バイク窃盗の担当者に話してもらえる？」

「相変わらず駆け引きが下手すぎるが、バイク窃盗の現場近くで玉城の影を探せと」

「慎重で自尊心が高くて完璧主義者の傾向もある。難しいと思うけど」

「傍若無人な他人の利用っぷりは、矯正しないんですか」

「その必要はないと判断してのことだ」

八幡が半笑いで応えると、葛西は小さく肩をすくめた。

「行確しているのは玉城だけ？」

「他に三人。あと共犯者らしき身元不明の男を捜してる」

渡瀬が言った。

「こっちの帳場も今日から押っ取り刀で、男の行確を始めたんだが、その情報いる？」

「ひったくりの容疑で？」

「当然、交換条件だ。氏名とツラ、出してくれるんだろう？」

八幡が割り込んだ。「こっちは大盤振る舞いをしたんだ」

葛西は動揺することなく八幡の視線を受け流し、スマホを取りだすと雀卓の上に置いた。

男の画像が表示されていた。

「ナトリ・リョウタロウという三十六歳の男だ。名前の名に、死刑執行の執、司馬遼太郎の遼太郎だ。元整備工、元中古車ディーラー、元週刊シャイン記者、元実話アッパー記者、今はフリーライター。事件と犯罪系が専門だ」

名《な》執《とり》遼太郎《りょうたろう》。細面で優男風の顔立ちが玉城とよく似ていた。

「雰囲気が似てるな、顔は違うが」

「不審者Ａによく似ていますね」

渡瀬は不審者Ａの画像を、ディスプレイに表示させた。

「身長は一七二センチくらいで中肉。今は自身のブログで犯罪実録系の記事や特殊職業の体験記なんぞを書いているが、副業でAV男優もやっているようだ。六年前にバイク窃盗の前《ま》歴《え》があって、帳場は以前から被疑者のリストに加えていたが、現場での目撃情報が出てきて、急に行確になった」

葛西はメモも見ずに名執の現住所と携帯電話の番号を告げた。

「その画像もらえる？」

「俺が提供したと言わなければな」

渡瀬はもらった写真を《不審者Aと同一事物か確認して》というメッセージとともに日野に送った。

「バイク窃盗の手口は？」

渡瀬は続ける。

「カウルを取って、配線を付け替えてエンジンを掛け、乗り逃げする」

「対象は路駐のバイク？　それとも」

「ガレージか敷地内に置かれたものだ」

「侵入窃盗ね」

「その通りだな。盗んだバイクは、バイク専門の故買屋に売っていたが、そっちのほうは早々に店を畳んでもぬけの殻だった」

ガレージの中なら、ハンドルロックやチェーンロックをしているケースが少ない。それが侵入して盗むメリットだ。

「それ以外に反社組織との接点は」

八幡が聞く。

「まだ未確認だが、取材で接点があってもおかしくないという見解でね。これまでに自動車窃盗団、故買屋、ドラッグの合成職人、その販売グループと接触して記事を書いている」

「以前逮捕された際の動機は、ギャンブル関連ね」

渡瀬が聞くと、葛西はうなずく。

「確か、遊ぶ金欲しさ。生活費欲しさだったかな。当時は仕事がなかったそうだ」

「ギャンブルは、オートレースを？」

「ちょっと待て」

葛西は席を立つと、奥の窓際まで移動し、小声で電話し始めた。

「ところで、オートレースって何だ」

八幡が小声で聞いてきた。渡瀬は、連続ひったくり事件が、オートレースのＳＧ、Ｇ１レースの開催週にのみ発生していること、埼玉県警が公開しているデータを元に、犯行場所を予測したことを説明した。

「埼玉まで守備範囲なのか、班長は」

「鍛錬の一環として、簡単に分析していたのですが」

葛西が電話を終え、戻ってきた。

「名執は一時、オートレースにはまっていたが、最近は収入も減って、Ｇ１レースに絞っているという報告があった」

「なぜ被疑者リストに上がったのか、被疑者リストにありながら、なぜ名執が行確の対象にならなかったのか」

　八幡が聞く。

「リストに上がったのは目撃証言と防犯カメラの映像からです。九月の二件のひったくりで、事件の前後に現場にいました。捜査員が現場で話を聞いたんですが、取材だと言い張ったようです。その後バイク窃盗の前歴があることがわかり、一応リスト入り」

　九月と十月の事件で、七月と八月に盗まれた二台のバイクが使われたのだ。

「行確がつかなかったのは、現在はバイクを所有していない。ひったくりの前歴がない。今でも事件のたびに、取材で警察に出入りしている。バイク窃盗の日時にアリバイがあった。以上四点からです」

「だがオートレースというファクタが出てきて、現場でも目撃談の価値が上がったか」

　八幡が受けると、葛西はうなずいた。

「細かな裏取りはこれからになります。ただ、犯罪系のライターだけにＮシステムや主だった防犯カメラの位置をある程度把握しているとの前提です。というか、この件で、何度か取材に来ていますね、浦和中央署に」

　バイク窃盗も、侵入しての犯行。出来すぎるほど、玉城の印象と重なっていた。

「玉城とやらが実行犯で身一つで帰っているのなら、さいたま市内に協力者がいる可能性が高い。バイクの保管場所も必要だ。名執は保管場所を持っていないかもしれないが、盗難バイクの販売業者と繋がりがあったな」

「玉城を実行犯と仮定するなら、自分のバイクをどこかに置き、徒歩で現場に向かったはず。安全な駐車スペースを用意しているかもしれない。おそらく、一連のバイク窃盗の現場に近い場所にあるはずだ」

八幡は元盗犯係らしい切り口で、葛西に伝えた。「それとバイク窃盗現場付近で玉城の目撃情報と映像があれば……わけがわからなくなるな」

「渡瀬、帳場を仕切ってるのは加古川《かこがわ》さんだ。数少ない理解者だろう、俺を含めて」

所轄勤務時代の上司だった。「ウチと連携が必要になったら、お前が来いよ」

店から通りに出たところで玲衣からメールが入った。

連続路上強盗致死傷事件の資料だった。原島という捜査員と会った件が記されていた。

《Uターンをどう見る？》

それが玲衣の問いかけだった。

捜査本部に戻ると、日野が親指を立てた。

「わたしの見当たりも、顔認証ソフトも同一人物。ライターだからネット上にいくつか顔写真も残ってた」

「堀部さんと谷川さんには？」

「伝えた。ウチの班長が独断専行で突き止めたって」

視線を感じて振り向くと、堀部が腕を組んで渡瀬を見ていた。怒りと困惑と苦笑が入り混じったような表情だった。

捜査会議では、さらに新たな情報がもたらされた。

「住所は小金井市東町一丁目××、《メゾン・イーストワン》。一〇三号室にピッキングの痕跡がありました」

高千穂が報告した。五十二歳のベテランで、本来は盗犯係の捜査員だ。

その高千穂が報告した住所は、八月、鈴木夫妻が死亡した四件目の現場の至近だった。

住人は、玄関ドアのピッキングに気づいていなかった。鍵は島尾のアパートと同じタイプ。盗まれたものはなかったが、アパートの前に置かれた住人の自転車の鍵がこじ開けられた痕跡があった。合鍵が作られた可能性が高い。

「シェルターだと思うか」

堀部が厳しい表情で聞いてきた。

「シェルターと判断します」

そのアパートは鈴木邸から東へ約五十メートル。畑を挟んだ向かいだ。住人は中橋《なかはし》愛子《あいこ》。二十五歳の会社員だった。

「鍵の傷つき方が、島尾の部屋と同じだった」

　高千穂は言った。ピッキングは鍵の表面に小さな傷を作る。高千穂はその傷から、同じ手癖でピッキングされたと見極めた。「不安なら科捜研に鑑定を依頼してくれよ」

　玉城をロストした彼は汚名返上に必死だったが、専門の分野で貴重な情報をもたらした。

　渡瀬はタブレット端末の地図に、新たなアイコンを付け加え、位置関係を俯瞰した。そこで違和感を覚えた。

　ビールのロング缶を持ち、不審者Aのようにビールを買いに出たと理由を作るのが職質回避の手段なら――コンビニの配置を確認する。中橋愛子のアパートは最寄りのコンビニと鈴木邸のほぼ中間地点にあった。

「渡瀬、どう見る」

　堀部が水を向けてきて、我に返った。

「わかりません。シェルターというのも、わたしの思い過ごしかもしれません。もう少し調べる必要があります」

　信用を失うことを承知で応えた。


　捜査会議後、捜査員たちが残る講堂を避け、署長室を借りた。

　応接セットのテーブルを挟んで堀部、谷川と向かい合った。署長が奥にある自身のデスクに着き、渡瀬の背後には八幡が控えていた。

「改まってなんだ」と堀部。

「会議で報告しなかったことがありますので、ここで」

「なぜ報告しなかった」

「捜査会議で持ち出すと、皆さんの士気を著しく下げると判断しました」

二人の前に資料を置いた。堀部が無言で手に取り、谷川も興味なさげにパラパラと中を見た。

二人の表情がだんだんと渋くなっていくのがわかった。

「勝手に埼玉遠征か」

谷川が言った。「玉城の監視と行確に関して裁量は与えたが、これは逸脱していないか？」

「確証を得てから報告しろと提案したのは俺だ」

渡瀬の背後から、八幡が言った。

「お前には言ってない」

谷川が苛立たしげに遮った。

「埼玉県警管内で発生したバイク窃盗の資料に関しては、知り合いの記者から情報を入手しました。埼玉県警のオフレコ情報です」

渡瀬は、そこに端を発し、玉城が放火の当日に埼玉でバイク窃盗を働いていた可能性を疑うに至った経緯を説明する。「不要な可能性を潰す目的でした」

「確かに名執と《不審者A》が同一人物で、玉城は名執と雰囲気がよく似ている」

堀部が資料をテーブルに置いた。「一日でよくこれだけの情報を入手できたな」

「埼玉県警に同期がいまして、その人に」

「そのことを埼玉の帳場は」

「知りません」

渡瀬が応えると、谷川が「まったく」と深く息を吐いた。

「その同期を通じ、バイク窃盗の捜査班に玉城の資料を渡し、非公式ですが確認を依頼しました。後に正式に……」

「確かに埼玉県警が追っている人物が、こちらの事件に関わっている可能性が濃厚になった。それは大きな前進だが、何をしてもいいというわけではない」

谷川は声を荒らげることはなかったが、据わった目で渡瀬に人差し指を突きつけた。

「申し訳ありませんでした。それで、精査は必要ですが……」

渡瀬はかまわず続ける。作法と感情を殺し、理を優先するときだと思った。「これが玉城なら、少なくとも鈴木邸が燃えた八月十四日、六件目の十月二十五日の午前三時半前後まではさいたま市内にいたことになります」

堀部が肩をすくめ、谷川の肩を叩く。

「いいよ、続けて」

「少なくとも鈴木邸周辺で、不審車輛、バイクの目撃情報はありません。状況は犯人が徒歩で逃げたことを示しています。先月の小平市栄町も、野火止用水から足跡が見つかっていることから徒歩での逃走が濃厚です」

渡瀬は一度言葉を切り、今一度脳内の構図を確認する。そして――

「埼玉のバイク窃盗も、徒歩で現場まで行き、乗り逃げしています。その時間を考慮すると、東京で火を点けてバイクで埼玉に移動、そこで改めて徒歩で現場に接近しバイクを盗み、犯行後、東京に戻ることは時間的に極めて困難だということです」

「つまり、放火に関わっていたらバイクは盗めないということだな」

堀部が聞き返した。

「仰る通りです。資料にある二台のバイクに関しては、埼玉で発生している連続路上強盗致死傷事件で使用されたことが、埼玉県警の捜査でわかっています。もし玉城がバイク窃盗犯なら、放火ではなく、連続路上強盗致死傷事件に関わっているということになります。本件よりも、バイクを調達するという部分ですが」

「自分が何を言っているのか理解しているか」

谷川が眉根にしわを寄せ、切り返してきた。「君は、連続放火の被疑者は侵入窃盗の前科がある玉城であると主張して、強引に捜査の主眼を玉城に向かせた。それで成果が出始めて、俺も君を信用しかけていた。だがその舌の根も乾かぬうちに、玉城が事件当日に埼玉にバイクを盗みに行っていただと？　じゃあ本ボシは誰だ」

「わかりません」

堀部が「頼むよ」と気の抜けた声を漏らした。

「君は間違えた方針で、六十人以上の人員に無駄足を踏ませたのか」

「無駄足ではありません。被疑者に一歩近づくために必要なステップだと思っています」

「確かに、著しく士気が下がりそうな話だ。ただし、会議で発表して君を吊るし上げたら士気は上がっただろう……いや、溜飲が下がるだけか」

谷川が言った。

「思慮が足りませんでした。では明朝の会議でこの話を……」

「冗談だ」

谷川が面倒くさそうに手を振った。

「なぜそうなった」と堀部が話を促した。

「犯人の誤導に乗せられました。わたしは根本から事件を捉え直し、この犯行を計画した真犯人が別にいると考えるに至りました」

統計上の傾向と現場の状況の多くが、玉城であることを示しているが、玉城と特定する決定的な証拠はない。しかし、七件目の犯行で、分析上あり得ない場所で放火が起こり、別人が事件を引き起こした可能性が浮上した。

「ではその本ボシの意図はどこにある」

谷川が改めて聞く。

「玉城をダミーの被疑者に仕立て、捜査の目を向けさせることです。見せ餌です」

「だったら本ボシはなぜ被疑者が玉城であるという物証を残さない。今のままでは、玉城の仕業だと断定できないだろう」

谷川はあくまでも慎重だ。

「真犯人の目的は、玉城が被疑者であると思わせながらも、逮捕に至る決定的な証拠を与えないことです。つまり、真犯人が望んでいるのは、手掛かりはあるが決定打がなく、捜査が停滞している現状であると、わたしは分析しています」

「我々は真犯人とやらの掌の上で転がされているだけだというのか」

堀部が呻き、谷川はテーブルで両拳を握りしめた。

「シェルターの存在も、真犯人が捜査の網が厳しくなることを見越して用意したと考えられます。捜査側が真犯人が用意した正解にたどり着いた際の逃げ道です。逆に言えば、捜査側が構図に気づいたことを確認するため、先回りされるまで犯行を続ける必要がありました」

「不審者Ａへの職質、あるいは警戒班の発見が確認の印か」

谷川が聞く。

「そうです。もうひとつの理由は、埼玉のひったくりで、玉城と同じ立場の被疑者が浮かび上がっていることです。それが名執です。埼玉県警は目撃情報を得て、行確に入っています」

「実にややこしい」

堀部が両手を広げ、首を横に振る。

「これからの捜査で明らかになるでしょうが、名執に事件の日の明確なアリバイはないと予測します。その上で、このまま真犯人が犯行を終息させれば、我々は攻め手を失います」

別件で玉城を逮捕するには、今のところ埼玉でのバイク窃盗を証明するしかないが、現場はかつての仕事場。難しい捜査になることは明らかだ。

「わたしの分析ミスで捜査全体を、この帳場全体を誤導したことに責任を感じています」

渡瀬は堀部を見据えた。「ただ、罠の存在に気づいたのは、大きな前進だと思います」

「裏を返せば、我々はようやく本ボシが設定したハードルをクリアしたということか」

堀部は苦笑する。

「玉城の埼玉行きは、本ボシにとっては知られてはならないことなんだな」

堀部の問いに、渡瀬はうなずく。

「そのために放火犯であると思わせたのです」

「君が描いた筋を聞かせてくれ」

谷川が聞いてきた。

「真犯人は玉城の犯罪欲求を見抜き、ビジネスを持ちかけた。侵入というスキルを活かしたバイク窃盗です。これで彼の欲求と自尊心は、ある程度満たされます。おそらく玉城は自分が放火の被疑者とされていることを知りません。限られた情報だけで報道されている連続放火は、他人事でしょう」

「ならば本ボシは玉城の存在、元窃盗犯だと知っていたことになる。性格から、手口まで」

谷川が指摘する。

「細かな報道履歴を調べれば玉城がどのような人物かわかるかもしれませんが、それは現実的ではありません。マスコミか捜査関係者に近い者、玉城に近い人物が犯人グループにいると考えたほうが自然かと思います。それが名執かもしれません」

「名執は、連続路上強盗致死傷と連続放火殺人の双方で姿を見せたことになる。奴が主犯なのかもしれないな」

　堀部が言った。

「その可能性は低いと思います」

　犯人側にとって、実行犯に設定した者が行確を受けているかどうかも、犯行を続けるにあたり、重要になる。被疑者とされながら捜査本部のある浦和中央署を取材するというのは、自分が犯人であることを否定すると同時に、捜査員の顔を記憶することに目的があると考えることもできる。

「ならば名執も本ボシに放火という新たなビジネスを持ちかけられ、東京に遠征に来ていたのか？」

　谷川が問う。

「その可能性は十分にあります。我々には名執のアリバイ捜査が必要で、埼玉県警には玉城の捜査が必要になりました。主犯たる人物は玉城、名執の両名を、双方の事件で補完し合うように使っている。そう考えるのが自然です」

「捜査協力が必要か……」と堀部。

「しかも極秘に。情報漏洩を防ぐためにはこちらも埼玉県警も、現行通りの捜査を続け、確証を摑むまで、埼玉で名執が疑われていることを悟られてはなりません」

「だがそもそも、本ボシはなぜこんな手の込んだことをする。動機はなんだ。人が三人も死んでいるんだぞ。ただの愉快犯とは思えない。何を求めて二つの連続事件を起こしたんだ。推測くらいはできているんだろう」

「まったく見当がついていませんでした」

「でした？」

「高千穂さんが見つけてきたシェルターで、見えてきました」

万が一職務質問などで警戒中の警察に見つかった場合、そこの住民に成りすまし逃げ込むのが、シェルターだ。住人と性別が同じで、年格好も似通っていなければ、機能しない。

「鈴木邸に火を点けたのが、二十代の女性であるという可能性が、新たに加わります」

これまでまったく姿を見せていなかった女性——「すなわち、この姿なき女性を主犯と見ることはできませんか？　その上で……」

最寄りのコンビニ、中橋愛子のアパート、鈴木邸の位置関係をタブレット端末の地図を使って説明する。

「わたしは当初、放火犯の標的に相応しいのが鈴木邸から南へ三百メートルの住宅街と分析しました。さらに南にある抜け道を逃走路と想定していると」

しかし、実行犯は資産家には見えない古い鈴木邸に侵入し、火を点けた。

「鈴木邸に火を点けたのは、南の逃走路で若者たちが花火遊びをしていて通れなかったというアクシデントがあったためで、あくまでも次善の策と分析しました」

ただ、鈴木夫妻は不運だったと。

「職質に対しビールを買いに出た、と言いわけするには、南の住宅街とコンビニの中間点にシェルターが必要ですが、実際は……」

渡瀬はディスプレイを指さす。「中橋愛子のアパートは、最寄りのコンビニと鈴木邸の中間点です」

「なら、通報された花火騒ぎはなんだ」

谷川が冷静に聞いてくる。

「鈴木邸が偶然標的になったと思わせるための偽装です。南の逃走路が使えないという演出をし、鈴木章介、顕子という人物を捜査線上の外側に追いやったんです」

「最初から鈴木夫妻の殺害が目的であり、それを隠したかったということなんだな」

堀部の言葉に、渡瀬はうなずく。だが捜査本部は、鈴木夫妻があえて狙われた可能性を鑑みて一度捜査している。

「財産や金銭のトラブル、怨恨の線でも何も出なかった」

谷川が反論する。

「それ以外の線に動機が隠されている可能性があります。それこそが犯人側が隠しておきたいことなのかと」

東京と埼玉、二つの事件の関係性と、《Uターンをどう見る?》という玲衣の問いかけ。

そして、死亡した多村戸紀子という女性。暮れた時間帯、正面からの接近の意味は、標的の確認と考えることができた。

「さらに、埼玉の死亡事案にも気がかりな点があります」

渡瀬はタブレット端末に、玲衣から伝えられた多村戸紀子の情報を表示した。「被害者の多村戸紀子が、最初から狙われていた可能性も留意すべきかと」

ほかの負傷者は、最終的に犯人に関節を極められ、バッグを奪われている。しかし彼女の場合だけ、コンクリートの縁石に頭を強打していた。

「何を考えている」

「もし連続放火と連続路上強盗が繋がっているのでしたら、考えられる目的は、三人の殺害を無関係に見える二つの連続事件の中に分散して紛れさせ、不運な犯罪死として警察と社会に認知させることです」

現に今、そうなっていた。

「つまり殺人事件の暗数《ダークナンバー》化です」

警察庁は、近年犯罪の暗数について、その実数を把握すべく調査を始めている。

たとえば窃盗。被害が少額である場合や、盗まれた物が使い古した自転車だった場合、通報しないケースがある。それは事件としてカウントされず、目に見えない数、暗数となる。強姦や強制わいせつも、泣き寝入りのケースが多く、それも暗数となる。さらに、事故死や自殺の何割かも、実際は殺人であるとも言われている。

「計画的な連続殺人なのか」

谷川の口調は、まだ懐疑的だった。「そうだとしても、こんな危険で大がかりなことをする価値があるのか。リアリティがまるで感じられない」

それは渡瀬も疑問とするところだが、今のところ解明の糸口すらない。

「動機も含め、計画的連続殺人の線を探ることを提案します」

「ここに来て、さらに君の妄想に付き合えと?」

谷川が刺すような視線を向けてくる。

「複数犯が妄想だったか」

八幡が低音を利かせ、返す。「玉城の居場所も、邀撃場所の設定も、不審者も、シェルターも妄想だったか? 谷川さんよ」

「だとしても、彼女のやり方は常軌を逸している。どれだけの人と時間と金を使っていると思う。現場は振り回されていると感じている」

「じゃあズルズルと捜査を長引かせるか? そのほうが金と労力を使うんじゃないのか? お前がそれでいいんならいいが」

「二人とも、やめろ。渡瀬、続けろ」

堀部が割って入った。

「計画殺人だった場合、真犯人のウィークポイントは、それが連続殺人であると看破されることです。被害者の中に共通項を見つけ、連続殺人と認定した時点で、真犯人に対し、反転攻勢ができるようになります。そのためには、今後も真犯人の手に乗っていると思わせておくべきです」

その間に背後から忍び寄り、一気に刺す——

十四年前のあの時も、渡瀬——草薙敦子は隙を見せ、つけ込ませ、その間に奴らの土台を少しずつ少しずつ削っていった。

「ばかを演じること、情報漏洩のリスクを減らすこと。それが捜査会議で黙っていた理由か」

堀部も察しがいい。

「わたしへの反発と嫌悪も考慮に入れ、判断しました。反発と嫌悪は、愚痴となって不意に口に出やすいものです」

「自信を持って否定できないのは、俺の不徳の致すところか」

堀部が冷めた笑みを浮かべる。「わかった、方針の転換に乗ろう」

堀部が谷川を見る。「いいよね、谷川さん」

「管理官が仰るのでしたら」

谷川が渡瀬を見据える。「提案を言え」

「従来通り、皆さんには玉城を中心とした捜査をしていただきます」

「袋小路で右往左往すればいいんだな」

谷川が自虐めいた口調で応えた。

「一方で特命班を編制し、さらなるシェルターの割り出し、花火をしていた若者の再捜査、各被害者の共通点の割り出し、そして玉城と名執の接点、両名と繋がる女性を探ります。その女性が主犯なのか、共犯の一人なのかは現時点で判断できませんが、放火自体が複数犯によって手分けして行われた可能性も考慮に入れます。〝巻物〟自体が単独犯に見せるための罠だったと考えれば、現場に残っている理由もわかります」

「特命班の動きは、帳場にも秘しておくのか」

「はい、情報の共有は最低限の人員でお願いします」

「特命班は君がやるか」

堀部の提案に、渡瀬は首を横に振った。

「できれば、埼玉に行かせてください」

第八章　潜　行

十一月二十六日　水曜　――渡瀬敦子

『ただの怪談オフ。俺とユータは友達同士だったけど、他の連中はどこの誰かもわからない。集まったのは十人くらいだったかな』

　スピーカーから、聴取の音声が聞こえてくる。武蔵小金井署の取調室で嵯峨野による任意の聴取が行われていて、渡瀬と堀部はミラー越しに、その様子を見ていた。

『怪談を語り合う会だったんだな』

　嵯峨野の問いに、茶髪でパーカの男がうなずいた。男の名前は藤川一馬《ふじかわかずま》。調布市内に住む大学生で、鈴木夫妻の家が燃えた八月十四日未明、野川緑地公園で花火をして通報されたグループの一人だ。現場に最後まで残り、駆けつけた警察の聴取を受けた記録もあった。

『怪談サイトの地域別掲示板でさ、野川沿いの公園が結構やばい場所だって話になって』

　通報されたのは、掲示板の募集で集まった若者たちだった。午前から身元が判明した者を聴取し、藤川は三人目だ。

『とりあえず明かりはロウソクだけで、最初の一時間くらいは真面目に怪談語り合ってたんだけど、誰かが急に花火やり出して』

お互い本名は知らず、ハンドルネームで呼び合っていたという。

「本ボシが偽装工作のために掲示板を使って、連中を集めた可能性が高いか」

堀部が渡瀬に聞いてきた。

「今はその可能性が高いと思っています」

『最初にオフ会開催を呼びかけたのは〝ゼロ〟というハンドルネームの人みたいだね。当日はいた？』

掲示板のログについてはすでに調べていて、結果は嵯峨野に伝えてあった。

『どうだったかな。全員のハンドルネームを聞いたわけじゃないし』

『花火を始めたのは誰？　どんな人？』

藤川は頭を捻った。

『女だったと思う。俺たちと同世代だったような気がする。キャップを被ってて、タオルを首に巻いてた。口許を覆うようにして』

「前の二人の証言と同じだな」

堀部が小声で言う。「中橋愛子のアパートといい、やはり二十代の女が鍵か……」

『一応注意はしましたよ。怪談オフであって花火大会じゃないって。ほんと雰囲気ぶちこわしで、案の定通報されて……そう言えばおまわりさん来たとき、どさくさに紛れてキャップの女、いなくなってたな……』

警官がパトカーでやって来た際、何人かは闇に紛れて逃げたという。残った藤川らは口頭の注意のみで、怪談オフ会は解散させられた。

「現場に火を点ける役と、怪談オフ会をコントロールする役を揃えるのは、情報拡散や逃走などの面でリスクが高いと思います。従って、女が単独で参加し、騒いで通報させ、南の逃走路の存在をアピールし、その後に鈴木邸に火を点けるほうが効率的と考えます」

花火の通報から鈴木邸の発火推定時間まで、九十分あることが気になったが――

〝ゼロ〟の特定については、元サイバー犯罪対策係の日野に、分析捜査一係からネット犯罪の専門官を加え、IPアドレスの追跡、掲示板のログの解析を行っている。

〝ゼロ〟の最初の書き込みは四月十日、最後の書き込みは八月二十日。明らかに怪談オフ会開催のために登録されたハンドルネームだ。使用されたパソコンはすぐに判明するだろうが、それは真犯人側も織り込み済みだろう。

「それでは、浦和中央署に行ってきます」

渡瀬は一礼して、部屋を出た。

渡瀬は一度埼玉県警本部に寄り、刑事部長と一課長に挨拶した。

午前、堀部と連続路上強盗致死傷事件の現場指揮を執る管理官の間で情報交換が行われていた。渡瀬の提案通り、合同捜査本部という形は取らない。連携は広報しない。双方の捜査本部に最小限の連絡係を置き、情報交換を密にすることで合意となった。

浦和中央署に移動し、捜査本部に向かう。

エレベータに乗り、五階で降りると、講堂の大きな扉の前に、五十年配の中肉中背の男が立っていた。捜査一課の加古川宏武《ひろたけ》管理官だ。

「ご無沙汰しております」

渡瀬は頭を下げた。「今は警視庁で分析捜査三係の係長を拝命しています」

加古川は、西川口署の地域課に勤務していた当時の刑事課長だった。

「あんなに現場を嫌がっていた君が、部下を率いて現場の第一線にいるとはな」

加古川は目尻に皺を刻んだ。

「嫌だと言った覚えはありません」

「目や表情がそう語っていたよ。今は少し違うな」

加古川に案内され、中に入った。残っているのは幹部のほか少数の捜査員だけだった。捜査幹部たちと挨拶を交わしてゆく。

「防犯カメラ担当の原島です。わたしが連絡役となります」

最後の男が言った。「連絡デスクを新たに設けました。資料も揃えてあります。自由に使ってください」

雛壇に一番近い場所に、防犯カメラ映像収集班のデスクが集まっていた。

すでに警視庁側の捜査資料はこの捜査本部に渡っていて、バイク窃盗現場での玉城の姿を追っているはずだ。

渡瀬は連絡デスクにバッグを置くと、原島に向き直った。

「昨日から名執遼太郎の行確を始めたと聞きましたが、この帳場の方が任に就いているのですか？」

「当然でしょう」

名執の住居は埼玉県川口市元郷一丁目にあるマンション。現在のところ、近所の定食屋に出かけた以外は、マンションから動いていないと説明された。

「さっそくで恐縮ですが、名執はこちらの県警での取材が多く、本事件でも取材のため、何度かここを訪れていると聞いています」

葛西からの情報だった。「つまり、多くの捜査員の顔を知っているわけです。東京の連続放火とこちらの連続路上強盗は、同一犯の可能性が出てきたのは資料の通りです。しかし、我々がそれに気づいていることを悟られてはなりません。具体的には、名執の行確が万が一にも犯人側に悟られてはなりません。今一度行確のメンバーを再考し、確実に名執に面が割れていない捜査員を充てるべきだと考えます」

静けさの中、渡瀬の声が届いたのだろう、幹部の顔に戸惑いが浮かび、警戒の表情へと変化する。

「たとえ面は割れていても、気づかれるようなヘマはしない」

原島が抑えた口調で言い返す。

「能力を疑っているのではありません」

関東の捜査員は同じ管区の警察学校、警察大学校を出ている。彼らの能力は身を以て知っているが——「下げられる確率は、下げておきたいのです。次の犯行は十二月十四日前後から十八日までの間と推定しています」

この期間、山陽オートレース場でG1レースが開催される。

加古川が咳払いした。

「相変わらずわがままで融通が利かないな。だが一理ある」

その口調は柔らかだった。「諸君、彼女は被疑者検挙を最優先に考えている。そのためには自分さえも駒にしてしまう。そこは理解してくれ」

——町田のあれか。

どこからか声が聞こえてきた。

「人選は再考しましょう」

幹部の一人が言った。

「多村戸紀子の再捜査について何か意見は？」

原島が聞いてくる。警視庁も、鈴木夫妻の再捜査を開始しているが、ここ最近の生活状況、人間関係からは、多村戸紀子との関係は見いだせていない。

「ありません。手順に従ってお願いします」

渡瀬は「ご迷惑をお掛けします」と深々と頭を下げた。

連絡デスクで資料を整理していると、原島に階下の使われていない会議室へ連れて行かれた。葛西が待っていて、「よう」と軽く手を挙げた。

「どういうこと？」

「内緒話をするために助けを求めてきた同期と、情報提供者を呼んだだけさ」

「そういうことでね」と原島。「葛西君に事件の内容を根掘り葉掘り聞かれて、代わりに玉城の情報をもらったのは俺なんだ。オートレースの件は、東都放送の春日井という記者から俺に伝えられた。そのあとに、同じ東都放送の土方記者から連続ひったくりの法則性と、多村戸紀子の死に対する違和感について情報提供を受けて、さらに葛西君からの接触だ」

「正式な通達より早く現場が把握したほうが、方針変更がしやすいと考えました」

「なるほど。で、話したいのは土方記者の評価だ。君の動きとリンクしている気がしたので確認したい」

原島の言葉に、葛西もうなずく。

「情報管理が重要な捜査だしな……って部外者の俺が言うのもおかしいが、原島さんはそこを危惧している」

「中学の同級生で、信頼しています。こちらの連続路上強盗の件で分析の仕方をレクチャーしたのはわたしです」

原島と葛西は顔を見合わせた。

「連続放火と連続路上強盗の関連性を見つけてきたのは、彼女です」

「だとしても、本当に信用していいのか」

「信用しています。今のわたしがあるのは彼女のお陰です」

わたしは何を言っている——玲衣のことになると、平静を保っていられなかった。

玲衣の行動規範は、一見社会正義に基づいているようだが、実際は〝成り上がり〟が目的だ。だから、町田の連続通り魔事件での〝反則〟をあぶり出しても、糾弾しなかった。それは〝成り上がり〟に自分が必要だから——今考えれば、渡瀬は警察官にさせられたのかもしれない。

『そろそろお互い手を取り合えるだけの力と影響力を持ったと思わない？』

町田の事件の直後、玲衣にかけられた言葉。あの時は動揺していて気づかなかったが、玲衣は自分をずっと見ていたということ。

『わたしと世界をつかまない？　お互いがお互いを補完し合える世界』

玲衣との共通点は両親がいないこと。渡瀬の場合は離婚とネグレクト、母親の家出だった。姓が草薙から渡瀬に変わった。

——母は二歳年下の妹だけを愛し、体に呪いの刻印があるわたしを愛さなかった。わたしだけを置いて出ていった。

玲衣は両親と死別していた。先に父親が自殺し、後を追うように母親が死んだ。

『母さん見つけたの、わたしでさ』

苦笑気味に玲衣の口から漏れた言葉。その時は意味がわからなかったが、後に玲衣の母親が自殺していたことを知った。今ならわかる。玲衣がどれだけ強力な理性で感情をコントロールしていたかを。

『父さんが壊れると、母さんも壊れた。依存する相手がいないと生きられない人たちだった』

　玲衣も独り。だが、玲衣は生きることに貪欲だった。

『父さんや母さんと正反対の生き方をする』

　玲衣は言った。『うちの父さんは、会社という傘の下で顔色をうかがって、できあがったレールの上を走らせてもらっていただけ。それは家族を守るための安全運転だったって思っていたけど……』

　リストラ。尽くしたあげく、報われることなく捨てられた。忠犬以外の生き方を知らなかった玲衣の父は、急速に生きる気力を失った。

『わたしの勘違いだった。父さんにとっては会社がすべてで、わたしは棄てても構わないものでしかなかったの』

　だから玲衣を残して死を選んだ。『だから自分は切り拓く側に回る。それにパートナーは絶対に見捨てない。これはわたしの人生をかけた実験』

　親戚に預けられ、行き場を失った十四歳は、はっきりと言った。

　渡瀬が警察官僚を目指したのは、玲衣のアドバイスがあったから。そのためには学力が必要だった。大学の学費は奨学金で賄《まかな》った。地方国立大学の法学部だったが、四年間、すべての雑念を棄て、勉強に捧げた。目標だったⅠ国家公務員Ⅰ種にはとどかなかったが、Ⅱ種に合格することができた。

渡瀬は今も奨学金の返済を続けている。安定した職業に就けたから、問題はない。玲衣も奨学金で進学したが、大企業に職を得つつ、やはり返済を続けているはずだ。

そして、お互いを補完し合える立場になったから、玲衣は再び現れたのだ。

「情報の漏洩はありません」

渡瀬は言った。「彼女とは協力関係にあります。オートレースの法則性については、彼女自身もわたしも同じ分析をしていました。わたしは確認作業をしたに過ぎません。極めて優秀な人物です。ご心配はいりません」

「わかったわかった。公私混同はしていないな」

「してない！」

思わず声を上げた。葛西がぽかんと口を開けた。

「おい渡瀬、お前、今人間みたいな顔になったぞ」

動揺しかかったが、両頬を掌でパチンと叩いた。

「彼女からまた有力な情報を得たらすぐに連絡する。それと……」

人間みたいな顔か――「いろいろありがとう、葛西君」

午後五時、嵯峨野から小平市栄町で、玄関の鍵にピッキング痕がある住居が見つかったと連絡が来た。六件目の放火現場の近くにあるマンションの二階で、発見したのはまたも高千穂だという。

『住んでいたのは三十一歳のOLで、本人は侵入に気づいていなかった』

電話口の嵯峨野は言った。『調べた結果、盗まれたものはなし。鍵穴の傷の癖から、過去二箇所と同一人物によるピッキングだと高千穂さんは言ってる』

「シェルターですね」

汚名を返上してあまりある成果だった。

『本ボシはここまで手をかける必要があるのかね。かえって発覚のリスクを上げていると思うんだが』

「そこまで慎重になるだけの価値があるんだと思います」

午後六時過ぎ、連絡デスクにいた渡瀬に情報が届いた。日野からだった。

まずは科捜研からで、蔵田自動車販売の前を通ったバイクと、西浦和建材の前を通ったバイクが同一であり、ヘルメット、体型、ライディングの比較で、九十九パーセントの確率で乗っていたのが玉城竜介という結果が出たとのレポートが来ていた。

もうひとつのレポートには、三軒のインターネットカフェの名称と所在地、連絡先が記されていた。

「原島さん」

隣席の原島に声をかけ、ディスプレイを向けた。「協力をお願いしなければなりません」

怪談サイトの掲示板に書き込まれた〝ゼロ〟の怪談オフ会企画は、大宮の複数のインターネットカフェのパソコンから発信されたことがわかった。

「匿名ソフトを使うほど専門的ではなかったようだ」

原島は言った。

まずは情報の開示と差し押さえを求める令状を請求することになる。書き込みの日時、使用パソコンは判明したが、掲示板への書き込み期間は四月から八月。防犯カメラの動画データは残っていない可能性が高い。あとは、当該パソコン使用者のログも必要だ。

原島とともに、加古川に手続きを求め、了承される。

「令状が届き次第、原島が行ってくれるか」

「一個《いっこ》班《はん》連れて行きます」

「くれぐれも犯人側に動きを悟られないようにしてください。まだ利用している可能性があります」

渡瀬は念を押した。わずかな可能性ではあったが。

十一月二十七日　木曜　――羽生孝之

車輪と鉄路が奏でる単調な音と振動が、眠気を誘う。

「春日井さんからまた情報が来た」

肘で脇を小突かれて、眠気が消し飛んだ。土方が、羽生の眼前にスマホを掲げていた。

「二日連続で敦子が浦和中央署に来てる。連携は確実だね」

《本日も浦和中央署で渡瀬警部を目撃。本部二課の葛西課長代理と一緒》

《選挙取材よろしくと挨拶して、あえて渡瀬警部の名を聞いた》

《同期で近くまで来たので、俺に挨拶に寄ったと返答》

「絶対ウソだね。だったら県警本部で会うはず。警視庁と埼玉県警は手を組んだ」

土方は断言した。「合同捜査を記者発表しないのは、捜査に支障があるから。連続放火と連続ひったくりの関連性を双方が重要視したってことね」

電車が終点のホームに滑り込んだ。駅舎を出ると、昭和を彷彿とさせる狭い飲食店街の直中だった。神奈川県川崎市にある京急大師線の終点、小島新田駅前だ。

平日の昼間だったが、半数ほどの店がシャッターを下ろし、人通りも疎らだった。見れば個人営業のスナックなどが多く、夕刻以降に活気が出る街のようだ。

「では北上貴史強制取材、イン川崎行きますか」

羽生が土方を試すように言うと、彼女は路地の真ん中で立ち止まり、振り返った。

「北上貴史の言いなりで仕方なく来たんじゃない。事件解明の鍵があるってわたしなりの確信がある」

『多村戸紀子の人生も重要なファクタだからな』

取材にあたっての北上の言葉。

薄いベージュのハーフコートに同系色のニット帽。赤系のチェックのスリムパンツに、ブーツ。キュートな出で立ちだが、中身はまるで違う。

「被害者の掘り下げがそんなに嫌ですか」

「だから鍵があるって言ったでしょ！」

「言い訳にしか聞こえません」

埼玉の連続路上強盗致死傷事件で死亡した多村戸紀子が、埼玉県川口市に住む以前に暮らしていたのが川崎市だ。住居があったのは川崎区日ノ出。ただし、警察のガードが堅く、春日井が聞き出せたのはここまでだった。

『なんの罪もなく、慎ましやかに暮らしていた一人の女性が、突然、理不尽にも命を奪われたんだ。彼女にも四十二年分の人生があった。大事なことだろう』

北上はそう言って土方と羽生を送り出した。

勤務していた英会話教室周辺の取材では、真面目で実直で、質素な暮らしぶりが浮き彫りとなった。インタビューでも彼女を悪く言う人はいなかった。ただ、他人と一定の距離を置き、自分や過去のことはほとんど語らなかったという。故郷はどこなのか、結婚していたのか、家族はどこにいるのか。意識して過去を断ち切ろうとしていたのかもしれません、と応えたのは英会話教室の同僚だった。

まずは駅前の雰囲気を撮影し、その後、日ノ出に向かった。

徒手空拳で来たわけではない。取材対象の住居を割り出す常套手段として、局を出発する前に、住宅地図を元にして、日ノ出のコンビニ、スーパー、個人商店、飲食店に片っ端から電話をかけ、多村戸紀子なる女性を知らないか聞いた。結果、二人が彼女を記憶していた。総菜店と中華料理店の店主だった。二軒の位置関係から、彼女が日ノ出一丁目四番地付近に住んでいたと推定できた。

駅前を撮り終えると、日ノ出へ向かう。

すぐに町工場や住宅、アパートが混在する地域に入った。

羽生はカメラをスタンバイし、土方にマイクを渡した。

「感じのいい方でしたよ。日持ちがするものを週末にまとめて買って行かれるから、平日は忙しいのかなと思ってたんですがね」

電話でアポを取っていた総菜店の主人はそう応えた。これまでの話と変わらなかったが、主人が紹介した電器店の店主が重要な情報をもたらした。

「エアコンを直しに行ったことがありました。警察に写真を見せられて思い出しましたよ」

店先でのインタビューだ。マイクを持つ土方の表情がわずかに引き締まった。

「警察が来たのはいつですか？」

「昨日ですよ。亡くなったと聞かされて驚きました」

「彼女がどこに住んでいたか、憶えていますか？」

「《コーポ沢村》です」

店主はその方向を指さした。「修理は五年くらい前だったかな。部屋は完全に独り暮らしのような感じでした」

《コーポ沢村》はすぐに見つかった。在宅していた住人の中で、多村戸紀子を知っていたのは一人だった。会えば挨拶した程度で、騒音やゴミ出しなどでのトラブルはなし。仕事なのか遅く帰ってくることもしばしば。得られた情報はそれだけだったが、やはり昨日、警察が話を聞きに来たと応えた。

羽生は《コーポ沢村》から不動産会社に電話を入れたが、保証人などの情報は引き出せなかった。ただ、警察の捜査は認めた。

「管理会社にも警察が来たみたいです」

我が意を得たり――土方はそんな表情を見せた。

「敦子がわたしの情報を埼玉県警に伝えたから、多村戸紀子を改めて調べることになった。その死に不審があるってね。言ってたでしょ、確信があるって」

取り繕ったような、ハリボテのドヤ顔が少し愛らしかった。

「そろそろ次に行かないと……」

「すごいとか、さすが玲衣ちゃんとか言いなさいよ、無粋なやつ」

次に訪れたのは、中華料理店『龍鳳』だった。ランチの時間帯が終わるのを待っての訪問だ。七、八人入れば満席になるような小さな店で、カウンターの中に六十年配の白い中華帽子の主人がいた。やはり、警察の来訪を受けていた。

「誰かに恨まれていたんですか。真面目で頭のいい子だったんですがね」

多少訛りがある日本語――方言ではなく。

「強盗に襲われたんですが、警察は細かいことまで調べますので」

土方は撮影の承諾を得ると、主人から話を引き出した。毎週日曜日に、昼食を食べに来たこと、仕事はスーパーの商品管理をしていたこと、以前は東京都の福生《ふっさ》に住んでいたこと、離婚歴があるらしいこと。取材は次第に思い出話になった。

「英語も中国語もできたし、コンピュータにも詳しかったし……一番上手だったのは、中国語だったね。でも、南方の訛りが少しあったね」

「ご主人はどちらのご出身で？」

土方がさり気なく聞くと、主人は上海の近くでね、と応えた。土方はじっくり話に付き合い、頃合いを見て、多村戸紀子が親しくしていた人物を聞き出した。

「あの人かな、スーパーの仕入れとか何かをやっていた人がいたな」

主人は一度奥に引っ込み、名刺を一枚持って戻ってきた。

『栄興商事・農産企画部　企画担当主任　大桑理《おおくわり》恵《え》』と記されていた。

「この人もこっちのほうに住んでてね、多村さんと何度かうちに来ていただいて……」

野菜と肉はどこから仕入れているのか、素材を選ぶポイントはどこにあるのか、プロはどこを見るのかなど目利きについて主人を質問攻めにして、記憶に残っていたという。

「あいたた、この人のこと警察に言ってないよ」

主人は思い出したように言った。

「わたしから伝えておきます。大丈夫ですよ」

一時間以上のインタビューとなった。礼を言って『龍鳳』を辞し、羽生は近くの歩道で『栄興商事・農産企画部』をネットで検索した。ハウスで有機野菜を生産、販売している業者だった。以前多村が勤めていたスーパーの取引先の可能性があった。通販のほかに小売業者への卸も行っていた。

「大桑さんを見逃すなんて、なにやってんすかね警察は」

羽生は言った。正直な思いだった。

「諸般の事情があって、一軒に時間をかけられなかったのか、先入観があったのか」

土方はたっぷり一時間かけて主人の心をほぐし、話を引き出した。その違いだろう。

「もしかしたら、敦子が持つ負の部分が出たのかもね。埼玉県警に乗り込んだのはいいけど、根回ししないし、空気も読まないし、ほかの捜査員たちと意識の乖離が生じているのかも」

小島新田の駅前に戻ると、土方は栄興商事へ電話をかけた。身分を明かし、守りが堅そうな担当者を口説いてゆく。

「その事件、新聞にも出ていますし、多村さんの名前も出ています……そうです、大桑さんと親交があったようなんです……そこで大桑さんには、多村さんの人となりを語っていただければと……」

話しぶりから、大桑理恵がまだ会社に在籍していることがわかった。名刺に書かれた本社は横浜市中区羽衣町。ＪＲ関内駅の近くだ。

「形式としては取材ですし、仕事の一環ですが、わたしは仕事以上の使命を感じています。

無理にお話を聞くつもりはありません。こちらから連絡先も聞きません。ですが、意思確認は直接ご本人様とさせていただけますか。非通知で構いませんので、ご連絡いただけますか。番号は……」

土方は自分の携帯電話の番号を伝え、電話を切った。

「横浜に行くよ」

大桑理恵が取材を承諾する前提のようだ。

大桑理恵から電話があったのは、関内駅近くのカフェに待機して十五分後だった。藤沢市にある社のビニールハウス農場に行っていたという。そして、午後五時四十分過ぎ、駅前のカフェに大桑理恵がやって来た。

ショートカットで肉付きのいい、パンツスーツの女性だった。四十をいくつか過ぎているように見える。名刺を交換すると、現在は営業部に所属していた。まずはペン取材のみで、カメラは回さない。事件の捜査が進展、あるいは解決したところで改めて取材を受けるという条件で話すことになった。

多村は川崎に店舗を構える『ヒカリマート川崎砂子店』の商品管理課にいたという。大桑は商品を納入する立場だった。

「仕事で会っているうちに、家が近いことがわかって、話すようになったのかな、たぶん」

警察が話を聞きに来たかと問うと、大桑は否定した。

二年前にヒカリマートの担当を外れ、ヒカリマートの商品管理も人が入れ替わっている、と大桑は語った。警察が大桑の存在に気づく可能性は低い、ということだ。

「親しくなったのは、ヒカリマートさんと取引先の懇親会だったかな。二次会で少し酔ってしまって、多村さんに思わず夫のＤＶについて話したの」

大桑は息をつき、「今でもはっきり憶えてる」と呟いた。

「そしたらね、多村さんも急に泣き出して、自分もだと」

共通の悩み――それがきっかけのようだった。

「でも多村さん、こちらでは一人で暮らしていたんですよね。確か以前は東京の福生だったと聞いています」

土方も、口調を柔らかく切り替えた。

「川崎に越してきたの、ＤＶ夫から逃げるためだったみたい。内縁関係だったそうだけど、確かトシヒロさんという名前だった」

多村戸紀子が同棲していたのは、六歳年上の男だという。昼間から酒とネットゲーム三昧。勝手な課金。注意すれば暴力――今はありふれた話だ。

「昔はよく働いて、度胸もある人だったから、いつか立ち直ると思っていたけど、どんな仕事に就いても長続きしなくて、本気出していないとか、もっと大きなことをするとか」

大桑は苦笑する。「うちもよく似てて、ああ、同じなんだなと」

二人の共通点は、主な収入源が夫ではなく自分にあったことだった。

「可哀想な人だから何年か一緒に暮らしたそうですけど、最終的には見切りをつけたって」

多村戸紀子は福生にある金属加工会社でSEとして職を得ていたが、契約社員で、生活はギリギリだったという。大桑はうろ覚えだと前置きした上で、勤務先をヤマサかヤマガ金属と伝えた。

「彼女、語学に堪能で英語と中国語ができたの。コンピュータも得意だったから、一人でも生きていけたけど、トシヒロさんはどうなったのかな」

「福生で親しくしていた人は？」

「わからない。彼女は何も言わなかった。もしかしたら、旦那さんのことあまり知られたくなかったのかも」

埼玉の取材といい、多村戸紀子には孤独がまとわりついていた。

大桑と別れ、関内の駅前まで戻ると、土方は春日井に電話を入れた。

「多村戸紀子に内縁関係の夫がいたという証言がある。過去を語らなかったのは、彼のせいかも。名前はトシヒロ。当時は無職。重点的に探ってみて。警察がその事実を摑んでいるかどうかの確認も含めて……よろしく」

土方は電話を切ると、また別のところにかけた。

「凜々子？　早急に確認してほしいことがあるんだけど」

土方は凜々子に対しても同様の説明をした。「……その多村戸紀子の福生でのヤサを特定したいの。福生時代の勤務先がわかっているから。金属加工業で、ヤマサとかヤマガって名前……同僚がいれば探してほしい」

土方は電話を切り、さらに電話攻勢を続ける。

「ご無沙汰しています、東都放送の土方です。その節はお世話になりました」

これまでと違って、畏《かしこま》った調子で語りかける。「今、例の連続放火を取材してます……そんなつもりないです……ただちょっと気になる情報を入手しまして、なんでも捜査方針に大変換があったとか」

警察関係者のようだ。土方が目配せと身振りで『撮れ』と指図してくる。羽生はバッグを降ろし、カメラを取りだすと、撮影を始めた。

「……でも、肝いりで投入された渡瀬警部を、なぜか埼玉の浦和中央署でお見かけしまして……これ、要するに連携ですよね。埼玉のバイク窃盗の日と放火があった日の奇妙な符合、あれ、わたしが見つけて提供したんですが……びっくりしました？」

撮影されていることを意識しているのか、さり気なく恩着せがましいことを言う。「まさか、心得てますよ。鈴木さんの身辺も再捜査始めてますよね……ええ、待ちますよ」

土方の話が終わるのを待ち、羽生はカメラを降ろした。鍵となるシーンのようだった。

「誰と話していたんですか」

「一課長。警視庁のね」

「でもどうして鈴木さんのことを？　名前間違えたのなら、撮り直しますか」

羽生は再びカメラを持ち上げた。

「どうして撮り直すのよ。事件音痴も極まれりね」

土方は呆れたように両手を広げた。「警察は多村戸紀子の過去を調べ始めた。計画殺人の線も疑ってる。それで、二つの事件に関連があるなら、連続放火の死者、鈴木夫妻の死についても、計画殺人を疑ってもよくない？　一課長に鈴木さんの再捜査をしているかどうか当てたとき、走りすぎるなと諭してきた。肯定と同じよ。そのかわり、まだ明かすなってこと。マスコミに伏せているのは、この動きを犯人に悟られたくないから。そのココロは？」

「犯人を油断させるため……」

「ダサい答えね。罠にかけるためよ。表で今まで通りボンクラ演じているうちに、別の班が背後から抜き足差し足近づいて、一気に獲物の急所に喰らいつくの。これ、どう考えても敦子のやり方よ」

東京都の福生駅に降り立ったのは、午後八時過ぎだった。駅前に数棟、高層マンションがあるほかは、夜空が広い地方都市特有の駅前だ。

電車の中で、凜々子から情報が届いていた。この短時間で、多村戸紀子の元同僚を探し出していた。名前は押尾《おしお》涼花《りょうか》。

土方はさっそく電話をかけ、取材交渉に入った。

後に知ったが、このとき凜々子は『山賀金属加工株式会社』のホームページを閲覧。連絡先を知り、まずは正攻法で、かつて在籍した多村戸紀子の話を聞きたいと電話交渉し、その頃在社していた専務まで話を通してもらった。

　しかし多村は契約社員であり、社としてはそっとしておいてやりたいというのが専務の回答だった。それでも、総務課にデスクがあったことを聞き出した。

　そこで凜々子はホームページのイベント活動の紹介ページや各部署の紹介ページから、社員の氏名をピックアップ、総務課の社員が、地域の清掃や防犯など、ボランティア活動をしていることを突き止めた。そこにボランティアグループの電話番号が記載されていて、凜々子はすぐさま連絡、電話に出たボランティア団体の代表から、満島《みつしま》という社員が参加していることを聞き出した。

　代表は、商工会の役員を務める自営業の男性で、企業よりガードは緩く、満島へ連絡することを承諾、その後、まだ社にいた満島から連絡を受けた。凜々子はそこで事情を話し、代表の顔を潰してはいけないと遠回しにちらつかせ、社名を出さないことを条件に同意を得て、多村戸紀子と同じ部署にいた押尾涼花を紹介されたのだ。

「取材ＯＫ。行こうか」

　交渉を終えた土方がスマホをしまった。

　住所は福生市加美平二丁目。スマホでルート検索すると歩いて十分弱だった。

　徒歩で到着した先は低層マンションや住宅が密集する地域で、押尾家は小さいながらバルコニーと庭がついた白く小綺麗な二階建てアパートの一〇一号室だった。

『押尾祐人《ゆうと》　涼花』の表札を確認し、インターフォンを押した。

　幼子を抱いて応対に出た三十代半ばに見える女性が押尾涼花だった。夜に訪問した非礼を詫びた土方と羽生は、八畳ほどのリビングに通された。

「主人はまだ仕事で……」

　涼花は子供をベビーベッドに寝かし、お茶を淹れながら言った。夫の祐人は、駅に近いスポーツクラブでインストラクターをしているという。

　土方と羽生は、イスを勧められ、テーブルに着いた。

「戸紀子さんのことでしたらお話しします。名前と顔は出さないということで」

　羽生は手早くカメラをスタンバイし、テーブルに置くと、涼花の顔を映さないよう画角を調整し、ＲＥＣボタンを押した。

　土方はまず緊張を解きほぐすためか、結婚と仕事、子育てについて世間話ベースで聞いた。

　涼花は去年、妊娠を機に退職したが、当時は総務課の事務員で、ＳＥの多村戸紀子と仕事をする機会が多かったという。

「多村さんの旦那さんはどんな方だったかご存じですか」

「詳しくは知りません。戸紀子さんもあまり話したくなさそうでしたので、こちらから聞くようなことはなかったんですが……」

　涼花はわずかに逡巡すると――「いつだったか、男の人が会社に押しかけてきたんです」

　男は涼花と多村戸紀子のデスクがある事務所にやって来たという。

「大声でわめきながら……一目で酔っているんだな、ということはわかりましたけど」

事務所は工場とは別棟で、その時は涼花と多村戸紀子しかいなかった。

「何をわめいていたか、わかりますか？」

「それはよくわかりませんでしたが……戸紀子さんのことをリンシン……と呼んでいたような気がします。何度も、何度も……それで戸紀子さん、慌てたように事務所を出て、男の人を外に引きずって行ったんです」

「男性は暴力を？」

「暴力と言うより、泣きながらすがりつくような感じで……」

戻ってきたのは二時間後だったという。

「会社に来たのは夫で、このことは黙っていてほしいと」

それまで業務上の関係でしかなかったが、この〝事件〟をきっかけに、多村戸紀子は涼花と話すようになったという。

「旦那さんについては何か？」

「口は悪いけど、根はいい人なんだって言い訳するみたいに」

「押尾さん以外に、多村さんが親しくしていた人は？」

「いないと思います。いつも定時で帰っていたし、食事も一人だったし。わたしも親しいと言われたら、どうかなと思ってしまいます」

涼花からはそれ以上の話は聞き出せなかった。ただ、〝リンシン〟という響きが印象に残った。それは土方も同じだろう。名字にしても名前にしても、しっくり来ない響きだ。

「多村さんが福生以前にどこにいたのか、わかりますか」

「そんな話は一切しませんでした。会社の記録もたぶんその時に住んでいた住所だけだと」

ここまでだ。土方も厚く礼を言い、押尾家を辞し、駅へと向かう。

多村戸紀子は夫を見限り、居を移し、才能とスキルを活かし、一人で生きることを選んだ。大桑は境遇が同じだったから、押尾涼花は夫の姿を見られたから、距離が近くなったに過ぎない。そして、さいたま市で得意の語学を活かした職に就くことができた。心機一転、動き出した人生。しかし、それも連続ひったくり犯によって、理不尽に強制終了させられた。

「もう物語を構成できるだけの素材は揃いましたね」

「普通のドキュメントならこれで十分でしょうね」

土方は手にしたスマホに目を落としたまま応えた。「でも警察は殺人を疑ってる。殺害する動機を持つ人を探してる。その観点からだと不十分」

応えながらも、指先は忙しなく動いている。

「あった。結構ポピュラーな名前ね」土方が立ち止まり、スマホを羽生に向けた。

《林杏——発音／リンシン》

「この発音だと、この二文字の組み合わせが一番多いみたい」

中国語の名前と発音の解説ページだった。人気の女性名のカテゴリだ。

「何かあるとすればここ。リンシンと呼ばれた彼女の反応を見る限り、中国出身であることを知られたくなかったと考えられない？」

多村戸紀子。完全な日本名だが――「多村トシヒロさんの妻になって、戸紀子と名乗ったのかもしれないけど。『龍鳳』のおじさんも、中国語が上手かったって言ってたし」

中国語の先生が南方出身だったのではなく、多村自身がネイティブだった？

「でも中国出身なんて別に珍しくないし、英語とほとんどネイティブな日本語を使えるのなら、就職に不利になることも少ないと思う」

事実、ＳＥ、商品管理、英会話講師と途切れることなく職に就いていた。

「だったらなぜ知られたくなかったのかな？」

土方が試すような視線で羽生を見上げてきた。

「……イリーガルな方法で日本に来て、日本人になったのか、リンシンという名で犯罪に関わったのか」

「羽生君にしてはちゃんと応えられたね」

「多村戸紀子の正体にまで踏み込みますか？」

「警察も多村戸紀子の職歴からいずれ山賀金属加工とトシヒロに行きつくでしょうけど、まごついている間に恩を売っておくか」

同日夜　――渡瀬敦子

テーブルに置かれた二種類の資料。コーヒーの匂い。時計の針は午後十一時を回っていた。

「鈴木章介は、妻の顕子とともに九年前に三重県松阪市の嬉野中川町から、東京小金井市に越してきました。松阪市以前は、本籍のある福岡にいたようです。福岡時代に借金があったと、松阪市の近隣住民に話していたようですね。それを完済して伯父を頼って松阪に越したようです」

報告しているのは、佐倉だ。浦和中央署の小会議室——臨席してるのは加古川、原島以下少数の捜査幹部、特命班の構成員だけ。捜査会議後の分科会で、佐倉は警視庁側の捜査報告のために来ていた。

目下の捜査方針の一つが、多村戸紀子と鈴木夫妻の関係を探ることだ。

「本籍地の住所は福岡県糸島市二丈深江」

鈴木章介の実家は糸島市で小さな板金工場を営んでいたが、社長である父親の病没で倒産した。当時十代だった章介は伯父の伝で漁船に乗るようになったが長続きしなかった。二十歳の時に福岡市に出ていき、その後、夜逃げのように鈴木家は糸島市から消えた。現在糸島市に生家はなく、鈴木家を知る者もほとんどいない——

「福岡県警に照会しましたが、鈴木章介、顕子ともに逮捕歴はありません。また章介は、糸島から福岡に出てからの足取りが全くわかっていません。妻とは福岡時代に知り合ったようで、九年前に婚姻の届けがあります」

再び社会の表舞台に立ったのが、このとき——渡瀬は留意する。

「妻の顕子に関しては、本籍が福岡市にありますが、家の経済状況、家族との関係が悪く高校を中退して家出、その後は消息不明。実家も離散して、没交渉のようです」

「鈴木章介は脚を失った上に、借金完済したんだろう、何らかの記録は残ってないのか？」

加古川が聞いた。

「それが福岡の建設業者を当たっても、今のところ何も出てきていません。借金も銀行に記録はありません。大ケガを負いながらも労災申請もなく、警察と行政にも右脚を失うような事故の記録もありません。借金の存在を考えると、鈴木章介がいたのは、違法かそれに近い現場ではなかったのかと、そんな見解も上がっています」

各所で唸り声が上がった。

「でも、鈴木夫妻は小金井市ではアパートを持っていましたね。預金も二千万ありました。借金生活から、どう立て直したんでしょう」

渡瀬は言った。佐倉の報告ではあったが、疑問は疑問だ。

「松阪市時代ですが、鈴木顕子は嬉野中川駅前の学習塾で、英語の講師をしていました。現在の不動産会社の事務も、周辺に留学生が多い大学が複数あるので、通訳兼任だったようです。それでも収入は知れていますが」

「鈴木顕子は英語だけですか？」

渡瀬は佐倉に聞き返す。

「英語と中国語、時に留学生に日本語を教えていたそうです」

「夫妻の社保、もしくは国保と扶養関係はどうなっていますか」

「夫の章介のほうが扶養でした。国保と国民年金の納付は、松阪市移住から始まっています。

それまでは無保険無年金です。障害年金も申請されていません」

「運転免許の更新は」

「鈴木章介は失効扱いで、顕子は取得の記録がありません」

佐倉の報告に続いて、埼玉県警側の報告が始まる。

多村戸紀子の身辺捜査だ。

三年前から川口市に居住。同時にさいたま市浦和区北浦和にある英会話教室に就職。同僚とは仕事以上の付き合いはなく、近所付き合いも最低限だった。

それ以前は神奈川県の川崎市日ノ出に居住。そこでも独り暮らしで、スーパー『ヒカリマート川崎砂子店』で商品管理をしていたが、やはり親しくした同僚はいなかった。近所付き合いも同様だ。

川崎以前は、東京都福生市に居住、山賀金属加工株式会社でＳＥ。独り暮らし。

本籍は山口県長門市油谷。埼玉県警は昨日から長門市に捜査員を派遣、山口県警の協力を得ながら、彼女が二十年前に福岡市内の大学を中退、実家は十二年前に両親が交通事故で死亡し、事実上途絶えていたことまでは突き止めていた。

今のところ、二十年前の大学中退から、九年前に福生に越してくるまでの十一年間の空白が埋められていない。実家周辺の聞き込みでは、戸紀子は大学進学と同時に家を出て、母親も、戸紀子のことはあまり話さなかったという。

また渡瀬の要請で、戸紀子の語学力についても詳細を調べてもらい、高校時代、英語の成績は決してよくはなかったことがわかった。大学は経済学部だった。

『多村戸紀子は親戚とは疎遠で、両親の死後は一切の連絡がないそうだ。ただ、一度だけ戸紀子の母親が、母方の実家、親戚へ金の無心をしています。多村家に借金はなかったから、戸紀子が何かトラブルに巻き込まれたと思われます』

「共通点は出ましたね」

沈滞した空気を振り払うように、渡瀬は立ちあがった。「鈴木章介、顕子、多村戸紀子は実家がなくなり、空白の時間を持っています。そして、九年前に突然現れました」


渡瀬が二の橋の交差点でタクシーを降りると、男が歩み寄ってきた。

玲衣の同僚で、羽生という名だった。

「夜分に申し訳ありません」

午前一時を過ぎていた。着替えのために官舎に戻ってきたのだが——

「今日は土方からの情報提供です。お役に立つと思います」

立ち止まり、振り返ってしまった。

「埼玉県警と合同捜査になって行動が読めなかったので一人ですが、土方はすぐに駆けつけます」

武蔵小金井署と官舎の二箇所で張っていたのだろう。

「どのくらいで来ますか？」

渡瀬の言葉に、羽生は驚いたように動きを止めた。

「三、四十分というところでしょうか」

「着替えてきます。二十分ほどかかると思いますが、待っていていただけますか」

渡瀬は一度部屋に戻ると、メイクを落とし、軽くシャワーを浴び、私服に着替え、メガネを替えニット帽を目深に被って階下に降りた。

エントランスを出ると、羽生は「土方がいつもすみません」と申し訳なさそうに頭を下げ、吹き出しかけた。羽生も恐らく振り回されている。

「寒いですので、どこかお店に」

渡瀬は麻布通りから一本路地に入ったところにあるアジアンカフェに羽生を案内した。

夕方からインターネットカフェの捜査に立ち合い、そのまま捜査会議に入り、何も食べていなかった。ビルの地下一階にあったが、フロアが広く、客層も落ち着いていた。観葉植物に隠れた四人掛けのテーブルに座った。

「割り勘です」

渡瀬は言うと、チキンのフォーとペリエを注文した。羽生はコーヒーをオーダーしつつ、土方に店の名前と位置を送信していた。

「あと十分で到着します。時間を取っていただいたうえに、待たせてすみません」

羽生は改めて頭を下げた。テレビ局のスタッフにしては腰が低く、厚かましさがないと思ったが、そう思うこと自体が偏見かもしれないと思い直す。

「玲衣のいいように使われている感じですか？」

「クビの危機を救ってもらったので」

「会社では、いいポジションにいるんですか？　玲衣は」

昔の約束を律儀に守っているのなら、自分と同等かそれ以上のレベルにいるはずだ。

「閑職です、今は」

羽生は何かを口に含むように視線を落とし、また渡瀬に向けてきた。「でも、どこの部署の記者よりも忙しく動いています。先を読み、抜け目なく。ただ悪目立ちと言うんでしょうか、上の人に睨まれて、不遇を託っています」

外信部海外素材著作権デスクと説明されたが、どんな部署かよくわからなかった。

「海外の通信社と映像の権利や使用の条件を調整する部署の、一応デスクです」

昔から、玲衣は〝使える〟相棒を見つけるのが上手かった。育った家庭環境から無視されたり、虐められてもおかしくなかったが、クラスの人気者、有力者と仲良くなり、あるいは弱みを握り、制御下に置いた。無論、同じだけ玲衣を嫌うグループも多かったが。

中学二年のとき、同じクラスで、隣の席となった。

『無表情なのに、泣き出しそうに見える。自信がなさそうだから隙がある。こんなの誘っているのと一緒じゃん』

彼女は自分の状況を知っているようだった。

小学校からの友人は、渡瀬の痣を知ったうえで、静観してくれていた。質《たち》が悪かったのは、中学校からのクラスメイトだった。

一年の時、あからさまに裸に剝かれたのは二回。騒ぎはしなかった。

二年になり、最初に裸にされるのに二週間とかからなかった。

『模様かプリントだと思えばいいじゃん』

玲衣にそう言われた。『無地が好きならファンデで消せばいい。簡単じゃん』

一度母親のファンデーションで痣を消して学校に行ったら余計に揶揄され、教師には化粧品は使うなと注意された。

——ちょっと綺麗じゃね？

そんな声も聞こえたが、帰ると母親に二度と使うなと怒られた。

——言う通りにしたら余計に怒られた。

玲衣に訴えたら、『ごめん、深く考えてなかった。借りは返す』と応えた。

それ以降、お昼だったり、体育だったり、なんとなく玲衣といる時間が増えた。嫌がらせは続いたが、玲衣といる時間だけはなかった。

そして、あるとき言われた。

『警官になれば、その痣のことだってあからさまに何か言われないでしょ。陰口までは責任持てないけど。ただ、その痣で本当に人生終わってると思ってるようなら、敦子の人生はもう終わってる』

——だめだよ、泥棒とか捕まえられないし、運動苦手だし。

『泥棒を捕まえない警察だっているんだよ』

そこで初めてキャリアという言葉を知った。

『勉強して資格とれば、事務だけの仕事に就けるんだって。それでも警察官は警察官。敦子は頭いいからできると思う』

――玲衣はどうするの？

『とりあえずは上場企業の社長。一社員から実績を積み上げてのね』

いまだに本気なのか冗談なのかわからない。『成り上がって、父さんの墓の前でザマ見ろって言ってやる』

「意外と表情豊かなんですね」

羽生に声をかけられ、我に返り、顔が熱くなった。気を抜いたのは、羽生を〝同族〟と思って安心したからか――

「二十代で大きな事件の捜査本部を動かすなんて、どんな堅物かと思ったんですけど」

羽生は言ったあと何かに気づき、「悪い意味じゃないです。意外と話しやすい方だなと思ったんです」と言い直した。

「分析捜査係は……」

火照りを抑えるように、声の調子を落とす。「通常捜査の指揮はしません。事件を分析して、助言や提案をするだけです」

「あの、警戒しなくていいです」

笑顔が返ってきた。自分への壁を取り払ったかのように。「でもどんな弱みを握られたんですか。弱みとは限らないか」

「人生を……導いてあげたの」

女性の声が割り込んだ。

走ってきたのか、額と鼻の頭に玉の汗をこしらえ、肩で息をしている玲衣がそこにいた。

「なにいい雰囲気になって、わたしが……来たことに気づかないのよ」

玲衣ははふはふ喘ぎながらコートを脱ぎ、壁に掛けると、羽生の隣に座った。

「情報提供と聞いてるけど」

渡瀬は言った。フォーはまだ半分以上残っている。

「スッピンでくつろいでおいてなに言ってるのよ。羽生君、わたしも敦子と同じの」

玲衣はバッグからタブレット端末を取りだした。「多村戸紀子の情報だよ。取材の過程で、川崎時代に大桑理恵という親しい友人を見つけた。それと福生時代に、多村戸紀子が男と同棲してたという証言を得た」

どちらも渡瀬が知らない情報だった。

「聞かせて」

玲衣は取材の過程を細かに説明する。

中華料理店からの情報、トシヒロという男性、押尾涼花という女性の存在は、捜査線上に上がっていない。やはり、動きを悟られないよう情報を統制した捜査が、末端の捜査員に若干の混乱と隙を生んだようだ。それで埼玉県警を責めることはできない。

「龍鳳のおじさんは、多村戸紀子の中国語を南方訛りと言ってた。それにトシヒロという男のことを考えると……」

　南方訛りの中国語と、多村戸紀子を〝リンシン〟と呼んだ男――渡瀬の中で即座にある仮説が構築された。

「多村戸紀子は、不法に日本にやって来た……？」

「やっぱ敦子もそう思う？　そっちの捜査でもそれを裏付けるようなネタが挙がってきてるのね。鈴木夫妻との共通点を洗ってるんでしょ」

　逡巡した。しかし、玲衣が有益な情報をもたらしたのは確かだ。

「トシヒロを探せば、もっと共通点が見えてくるかもしれないよ」

　玲衣はわずかに身を乗り出してきたが、フォーとペリエをトレイに乗せた店員がやって来て、口を噤む。それがブレイクとなった。

　だが、早く続きを話したいのか、玲衣はアツアツのフォーをわずか五分で食べ終えた。

「美味しいじゃない。舌やけどしたけど」

「別に逃げないのに」

「今日の本題に入る。まずひったくりの七件目、妙にあっさりとした犯行だったのは留意しておいてね。抵抗されると、暴力を振るうこともなく諦めた。これを踏まえて、鈴木夫妻の死、多村戸紀子の死が繋がっているという前提で事件を眺めてみたの」

玲衣が見つめてくる。昔と変わらない、生きることに貪欲な目。

「東京の連続放火は鈴木夫妻を殺すため。埼玉の連続ひったくりは多村戸紀子を殺すために起こされた。つまり放火とひったくりは、殺人を不慮の死に見せるためのギミック」

「ミステリーではおなじみですね」

羽生が言うと、玲衣は「ちょっと黙っててよ。ここからがキモなの」と口を尖らせる。

「鈴木夫妻と多村戸紀子に殺される理由があるなら、鈴木夫妻と多村戸紀子に繋がりがあるのなら、どちらかが殺された時点で、遺されたほうが警戒する可能性がある」

羽生はすぐにノートを取りだし、メモを取り始めた。

「警戒させないためには不慮の死を装い、遺されたほうが疑問を持つ前に始末したほうがいい。多村戸紀子は、鈴木夫妻の死を不慮の死と受け取った」

鈴木夫妻の死は八月十四日。多村戸紀子の死は十月二十八日。

「でも、これだと多村戸紀子を警戒させないためだけに大きな事件を二つ起こしたことになる。それ、危険度と労力に見合わない。だったらほかにも犠牲者がいるかもしれない。トシヒロも、もういない可能性あるね」

時々玲衣の観察眼、観察を元に組み立てる仮説に驚かされることがある。

「トシヒロも不慮の死を遂げてると？」

羽生が反応した。「それぞれの犠牲者を不慮の死として警察に処理させて、それぞれの関係を捜査させないことも大きな目的なんですよね。犠牲者たちの過去の関係がそのまま動機に直結してると考えれば」

「だから動機は生じてるでしょ。鈴木夫妻も多村戸紀子もトシヒロも海外から不法に入国してたとして、動機があるなら日本に来る前のこと。トシヒロが多村戸紀子を外国名で呼んだのなら、トシヒロもかつて海外にいたことになり、殺される理由が生じる」

「だとしても、そんな大きな事件を二つも同時に進行させるモチベーションは何ですかね」

羽生は大きく息をついた。「想像もできませんよ」

「だからその部分を敦子にお願いして捜査してもらうの」

「当初の企画と主旨が変わってません？」

「企画は生き物。当初の予定より美味しくなれば、どんなに変えても言い訳は立つ」

「言い訳って、やっぱり疚《やま》しさはあるんじゃないですか」

「で、思うんだけどさ」

羽生を無視した玲衣が渡瀬に視線を向けてくる。変わらない怖可愛い目。「なんか急いでるような気がするんだよね、この犯人。まるで町田の事件を真似て慌てて計画練ったみたい。ただの勘だよ。番組の企画にたとえると、流行りものに便乗したような」

それは渡瀬自身も感じていた。

あまりにも教科書的すぎる事件——さあこの尻尾を捕まえてくれと言わんばかりの流れ。

渡瀬はその尻尾を教科書通りに追い、袋小路に誘導され、玉城というダミーをつかまされた。

玲衣は恐らく感覚的にその状況に気づき、渡瀬と埼玉県警を繋いだ。

「もしかしたらだけど、隠れた犠牲者はトシヒロだけじゃないかも」

玲衣はスマホを取りだし、動画を再生させた。

ニュース番組のようだった。見覚えがある風景の中で、元刑事のコメンテータが事件のリポートをしていた。町田の現場だ。

『私が入手した情報では、捜査本部はもう一箇所、相模原市内の別の場所に警官を配置していました。そちらも的確な場所だったという印象です。容疑者は崩れたバランスを戻そうと、無理に犯行に及んだはずです。そこを警察は逃さなかった』

『先ほど申し上げた件、もしかしたら、六件目の事件で、警察は容疑者に向け、何かアクションを起こした。その結果が、ここでの容疑者逮捕に繋がったと、私は推測しているわけです』

誰もその重要性に気づいた様子はないが、この元刑事も渡瀬の〝反則〟に気づいていた。

「草間光一というコメンテータなんだけど、すごく優秀というか、的確なんだよね。わたしも参考にしているくらい。でもね、三日前に変死体で発見された」

玲衣が闇雲に草間の死を持ち出すわけがなかった。

「見つかった時点で死後数日。吉祥寺署は死亡推定日時を二十二日と発表している。吉祥寺北町。泥酔状態で入浴していたみたいで、当初は事故死で処理されようとしていたんだけど、不審な点があるって、刑事課が捜査を始めてる」

二十二日は、関野町で七件目の放火があった日。吉祥寺北町は、その現場から車でも十分程度の場所だ。

「当初はってどういう意味？」

「ウチの報道が取材できたのは、その事実のみ。あとから不審な点が見つかったのかも。それは敦子のほうで調べて。たとえば犯人にとって、町田の事件を的確に解き明かした草間は師であり、同時に最も危険な存在でもあった……とか」

玲衣の想像力は止まらない。「関野町の七件目がこれまでと違う状況になったのは、真犯人が草間の殺害に行く必要があったから。だから別人に頼むしかなかった」

その上、玉城のアリバイを奪う工作も同時に行った――ならば、七件目のシェルター以外がすべて女性の住居だったこともうなずける。

「だとしたらさ、真犯人は草間光一に近い人物かも。元刑事で、いまだに犯罪者に顔が利くみたいだし」

玉城と名執がダミーの被疑者なら、逮捕されても影響は少ない。しかし、この二人をつなぐ人物は、始末しなければならない。

「言いたいことは全部言った」

玲衣は席を立った。「全部憶測だけど」

「また無責任なことを」

羽生は窘《とが》めたが、玲衣は満足そうに微笑んだ。

浅い眠りの中、何度も現実と夢幻を行き来した。

玲衣がわたしから離れ、またあの子たちが〝活動〟を再開した。

以前より陰湿に、巧妙になった。

わたしを見下ろすいくつもの顔。天井。裸のわたし。

化け物、ブス、怪物——いつもの罵声。進歩のない語彙。

玲衣の言葉に従って、身を入れて勉強をしたら成績が上がっていた。それが彼女の気分を逆撫でしたのかもしれない。でも、わたしはもうキャリア警察官に向けて走り出していた。

目標ができれば、乗り切れた。抵抗せず、その時間だけ我慢すればよかった。

学校側に一応相談したが、証拠は何もない。逆にわたしが、彼女たちの小物を盗んでいることになっていた。母にも連絡が行ったようで、激しく怒られた。妹も、わたしから離れた。あまり大事《おおごと》と考えていなかったが、カンニングも疑われた。〝証人〟や〝目撃者〟が現れた。全部〝彼女〟の友達。

教師たちには否定した。嫌がらせを受けていることを訴えた。

首謀者は教師たちが信頼してる優等生。わたしは抵抗しない捌け口。人ではなく化け物だから罪悪感もない。

目撃者と自分の位置関係、テストの内容と〝見られたかもしれない〟と証言した子の答案用紙と自分の答案用紙を比べてもらった。

それに対し明確な回答がないまま、時が過ぎていった。その間に、わたしを剝く彼女らの中に、彼らが加わった。

下着までとられ、携帯電話で撮影されるに至って、その時間さえ過ぎれば心の平穏と安寧を得られるという状況は終わった。

早くキャリア警察官になって、誰にも邪魔されない日々を過ごしたかった。

それが頓挫しようとしている。

学校にも家にも味方はいない。だから知らない人を味方にしようと思った。力のある大人を味方に付ける材料が必要だった。綿密に計画を練り、罠を張り、足場を固めた。

祖母からもらった小遣いを貯め、メイク道具を買った。雑誌やテレビでメイクを学び、練習した。同時に決行の場所を選んだ。

自分がそこにいて不自然ではない場所。通学ルートを少し変え、〝その場所〟を通るようにした。

中学三年になったのを機に、薄くメイクをして学校に行くようになった。気づかれるかどうかの境界を狙った。学校側は気づかなかったが、首謀者の彼女は気づいたようだった。

同じ頃、小菅ジャンクションの下で、不審者を見たと嘘をついた。心配性の祖母は、小菅交番に相談し、巡回を増やすとの回答を得た。無論、交番の警察官の巡回ルートや時刻を時間をかけて監察し、大まかな法則性をつかんだ。

しばらく経って、変装し、設定現場付近を通りかかった若い女性のあとをつけた。当時すでに身長は一六五センチあり、その女性はわたしを不審者と思い込んでくれた。これにより、小菅ジャンクション下を巡回する頻度が増えた。

もちろん勉強も疎かにはしなかった。成績上位でい続けることが首謀者の彼女を挑発することになったから。

『メイクしている？　調子乗ってんの？　泥棒』

反発はしなかった。心底うざそうな表情をし、受け流した。お前たちは相手にする価値もない――態度の変化は効果覿面だった。ファンデーションで痣を消せば、男子の注目を浴びる、それに気づけたことは大きかった。ほんのわずかだが、男子と話もするようになった。

誰もいなくなった体育用具室で転がされ、衣服を剝ぎ取られ、メイクを拭き取られ、痣が露出したところで、写真を撮られる。扱いも以前より手荒になり、服を剝ぎ取るのも彼女の男友達の役目となった。

――早く終わらせてくれる？

彼女ではなく、男友達に言った。たぶん高校生か。言動から思慮深くはないと判断した。そのわりにプライドが高そうだとも。その男が攻め場所だった。

剝かれ、撮られる程度では怯《ひる》みも傷つきもしない。そう思わせた。泣き、震えたのは家に帰ってからだ。彼女が仕掛けてくるか、自分の心が潰れるか――日々彼女を観察し、心を殺しながら挑発した。

彼女はわたしが泣き叫ぶ姿を見たがるはず。嘲笑いたいはず。だけど中途半端に知恵が回る分、撮った画像はバラまかないだろう。クラスの大半が彼女の所業を知っていたから。

――ずっとそれだけ。進歩も度胸もないのね。

裸に剝かれ、散々撮られたあと、彼女にも聞こえるように言った。

これで、一切の手心がなくなった。

その週のうちにわたしは全裸にされ、足を押さえ付けられ、撮られた。

気が狂いそうだったが、恐怖を胸の奥に押し込めた。あと一歩だったから。失神しそうな心をつなぎ止め、平静を装い、本当にバラまくぞと脅した男にも屈しなかった。どうせ彼女の言いなりで、できないくせに――耳元で囁いた。

最後の一撃。

予想通り、わたしの写真がバラまかれた。男友達が勝手にやったのだ。教師の目に触れる前に彼女と彼女の友人たちに回収されたが、被害者である自分を周囲に印象づけることに成功した。周囲はよりよそよそしくなったが、見て見ぬふりをしていた人たちも、一線を越えたと判断したという感触があった。

それでもきちんと食事を摂り、体型と健康を維持し、気を張り、笑顔を心がけた。期末テストは学年で二番になった。あなたのしていることは、わたしの学校生活の妨げにはならない。それを体現した。

そして、夏休みの少し前、彼女の耳に入るように、祖母に電話した。

『夜までには行くから』

小菅ジャンクションの下を通る細い路地を抜け、フットサル場の前で綾瀬川を渡ってゆくのが、帰宅するルート。それは彼女たちも知っているはず。

わかりやすく学校の図書室で勉強しながら時間を待った。いつもなら連れ出される時間帯に何もなかった。確信した。彼女、彼らは実行する――

何度も深呼吸し、心を落ち着かせ、何事にも耐えられると自分に暗示をかけた。学校を出ると、暮れ空の下、自転車で祖母の家に向かった。

交番の警察官が巡回する十五分前に、小菅ジャンクション下の路地を通る。ブレザーのポケットに入れたＰＨＳには、短縮で一一〇番を設定していた。

東武線の高架を越え、平和橋通りから左にそれ、小菅ジャンクションの下で右折した。暗い路地を進んだ。誰もいない。見上げると、平和橋通りの大きな橋と小さな水道橋が頭上を塞ぎ、さらにその上を首都高の巨大な橋と橋脚が二股に分かれて黒い影となっていた。いつもより圧迫感を強く感じた。

待ち伏せを想定していた。その通りだった。しかし、彼女の怒りは予想以上だった。

暗がりからいきなり自転車を蹴られ、転倒した。路上に投げ出され、腹を踏まれた。手下の彼だった。動けなくなったところで、駐車場に停めてあったワンボックスに引き摺り込まれた。彼女がいた。彼のほかに知らない男が二人。明らかに高校生以上。

想定外の事態。駐車場と車のことは慮外だった。

所詮、中学生の発想だった。動転している間に手足を押さえ付けられ、ブレザーを脱がされていた。口にハンカチを詰められ、ガムテープで塞がれた。

車の中では、声を出せなければ、せっかく警官が巡回に来ても気づいてもらえない。これまでとは桁が違う恐怖。

ただ、狂ったように笑う彼女を見て、わたしは冷静さを取り戻し、抵抗をやめた。警察はわたしを見つけてくれないだろう。裸に剝かれながら、作戦を変更するしかないと思い直した。そのためには、醜態をさらすわけにはいかなかった。

覚悟していた恐怖、覚悟していた恥辱、覚悟していた痛み。

すべて泣かずに、わめかずにクリアする。

必要なのは、彼らの想像を超える行動。もともと未遂で終わらせるつもりはなかった。

終わったら、このままの姿で通りに出て助けを求めよう。わたしの体には痕跡が残る。警察が全力で捜査すれば、彼女たちはきっと捕まる――彼女たちの将来を消し去る。

――やってよ、と彼女の声が聞こえ、ズボンを下ろした男がのし掛かってきた。

大丈夫、耐えられる。そう心に刻み、大きく息を吸い込んだところで、突然サイドウィンドウが割れた。

――ここです！

聴き覚えがある声が響いた。

車内が騒がしくなった。男たちは慌ててわたしから離れ、ズボンに手をかけたが、そこまでだった。すべての扉が外側から開けられた。

――警察だ。

――お前らなにやってる！

彼女と男たちが車から引きずり出されるのと入れ替わりに、制服の女の子が飛び込んできて、わたしにブレザーを掛けてくれた。

土方玲衣だった。

『大丈夫？』

警察を呼んだのは、玲衣？

『昼すぎに近くで交通事故があって、巡回はないと思ったからわたしが通報した。直前まで情報収集しとかないとだめだよ。そこは詰めが甘いな』

玲衣も、初めてメイクをして学校に行った日から、自分の変化に気づき、観察していた。そのときから、わたしの計画を見抜いていたのだ。でも――

『未遂じゃだめなのに』

あのとき、わたしは抗議した。

『これはもう未遂の域を超えている』

玲衣に言われて、初めて出血に気づいた。

玲衣は罠を仕掛けてゆくわたしを見ながら、彼女たちの行動パターンも把握していた。

『バラまかれた敦子の写真、一枚キープしてあるから証拠に使える。体育用具室のことも音声残した。彼女の声もばっちり入ってるから、彼女が主犯だって証拠になる。もう十分だから』

事前に体育用具室にＩＣレコーダーを仕掛けておいたという。

『情報は常に更新、根回しは十分にね』

十一月二十八日　金曜未明　――羽生孝之

「面白い子だと思った。背が高くて綺麗だけど、顔と体に大きな痣があってね、それが原因で虐められていて、心は閉ざしていたけど、悲観とか諦めなんてぜんぜんなくて」

少しアルコールが入った土方は、渡瀬警部が帰った後、彼女との出会いを語った。

母親と妹との三人暮らしだったが、痣のせいで母と妹からも嫌われていた――

「守ってあげようと思ったけど、見てたら全部一人で決着つけようとしてて、どんな結末になるか見てみたくなったの」

土方は記憶に身を委ねるように宙を見つめ、空になったグラスをゆらりと振り、氷がカチリと音を立てる。「彼女が何をされ、何をしたかは言わない。でも、彼女はやってのけた」

体の痣が原因――予想はできた。

「彼女を虐めた連中は、ぐうの音も出ないほどの現行犯で警察に捕まって、動かぬ証拠があって、敦子は救い出された。彼女のシナリオ通りにね」

中学三年の七月だったという。

「主犯の女の子だけど、母親が都議会議員だったから大事《おおごと》になったわけ」

生活態度も成績もよく、生徒会の役員だった。

「端的に言えば、綺麗と言われたい、いい子と言われたい、承認欲求のかたまり。敦子やわたしと同じ中学にいるのが、我慢できなかったのかも」

本人は私立中学に行きたかったようだが、父親の方針で、公立中に通っていたという。

「母親はもみ消しを図ったけど、敦子のお芝居は徹底していてね、校外でわざとマスコミに囲まれて、思いあまって泣き出して学校の無策も訴えて、それがきっかけで担任も学年主任も処分。校長の謝罪会見が全国ニュースで流れて、週刊誌も群がってきて議員のもみ消し工作も暴露されて、ネットで加害者たちの個人情報もたちまち特定されたの」

「本人より周りが動いたって感じっすか」

「敦子が上手かったのは、弁護士が率先して動いて、敦子はただ小さくなって耐えているという印象を周囲に植え付けたことね。ずっと無表情で無反応だった敦子が、感情露わに怯えていたんだから」

敦子は考えられない忍耐力で、そのギャップを作り出した。それこそが計画の要であると心に決めていたから。わたしには到底真似できない――と土方は続けた。

「そりゃ周囲もびっくりの掌返しで、彼女はずっと抵抗できずに耐えていた、わたしたちはそんな彼女になにもしてやれなかった、今こそ彼女を救おうって思わせたの。もう目撃証言がわんさか。普通、被害者でもこれだけのことがあったら転校コースなのに、敦子は祖母と離れたくないと学校に残る決断をした」

担任は依願退職、校長と教頭が異動、主犯の母親は議席を失い、父親は勤めていた企業を退社。襲った連中は、順風満帆な人生を失った。

「事件と処分が一段落したあとも、敦子は周囲に自分に気を遣う必要はない。今まで通り空気扱いしてほしいと言って、自らアンタッチャブルになった。わかる？　学校に残ることで、空気だけど、クラスや教師や保護者たちに、隠然たる影響力を持つ存在になった。それで受験勉強に集中することができた。ほんと中学生でこれをやるなんてパワフルで、策士よね。わたしはこれからの人生に敦子の力が必要だと思ったから、相棒にした」

「なんのための相棒ですか」

　土方はふふんと少女のような顔で笑うと頬杖をついた。「もちろん成り上がり。まず第一段階として、四十までに部長職。第二段階は、東京キー局史上初の生え抜き女性社長」

　青葉部長が土方を目の敵にするのは、同じ目的を持つ女性として、本能的にライバル視、あるいは危険視しているからなのかもしれない。

「それで第三段階は？」

「君に教える筋合いはない」

「どうして、渡瀬警部のこと、僕に言ったんですか」

　土方はほんの少し充血した目を羽生に向けた。

「なんでだろうね」

十二月一日〜四日　――渡瀬敦子

月曜日の朝、玲衣から動画が送られてきた。『むさしのコム』というケーブルテレビの報道特番で、草間光一の変死を特集していた。

武蔵小金井署に向かう電車の中で、視聴した。

彼のこれまでの功績、事件の分析を振り返っていた。そして、十一月二十二日の変死だ。記者らしい女性が、大型モニタの前で、事故死にしては奇妙な状況を訴えた。

草間は入浴の際、リビングで服を脱ぎ、浴室に向かうのが習慣だった。酔った場合は、来客中でもそのようにした。元妻もその癖に手を焼いていたが、ついに直らなかった。親しい友人たちも、この癖は知っている——これが斉藤という記者の言い分だ。

衣服は脱衣所に脱ぎ捨てられていた。

吉祥寺署は、女性記者の証言により捜査を進めているが、泥酔状態でたまたま脱衣所で服を脱いだ可能性もあるという消極的な反応に対し、記者は憤っていた。

確かに、これだけでは弱いと思った。

その日の午前、トシヒロが割れた。

突破口は、ネットゲームの課金方式だった。多村戸紀子が福生に住んでいた当時、プリペイド式やネットバンキングが今ほど広まっておらず、クレジットカードによる決済で処理されていた。その中に福生市内に住む〝トシヒロ〟が見つかり、周辺聞き込みで断定したのだ。

「岡田《おかだ》敏広《としひろ》、四十八歳。住居は江戸川区平井五丁目。警備員と清掃員を掛け持ちしていた」

朝のブリーフィングで、谷川が告げた。すぐ聴取を——と声が上がったが、谷川は首を横に振る。

「奴は死んでいた。十月二十八日だ。未明の火事で、死因は焼死」

十月二十八日は、多村戸紀子が死亡していた。未明の火事なら先に岡田が死に、その日のうちに多村戸紀子が死んだことになる。

「放火ですか？」

胃の収縮を感じながら、渡瀬は聞いた。

「小松川署は失火で処理している」

谷川も悔しげだった。「平井の火事などノーマークだった」

大型モニタに、岡田の写真が表示された。清掃会社の身分証の写真だ。皺が深く顔色が悪いせいか、渡瀬の目には還暦過ぎに見えた。

「岡田の遺体からは大量のアルコールが検出された。火元部屋中央のちゃぶ台付近。灰皿の周辺の燃え方がひどく、大量のタバコの吸い殻が燃えた痕跡があった」

内縁関係にあった多村戸紀子と岡田敏広の死。一連の事件を知らなければ、小松川署でなくとも、失火と判断するだろう。

「岡田の死亡が報道されないうちに、多村戸紀子を殺した。そう解釈していいだろう」

堀部の言葉。捜査本部に覇気が漲っていくのが渡瀬にもわかった。

この連続殺人の要のひとつは、標的を警戒させないこと。鈴木夫妻は不慮の死。そう思わせたからこそ犯人は、岡田を殺すことができ、間髪容れず多村戸紀子を殺した。

岡田の本籍は、茨城県ひたちなか市。その日のうちに捜査班が派遣された。

有益な情報が揃ったのは、三日後の十二月四日だった。

茨城県ひたちなか市に、すでに岡田家はなく、一家は離散状態だとわかった。中古車販売会社と自動車修理工場を経営していたが、バブル崩壊とともに経営が傾き、二〇〇〇年に破綻、数年間は債権者に追われていたが、夜逃げ同然で姿を消したという。

経営していたのは岡田敏広の父と兄で、父と母は自殺、兄と弟、妹も行方不明になっていた。残る負債を押しつけられる形になった親戚夫婦が捜索願を出したが、見つからないまま時が過ぎていた。

その親戚夫婦もすでに鬼籍に入り、応対したのは息子だった。岡田の写真を見せたが、本人かどうか明確に判断はできないという。また、過去の経緯から、遺骨の引き取りを拒否していた。

その息子の紹介で、何人か岡田敏広の同級生を当たることができた。

二十年以上音信不通の状態で、誰もが写真の男が岡田本人であると断定できなかったが、一人だけ、岡田家の誰一人とも似ていない、という証言を得ることができた。

彼の足跡は、鈴木夫妻、多村戸紀子同様、途切れていた。

捜査班は甥からＤＮＡを採取し、行旅死亡人として保管されている岡田敏広の遺骨のＤＮＡと比較する作業に入ったが、焼死による損傷が酷く、ＤＮＡの採取ができるか否か不明で、できるとしても時間がかかると科捜研から報告が来ていた。

「高木、窪田、金村の行確は今日をもって解除。玉城の行確態勢は維持」

　谷川は玉城本命の姿勢を打ち出す。「その上で、十月二十八日の平井五丁目付近の防犯カメラを漁るぞ。小松川署に連絡、極秘裏に協力体制を取る。小山田さんにも連絡を」

十二月六日　土曜　――トワ

『会えないか』

　向代公園前でバスを降りたタイミングで、名執から電話があった。騒々しい街のノイズを背に酒焼けした声。名執にも、公衆電話からの連絡を徹底させていた。携帯電話も名執との連絡専用のトバシで、一カ月ごとに替えていた。

「お金、もう無いんですか？」

　賭けるのは大きなレースだけにしろと厳命した。それが金をやる条件だった。だが名執は仲間に見栄を張り、一つの勝負に大金をつぎ込むのが常だった。

『日本人も知能のレベルが落ちて、活字を読まなくなったからな。作家も冬の時代だ』

　作家とは身の程知らずな――名執も私に依存しかかっていた。

　警察の手が迫っているような気がした。武警や公安のような強圧的で危険な香りではないが、だからといって今すぐ埼玉のひったくりをやめるわけにはいかなかった。放火と同じタイミングで終息すれば、二つの連続事件が連動していると疑われる危険が高まる。

「誰かに尾行されているとか、ないですか？」

『埼玉県警の捜査員は常に頭に入れてる。心配するな。俺を誰だと思ってる』

自信過剰でナルシストで小心者の三流ライターだ。だが、捜査員の顔を憶えるのは、仕事上必要なことらしく、五十枚以上の顔写真を持っていた。取材した犯罪組織や犯罪者、同業者などと情報交換し、十年以上かけて揃えたという。

『警官なんてものはキャリア以外、埼玉から動かない。だから価値がある』

名執は得意げだった。『これはほんの一部に過ぎない。心配するな、やばい連中につけ狙われたこともあるし、慣れてんだよ』

調子に乗っている。

『東京の連続放火の模倣犯でもやってみようか』

そんな誘いにもすぐに乗った。しかし……。

『職質受けたし、警察が張ってる気配がして、予定の場所には点けられなかった』

名執は無造作に、まったく見当違いのところに火を点けてしまった。嗅覚はいいものを持っているが、どこか抜けている。それくらいが丁度いいとは思ったが。

『いや、お前のビール缶を使った偽装が役に立った』

これで確実に複数犯が露見すると覚悟したが、名執本人は能天気極まりない。

『それより、草間光一の件、警察は事故で処理していないらしいぜ。殺しかもな。探ってみようか』

「別にいいよ」

名執は私と草間の関係を知らない。

『つれないな。今日は帰ってこないのか？』

「バイトが長引いていて、遅くなる」

午後十時。明日放送のＶＴＲは一回戦の編集が済んでいる。本編集は明日午前十時から。

今から赤羽に行き、名執と会えば電車がなくなる。

赤羽にはダミーの住居がある。

名執にとって私はライター志望のフリーターだ。一応私のことを弟子だと思い込んでいる。確かに、Ｎシステムのことや防犯カメラの位置、警察の情報を流してくれるなど、この国の警察を知る上で役には立った。バイクの保管場所も提供してくれた。ピッキングの手ほどきもしてくれた。

『遅くなってもいいからさ……体が荒ぶってんだ』

死を遠ざけられた国に暮らすと、ひったくり程度で興奮できるのか——とは言え、自分の手で直接人を殺したのは、崔明裕と戸井先生が初めてだった。ただ、火を点けただけで、実感はない。手に感触が残っているのは、黄さん……多村戸紀子の殺害だ。

正面から迫り、顔を確認した。黄さんは真っ当な暮らしをしていた。申し訳ない気持ちで一杯になった。感情を押し殺した。すれ違い、背後から迫り、道を聞くふりをしてバイクを停め、バイクを降り、テレビで見た『ノド輪落とし』の要領で、その頭をコンクリートに叩きつけた。彼女は死ぬ直前まで、私がトワ——十和子であることに気づかなかった。

『なあ、来いよ。好きなんだろ。次の犯罪計画でも練ろうぜ』

新たな〝遊び〟を発案し、主導権を握ろうとしている。これ以上、あのバカを荒ぶらせておくと、どんなボロを出すかわからない。

「わかった。なるべく早く上がるから」

ひったくりも、次で終わりだ。名執と寝るのもこれが最後だ。この世に未練を残さないよう、せいぜい激しく抱かれてやろう。

第九章　絆

十二月八日　月曜　――羽生孝之

「だからこの週末、動く――」

土方はデスクに両手をつき、身を乗り出し、北上に顔を寄せる。「可能性が極めて高いと言ってるんですけど」

「なるほど。で？」

北上は読んでいた夕刊から顔を上げる。午後二時の〝クロス〟スタッフルームは、まだ嵐の前の静けさだ。

「ところで月曜から二日酔いか？」

土方の息はわずかに酒臭かった。ミント系のタブレットで誤魔化してはいたが。

「忘年会です。中継技術班と朝まで。選挙のせいで繰り上げ開催でした」

「人気者はつらいな」

「もったいぶって話をそらして、自分の力を誇示したいんですか？」

「俺なりの情報収集だ。お前の本気度を測っていた」

「ものは言いようね。分析捜査班の渡瀬警部は捜査本部の主導権を握りました。彼女は今、連続放火と埼玉の連続ひったくりの死亡者の関係を洗っています」

この一週間、警察から目を引く情報は出ていない。渡瀬警部の潜行捜査が上手くいっている証左だ。

『改めて、違う側面から防犯カメラ映像の収集を行っている』

定時会見で堀部管理官はやや強ばった面持ちで語っていた。役者だ。

土方と羽生は昨日まで鈴木夫妻、そしてトシヒロの足跡を追っていた。土方は鈴木夫妻を、羽生はトシヒロを担当した。

トシヒロに関しては手掛かりが少なすぎる上、数年が経っていて、調査会社への依頼しか手がなくなったが、土方の『そんな予算ない』のひと言で却下された。

土方のほうも、聞き込みで、鈴木夫妻が三重県松阪市から引っ越してきたことを突き止めた。土方は単身松阪市に飛び、本籍が福岡にあることが判明。

――鈴木さん、喋りは博多弁だったよ。

そんな証言も複数得て、さらに福岡へと飛んだが、福岡での足跡は掴めなかった。限られた人員、限られた予算、限られた時間。土方もテレビ福岡の記者に後事を託し、帰ってくるしかなかった。

「敦子……渡瀬警部は、この週末に決着をつけると思います」

それでもその小さな体と頭脳は、いささかのエネルギーも失っていない。

「警察の動きは停滞している。幹部の顔色もよくないと聞いているぞ」

「それが渡瀬警部の手です」

川崎、福生、松阪、福岡。被害者たちを物語るだけの映像、インタビュー素材は集まった。

だが足りない。

「なぜ今週末だとわかる」

「プロファイリングです」

土方はきっぱりと言った。「渡瀬警部の言うところの」

「本人から聞いたのか」

「彼女の考えをもとにそう予測しました」

「結果的に埼玉の事件を加えて正解だっただろう」

北上はまた話をそらせた。口許がややこわばり始めていた。

「ええ、北上さんの運の良さには驚かされます」

「運か？」

「どう考えても運でしょう。その運を利用して、関連を見つけたのはわたしです」

「それで俺に何をさせたい」

「二つの連続事件、その構図がはっきりと解明されれば、大事件ですよね」

「当然だ」

「もし、週末に敦子が犯人を追い詰めたら、リアルタイムで画《え》を送ります。わたしが狙うのは、リアルタイムでの容疑者逮捕中継です」

「ニュースの時間帯なら中継で入れ込む。そうでなかったらＶＴＲだ」

通常番組を中断する価値はない、ということだ。羽生も同じ考えだった。「お前も理解しているだろう」

その上、十四日は衆院選の投開票日だ。

「お願いしたいのは、事件の最終局面が十四日の選挙特番の時間内だった場合」

十四日は夕方の『サンデー・イブニング』から、生番組が続く。土方は選挙報道と重なり、掻き消されることを懸念していると思ったが、逆に掻き消そうというのか？

「選挙特番に中継をぶっ込めと？」

土方は、デスクの隅にある選挙特番の予備台本に手を置いた。

「いくら戸倉さんが持ち前のトークでがんばっても、こんな遊びもケレンもない構成と演出じゃ全然面白くない。しかも与党圧勝は確定的で、もう予定調和過ぎてつまらない番組がさらにつまらなくなる」

「十四日に事件が動くとは限らないだろう」

「動いたときのことを話しています。準備はしておけと」

「青葉部長に言うのが筋だろう」

「突発の重要事件に関しては、速報を入れるのは常道です。天下御免で行きましょう。当日、現場の中継を采配する責任者は、北上さん、あなたでしょ」

羽生はそこで気づいた——選挙特番では、自分も中継担当だったと。土方がそれを放置するはずがない。緊急時には北上のケツを叩き、〝暴走〟の片棒を担げというのだ。

容疑者逮捕に向けた警察の動きは、マスコミには秘匿されている。然るべきときまで報道は控えなければならないが、渡瀬警部との連絡、駆け引きで何とかするはずだ。

「緊急時の受け回線を確保しておいてくださいね」

局の回線センターで、中継回線を最低一回線確保しておけという意味だが、選挙の場合は全国から中継が入る。

「言いましたからね」

土方は人差し指を立てると、足早にスタッフルームを出てエレベータに乗った。

「北上貴史は、本当に性根を据えた一匹狼なのか、ただのスカし野郎なのか、真価が問われるね」

問わせているのはあなただ、という言葉は呑み込んだ。「羽生君、回線センターは、突発事件用に必ず一回線か二回線空けてあるから、当日サブにつなげておいて。根回しはしてある。回線運用の米本《よねもと》さんって人」

本気で選挙特番中に現場中継をする気だ。当日は、局にあるすべての中継車が出払う予定になっていた。そこはどうするのだろうか。

地下一階で降り、向かったのは、取材部の機材庫だった。デスクに武村がいた。

「武村さん、明日から『Pキャス』借りたいんだけど、一台確保できます？」

　正式名は『パーソナル・ライブ・ブロードキャスト・ユニット』。Wi-Fiを使った携帯用中継システムだ。小型軽量で、リュックサックのように背負って移動できるが、中継車同様、これも選挙特番で押さえてあるはずだ。

「ここのは無理だが、レンタルすれば行ける」

「じゃあお願い。選挙当日、武村さんは？」

「ここにいるな」

　武村の口許にわずかに笑みが浮かぶ。

「前の衆院選は民治党本部のチーフカメラだったのにね」

「老兵は去るのみだよ」

　去ろうという気持ちなど微塵も感じさせない口調だ。「Pキャスは、今追ってる事件用か。近々弾ける可能性があるんだな」

「当日動けそうな老兵さんは何人います？」

　当日、ほとんどのスタッフが特番に駆り出されるが——

「車輛部の配車係に一人いるな」

　富岡だ——

「もしものときにお手伝いしてもらうかもしれません」

　土方は済まなそうな顔で両手を合わせた。計算尽くの仕草だ。

「そのほうが楽しそうでいいわな。待ってるよ」

機材庫を出て、再びエレベータに乗り、三階で降りた。報道フロアだった。

「次は社会部長に顔を通しておく」

社会部の〝島〟は出稿、チェック、編集が重なり、殺伐としていた。別件で声を掛ければ、確実に「後にしろ」と罵声を浴びせられる場面だが、土方は迷わず部長席へと足を運んだ。

「お忙しいところお邪魔します、矢矧部長」

「いよいようちに異動か？」

社会部長は原稿チェックの手を休めた。柔和な笑顔で羽生は胸をなで下ろしたが――

「いえ、後ろに控えている羽生がぶち壊してくれましたので、今は大人しくしています」

土方はしおらしく頭を下げ、羽生も狼狽えながら頭を下げた。

「三善幹事長をたらし込んでおいて、大人しくしているはないだろう」

デスクにいる記者たちは、作業をしながらも、こちらに注意を向けていた。「それで、なんだい？」

「今週末に小金井の連続放火と埼玉の連続ひったくりが弾ける可能性があります」

社会部全員の視線が集中した。「どうもその二つの事件は繋がっているとか何とか」

「確かな情報か？　東京の帳場も埼玉の帳場も動きはないはずだぞ」

矢矧社会部長の表情がわずかに引き締まった。

「警察は同一犯と見ているようです。だから都合、殺害されたのは少なくとも三人。ほかにも犠牲者がいる可能性もあります」

土方の口調は断定的で、場の空気を掌握した。「警察は確実に犯人を追い詰めています。信頼できる筋からの情報です」

矢矧部長は「そうか」と唸るように言った。

「もし選挙特番中に弾けた場合、北上さんと彼が対応できます」

土方が羽生を指さした。羽生は矢矧部長に「羽生と言います」と頭を下げた。羽生は別の意味で、報道では知られた顔だ。

「回線運用の米本主任も承知しています。羽生君は特番中、中継班で筑摩さんとサブに詰めます。もちろん、十四日以前に弾ける可能性もありますが、その時はわたしが対応します。みなさんも……」

土方はデスクにいる記者たちを見渡す。「何かったらよろしく。あ、A部長には内緒で」

矢矧部長の口許に、仄暗い感情が含まれた笑みが浮かんだ。共犯者のそれだった。

著作権デスクに戻ったところで、ひと息ついた。

「今週は衆院選で、少なくとも局関連の忘年会はなしね。それだけが救いか」

金曜の夜、土方は福岡から帰ったその足で各部署の忘年会、飲み会に参加し、朝まで騒いだ。土日も、武蔵小金井署、浦和中央署のそれぞれの捜査本部を飛び回り、さらに羽生とともにVTR編集室に籠もり、これまで撮影した素材を編集した。そして、日曜の夜には中継技術班の忘年会に参加、いつの間にか中継回線の根回しをした。

土方はイスに背を預け、欠伸をしながらスマホの着信メッセージを確認した。

「警視庁も福岡の捜査で成果を挙げたみたい」

テレビ福岡の記者からの情報のようだ。「福岡市内で福岡県警の刑事と一緒にいる嵯峨野さんを見かけたって。こっちの捜査員の写真送っておいてよかった」

「抜け目ないっすね」

「警視庁の要請で動いているのが、福岡県警の組対だって。日本一実戦経験が豊富なチームね。予想通り、密航組織と密入国の線を追ってるんだろうね。蛇頭と繋がってる暴力団に心当たりがあるようで、そっちにも探りを入れるって」

中国語を操る多村戸紀子と、彼女をリンシンと呼んだトシヒロ。土方はそこに焦点を置いたのだ。

「これで敦子とわたしが同じことを考えていることがわかった。鈴木さんの本籍は福岡みたいね。たとえばそこで密航組織とか、反社会的組織との関連があったのかも」

土方はそう言うと、電池が切れたようにデスクに突っ伏し、寝息を立てた。

同日——渡瀬敦子

「同一人物と判定されたそうです」

渡瀬は科捜研からの電話を切り、言った。「よし」という声が周囲から上がった。原島が拳を握り、加古川管理官も小さくうなずいた。

捜査本部の大型モニタには、二枚の画像が並んでいた。

●十二月三日　水曜　西東京市向台町・多摩湖自転車道・午後十一時十二分
●十二月七日　日曜　北区赤羽台のアパート前・午前三時七分

それぞれ撮影日時が注釈されていた。夜間撮影のため見えにくいが、どちらにも二十代から三十代前半に見える女性が映っていた。

多摩湖自転車道には先月二十五日、石神井川との交差点を中心に小型監視カメラを複数箇所設置し、二十四時間態勢で行き交う人々を撮影していた。

映った女は、ジョギングをしていた。

北区赤羽台の女は、昨日名執遼太郎行確班が撮ったもので、メガネをかけリュックを背負っていたが、顔認証システムの目はごまかせなかった。

女の住居は木造モルタル二階建ての古いアパートで、六日午後十一時過ぎに名執が訪れた。十日間にわたる行確の中で、初めて訪れた場所だった。そして翌七日午前二時五十分に名執は出ていった。行確班は一人をアパート前に残し、一人が名執を追った。午前三時七分、女が出て来たところを、残った一人が撮影したのだ。

名執は朝まで赤羽駅前のサウナで過ごしたあと、帰宅した。女は出ていったきり戻ってこなかった。

名執行確班は、女の画像を武蔵小金井署の捜査本部に送ってきた。

そして、見当たり——人相を記憶し、判別する技量を持つ日野が、自身の目と顔認証システムを駆使し、赤羽のアパートの女と同じ顔を、多摩湖自転車道のジョガーの中から見つけ出したのだ。

「アパートを契約しているのは石川和美《いしかわかずみ》という、二十七歳の女」

渡瀬は、送られてきたメモを読み上げる。「本籍は群馬県高崎市片岡町二丁目ですが、その住所に石川という家はなく、石川和美なる人物も存在しないそうです」

「偽名か。いよいよ怪しいな」

加古川が言う。

「同じアパートの住人も、彼女のことを知らないようですが……ただし、隣の住人が、石川が部屋に来たときは、必ず男もやって来て情交に及ぶと証言しています。壁ごしに声が聞こえるそうです」

――箱ヘルかもしれないな。赤羽署の生安は把握しているのか。

そんな声が上がる。

「赤羽署は石川を把握していないか確認、恋人なのか商売女なのか。引き続きアパートを張り、石川が現れ次第、行確に入ったほうがいいな」

「手配します」

渡瀬は応えた。「名執の動きは」

「変わりなしだな。今は部屋にいる」

脇に控えていた八幡が応えた。「午前に出版社の編集者と川口駅前の喫茶店で打ち合わせをしていたが、それだけだ」

「先週のバイク盗難は」

加古川が別の担当者に報告を促す。

「七件の報告がありますが、同一犯と思われるものはありません」

「では、次の犯行のために改めてバイクを盗む可能性があるわけだな」

バイク窃盗担当者は「警戒を厳にします」と応えた。

そこで渡瀬のスマホにメッセージの着信があった。

「福岡で動きがあったようです。一度戻ります」

渡瀬は一同に告げ――「八幡さんもあとよろしくお願いします」

八幡は、名執行確の指揮を執っていた。

「任せておけ」

渡瀬はバッグを手に浦和中央署の捜査本部を出た。


福岡には嵯峨野と佐倉を中心とするチームが飛び、海上保安庁の密入国事犯取り締まりの資料と、半島と大陸からの密航業者と繋がりがある反社会組織を捜査していた。

打った手がすべて実を結び始めている――

渡瀬はタクシーとJRを乗り継いで、武蔵小金井署の捜査本部に戻った。

開け放たれた扉を潜ると、大型モニタに似顔絵が表示されていた。

「戻ったか、席に着け」

堀部が気づき、声をかけてきた。モニタの周囲には捜査員、捜査幹部が集まっていて、後方には剣呑な雰囲気を発散する見知らぬ男がいた。渡瀬は男の脇を過ぎ、ノートパソコンを前にした日野の隣に座った。

「お手柄です」と彼女の耳元で囁いた。「あの似顔絵は？」

女性二人が描かれていた。ただ、似顔絵にしてはタッチが軽く、漫画のようにも見えた。

「海保が保管していた資料」

日野が小声で応えた。

「揃ったようだな。順を追って説明する」

谷川が立ちあがる。「まずは海保からの情報だが、二〇〇×年の密入国者の摘発件数は二十二件、四十七人。すべて不法入国者として適正に処理。ただ、目の前で逃げられたケースが一件あった」

海上保安庁の巡視船が福岡沖で不審な漁船と小型の高速貨客船二隻を発見、臨検のため停船を求めたが、漁船が巡視船に体当たりし、その間に高速貨客船が逃げたという。その後、別の巡視船による追跡が行われたが、当該高速貨客船は日本から離れるコースを取っているのが確認された。

「海保巡視船はその高速貨客船を臨検、船員以外に複数人が乗っていた痕跡を認めた。乗客、仮に乗客と言うが、彼らは別の船に乗り移り、逃げたあとだった。だが、高速船からの押収物の中に、これが残されていた。資料二番だ」

海と空を背にした女性の肖像が三枚。モニタに映っているものと同一のものも混じっていた。写実的ではないが、リアルさを残しつつ上手くデフォルメされていた。

「海保の隊員が、臨検の前に、高速船の乗員が海に何かを棄てているところを見ている。ただ、この絵はマストに引っかかっていたそうだ」

「乗客の身元がわかりそうな何かだろうな」

堀部が口を挟んだ。「これについて、日野君が興味深い指摘をしている」

「片方は多村戸紀子に、もう片方は石川和実に似ていると判断します」

日野は似顔絵と多村戸紀子、不鮮明だが石川和実の写真を並べてモニタに表示させた。

唸り声が上がったが、明確な異論や反論はなかった。

「棄てようとして、マストに引っかかったのなら、棄てるだけの理由がこのイラストにはあったということになります。ならば、多村戸紀子と石川和実に似ているという事実は重要だと思います」

「石川は、少し微妙じゃないか？」

谷川が首を捻る。「雰囲気は確かに似てはいるが」

「早急に石川を発見し、行確の上で画像と映像が入手できれば、はっきりすると思います」

渡瀬の進言に、谷川は「赤羽署にはもう協力要請をした。行確班も編制してある。次だ」と応えた。「日野、次の資料だ」

谷川の合図で、九州の地図と、暴力団の組織図がモニタに表示された。

「次は密航の背景だ。当時九州近海の密航を仕切っていたのは、博多に本拠を置く九道会。廈門《アモイ》に拠点を置く蛇頭と関係が強いと言われている」

　蛇頭は密航や人身売買を行う組織の総称で、中国福建省を中心に東南アジアにかけて、無数に存在する。ただ、小さな組織や個々のブローカーの緩い繋がりでしかなく、十年近く前の渡航記録など残っていないだろう。海保が把握している情報は摘発した件数のみで、摘発を免れた密入国は、その数十倍とも言われている。

「九道会系の元構成員が、取り逃がしたケースのことを憶えていた」

　福岡県警の協力による成果だ。モニタに顔写真が表示される。久永《ひさなが》源二《げんじ》。五十八歳の元幹部で、覚醒剤密輸で服役、二年前の出所を機に引退したという。

「罪に問わないことを条件に話したそうだ。どのみち、時効は成立している」

　久永は覚醒剤、銃器、密入国など海上取引を請け負っていた。そこで九年前、ＶＩＰ待遇の密入国者六人を運んだという。うち一人が、元九道会構成員で、元号が昭和から平成に変わる頃に大陸に渡り、中国の組織と九道会を結びつけ、海上密輸ルートを構築した男だった。

「その男の名は加賀谷《かがや》章介《しょうすけ》。写真は一切残っていないが、久永ははっきりと顔を憶えていた。九道会の古い構成員たちの中では、伝説の男だったようだ」

　加賀谷の〝密帰国〟のためにチームが組まれた。高速貨客船と、巡視船に見つかった場合の妨害を担当する漁船、そして、万一に備え沿岸で待機している予備船。当時中堅だった久永は予備船に乗っていたという。

「高速船が巡視船に見つかり、妨害用の漁船が邪魔をしている間に高速船が逃亡、決められた場所で予備船に加賀谷らを乗り移らせ、上陸地点に運んだ」

――ビンゴじゃないか、と誰かが言った。

「六人の内訳はどうなっていますか」と渡瀬。

「男が二人、女が二人、少女が二人。年齢は当時加賀谷が五十半ば、男は四十前後、女のうち一人は四十代後半、もう一人は三十代。少女は十代後半と、中学生くらい」

久永は、加賀谷の顔は知っていたが、ほかの乗員の名前も身元も知らされていなかった。

「加賀谷は右脚がなく、まだ治療の途中だったそうだ。ほかに特記は、少女の片方が船酔いとひどく風邪を拗らせていて、意識が混濁していた。海上で予備船に移乗させるときに苦労したそうだ」

「九年前、重慶で共産党の大物書記官、王青来《おうせいらい》が中央政府に摘発された」

後方にいた男が立ちあがった。「組対二課情報分析担当管理官の小暮《こぐれ》だ」

捜査員の一人だったようだ。細身だが、頬骨が出て目が大きい異相だ。

「紹介が遅れたな。組対の中国担当情報官だ」

堀部が小暮に一礼する。「続けてくれ」

「当時の国家主席が行った汚職摘発作戦、〝虎狩り〟の一環だが、王とともに癒着していた黒社会も叩かれた。王と癒着していたのは、『福龍幇』と呼ばれる組織で密航、薬物売買、人身売買、臓器売買、武器売買、何でもやっていた。老板《ラオバン》の劉陽《りゅうよう》は真っ先に押さえられたが、摘発を逃れた幹部の多くが国外へと脱出、日本にも密入国した可能性がある」

中央政府は、各国へ逃亡犯の情報を提供した。だから組対は情報を持っている。

「崔明裕《チェミンユウ》という幹部の情報が流れてきた。日本人だという噂があり、それで向こうの政府も照会してきたのだろう。当時の捜査では入国の確認ができなかったが、今来た海保の取り逃がし事案と時期が一致する」

小暮は一拍置き、捜査員たちを見渡した。「中国側からの資料に、崔が足を治療しながら逃げていたという記録があった」

捜査本部がざわめいた。

日本人である崔明裕。福岡から中国に渡った加賀谷章介。ネイティブな博多弁だったという鈴木章介。

「崔明裕は、鈴木章介ですね。九年前に突然現れたのは、別人の戸籍を買ったからかもしれません」

それぞれの年齢、特徴を考えると、鈴木章介、妻の顕子、多村戸紀子、岡田敏広と合致する。「密航組織の幹部なら、二千万を超える預金もうなずけます」

「戸籍売買の線も当たろう」

堀部が言った。多村戸紀子も岡田敏広も、離散した家族の一人だった。

「岡田敏広も殺人と考えると、犯人は密入国してきた四人を殺したことになります」

渡瀬は思考を整理しながら言葉にする。「渡航してきた六人に連絡網、あるいは絆があると仮定するなら、誰かが死ねば、誰かが気づきます。もし犯人が仲間の抹殺を企てたのなら、殺しと悟られれば警戒されます。あるいは逃げられるか反撃されるか」

「殺しには厳しい条件が伴うんだな」

堀部の言葉に、渡瀬は「そうです」とうなずいた。

「導き出される条件は、第一にかつての仲間に、殺人だと認識されないこと。捜査する警察にも、計画殺人と認識されないこと」

事実、犯人は花火遊びによる通報という偽装まで弄し、鈴木夫妻が不慮の犯罪死であると渡瀬自身に、そして警察に印象づけた。

「第二に、多村、岡田の殺害が鈴木夫妻の殺しと関連していると認識されないこと。つまり連続殺人と悟られないこと。連続殺人と認識されると、警察が四人の過去を掘り返します。過去を探られたくなかったからこそ、東京と埼玉で別の事件を仕立て上げた」

渡瀬は東京と埼玉の事件を発生順に並べ替え、特記事項を記入し、モニタに表示した。

《放火①》　五月十六日　　金曜
《放火②》　六月二十八日　土曜
《強盗①》　七月十八日　　金曜
《放火③》　七月二十五日　金曜　※埼玉でバイク盗難届け出。玉城が埼玉の防犯カメラに映る。

《強盗②》八月十二日　火曜
《放火④》八月十四日　木曜　鈴木夫妻死亡
※十七日バイク盗難届け出。多村戸紀子死亡事件に使用。玉城が埼玉の防犯カメラに映っていた。盗難は十四日？
《強盗③》九月十日　　水曜
《強盗④》九月二十一日　日曜
《放火⑤》九月二十六日　金曜
《強盗⑤》十月十二日　日曜
《放火⑥》十月二十五日　土曜
《強盗⑥》十月二十八日　火曜　多村戸紀子死亡。岡田敏広火災で死亡。
《放火⑦》十一月二十二日　土曜　※玉城バイク盗難を実行？
《強盗⑦》十一月二十四日　月曜

唸り声と感嘆が上がる。

「先月二十四日の路上強盗の七件目に使用されたバイクは、二十二日、七件目の関野町の放火のときに盗まれた可能性がありますね。重点捜査が必要だと思います」

渡瀬は言った。「それでみなさん、この表を見てどんな印象を受けますか」

——概ね一週間から二週間の間隔で、タイトなスケジュールだな。

——タイトと言うより、急いでいるような印象を受けないか？

その声は渡瀬の抱いた印象と一致していた。

「鈴木夫妻殺害から、多村、岡田殺害の間隔が空いたのは、どちらかの居場所が判明していなかったと思われます」

「全員見つけてから犯行に及べばよかったんじゃないのか？」

堀部が指摘する。

「そこで急いでいる、という印象がクローズアップされます。犯人側にはタイムリミットがあると推定します。だから、多村か岡田どちらかが見つかった時点で同時に殺すことだけを決めて、計画を実行し始めた。すべての条件をクリアしつつそれが実行できる方法が、東京と埼玉で別の事件を起こし、事件の中に不運な犯罪死として殺人を紛れ込ませるという手法です」

これなら手間をかけるだけの価値がある——

「連続路上強盗は埼玉で起こしたのですから、多村戸紀子の住所はわかっていたのだと思います。従って、犯人は事件を起こしていく中で岡田敏広を探していたと考えます。そして、ここまで考えると、さらに疑問が浮き上がってきます」

渡瀬はモニタの表示を久永源二に切り替えた。「ここまで用意周到な犯人が、なぜ被害者の繋がりを知る久永を生かしておいたのか」

また唸り声とざわめき。

「捜査の手が福岡に伸びることを想定していなかった、というのは犯人らしくありません」

異論は出ない。「考えられるのは、犯人が久永の存在を認識していなかったという可能性です」

「風邪で意識がなかった少女か！」

谷川の言葉に、周囲からおお、と声が上がった。

「二人の少女は、十代後半と中学生くらい。その十代後半の少女が、シェルターを用意した女性、あるいは石川和実も年齢と一致します。従って、わたしは彼女こそ主犯だと考えます」

渡瀬は再びモニタに似顔絵を表示させる。

「今回の犠牲者たちが崔の一派なら、密入国から九年、過去を隠し、慎ましやかに暮らしていた鈴木夫妻、多村戸紀子、岡田敏広、二人の少女の秩序が崩れる事態があった」

転機、転流。自分の前に十数年ぶりに、玲衣が現れたような——

「残った少女は今二十代前半か」

堀部が言う。「彼女は標的なのか共犯なのか……いずれにしろ残った少女を急ぎ探す必要があるな」

「この少女がどんな存在であるのかも重要だと思うが？」

小暮だった。「家族なのか、男の情婦のような存在なのか、稼ぐための財産として連れてきたのか。崔が人身売買に関わっていたのは確実だ」

搾取、虐待されてきた可能性もある。

少女の復讐？　復讐のために関係のない一般市民を巻き込んで、事件を引き起こしたと？　違う――渡瀬は否定する。復讐のためだけに大がかりな事件を引き起こすか？

自分はどうだった？　現状を断ち切りたくて、警察官となった。早く平穏な生活に戻りたいがために、町田の事件では反則を使った。

「動機は、人生を変える何かです……」

渡瀬は言った。「極めて個人的な成功か、それに準ずるものだと思います。表沙汰になれば仲間が気づき、騒ぐほどの成功です。嫉妬を全身に浴びて、成功を妨害される可能性も出てきた。それは必ずしも、過去の犯罪の暴露ではない。たとえば密入国をした、あるいは身分を偽ったという事実だけでもダメージになるような。それがタイムリミットに関係しているのかもしれません」

思考とその結果が一点に集束してゆく。「だから、その前に殺す必要がありました。なおかつ、ともに日本に渡ってきた仲間に殺人と悟られないように」

「だが成功とは具体的に何だ」

堀部が当然の疑問を口にした。

「わかりません」

そう応えるしかなかったが、犯人は自分と同じカテゴリの人間なのかもしれない――渡瀬は漠然とだが思った。

十二月十一日　木曜——渡瀬敦子

その日も翌日もその翌日も、赤羽にも多摩湖自転車道にも、石川和美は現れなかった。石川和美さえ捕捉すれば、事件解決の最終段階だと踏んでいたが。

——気づかれたか、動きを読まれたのではないか。

——あるいはまったく無関係の女か。

暗く、不鮮明な写真と、不動産業者の契約書に残った出鱈目な情報と筆跡。得ているものはそれだけだ。名執、玉城ともに動きに変わりはなく、偶然なのか気づかれたのか、判断する材料がなかった。

バイク窃盗の発生地域における、玉城の影を追う捜査は、まだ成果を挙げていない。時間の幅と、地域を広げていて、今しばらく時間がかかるだろう。

鈴木邸放火時の怪談オフ会の書き込みも、発信場所は特定できたが、防犯カメラのデータは残っておらず、発信時間帯に当該ＰＣを使っていた会員は、女性であること以外、電話番号、居住地すべてが出鱈目だった。

『入会時に身分証が必要ない店でね』

東京ではインターネットカフェの会員になる際、身分証の提示が条例で義務づけられていたが、大宮周辺では必要ない店が多い、と原島は言っていた。真犯人は、それも周到に調べ上げていたのだ。

インターネットカフェの入会届と、不動産業者の契約書に残された筆跡が同じと判断されたのは前進と言えば前進だったが、それをもって石川が放火犯であるという証明にはならなかった。

そして、岡田敏広が住んでいた地域は、防犯カメラ網の穴が多く、小山田も苦戦中で、犯人らしき姿は捉えられていない。

胃薬の減りが早かった。


夜、浦和中央署を出ると、待ち合わせでもしていたかのように玲衣が立っていた。

「どうして」

「仕事だからよ」

少し離れた歩道には、角張ったリュックを背負い、手にカメラを持った金髪の女性がいた。

「いつひったくりがあってもいいように、即中継ができる態勢を取っているの」

渡瀬の視線に気づいたのか、玲衣は言った。「選挙選挙で、最低限の人繰りでね。今日はもう上がり？　官舎に帰るの？」

渡瀬はコートを着てバッグを手にしていた。

「近くにホテルを取ってある」

「だったらホテルまで付き合う」

ホテルは署から歩いて十分ほどだったが、今は玲衣と話したかった。

玲衣は金髪の女性に、車で先回りしておいてと伝えると、渡瀬と並んで歩道を歩き始めた。

「九年前……」

前後に人がいないのを確認し、玲衣がそっと切り出す。「チェ・ミンユウという黒社会の幹部が、海を渡ったって」

思わず玲衣を見た。

「なんだ、敦子も知ってたんだ」

カマをかけられたことを悟った。

「その情報……どこから」

「香港に伝があってね、ちょっと調べてもらった」

多村戸紀子のルーツが山口県にあること。中国出身である感触を得たこと。鈴木夫妻のルーツも福岡にあるとわかったこと。ただ、そこで足取りが途絶えたこと。嵯峨野が福岡県警組対のベテランと組んで捜査、海上保安庁にも足を運んでいることも確認し、警察が中国からの密航者を探っていると判断した、と玲衣は説明した。

「その香港の伝がね、ちょいと裏社会にも通じていて、九年前に何があったのか聞いてみたら、中国国内で大規模な汚職摘発が行われて、摘発を逃れ国外逃亡する人たちのお陰で、たくさんの密航業者が儲かったって」

崔明裕は人身売買の世界で、名の知れた人物のようだった。

「崔という男は右脚を失った状態で武警と公安の追跡を振り切り、短期間で密航を段取って、相場の倍以上の金を払い、女を四人連れて海を渡っていった。女のうち二人は年端もいかない少女だった。行き先は日本じゃないか。いや、オーストラリアまで逃げた。当時いろんな噂が、香港界隈で流れていたみたい」

玲衣は多くを知っていた。信用もできた。腹の奥の何かが、囁きかけてきた。

「十五年前と同じ目をしてるね。さて、何する？」

見透かされていた。

「その前に、条件はなに？」

「十四日に犯人を確実に動かしてやろうよ。そこで逮捕。それでわたしも敦子もWin-Win」

被疑者逮捕は願ったりだが、玲衣の〝Win〟はどこにあるのか——

「でも、自分をエサにするのはNG。今回も今後も」

できるでしょ？　玲衣の目はそう問いかけていた。

十二月十三日　土曜　——トワ

土曜日の吉祥寺は、日が落ちても人の波に包まれていた。寒風が頬をなで、街の光に、白い息が照らされる。

画材店とパルコの地下の書店からダイヤ街、元町通りと、巽伽耶《たつみかや》のいつものコースに付き合った。ただし、常に二メートルほど距離を開け、視線は合わさない。街中では他人のふり。それが伽耶に課した〝デート〟条件だった。土曜の夜を選んだのは、人通りが多く、少しでも防犯カメラに映るリスクを減らせるためだ。

「スパイ映画みたいだね、美和ちゃん」

それでも伽耶は楽しそうだった。すべてを前向きに捉え、深く考えずに楽しむ。それが伽耶の才能だった。人によっては、障害に見えるかもしれない。

「こんな形でしか会えなくてごめんね、伽耶」

もう何年も伽耶のことをミヤと呼んでいない。何年もトワと呼ばれていない。

ミヤが巽伽耶となったように、わたしも森野美和となった。すべて崔明裕が段取りしてくれた。武警の襲撃に遭い、ミヤからもらった希望の火が掻き消されようとしていた私を、そしてミヤを救ってくれた。

「賑やかなのは今日までだよね」

駅前では、選挙の候補者が入れ替わり立ち替わり現れては、最後の訴えをしていた。午後八時になればそれも止む。毎回、投票所入場券の封書が届くのは、崔の仕事が完璧だったからだ。選挙など、九年前までは知りもしなかったシステムだ。

「暖かいところで、ゆっくり話そう」

元町通り沿いのカフェに入り、暖をとる。別のテーブルに、背中合わせで座る。

上着を脱いだ伽耶は、白いセーター姿だ。彼女の穢《けが》れのなさを象徴しているようで、よく似合っていた。私はスマホを出し、イヤフォンを付け、動画を見るふり。伽耶も書棚から漫画を数冊取ってきて、開いた。

「お仕事、大変？」

私にだけ届く声量で、伽耶は訊く。

「大変だけど、楽しいよ」

私も、伽耶にだけ届く声量で言う。「伽耶のほうが大変でしょ、今は」

「全然大変じゃないよ。学校行って、漫画描いて、時々彼と会って」

伽耶はいつも自然体だった。「美和ちゃん、わたしも就職する」

「せっかくデビューできそうなのに？」

伽耶は二年前から本格的に漫画の投稿を始め、何度か新人賞最終選考まで進み、現在は担当編集が付き、一度、読み切りが月刊少年誌に載った。底抜けにポジティブなストーリーが、この閉塞的で報われない時代に異彩を放っている、というのが伽耶への評価だ。家族や友達、絆が恥ずかしくなるほど明確にテーマとなっている。

「夢と現実のバランスが大事だって言われたから」

「夢に向かって突っ走っていいバランスだよ、伽耶は」

「そうなの？」

「そう。デビューを就職と考えればいい」

「でも、それ確実なことじゃないよ。それにわたし、いろんなことを知りたいし、小寺《こでら》さんに恩返ししないと」

伽耶は陽気だが、頑固で一途な面もあった。

「小寺さんはただの後見人。そこまで気を遣う必要はないから」

小寺氏は巽家の遠縁で、大阪を拠点に不動産業で成功している人物だ。ミヤを本物の巽伽耶と思い込み、定期的に困ったことはないかと連絡をくれる。請えば、生活費も用立ててくれただろう。

伽耶は今、幸せをつかもうとしていた。


炎と焼け落ちる壁と黒煙。叫び。悪夢を呼ぶ。消えない記憶。

後から知ったこと――武警の襲撃の日、〝クランケ〟の監視長だった李《り》哲浩《てつひろ》は〝病院〟のあちこちに火を点けて回っていた。今では証拠隠滅と武警に対する陽動と時間稼ぎだったと理解している。

だが動けない〝クランケ〟がいる部屋に火を点けることも、必要だったのだろうか。炎と煙に包まれた〝病室〟から聞こえてくる断末魔の叫びが耳から離れなかった。およそ人間の声とは思えなかった。

上手く逃げおおせた人は、武警に保護されたのだろうか――私を恨み、悪意の籠った視線で罵声を浴びせてきたのは、私と同じ境遇にいた人たちだった。

周さんが撃たれたあと、私を森に連れて行ってくれたのが、李だった。

森には〝病院〟の崔理事長と、事務長の戸井先生、経理の黄さんがいた。

『心配すんな。支店がひとつ潰れただけだ』

崔は脚を撃たれ、ひどく出血していたが、いつものように目尻に一杯皺を寄せて笑っていた。

『商品はトワとミヤだけか』

李は吐き捨てた。『どうするよ、崔のダンナ』

『今はまず逃げ切ることを考えろ。身の振り方はそれからだろう』

崔は鷹揚に応えていた。

歩けない崔のために、李が倉庫から荷車を持ちだしていた。〝病院〟側から見えないように偽装された細い峠道を下った。崔が乗った荷車は、李が引いた。時々私とミヤも手伝った。

『どこに行くの？　どうするの？』

ミヤは道中、目を輝かせ、崔に何度も聞いた。ミヤにとっては逃避行ではなく、未来への行進だったのだろう。

道案内は黄さんだった。二日間歩いて、小さな村に着き、古い二トントラックを手に入れた。そこからトラックに揺られ、一日。町外れの古びた農機具小屋に腰を落ち着けた。

崔の療養のため、そこに留まった。崔の指示で、李は毎日どこかに出かけていた。黄さんは崔の手当てをし、薬や食料を調達してきた。二日目には携帯電話を手に入れ、崔はあちこちに連絡を取っていた。

やがて、崔は戸井先生と一緒にトラックに乗りどこかへ行った。

崔がいない間も、李と黄さんが毎日どこかへ出かけ、電話をかけ、お金やよくわからない書類を集めてきた。

一週間後、崔と戸井先生が帰ってきた。

崔の右脚がなくなっていた。応急処置が不十分だった上、数日間の無理な移動がたたり、傷が化膿、脚は救えなかったという。それでも、崔から笑顔が絶えることはなかった。

『民警ではなく中央の公安が動いている。長くは潜伏できんから、遠くへ逃げることにした』

崔から行き先は日本、と告げられた。崔と戸井先生の故郷で、私とミヤが幼い頃から日本語と日本の文化を教わったのはそのせいだ。崔も戸井先生も李も黄さんも私もミヤも、日本語ができた。日本人に紛れても大丈夫だと崔が太鼓判を押してくれた。

日本人の戸籍を手に入れ、日本人となり日本で暮らす。それが計画だった。

聞いた瞬間、全身が震えた。

存在しない人間《ダークナンバー》が、初めて存在を許される——

『お前たちは存在しない人間だ。誰からも見えず、誰も興味を持たない。ここ以外、お前たちの居場所はない』

崔は治療中も昔所属していたという福岡の〝ヤクザ〟と連絡を取り、私たちと入れ替わる日本人の人選をしていた。蓄財の大半を使ったと、李が苦々しげに言っていた。

私は、森野家の美和という少女になった。本籍は山口県だと聞いたが、森野家の痕跡はすでにないという。事業の失敗で、父親と母親が自殺。両親は親戚縁者に金を借りまくり、縁を切られていた。結果的に残された長女の美和が借金を背負い、福岡に連れて行かれ、戸籍と自分と一部の臓器を金に換え、やがて人としての心を失ったと聞いた。

借金を完済して、心機一転社会復帰した森野美和が、今の私の姿だ。

ミヤは投資の失敗と浪費とギャンブルで道を外した巽健三《けんぞう》というビジネスマンの娘、巽伽耶に落ち着いた。巽健三は、ＩＴ系企業の社長ではあったが、借金のカタに会社とともに小学生の娘を売った。巽の遠縁の資産家、小寺家は巽健三を見限り縁を切っていたが、巽の娘のことは気にかけていた。今の伽耶があるのはそのお陰だ。

崔は福岡の〝ヤクザ〟と密航業者に金を払い、海上で船を乗り継いだ。

上陸したのは福岡の海岸だったが、私に記憶はない。後に肺炎だったと聞いた。私は森野美和として入院し、退院後は一カ月ほど〝ヤクザ〟が用意してくれたアパートで、日本での暮らし方を勉強した。

崔と戸井先生は夫婦となり、同時に黒社会から引退した。戸井先生が、崔を支えると言った。李の日本語は少し怪しかったが、日本人となり、日本でまた大きな事業をすると意気込んでいた。黄さんは日本語と英語に堪能で、自立すると言っていた。

『今日からはみんな他人同士や。俺と顕子は除いてな』

別れの日、崔は言った。李が私とミヤを元手に商売を始めると言ったが、崔は厳しい言葉でそれを諌《いさ》めた。日本には日本のルールがある。もう黒社会の生き方は棄てろと諭した。私とミヤは、十分組織に貢献した。もう自由だ、と言ってもらえた。

『みな自由に、自分で生きていけ。ただしトワとミヤは、困ったことがあったらいつでも相談に来い』

崔は私とミヤのために、ある程度まとまった額の生活資金まで用立ててくれた。

それから、一生懸命生きた。崔の生活資金には手を付けなかった。最初の何年かは、ミヤと手を取り合って生きた。時が過ぎ、私はマスコミの仕事に就き、ミヤは小寺家の後見で進学し、漫画の才能をさらに開花させた。

日本で勉強をする中で、私が『黒孩子《ヘイハイツ》』という存在だったことを知った。

一人っ子政策の中で生まれた、二人目、三人目、それ以上の子供。法的に存在してはいけない子供。戸籍のない人間。存在しない人間。一説には三千万人、あるいはそれ以上いるとされている。

私が崔に拾われたのは、五歳か六歳の頃だ。年齢は自分でもよくわからない。とにかく、私は物心ついたときから、母の言いつけで、裸で物乞いをしていた。父はいなかった。

そこで、たまたま通りかかった崔に買われた。飴《あめ》をもらって、すごくうれしかった記憶がある。

日本に来てから、平穏に暮らせていた。しかし、今年になって突然身元調査を受けた。巽伽耶がどのような人物か、聞かれた。ご近所さんで、会えば挨拶をし、時々一緒に散歩をした。彼女の実家のことはあまり知らないと応えておいた。

ミヤに問い合わせると、小坂という男に結婚を前提とした交際を申し込まれ、それを受けたという。調べたら政治家の家系で、資産家だった。

『連絡が遅れてごめんね』とミヤは言った。

私の人生で一番の喜びだった。

何年かぶりに、崔と連絡を取ったが、認知症の症状が出ていて、戸井先生と話した。ミヤのことを報告するため。

だが、時は人の心を変えた。戸井先生は苛立っていた。崔の世話が重荷だと愚痴を吐いた。

『ミヤが金持ちと結婚なんて、一人だけ抜けがけみたいに』

戸井先生のその言葉がなければ、私は今回の計画を実行することはなかった。

戸井先生が変わるのなら、李も黄さんも変わるかもしれない。

ミヤの未来に仇なす存在になるかもしれない。だから――


暖かな空間。コーヒーの湯気と香り――あくびのふりをして横目で見ると、伽耶は漫画を片手に、苺のショートケーキに夢中になっていた。

「絶対幸せになるんだからね、伽耶」

「どうしたの突然?」

「伽耶の幸せが、私の幸せだから」

「変なの」

屈託のない笑い声。伽耶は穢れていない。どんなことをしても穢れない。「でもうれしい。

わたしとト……美和ちゃんの絆だよね」

　過去が発覚すれば、伽耶の幸せは霧散する。それで伽耶が絶望を感じることはないと思うが、私自身が許せなくなる。

「ねえ、伽耶。残ってないよね」

「ん？　なに？」

「昔のもの」

　〝病院〟にいた頃のもの。潜伏から日本に至る間に持っていたもの。私たち六人の関係、絆を示すすべてのもの。

「誰にもわからない場所に隠してあれば大丈夫だよね」

　懸念は的中した。

「だめ。伽耶のためなんだから」

　目に見えるものは船に乗る前に全部捨ててきた。日本に来てからできた思い出も、すべて抹消した。伽耶と初めて探検した、あの一番大切な思い出の動画も。

　笑顔の彼女の背景には、少し霞がかった青空と幽玄な湖面。

『綺麗だね、トワちゃん』

　春、彼女は真新しい体操服に身を包んでいた。

『ここ、入っちゃだめなんでしょ？』

私が少し困惑気味に応えている。『見つかったら怒られるよ』

湖面に突き出た緑の尾根。これは九年前に携帯電話で撮った映像だ。初めての探検と言っても、自宅から一時間程度のハイキングだった。

彼女はスケッチブックを持っていて、湖畔を歩いては、瑞々しいタッチで木や花や湖や私を描いた。

『〝病院〟の近くにあった湖に似ているね』

彼女は言った。同意を求めていたのはわかったが、〝病院〟での経験はまだ胸に重くわだかまり、素直に笑えず、うなずくこともできなかった。

『撮って』と彼女に言われた。『思い出だからね』

『もう撮ってるよ』

私は応えていた。彼女は自由で奔放で、よく歩く。

森のほうに行って、姿が見えなくなったときには少し焦ったが、本人はケロリとして戻ってきた。あとで調べたら、水道局の施設がある敷地で、少し肝を冷やした。

そんな思い出の詰まった動画だ。旧式の携帯電話から転送をくり返し、長きにわたって保存してきた。

だがこの日本では、写真一枚ですら命取りになる。ミヤの場合、私たちをよくイラストや漫画に描いた。崔も、黄さんも、私も。たとえ見つかっても誤魔化すことはできるが、わずかでも疑われたら、それは崩壊の端緒となる。

「でも、みんな家族だよ」

「家族じゃない！」

少なくとも、戸井先生と李は家族ではなくなった。崔は、私を誰であるか認識できなくなっていた。黄さんは伽耶が著名人と結婚すれば、過去を探られるリスクがあるとして、結婚を止めるだろう。言うことを聞かなければ、躊躇なく伽耶を殺すはず。

だから、全員を殺した。伽耶の与《あずか》り知らないところで。

私と伽耶、〝クランケ〟のみんなは、崔や李に家畜同然に扱われていた。私とミヤがやっていたことは、売春だ。特にミヤは十代前半からやっていた。ただ、その前は〝クランケ〟と同じ、売春以上に体に負担がかかることをやっていた。

赤ちゃん工場。

それが、あの〝病院〟の正体だった。〝病院〟にいた百人を超える〝クランケ〟たちは、強制的に妊娠させられ、次々と赤ちゃんを〝生産〟していた。

生まれた赤ちゃんは、養子という商品として、臓器として、金に換わっていった。

ミヤは、最初は〝クランケ〟として、十四歳で赤ちゃんを産んだ。

私とミヤが、人よりほんの少し容姿が優れていたのは幸運だった。崔に見込まれ、戸井先生の指導のもと、日本語を覚え、読み書きできるようになった。

ミヤは十五歳になると、私と同じ〝外回り〟に転向した。

ミヤの心が壊れず、底知れずポジティブな思考になったのは、この時代の反動なのかもしれない。あるいはポジティブ思考に針が振れたまま、心が壊れてしまった。

「わかってるよね。伽耶は巽伽耶なんだよ」

「うん、でも絆だから」

「絆じゃない。あんなの」

崔は一見常識人であり、慈悲深い人間だった。だが犯罪組織の幹部だった。人の命と尊厳を踏みにじり、女性から命を搾取して組織を支え、個人の財も得た。

「新しい絆のためだよ」

私は伽耶を諭した。伽耶の思考は単純だ。わかりやすく、好かれやすい。

「絆に新しいも古いもないよ、美和ちゃん」

伽耶らしくない言葉を聞いた——いや、伽耶も日本に来て社会を知り、人を知った。今の伽耶を完全に理解しているかと問われれば、応えに窮してしまう。

「でも、わかった」

伽耶の声に翳《かげ》りはない。「美和ちゃんが悲しむなら」

「それを聞いて安心した」

私はコートを手に取った。

「仕事なの？」

明日は、担当番組の放送日だ。斉藤は選挙速報に草間の変死をねじ込もうとした。当然のように、報道部長は首を縦に振らなかった。斉藤が気づいた〝妙な点〟も、警察は泥酔者の気まぐれで処理するようだ。問題はない。

ただ、斉藤に急用ができたと、半日の休暇を申し込んだときの、刺すような視線が気になったが、必要な業務は済ませたあとだ。草間亡きあと斉藤月子に何ができる。

「先に出るね」

立ちあがろうとすると、手をつかまれた。振り返ることはできない。背を向け合ったままの、奇妙な握手。

「次はいつ会えるの？」

「いつかな」

玉城と名執を使って大がかりな仕掛けを施したのは、状況と時間に迫られてのものだったが、一番の理由は伽耶に悟られないためだ。

私は手を軽くふりほどき、なるべく平静を装ってカフェを出た。

同日　――羽生孝之

いつ、次の路上強盗事件が起こってもおかしくない。

土方は凜々子とともにPキャスを持ちだし、埼玉でその瞬間を捉えるべく警戒に当たっている。特に前回、〝その瞬間〟を撮り損ねた凜々子は燃えているという。土方が捜査本部のある浦和中央署で警察の動きを監視し、凜々子は土方が予測した地点で張っている。

羽生と凜々子は、これまで著作権デスクのシフトを分け合いつつ土方の補佐をしていたが、一昨日からスクランブル態勢に入り、羽生、凜々子ともにフルタイムで土方の補佐に駆り出されている。

『選挙真っ盛りで誰もわたしたちがいないことに気づきやしないわ』

土方は底意地の悪そうな顔で言っていた。著作権デスク業務は、土方の魅力なのか政治力なのか、外信部員のほか、外信部の経験がある同期や後輩が交代で入っていた。

羽生の現在位置は、武蔵小金井署でも浦和中央署でもなく、吉祥寺だった。北口の繁華街は、夜になっても人混みで歩きにくい。

振り返ると、十メートルほど後方に、髪をまとめ、コートの襟を立てた女性の姿が、通行人の間から見え隠れする。

「斉藤さん」と呼びかける。

『なに?』と女性の声が、埋め込み式のイヤフォンに響く。『むさしのコム』の斉藤月子だ。彼女はニット帽を目深に被り、分厚いフレームのメガネをかけ、マスクをしていた。

羽生もキャップを目深に被っていた。

「彼女、前のビルに入りました。カフェですね」

羽生は、襟に付けた小型マイクに言った。「周りを気にしているようでした」

羽生と斉藤は、ある人物を尾行していた。その対象は、画材店、書店、帽子店を彷徨ったあと、元町通り沿いのカフェに入った。これまで、対象の歩く姿、後ろ姿を何カットか撮ったが、それだけだ。

『誰かと接触するのか、したのか』

追っているのは、森野美和という斉藤の助手だった。初対面は、武蔵小金井署での会見のとき。取材の際は斉藤に同行し、撮影助手とVTR編集をしながら、ディレクターとしても修行しているという。フルタイムの勤務ではなく、番組単位の契約で、現在は毎週日曜放送の報道番組を担当していた。

――羽生さんですよね。

昨日、武蔵小金井署を張っていたところ、斉藤に声をかけられた。それが、この奇妙な尾行の始まりだった。

――草間光一の死に不審な点があるんです。だけど警察も会社も聞く耳を持たなくて。できることなら、東都放送さんでなんとかなりませんか。

話を聞いた。草間光一には土方も興味を持ち、北上もブッキングしようとしていた。

――素面《しらふ》だろうと酔っていようと、草間さんは入浴のとき、リビングで服を脱ぐ癖があるんです。外泊のときも同じ。これまで例外は一度もありませんでした。

斉藤は状況の不自然さを訴えつつ、どさくさ紛れに草間との〝関係〟も暴露した。そして最後にははっきりと言った。

――わたしは森野を疑っている。

草間は親しくなった人、今後親しくする人しか家に招待しない。親しい者は全員が入浴時の癖を知っている。

警察の捜査で、外からの侵入の形跡はなかったという。殺人と仮定するなら、草間の癖を知らなかった者の犯行となる。

――森野は最近わたしと一緒に草間さんの家に行くようになったんですが、若い女性ということもあって、リビングで裸になる癖のことは話していないんです。

単純すぎる消去法だった。

羽生はすぐに返答せず、土方に相談した。

『面白い。手伝ってあげて。もちろん素材は共同で使うことにして』

それが土方の答えだった。何かの勘が働いたのかもしれない。『斉藤さんの番組、割といいとこ衝いているし』

羽生もそれは認めるところだった。

『羽生君、カフェに入って。もしかしたら誰かと会っているのかも』

今週は選挙報道もあり、森野も駆り出されていたが、急な休暇申請があったという。

――この忙しい時期に時間を作って出かけるなんて、きっと何かある。

しかし、監視に『むさしのコム』の人間を使うのは、森野に気づかれる可能性がある。そこで白羽の矢を立てたのが羽生だったという次第だ。

「でも、僕も彼女に顔を知られていますよ」

『大丈夫、羽生君のことは大して見てないと思うから』

羽生は警戒しながら、ビルの一階にあるカフェに入った。広い店内は満席に近かったが、なんとか、観葉植物越しに森野が見える位置に席を取ることができた。

森野は一人でコーヒーを飲みながら、スマホに目を落としていた。

羽生は書架から漫画を持ちだし、読むふりをしながら、バッグに仕込んだ小型カメラを向けた。その映像は、スマホで見ることができた。

しばらく横目で観察していて気づいた。時々中空を見ては、誰かと話すように唇が動くことに。ハンズフリーのスマホで誰かと話しているのかと思ったが、それにしては会話が途切れ途切れのような気もした。

しばらくして、予想だにしない場面に遭遇した。

森野が、隣のテーブルで背中合わせに座る、白いセーターの女性と手を繋いだのだ。

森野の口許が動き、次に女性の唇が動いた。それはあたかも会話をしているようだった。だがセーターの女性は、スマホも出していなければ、イヤフォンも付けていなかった。

森野はずっとセーターの女性と話していたのか？

森野は振り払うように女性の手を放すと、先に店を出ていった。羽生は追わず、セーターの女性を撮影した。二十歳前後に見えた。無警戒で、鼻歌を歌いながら漫画を読み、二十分ほどで読み終えると、本を戻して店を出た。

斉藤は森野を追ったと思ったが、店を出ると外で待っていた。

「森野さんは」

「見失った」

突然店から出て来て、慌てて身を隠している間に見失ったという。

「十五分くらいその辺探したけど見つからなくてね、戻ってきた」

「では」

横目には、まだ彼女の背中が見えていた。「この女性を追いましょうか」

羽生は事情を説明し、斉藤に映像を見せた。

「誰だかわからないけど、追いましょう」

だが、その尾行も呆気なく終わった。

女性は京王井の頭線で一駅。井の頭公園駅で降り、歩いて一分ほどの線路沿いの小さいが瀟洒なマンションに消えた。二階の角部屋に明かりが点くのを確認し、吉祥寺駅に戻った。

「森野さんを追う狙いは何ですか」

駅の構内で、羽生は改めて聞いてみた。

「まず第一に、森野が犯人だった場合のアリバイカット。逮捕前から注目して、取材をしていたぞと言える。むさしのコムにとっては大打撃だけどね。第二に、彼女を犯人と仮定した場合、草間さんとはそれほど親密にはなっていない。だったらそこに生じる状況や動機は何かと考えたの。草間さんに、わたし以外の女と親密になった気配がないのは確か。これは勘だけど」

あまりにもさり気なく言った。

「痴情のもつれも生じないような関係で、殺す動機があるとすれば、レイプされそうになって返り討ちにしたとか。でも、そんな痕跡は一切ない。なら誰かに依頼されたのかと思ったの。依頼者とどこかで接触するんじゃないかってね」

一理ある、と羽生は思った。連続放火と連続路上強盗にどう繋がるかわからないが。

「自分でも希望的観測と思っていたけど、実際に目の前で不自然な接触があったんだもんね。期待していいのかな。同僚が容疑者なのは複雑で心が痛いんだけど」

十方と渡瀬警部に伝えなければならない。

同日深夜　――トワ＝森野美和

一度帰宅して着替え、リュックを背負いマンションを出た。バスを乗り継ぎ、公園のトイレで再び着替え、ニット帽とマスクで顔を隠し、繁華街の駅近くにあるパチンコ店の裏手で、格好の獲物を見つけた。

路地の暗がりに並ぶ、違法に停められた自転車とバイクの列。

その一つに取り付き、バールとドライバーで素早くカウルの一部を剥がし、配線を露出させ、つなぎ替えると、車体がブルンと震え、エンジンがかかった。私は素早くニット帽を取り、リュックからヘルメットを取りだし、被った。路地に男が一人入ってきたが、堂々とバイクを押して路地を出ると、発車した。

川崎外縁まで出て、六郷橋を渡り、都内に戻った。

第一京浜は避け、住宅街を選び、迂回を繰り返しつつ、目黒、杉並、中野、板橋を抜け、戸田橋から埼玉県内に入り、名執と示し合わせた駐車場にバイクを入れた。四箇所ある防犯カメラのうち、二つがダミーであることは確認済みだ。その死角をついた。公衆電話から名執に所定の場所にバイクを入れたことを告げた。

「十分愉しんだし、これで最後にしようか」

私の提案に、名執は意外にも『そうだな』と即答した。

「あっさりとしたものね」

『もうあんたのことは抱けねえと思ったのさ。前のときそんな感じがした』

そこまで悟られていたのは、少々意外だった。

十四日に決行すると決めたのは、名執だった。埼玉の件に関し、犯行場所は私が決めたが、日時に関しては名執に主導権を持たせていた。私の都合が悪ければ、一日か二日ずらすことはあったが。

――投票日当日に、大規模な選挙違反の摘発計画がある。一課と二課が大量動員されて、浦和中央署の帳場からも、その日だけは相当数が引き抜かれる。

県警の報道筋からそんな情報が流れてきたという。

『警戒は薄くなると思うが、前のような腑抜けた冒険はなしだぜ』

前回の失敗の件だ。確かにこれまでのような緊張感はなく、集中していなかった。名執が放火で下手を打ったのが原因でもあったが、自分自身、計画の山を越え気が抜けていた。

『大丈夫、しっかりキメるから』

私は言う——さよなら名執、と脳内で付け加えて。

名執に関する草間のプロファイリングは正確だった。性格、行動規範、能力、コンプレックス。名執に接触し、向こうが気を許してくるまで、さほど時間はかからなかった。

すべて計画通りだ。玉城と接触しているのは私だけ。玉城からすれば、私はただの依頼者。最後の事件を演出し、名執を消せば、すべて終わる。

『なあ、明日は俺がやる。それでいいだろう』

言い出そうと思ったタイミングで、名執が逆に提案してきた。

「信用できない？」

『それもあるけど、前回の放火のリベンジだ』

名執は警察の職務質問を受け、初めてシェルターを使った。想定の範囲内だったが、気の抜けたような犯行の末、西東京の私の住居（彼にはシェルター同様の緊急避難場所としか伝えていない）まで使った。いい加減なことをするなと、釘を刺した。私が怒るとは思っていなかったらしく、名執は意気消沈した。

「じゃあ、キメたあと合流して派手に走ろうか。格好よく撮ってあげる」

放火実行時に玉城にバイク窃盗をさせたように、私がひったくりをする際は、名執を現場近くまで呼び、〝取材〟させた。そうやって、アリバイを奪った。今度は、逆だ。

ストレス解消とスリルを求め犯罪に走る、ライター志望のいかれた女。その犯罪を人に見せたがる露出狂。犯罪に成功すると、貪《むさぼ》るようにセックスをする異常な性癖の女。それが名執の好みに合わせた、石川和美の設定だ。

多村戸紀子が死んだと報道されたときも、普通にセックスを求めた。名執は明らかに狼狽していたが、私に弱みを見せたくないようで、四苦八苦しながらも私を抱いた。少しだけ、可愛いと思った。

ただし、捜査情報の収集能力は本物だった。勘も分析能力もそこそこあった。堂々と捜査本部のある警察署に取材に行くふてぶてしさも大いに助かっている。

「捜査の状況はそれだけ？」

『今頃バイク泥の捜査に力を入れ始めた。気づくの遅すぎだよな』

名執は、バイク窃盗も私がやっていると思っている。

「防犯カメラには映ってないし、何も残してないから心配いらないけどね」

『次は宝石店でも襲おうぜ』

「ほとぼりが冷めたらね」

次に玉城に電話を入れた。持たせているトバシ携帯も、そろそろ期限だろう。

『また仕事か？』

玉城は侵入窃盗を競技やスポーツに近い感覚でやっている。これも草間のプロファイリング通りだった。草間に逮捕されたことがあるらしいが、それは草間の自称だ。

「いや、埼玉県警が本格的に動き始めた。しばらくはないから」

玉城の中では、私は埼玉のバイク窃盗グループの連絡係だ。

『そうか、残念だな』

「警察には気づかれていない？」

私の予測通りなら、マークされている——

『尾行されている気はする。確証はないが。あと、向かいの文房具屋の親父がよそよそしくなったのが気に掛かる』

警察は、職場まで把握したと考えていいだろう。

「だったら、真面目に働いておきな」

『今はそれが賢明だろうな。楽しかったんだがな、割と』

玉城は名執同様プライドは高かったが、実力に裏打ちされた相応のものだった。それが名執と違う点だ。気高い男だ。泥棒ではあったが。

「しばらく連絡しない」

私は最後に言い、電話を切った。

玉城と名執。草間はいい人材を紹介してくれた。本人は泥酔状態で、幾人もの優秀な〝犯罪者〟の情報を事細かに伝えたことなどまるで覚えていなかった。

とにかく、二つの犯罪を同時に止めるわけにはいかない。関連を疑われてはいけない。

そう、慎重に、完璧に、大胆に。

第十章　審　判

十二月十四日　日曜　午前七時一分　――渡瀬敦子

久しぶりに南麻布の官舎に戻り、迎えた朝。

シャワーから戻ると、メールが届いていた。玲衣からだ。着信時間は午前六時五十二分。入浴中に受信したようだ。

頭を拭き、バスタオルを首にかけ、メールを開いた。

《うちの若手と、むさしのコムの記者が草間光一の変死に関係していると思われる人物を尾行。証拠はないけど、あれに反応したと思わない？》

メールには動画ファイルが添付されていた。

その人物、森野美和は、選挙特番に関わっていたが、昨日突然、半日の休暇を申請したという。

渡瀬は裸のままベッドに腰掛け、動画ファイルを再生した。

そして、尾行の対象が映った瞬間、ため息が漏れた。

カメラがとらえた人物――どんなに慎重に、完璧に振る舞おうと、破局は思いもしない場所から訪れる。今回の場合、斉藤月子という小さなケーブルテレビ局に勤める記者の執念から――そこには、石川和美が映っていた。

石川和実こと森野美和は『むさしのコム』の契約スタッフとあった。

インターネットカフェに嘘を記入し会員になり、怪談オフ会を企画し、鈴木邸放火の日に〝南の逃走路〟に人を集め、赤羽のアパートに身分を偽って入居し、名執と寝ていた。

メールには、プロフィールも記されていた。

森野は八年前、二十歳で映像系の専門学校に入学、二十二歳で卒業後は制作プロダクションに就職。三年間ADとして過ごし、二十五歳で退社、『むさしのコム』の契約スタッフとなる。以来三年、仕事、生活態度とも真面目で、目立ったトラブルはない。

鈴木夫妻、多村戸紀子と同じ、慎ましやかな生活――

《森野美和の住居は西東京市南町六丁目四番地X号》

住所が気になり、地図を呼び出した。

多摩湖自転車道から数百メートル――住居は石神井川に面していた。

彼女自身の住居が、犯行の際のセーフハウスだったようだ。《不審者A》こと名執は、恐らく石神井川の中を通り、森野の自宅に逃げ込んだのだ。

だがこれも状況証拠。家宅捜索の令状を取ることはできない。

ならば、玲衣の言う通り、狙うのは現行犯しかない。

動画はカフェの中に切り替わった。

森野は、白いセーターの女性と背中合わせで座っていた。しかし、お互いの口は会話しているように動き、しばらくして手を繋いだ。信頼か、絆のようなものを感じた。

画面が再び尾行に切り替わった。対象は森野と手を繋いだ女性だ。顔は十分に判別できた。年齢は二十代前半だろう。森野とこの女性は、崔明裕らと密入国した少女と二人とも年齢的には合致する。

玲衣からのメッセージには、女性の住所も記されていた。

女性の氏名を特定し、森野美和に監視をつける。ひったくりは、森野の犯行の可能性が高いが、不審者A＝関野町の放火の実行犯が名執であるなら、その性格から、次は名執が犯行に及ぶ可能性もある。リベンジだ。森野が動かない可能性も考え、打つべき手は打っておく。すぐに武蔵小金井署の捜査本部の端末に、この動画を送った。

服を着てから谷川に連絡をしようと思っていたが、下着を着けたところでスマホが振動した。谷川だ。

『これはなんだ』

「石川和美が映っています。一応科捜研で顔相識別をと思いまして」

『どこで手に入れた』

「東都放送と『むさしのコム』の連名で、つい今しがた情報提供を受けました」

手短に経緯を説明した。

「石川和美こと森野美和と密会した女性が誰であるか、早急に調べる必要があります。今日、ひったくりが動くはずです」

『確率は高いのか』

上手く誘導できたはずだ。名執は必ず動く――

「高いと思います」

だが本命は――「今日は森野に張り付かせてください」

電話を切り、身支度を整え、体温の上昇を感じつつ官舎を出た。

捜査会議の十五分前に到着した。石川和美の身元が割れたのが伝わっているのか、活気に溢れていた。

分析捜査係の島には久々に八幡、佐倉、古崎、日野が勢揃いしていた。

「揃ったな」

谷川がやって来た。「渡瀬、今日は君の予測にここのすべての人員と、埼玉の人員を動かすことになる。堀部さんも加古川管理官に今日の作戦を伝えた」

渡瀬は黙って頭だけ下げた。

「渡瀬は八幡と前線指揮車。運転手は高千穂。佐倉には車輛の第二班を率いてもらう。古崎と日野は、オートバイにて追走。異論はあるか」

「ありません」

渡瀬は一礼した。

「あとで一課長と刑事部長が来る。森野美和と接触した女の情報は追って知らせる」

谷川は表情を動かすことなく、雛壇へと戻っていった。

「これで決着つかないと、埼玉県警に顔向けできないな。わがまま言い倒したんだから」

八幡が緊張感のない口調で言った。佐倉、古崎、日野にも気負いは見られなかった。彼らは多くの現場を踏んできたのだ。動き出せば、任せてしまえばいい。

捜査会議では埼玉県警から新たな情報がもたらされた。

「九月二十六日、西東京南町での五件目の犯行時間帯に、さいたま市桜区道場一丁目にあるマンションの防犯カメラに、バイクで通り過ぎる玉城が映っていた。同じ日、さいたま市中央区新中里一丁目の戸建住宅ガレージからバイクの盗難届が出ている。車種は先月二十四日のひったくり七件目で使用されたものと同じ」

谷川が報告した。「これで玉城が用意された容疑者であることが濃厚になった」

そして、森野と一緒にいた若い女性の捜査班も新たに編成された。

会議後、各班が各持ち場へと散ってゆく。

「斉藤さんによると、森野は朝から『むさしのコム』に詰めてます。わたしたちもその周辺にて待機に入ります。行きましょう」

渡瀬の号令で、分析捜査三係も動き出した。

午後四時四十五分　――トワ＝森野美和

伽耶が泣いていた。

やっぱり、処分したくないと。でも、処分しないといけないんだよね——大きな葛藤の末、この時間になって電話をかけてきたのだ。

スマホを持ったまま、暫し考える。

ガラス越しに見えるスタジオ。選挙特番の準備は着々と進み、今はセットにスタンドインを立て、照明の調整が行われている。スタッフはほとんどがスタジオか、スタジオ脇のスタンバイルームに移動していて、報道部のデスクには、斉藤しかいない。その斉藤も、東京18区、19区、22区の立候補者の動静、最新の投票率など、刻々と入ってくる情報の整理に余念がないようだ。

名執からスタートの連絡があり、こちらもそろそろ動かなければならないのだが——とんだイレギュラーだ。

そっと廊下に出た。

「伽耶、聞いて。残っている思い出はなに？」

伽耶は少し言い淀んだあと、『みんなで撮った写真』と応えた。

戸井先生がこっそり撮ってくれたという。

ポジティブ一辺倒、前向き一辺倒が、現実を考えるようになったのは、過去を完全に断ち切る第一歩だ。心を乱していても、きちんと公衆電話からかけてきたのが、現実を見据えている証拠だ。

「言ってくれてありがとう、伽耶」

日本へ向かう船上で撮った写真で、戸井先生の携帯電話で撮影し、上陸後、新しい携帯電話を各自支給されたときに、戸井先生からメールで送られてきたという。

組織の第一線で働き、人の尊厳や時に命も奪ってきた崔や李、黄さんと違い、戸井先生は崔の愛人で、危機管理意識は周囲に比べて高くなかったと言える。

「誰の顔が映っているの？」

『崔さんと、黄さんと、李さん。わたしと、トワちゃん』

構図は、ミヤが船倉でカメラ目線で写り、一緒に船倉にいた私は、気づかずよそ見をしている。船倉の窓からは、甲板にいる崔、李、黄さんが顔がわかる角度で写っているという。命取りになりかねない構図だった。

「データで残ってるの？」

『プリントしてもらった。データは、消えてしまうから』

「どこにあるの？」

『誰にもわからない場所に隠してあれば大丈夫だよね』

伽耶は散々迷ったあげく、〝隠し場所〟を告げた。

私の予想と同じだった。

時間的に今日、処分に行くことは不可能だ。まずは今日を乗り切らなければならない。

『わたしが行ってくる。ちゃんと燃やしてくる』

伽耶は車の免許を持っていない。公共交通機関で行くと足がつく。

「だめ、伽耶は絶対に動かないで。いい？　私と伽耶は、九年前のご近所さん。それ以上の関係はない。今後もし警察が来るようなことがあったらそう言うの。時々電話で近況を話し合っていたことまでは言っていいから」

そろそろ時間だった。

「いい？　じっとしているんだよ」

電話を切り、スタジオのスタンバイスペースにいた豊原に体調不良を告げた。

「無理せず帰って休んでいいよ。お疲れさん」

もともと今回の選挙特番では、事前取材とＶＴＲ編集担当で、生放送では各部署の補助に回るだけだった。

報道部のフロアを素通りし、階段で地下駐車場に降り、車のドアに手をかけたところで、携帯が振動した。斉藤だった。

『どこにいるの？』

「すみません、体調がすぐれなくて、退社します」

『その割には、階段を駆け下りる足はしっかりしていたね』

気配と声を同時に察し、振り返った。スマホを耳に当てた斉藤が立っていた。

「脅かさないでください」

驚いたふりをして、半分は本当に驚いたが、力ない笑顔を作った。

「送っていこうか？」

斉藤はスマホをしまい、言った。声に、わずかな感情の乱れを感じた。

「大丈夫です。ちょっと疲れが出ただけかと。自分で運転できますから」

「昨日も半休だったでしょ。遠慮はいらないわ」

「斉藤さんこそ、こんなときに抜けられないでしょう」

斉藤が歩み寄ってきた。斉藤が私に疑問を持ったのは、斉藤が草間光一と寝ていたから。

そして、血走った目に浮かぶのは、草間を殺したのは私だという確信だ。

灯台もと暗し。証拠やロジックではなく、こんなことで綻びが出るなんて。

シートの下にはサバイバルナイフが隠してあった。

息をつき、腹を決め、斉藤を見返した。

午後五時　——羽生孝之

夕方のニュース『サンデー・イブニング』が始まり、羽生はひと息ついた。

夕方までは著作権デスクの日勤だったが、午後五時を以て選挙特番『選挙クロス』中継班のスタッフとなる。

土方は昼過ぎに出社し、今日もPキャスを背負った柊凜々子を連れて埼玉に向かった。

『今日動くから、心しておいて』

土方は自信ありげだった。春日井をはじめとする浦和支局は、各有力候補者の事務所などに散り、戦力にはならない。土方、羽生、凜々子の三人でやるしかなかった。

奇妙な静けさの中、『サンデー・イブニング』は粛々と進行していた。各政党、候補者、各地の投票の様子、夕方までの投票率が主なニュースで、海外のニュースはなかった。

報道フロアに向かおうとデスクを離れたところで、スマホが振動した。

浦和中央署に張り付いている土方だ。

『マル対①が動いた。自宅を出てタクシー拾って移動中。Ｐキャスの映像送るから今から収録にかけて。もう追ってるから、スクランブルだよ。マル対①もしくはマル対②の逮捕を以て、情報公開していいって警察から確約得たから』

「ちょっと待ってください、マル対②ってなんですか」

マル対①は、埼玉県警がマークしていた連続路上強盗の容疑者だ。

『マル対②は、昨日羽生君が尾行した女。今朝から急遽行確がついたの。今はまだ「むさしのコム」にいる』

森野美和だ。『社内では斉藤月子お姉様が監視してる。森野が外に出たら、敦子の班が張り付く。敦子は森野美和のほうを本命視しているみたい』

「渡瀬警部には誰が張り付くんですか」

『斉藤さん。選挙特番の総合演出らしいんだけど、もし森野が動くようならブッチして抜けるって。ま、総合演出はいなくても番組は走り出せば、粛々と続くものだからね』

昨日の様子では、完全に森野を草間〝殺害〟の犯人と思っているようだった。

『ひったくりと逮捕の瞬間は中継じゃ無理でも、そっちで受けた素材でＶＴＲにしておいて。追跡ドキュメントも必要。もう編集始めないといけない。回線センターと報道編集には話はつけてある。30番ブースね』

選挙特番中に大追跡劇を差し込むのは、土方にとっては既定路線のようだ。

「編集は誰が？　僕は無理ですよ」

『段取ってあるから、始めるぞってケツ叩いてきて』

羽生は電話を切り、報道フロアを素通りし、階段で五階に駆け上がった。現実感に乏しく、始まったという高揚感はなかった。

ＶＴＲ編集室に隣接する回線センターでは、通常より多いスタッフが、声を張り上げながら回線の調整に追われていた。

多数のモニタとコンソールが並ぶ中央付近に米本が立っていた。

「米本さん！」

羽生は声を上げながら、駆け寄る。「緊急回線の件ですが」

「土方ちゃんから話は聞いている。突発ニュース用の回線を一つ回す」

米本は羽生に脱力したような笑みを見せた。「選挙の最中に何をやっているんだろうな俺たち。映像はサブの中継回線モニタのＬ36に割り当てとく」

Ｃ副調整室にある、三十六分割された大型モニタだ。Ｌ36は右下の一番隅だ。

「ありがとうございます！」

羽生は回線センターを出ると、報道編集室に駆け込んだ。こちらも通常の倍以上の人員が配置され、そのときを待っている。選挙特番が始まれば、全国各地から、当選確実となった有力議員たちの〝バンザイ〟映像とインタビューが回線センター経由で入ってきて、それを短時間で編集、放送に乗せる。一番の戦場になる部署でもあった。

30番ブースへ行くと、若手の女性編集オペレータと、ディレクター席に瀬田が座っていた。

「瀬田……さん」

「土方からはレクチャーを受けている」

瀬田は仏頂面で、手にしたクリアファイル入りの資料を羽生に見せた。「昨日までの捜査密着VTRは、柊から預かった。君が来たってことは、動いたんだろう」

「回線センターのL36。もう追跡が始まっています」

オペレータがL36の映像を、回線センターのサーバから30番ブースのモニタに引いてきた。土方からのライブ映像だ。フロントガラス越しに、暮れゆく空の下、街の明かりが流れていた。取材車は、マル対①が乗るタクシーを追って、街を移動中のようだ。

「あの、どうして」

「借りを返すだけだ。君と同じで」

返すと言うより、土方に〝取り立てられた〟のだろう。

瀬田によろしくと声をかけ、報道フロアに降り、『選挙クロス』が行われるCスタジオに顔を出した。

放送開始は午後七時五十五分。投票終了の午後八時ちょうどに、出口調査による各党獲得議席数予想を放送する。スタジオセットでは、二十人を超えるスタッフが立ち働いていた。

北上の姿はなかった。

スタジオを出て、Ｃ副調整室に入った。薄暗い中、無数のスイッチやフェーダーが張り付いた『卓』と呼ばれる巨大な放送用コンソールと、数十のモニタが光を発していた。報道用に特化された副調整室で、同時に数十箇所との中継回線を結ぶことができる。メインモニタの左端にある、中継回線用の大型モニタは画面が三十六分割され、すでに各党本部や選挙事務所の様子が映しだされている。卓にはＯＡディレクター、ＴＤなどスタッフが着き、スタジオでの最終調整を仕切っている。

中継管制卓の前には筑摩がいた。今は技術スタッフと各音声回線のチェックをしていた。

「北上さんはどちらに」

「ＭＣ打ち。控室に戸倉さんのご機嫌伺いに行ってる」

筑摩は応えた。戸倉誠志郎は『選挙クロス』でもＭＣを務める。

「警察が監視対象にしている人物が動いたみたいです。このまま犯行に移るのかはわかりませんが、土方さんの映像を回線センターで受け始めました。収録もしています」

「手回しがいいな」

筑摩は鼻頭を親指で掻いた。「追跡中継なら、移動しながらのレポートもあり得るだろうが、Ｐキャスなら、電波状態によっては音声のディレイがきつくなるな。最悪リポート中に回線が切れるかもしれない」

　Ｐキャスの回線はビルや山など障害物、時に天候に影響される。

「土方さんの運を信じましょう」

「だがあくまでも選挙メインだからな。羽生の担当は社労党本部と、憲政党の大阪支部」

　羽生はうなずき、中継回線用モニタを改めて見上げた。右下の一番隅にあるＬ36の回線に映像が届いていた。

　スマホを取りだし、土方に電話した。

「中継の準備完了。回線センター収録始めました。瀬田さんもスタンバイＯＫです。前を走っているのは、警察の車ですか」

『埼玉県警の前線指揮車よ。原島さんが乗ってる。現在地は埼玉県戸田市の住宅街。マル対①は必ずやる。つい今しがた、マル対①……もうめんどくさい、ナトリって男が有料駐車場でバイクに乗り換えた。基本オフレコ情報だから気をつけてね。マル対のいずれかが逮捕されたら解禁。解禁のタイミングはこっちで出す』

　羽生は情報をメモしてゆく。『埼玉県警が連続路上強盗致死傷事件の容疑者として以前からマークしていたマル対①は、午後五時半過ぎにバイクに乗り換えた。引き続き追跡中。さらに埼玉県警からの情報。マル対①が乗ったバイクは、昨日相模原市南区で盗まれたものと一致。カスタマイズされたマフラーの形状も一致。容疑者の名はナトリ・リョウタロウ。名前は解禁まで出さないで。表記はあとでメールする』

電話は一方的に切れた。すぐにメールが着信した。『名執遼太郎』。羽生は土方の情報メモを手早く清書すると、社会部へと足を運び、矢矧部長に渡した。

「これまでの情報です。現在警察は容疑者の追跡に入っています。土方さんも追跡中で、Ｐキャスの映像は、回線センターで収録しています。警察は、犯行に至ったところで現行犯逮捕の段取りだそうです。土方さんは今日必ず弾けると言ってます」

矢矧部長は「わかった」とだけ言い、メモを受け取った。

そこで、報道フロア内にある出演者控え室から出てくる北上を見つけた。

「動き出しました。土方さんは弾けると言ってます」

羽生は、警察がマークしている名執が、バイクに乗り換えた旨を伝えた。

「鬼姫ちゃんが弾けると言ったんなら弾けるんだろうな」

北上はふんと鼻から息を出す。そして――「青葉さんとケンカかよ……」と情けない声で呟いた。

午後五時三分　――渡瀬敦子

森野美和が勤務先のむさしのコムを出た。
『オプティＬ８００。マル対②の車輛と確認。移動開始』
無線から日野の声。『三鷹通り北上。追います』
タブレット端末に、赤いテールランプが映しだされている。日野のヘルメットカメラの映像だ。

『動いたぞ、全車所定の行動を取れ』

助手席の八幡が追跡班全車に指示した。

「前線指揮車、出ますわ」

シェルターを発見した功労者の高千穂が、三鷹駅近くのコインパーキングに停めた前線指揮車を、ゆっくりと発進させた。

渡瀬のマル対②＝森野美和追跡班は指揮車を含め車輛五台、バイク二台の陣容だった。

森野美和と一緒にいた女性の身元は、まだ報告されていなかった。住所は割れているのに、レスポンスの遅さが気になった。

『名執がタクシーからバイクに乗り換えた』

埼玉県警との直通回線の音声が聞こえた。原島の声だった。『追跡を開始する。各員、やつはやるぞ』

犯行は濃厚か――今回、埼玉における追跡の指揮系統は特異だった。石川和美の正体が割れなければ、今頃は渡瀬と八幡が、埼玉の前線指揮車にいただろう。

なぜならば、名執遼太郎の行確は、すべて警視庁の捜査員によって行われていたからだ。

『これで決着つかないと、埼玉県警に顔向けできないな。わがまま言い倒したんだから』

八幡が言った言葉の意味が、これだ。

名執に気づかれるリスクを極限まで低くする方法は、行確に埼玉県警の捜査員を使わない。

それが渡瀬の出した答えであり、名執に対する罠でもあった。加古川が渡瀬の性格を知り、それを呑む度量がなければ実現しなかっただろう。八幡が埼玉入りしたのは、行確班の指揮のためだった。

だが今日に限り、名執追跡の前線指揮は、周辺の道路網を完全に把握し、土地鑑があり、経験も豊富な原島に任せられた。

森野の車輛は、自宅のある西東京市には向かわず、北上を続けた。幹線道路は使わず、住宅街を抜けるコース取りで、回り道をしながら時間をかけ走行している。防犯カメラを避けているのは明白だった。

やがて石神井、光が丘を抜け、高島平に入った。

追跡開始から約一時間、車輛が荒川に近づいたタイミングで、無線ではなく、スマホが振動した。谷川だった。

『森野と一緒にいた女の身元が割れた。メモは取るな。まだ、君の中だけに納めておけ』

これまで以上に慎重な口調だった。

『女はタツミ・カヤ。二十四歳。大学生』

谷川は一度言葉を切る。そして――『民治党、小坂真輔議員の弟で俳優の小坂翔太郎《しょうたろう》の婚約者だ』

「その女性は確かにタツミ・カヤなのですか」

政治家一族の小坂家の婚約者が、森野美和をはじめとする、崔明裕グループの一員である可能性――捜査本部が慎重になる理由を理解した。
谷川は、淡々と巽伽耶のプロフィールを説明した。

父親の巽健三が事業に失敗し、伽耶も父親について転々としていたらしいが、九年前に巽の遠縁で資産家の小寺家が身元を引き受け、高校に入学。小寺家は巽家と距離を置いていたが、巽健三の代理人がやって来て、伽耶の保護を願い出たという。

「巽家から小寺家への身元引き受けが九年前ですね」

そのタイミングで本物の巽伽耶と入れ替わった可能性があった。

『巽健三本人は、事業のためと中国に渡って以来、音信不通だそうだ』

巽伽耶は生活費を自分で稼ぎながら高校に通い、卒業後二年のアルバイトで学費と生活費を稼いだ上で、大学に入学。デザインを学んでいるという。それが去年、大学のイベントで小坂翔太郎と知り合い、小坂側の一目惚れで交際に発展した。交際自体は密かなものだったが、今年三月頃から結婚を前提としたものに変わった。

『九年前の住所だが、森野美和は、東京都西多摩郡瑞穂町駒形富士山四-×にあるアパート。巽伽耶は、埼玉県入間市宮寺一七××のアパート』

それぞれ所属会社、高校の記録で容易に判明した。『東京と埼玉ではあるが、二人の住居は直線距離で数百メートルだ』

異国にやって来た少女同士、他人を装いながらも、手を取り合って生きてきたということなのだろうか。背中合わせだったが、繋がれた手はまるで姉妹のようだった。

『刑事部長が入手してきた与党筋の情報だが、小坂議員の弟の縁談は事実。すでに二人で小寺家に挨拶にも行っている。年内の然るべきタイミングで婚約を発表、彼女の大学卒業を待って結婚だそうだ』

犯行のトリガーと予測した〝成功〟は、巽伽耶の結婚のことだった？

もしかつての生活が筆舌に尽くしがたいものであったのなら、なんとしても摑み取りたいだろう。しかも相手は人気俳優であり、与党の有望な政治家の弟だ。

タイムリミットは婚約発表。それまでに、自らの過去と被害者たちとの関係を知られることなく、幸せを盤石なものとするために、過去を断ち切り、知る者をすべて消す。

十分な動機だった。ならば、首謀者は巽伽耶なのか？

「彼女の動向は」

『自宅から動いていない。この件については以上だ。引き続き職務を遂行してくれ』

電話は切れた。

「東京を出るぞ」

八幡の声で我に返った。「埼玉県警に連絡を」

前線指揮車は荒川を渡っていた。首都高速五号線と並走する笹目橋だ。

渡瀬はひと呼吸ついて、無線のマイクを手に取った。

「警視庁渡瀬から埼玉本部。森野は笹目橋から埼玉県内に入ります。新大宮バイパスを北上するコースを取っています」

『了解、埼玉本部』

加古川から返答があった。『合流の可能性があるな。犯行予測地点に変更はないか』

「変更はありません。与野からさいたま新都心付近の西側地域です」

偽装のための形式的なひったくりなら、名執一人でいい。過去との決別に完璧を期すなら、森野が現場へ行く意味は、名執の抹殺だ。

午後七時二十五分　――森野美和

予定の時間通りに、新大宮バイパス沿いの埼大通り交差点にある、家電量販店の駐車場に車を入れた。片側三車線で、中央部は首都高埼玉大宮線の高架で二層になった新大宮バイパス。予定の場所だ。うるさかったトランクは、静かになっていた。

名執が犯行にかかる時間が近づいていた。

一応小さなムービーカメラを用意していた。

私はシートに身を預け、そのまま待った。バイパスという性質上、大型トラックの往来が多いが、それでいて、歩道に人は少ない。

斉藤の処理は、名執の処理の後だ。駐車場に痕跡は残していないが、防犯カメラには映っているだろう。遅かれ早かれ、斉藤の拉致は露見する。お陰で、狭山湖畔のどこかに隠されたミヤの写真を、今日中に処分しなければならなくなった。

何事にも想定外の事態はついて回る。重要なのは、冷静さを失わないことだ。

《所定の位置についた》
私はスマホで名執にメッセージを送った。すぐに返信が来た。
《やる。タイミングは任せてくれ》
今彼は全能感に満ちあふれているだろう。名執にとっては初めてのひったくりだが、すべての実行犯として、死ね――

午後七時三十一分　――羽生孝之

放送時間が迫っていた。

スタジオには出演者が入り、本番前の最終リハーサルが入念に繰り返されている。

羽生はC副調整室に詰めたまま、L36の映像を注視していた。住宅街の追跡が続いていた。テールランプの海の中、バイクに乗る名執の背中が、車のヘッドライトに照らされている。ゆっくりと流し、獲物を見繕っているかのようだ。

正面のメインモニタに、スタジオ入りする戸倉誠志郎の姿が映った。脇にはチーフディレクターと、パンツスーツ姿の青葉部長。事件が弾けた場合、北上と矢矧部長が青葉部長を押し切って土方の中継を突っ込むことを決めたとしても、最終的に伝えるかどうかは、戸倉の判断になるだろう。

『現在位置はさいたま市中央区鈴谷付近。前方約五十メートル先に、名執のバイクがいる。見える？』

イヤフォンマイクに土方の声が聞こえてきた。

「見えてます。感度も良好」

遠くには高層ビルのシルエット。バイクは、さいたま新都心方向に進んでいたが、小さな交差点を左折した。交通量の少ない住宅街の道路だ。警察車輌の何台かはそのまま直進していった。バイクを追って左折したのは、原島の前線指揮車と――

『あ、凜々子がつられて曲がっちゃった』

土方の焦り気味の声。『まあいい、いけ凜々子！』

切り替えの早さに羽生は苦笑する。やがて、前方に高架が見えてくる。

『あれは埼京線と新幹線の高架ね。バイクが速度を落としているみたい』

警察車輌が突然左折し、路地に入った。カメラが揺れ、急ハンドルを切る凜々子の手がわずかに映り、取材車も警察車輌と同じ路地に入った。

『警察が異変を察知したみたい』

土方の言葉とともに、カメラが車外に出た。警察車輌からも捜査員が出て来て、住宅の陰から高架のほうをうかがった。土方のカメラが、原島の背後についた。

『どうしたんですか』と土方の声。

『やるかもしれんな』

原島の声をマイクが拾った。ポツンと赤いテールランプが一つ。数十メートル前方で名執のバイクが停止していた。

カメラがズームし、バイクのさらに前方を映しだす。道路の左側を歩く、女性らしき後ろ姿が見え隠れした。ほかに通行人はいない。そして、バイクがゆっくりと動いた。バイクの速度が上がり、女性を追い越すと同時に、女性が倒れた。

『行った！』と原島の声が聞こえ、羽生は身を乗り出してモニタに見入った。

『やりやがった！』『追え！』『いや待て！』

捜査員たちの声が交錯する中、バイクが猛スピードで遠ざかっていき、数人の捜査員が被害者のもとへ走って行く。土方のカメラも走り出した。激しい手ぶれ。しかし、臨場感は強烈だ。

『埼玉前線指揮車、原島だ。埼玉本部及び警視庁各車輛へ』

原島が走りながら無線に告げる声が聞こえる。『マル対①のひったくりを現認、各班は当初の布陣通り追跡にかかれ。サイレンは鳴らすな、マル対①はマル対②に接触の可能性がある。接触を確認後、包囲確保しろ』

――警視庁、渡瀬です。

無線の音声をマイクが拾った。

――森野美和は新大宮バイパス浦和北交差点付近のドジャース駐車場に待機中、名執はどちらへ向かいましたか。

『新大宮バイパス方面。ここからは直線距離で五百メートル程度、注意されたし』

――了解しました。

接触すれば、森野と名執の関係は明白なものとなる。

『被害者の救護を頼む、俺たちは追うぞ』

原島と土方がそれぞれの車輛に戻り、追跡を再開した。

『現在午後七時三十三分、警戒していた埼玉県警がひったくりを確認、容疑者の追跡に入りました』

土方のリポートが入った。『我々は、警察とともに容疑者を追います』

荒い息づかいがリアルだった。走ったためか、計算された演技か。

瀬田もVTR編集ブースで、同じ映像をリアルタイムで見ており、指示しなくとも編集を始めているはずだ。気配を感じて振り返ると、いつの間に来たのか、北上が腕を組んでL36の映像を見上げていた。

「瞬間、撮れたか」

「臨場感ばっちりでした。被害者に大きなケガはないようです」

北上はうなずいた。

「あくまでも選挙優先だ。あとは事件の推移次第だ」

難しい顔をしているが、鼻息が荒くなっていた。

午後七時三十四分 ――渡瀬敦子

名執のひったくりを埼玉県警が現認――胃の辺りから左胸にかけて、冷気が通り抜けた。

渡瀬と八幡は降車し、通りを隔てた家電量販店を監視していた。森野の車は駐車場に入ったまま、動きはない。まだ、気づかれてはいないようだ。

「警視庁渡瀬です。森野と名執が接触した瞬間を以て、指揮はわたしに一本化。名執及び、森野の身柄確保は原島さんの班にお任せします。我々は逃走の防止、妨害に当たります」

とは言え実質的な指揮は、八幡だ。

『了解、埼玉本部』

『了解した、埼玉前線指揮車、原島』

返答と同時に森野が降車した。

「森野降車！」

八幡が声を上げた。車を降りた森野は、ゆっくりと歩道に出て横断歩道前に移動、信号待ちをした。渡瀬と八幡は交差点に面した看板の陰に身を隠した。別の場所に停めた車輌からも、捜査員が降車し、配置につくのが視界の端に見えた。

歩行者信号が青になっても、森野は動かなかった。

「森野は横断歩道前に移動」

八幡が無線に告げる。「日野は森野の車輌が見える位置で待て。名執と森野が接触した場合、進行方向を塞げ。だが安全を最優先だ、わかったな」

『了解』と日野。

「古崎は交差点の南側。奴が都心方面に戻るようなら追え。佐倉の小隊は森野が大宮方面に逃げた場合追える態勢を取れ」

　上り車線と下り車線は、首都高の高架と中央分離帯で分断されているが、交差点ではUターンが可能だ。東西南北どこに逃げても対応できるよう、八幡は巧みに車輛を配置していた。

『埼玉前線指揮車、原島。名執のバイクが新大宮バイパスに出た。進路は……東京方面に曲がった！』

「一分以内に来るな」

　八幡の声が低くなる。森野は人待ち顔で動かない。距離は四十メートルほど。

　車輛用信号が青になった。

　途端に、バイク特有のエンジン音が急接近してきた。

『名執、交差点に進入！　こっちは間に合わない！』

　原島の声の直後に、動き出すヘッドライトの間からバイクが躍り出て、森野がいる交差点の歩道に乗り上げた。車種で名執のバイクとわかった。しかし、歩行者信号は赤で、車の流れは激しく、道路を渡れない。

　名執がヘルメットを森野に投げる。一緒に乗っていくのか——森野はヘルメットを被ると、リアシートに跳び乗った。同時に日野のバイクが歩道に乗り上げ、名執のバイクの前に立ち塞がったが、名執は急発進と同時にUターン、上り車線の一番外側を、大宮方面に逆走していった。日野もすぐに反応したが、さすがに逆走を躊躇しているようだ。

「警視庁前線指揮車、八幡だ！　名執と森野が合流した！　バイクに乗って上り車線を大宮方面に逃走！」

　八幡は矢継ぎ早に指示を出しながら、両手を大きく振り、赤信号を強引に渡ってゆく。渡瀬も続いた。直後、上り車線方向からクラクションとブレーキ音が響き、激しい衝突音が重なった。

午後七時五十二分　――森野美和

名執のリアシートに飛び乗ったところで、そこに、別のバイクがもう一台乗り上げてきた。後輪を滑らせ、進路を塞ぎにかかってきたが、名執が急発進し、冷静にかわすと、上り車線に走り込んだ。名執の腰にしがみつく。

　あのバイクは、警察か？

『十四日の夕方は、県警二課が一課と組対を動員して岩槻方面に展開する。一時的にだが浦和周辺は警戒が薄くなる』

　十四日決行を決めた日、名執は言った。大規模な選挙違反が疑われている事案で、一斉検挙があるらしいことまではわかっているという。

『二課の課長補佐が、浦和中央署の帳場に、その日だけ人を貸せと頼みにきていた。嗅ぎつけているのは、俺と東都だけのようだが』

　名執の情報はガセだったのか――

「逆走すれば追ってこない！」

私はカメラを掲げ、名執の耳元で叫ぶ。「逃げ切るよ!」名執は雄叫びを上げると、加速しつつ中央分離帯ギリギリを進む。バイパスの逆走は、追われた際の非常手段として想定していたが、私の言葉で名執はさらに興奮した。

案の定バイクは追ってこない。警察だったとしても、立ち止まることはできない。

対向車から激しくクラクションが鳴らされる中、名執は奇声を上げながら、車と車の間をすり抜け、さらに加速してゆく。生きた心地がしなかったが、リアシートから腰を浮かせた。最初から電源が入っていなかったカメラを捨てた。

迫ってくる大型トラックを認めた。

あれに――決めた。

相対速度は八十キロ近いだろう。タイミングを計った。大型トラックとの距離が急速に縮まる。名執が避けるために歩道側に寄った。けたたましいクラクション。私は上げた腰を歩道側によせ、名執の体を車線側に思いきり蹴りながら、バイクから飛び降りた。

着地と同時に道路に、アスファルトに叩きつけられ、転がる。ヘルメットのお陰で頭部へのダメージは最小限で済んだが、肩と腰を強打し、息が詰まった。

直後、急ブレーキの音と、激しい衝突音が鼓膜をぶっ叩いた。

視界の端で、火花を散らしながら路面を滑る車体と、回転しながら吹き飛ばされる名執が見えた。直後に急ブレーキ音と衝突音が交錯した。

痛みを我慢し、無理を承知で立ちあがる。名執の衝突がきっかけで事故が連鎖し、複数の場所で横転や衝突が発生していた。

ヘルメットを棄て、上着を棄て、通行人のふりをして速歩で歩道を戻った。名執の状態が確認できないが、あの速度の正面衝突だ、死ぬ可能性は高い。

周囲が騒然とする中、駐車場に戻り、車に乗り込むと、タイミングを計ってバイパスに出た。多くの車が立ち往生していたが、車の間を強引に縫い、交差点を右折、埼大通りを所沢方面に向かった。

警察の耳目《じもく》は、事故を起こした名執に集中するはずだ。私はこのまま現場を離れ、狭山湖の〝思い出〟を消す。それで終わりだ。トランクの斉藤は——そのあとだ。

午後七時五十四分　——羽生孝之

——ＯＡ一分前！

Ｃ副調整室にタイムキーパーの声が響いた。

よろしく！　よろしくお願いします！　とあちこちから声が上がる。

だが、羽生は、別の意味で緊張していた。

『前方で、車十台以上を巻き込んだ事故が起きたようです。わたしの目には、警視庁が追う容疑者と、埼玉県警が追う容疑者が合流、容疑者二人を乗せたバイクがバイパスを逆走、トラックと衝突したように見えました』

土方の緊迫した声がイヤフォンに響く。土方は車を降り、その惨状を撮影しながらリポートしていた。混乱する大通り。警察車輛の回転灯。

カメラが無線に指示を出す原島に駆け寄った。

『状況は』と原島。

『マル対②は車輛に乗り換え、所沢方面に逃走』

走っているのか、映像が激しく揺れ、取材車に戻った。

『凜々子、なんとかしてここを抜け出して、敦子の車を見つけて追って。マル対②の車はオプティ』

取材車が移動を始め、事故車の脇を抜ける。複数台が衝突しているが、大破した車はなく、車外に出た運転手の姿も見えた。

――なんだよあれ。事故か？

――L36はどこの映像だ。

放送時間が迫るピリついたサブの中でも、異変に気づく者が出始めていた。

筑摩は中継コンソールの前で、選挙特番に集中していた。

――十秒前！　九つ、八、七、六……。

番組開始のカウントダウンの中、北上がやって来た。

「どうなった」

――四、三、二……。

「放火とひったくりの容疑者が接触後、通りを逆走して事故ったようです。片方は、まだ逃走しています」

――2カメ！　挨拶！

OAディレクターが声を張り上げ、メインモニタの戸倉と二人のアシスタントが礼をして、番組が始まった。

『羽生君、聞こえる』

土方だ。『逃げたのは森野のほう。警察が少なくとも三人を殺した首謀者と見ている人物。情報解禁！　北上さんと相談してなんとかして。こっちは首尾よく追えているから』

羽生は、土方の言葉を北上に伝えた。

「土方は容疑者を追っているんだな」

北上の確認に羽生はうなずく。

L36の映像は再び通りを直進していた。北上が羽生のイヤフォンマイクを取り上げた。

「聞こえるか玲衣、北上だ。OAが始まった。いつでも行けるように用意しておけ」

北上はイヤフォンを抜くと、羽生に返す。「次のCMで、戸倉さんの耳に入れる。お前も来い」

「社労党本部の中継が……」

北上が筑摩を呼び寄せる。「羽生を借りる。社労党と憲政党大阪支部のコーディネーション肩代わりできないか。お前番組始まって、あんまりやること無いだろう」

「随分な言い方だな。北上より忙しいよ。羽生、行け」

北上とともに副調整室を出て、スタジオに入った。

午後八時になると同時にメインモニタには、東都放送が総力を挙げた出口調査の結果が表示された。与党圧勝だ。

スタジオではその結果を受け、粛々と番組が進行していた。戸倉はフランクな口調で自身のコメントを交えながら、政治評論家、羽黒政治部長とともに、当確情報と議席数の推移を伝えている。

午後八時十分過ぎ、最初のＣＭに入ったところで、羽生は北上とともにスタジオに乗り込んだ。フロアはＣＭ明けの準備のため、人とカメラが一斉に動いていた。

「ＣＭは二分！」とフロアディレクターが叫ぶ。北上は一直線に戸倉のもとに向かった。

戸倉が北上に気づいた。

「ＣＭ明けは民治党からの中継だな。民放の先陣を取った北上の腕は、神の腕だな」

与党本部中継の順番のことだ。ＮＨＫが最初で、民放各社は籤《くじ》で決めた。

「戸倉さん、社会部が追っていた事件が弾けています。中継が入るかもしれません」

北上は戸倉の耳元で言った。

「そんな事件あったか？」

戸倉は資料に目を落とし、一見、無関心に見えた。

「羽生、説明を」

北上に促され、羽生は北上の前に出た。強烈なライトが眩しい。

「東京で起こっていた連続放火と、埼玉の連続路上強盗が同一犯であることがわかり、警察が現在容疑者を追跡しています。つい先ほど、容疑者がひったくり事件を起こし、瞬間も押さえています。土方玲衣記者が、警察とともに追っています。容疑者グループは、三人のほかに、草間光一さんを殺害した可能性もあります」

周囲のスタッフにも聞こえるよう、声を張った。「今しがた、新大宮バイパスの交差点で、車十台以上を巻き込む交通事故を引き起こしました。一部始終の映像は回線センター経由で、報道編集30番で瀬田記者が編集中です」

戸倉のマイクを通じ、サブのスタッフにも聞こえただろう。

「追っているのはウチのカメラだけです」

羽生は最後に付け加えた。血相を変えてスタジオに入ってきた青葉部長を、矢矧社会部長が事情を説明する体《てい》で、押さえていた。

「草間君は事故死ではないのか。警察もその方向で捜査しているはずだ」

戸倉は冷静だった。

――ＣＭ明け三十秒前！

「この特番を中断し、視聴者を引き込むだけの価値と説得力が必要だ。今は日本の行く末を決める選挙を報じているんだからな」

見据えてくる戸倉。三十年近く、報道の現場にいる、冷徹な一面を持つ男。

「未確認ではありますが、事件の根は九年前、中国で行われた〝虎狩り〟にあると見られています。計画的な連続殺人なんです」

――十五秒前！

対戸倉説得用に用意した言葉を吐いたところで、タイムアップとなった。

「突っ込まれる情報でやるかどうか決める。その価値がなければ、特番終了後のニュースでやればいい」

戸倉は言い、カメラに視線を戻した。

言うべきことは言った――羽生は青葉部長の視界に入らないようにスタジオを出た。

午後八時十八分――渡瀬敦子

埼大通りを西へ進む。警視庁の全車輌は、事故の後もサイレンを鳴らさずにオプティを追跡していた。オプティも特に急ぐ様子はなく、警察の追跡に気づいていない可能性もあった。今、佐倉の小隊と埼玉県警の一隊が、先回りしていて、その準備が出来次第サイレンを鳴らして停車を求める段取りだ。

荒川を渡って志木市に入り、さらに西へと進む。日野と古崎のバイク班が、つかず離れず監視していた。

『警視庁堀部から、警視庁及び埼玉県警全車輌へ』

警視庁の捜査本部からの通信だった。『三鷹市の「むさしのコム」からの通報。マル対②森野美和は、同局社員の斉藤月子を拉致し、逃走車輌に乗せている。同社地下駐車場の防犯カメラに、斉藤に暴行を働き、トランクに押し込む森野の姿が映っている』

「前線指揮車、了解。全車、事故を起こさせないよう、過度に刺激するなよ。また厳重な道路封鎖は、人質の身に危険を及ぼす可能性がある」

八幡が指示する。

『その旨、被疑者が向かう方面本部に伝える。特殊班も出動させる』

加古川から返答があった。埼玉県警は人質救出部隊、ＳＴＳの出動を決めた。

『我々もＳＩＴを出す。指揮系統は状況を見て考えましょう』

堀部が提案し、加古川も了承した。

問題は森野がどこに向かうかだ。それによって警視庁のＳＩＴ、埼玉県警のＳＴＳのどちらが主導権を握るのかが決まる。

しかし――人質とは。渡瀬は激しい悔恨の中にあった。

十四日に犯行に及ぶよう、名執を誘導したのは渡瀬だった。

罠を張ったのは、十二日の午後だった。

＊

警視庁の名執行確班から、名執が浦和中央署に向かったと連絡が入った。渡瀬は自分が監視するからと行確班には署に近づかないよう指示し、事情を話していた葛西とスタンバイしていた玲衣を署に呼び寄せた。

エントランス前には名執と玲衣。そして、記者を装った渡瀬が遠巻きにしていた。

葛西が出てくると、裏の駐車場へ向かう。

玲衣が血相を変えて追うのに合わせて、渡瀬も『葛西代理だ』と名執に聞こえるように呟き、追った。横目で見ると、案の定、名執も追ってきた。

裏の第二駐車場は無人だった。歩道からも死角で、誰の視線もないことを確認した。

葛西が車に手をかけたところで、玲衣が詰め寄った。

『東都放送の土方です。葛西代理、例の選挙スタッフ一斉検挙は十四日で間違いないんですか』

葛西が玲衣を睨みつけてきた。役者だった。

『組対と一課を動員する意味はなんですか？　反社がらみですか？』

――話せるか。発表を待て。

『岩槻署の副署長が、十四日は忙しいと言ってましたけど、もしかしてこのことですか』

渡瀬は玲衣に張り合うように、葛西に投げかけた。『もしかしてここにも人を出すように要請に来たんですか』

――いいか、これはオフレコ。書いたら全員出入り禁止だ。

葛西は暗に認め、玲衣、渡瀬、名執の順で人差し指を突きつけ、車に乗ると、署から去って行った。

『本部すぐそこなのに車に乗ってったのは、たぶん岩槻に行くからね』

土方は最後にそう付け加えた。

『あの噂、本当だったのか』

名執が知った風に情報を引き出そうとしてくるのも、想定の範囲内だった。

『最初はわたしが岩槻署で、選挙当日の警察取材をお願いしたら、断られたのがきっかけなんです』

渡瀬は新米記者を装った。

『こっちは、二課の動きがおかしいから探ってたわけ』

打ち合わせ通り、玲衣も乗ってきた。『二課と組対と一課、近隣警察署合わせて百人規模の動員がかかると見てる。後援会の事務所と、反社組織の事務所が二、三箇所。たぶん金の流れもつかんでるね、二課は』

『まあ、よくある買収だが、当日にやるとはね』

名執はまた知った風な口をたたいたが、すべての裏を取る余裕はないはずだった。

そして、名執は誘導通りに動いた。

しかし、三人で仕掛けた茶番が、大規模な交通事故と、人質事件まで誘発してしまった。

発覚すれば、渡瀬自身はともかく、葛西の将来に響くことは明白だった。

＊

森野のオプティは、速度違反をするでもなく、所沢市内に入った。だが自宅がある西東京市方面には向かわず、所沢の市街地を迂回すると、県道一七九号「旧浦所バイパス」に入った。

「九年前の居所に向かっているようですね」

このまま直進すれば、森野と巽伽耶が九年前に住んでいた埼玉県入間市と東京都瑞穂町だ。

「どう分析する」

八幡が聞いてくる。

「警察の追跡に気づき、観念し、思い出の場所に向かうことにした」

これまでの慎重な犯行に比べたら、感傷的に過ぎるか――「巽伽耶の結婚のために、かつての仲間を殺したのなら、森野は最後の一人です。このまま森野が死ねば、わたしたちは彼女たちの過去を知る大きな鍵を失います」

「自殺か」

「そうです」

名執を殺して自分も死ぬ。それで終わる。斉藤は、運悪くそこへ闖入した。

「だったら斉藤月子はもう殺されているのか」

「いえ、これまで多くの事件を起こしましたが、森野は標的以外の命を奪っていません」

家人がいる住宅に放火したのは、早く発見させ、早く消火させるため。入念だったのは、鈴木邸のみだ。

しかし、オプティは九年前の居所の手前、慶和学院大学入口の交差点を左折した。先行していた佐倉の小隊は虚を衝かれ、交差点を通り過ぎた。

「追うぞ」

高千穂がハンドルを切り、渡瀬の指揮車は交差点を左折する。結果的に、森野追跡の先頭に立ってしまった。

『すぐ戻る』と佐倉から無線が入った。

地図を確認すると、この先は狭山湖、多摩湖を囲む丘陵地帯だった。複雑に尾根が広がり、高いところで標高は二百メートル弱。

疎らな住宅街の細い一本道。黒い山塊が迫る中、後方に次々と車輛が合流してきた。この期に及び、追跡は隠しようがなくなった。車間距離はおよそ二十メートル。

『前のオプティ、止まりなさい』

八幡がマイクで警告を発する脇で、渡瀬は無線を取る。

「警視庁渡瀬より全車。森野美和は、斉藤月子を拉致したまま狭山湖方面に向かっています。埼玉側、東京側のすべての出口を塞いでください」

指示は出したが、もし選択が自殺でない場合、その意図はなんだ。このまま狭山湖の周回林道に入れば、東京側に抜けるにも、出口は数箇所に限られ、包囲を容易くしてしまう。

次々了解と無線が入る。堀部は福生署と東大和署を動員して、東京側の道路を押さえにかかった。

助手席の八幡は、繰り返し止まるよう警告を発しているが、オプティは速度を緩めることなく、狭山湖の周回林道に入った。やはり、自殺なのだろうか――

ヘッドライトが荒れた路面と両脇から張り出す木々の枝を照らす。小型車がようやくすれ違えるほどの、狭い道だ。尾根の頂きに沿っていて、狭山湖側には延々と金網のフェンスが続いていた。

　そのフェンスが途切れている箇所に差しかかった。

　マップで調べると、狭山湖畔に下りる連絡道だった。東京都水道局の管轄下にあり、立入禁止のため、門が固く閉じられていたが、オプティは速度を上げると、門を破り、湖へと下りていった。

「こっから先は危険だぜ！」

　高千穂が門の前で車を停めた。渡瀬はハンディライトを手に降車し、連絡道を照らした。道幅は狭く片側は崖。小型車以外は厳しいだろう。黒く塗り込められた眼下をオプティのヘッドライトが見え隠れしていた。

『こんなところで渋滞かよ』

　古崎の声がイヤフォンに響き、指揮車の脇からオートバイが滑り出してきた。十秒ほど遅れて、日野のバイクもやって来た。

　後続の車輛が次々と停車する気配がし、ヘッドライトの光が折り重なる中、原島も肩を怒らせてやって来た。「何考えてやがる、奴《やっこ》さん」

「わたしたちが行く」

　日野がヘルメットのシールドを上げた。古崎もうなずいている。

「ゆっくり、刺激せずだ。こっちは人数を揃えてから行く。先行し状況を伝えろ」

八幡が指示し、承認を求めるように渡瀬を見た。

「この先は中型以上の車輌の通り抜けができません。まず斉藤さんの安全、次に森野の自殺の可能性を考慮に入れてください。兆候が見られたら、説得をお願いします」

渡瀬の言葉とともに、日野と古崎がエンジン音を上げ、門を突っ切っていった。

「ウチの特殊班のほうが早く到着できるが？」と原島。

「お願いします」

渡瀬に躊躇いはなかった。縄張りだのメンツだの、面倒なことはあとで済ませればいい。

そのとき、眩い光に照らされ、渡瀬は顔をしかめた。カメラのライトだった。

「この先、車は行き止まりだけど、どうすんの？」

場違いにかわいい声が響いて、捜査員たちの視線が一点に集中した。

光の輪の中に、土方玲衣が立っていた。

「この期に及んで帰れなんて言わないでよね」

玲衣は言い放ち、周囲の捜査員たちを睥睨する。「土壇場で森野美和を割り出した功労者であるわたしを！」

正確には斉藤月子と羽生だったが、今の玲衣には誰も逆らえなかった。

午後八時四十七分　――羽生孝之

選挙特番は滞りなく進んでいた。激しく状況が変化しているのはＬ36の映像だ。警察と土方の追跡は、所沢市内から狭山の周回道路に至り、湖畔への連絡道前で止まっていた。追跡の情報はＣＭのたびに北上が戸倉に伝えていた。

　そして、驚愕の情報が土方からもたらされた。

「……人質？　マジですか」

　Ｌ36には、山道を下る土方が映っていた。

『原島さんから聞いた。オフレコだけど。斉藤お姉様が森野に接触したみたいなの』

　斉藤——二十四時間前は一緒だった。ようやく羽生の中で事件が現実味を帯びてきた。

　連絡道の入口から、警察はバイクと徒歩での追跡に切り替えていた。時折、渡瀬警部と原島の姿がハンディライトに照らされた。それ以外は、完全な闇だ。ここまで警察の至近距離にいられるなど、どれだけの関係を築いたのかと驚嘆したが、連絡道を下るにつれ、画像と音声が乱れ始めていた。Wi-Fiの電波が山の尾根に遮られ始めたのだ。湖畔は三方を山塊に囲まれていた。

「電波状態がよくないみたいです」

『仕方ないと言えば仕方ないね。できるところまでやる』

「湖側に寄れば、電波は届くと思うんですが」

『森野が湖側に行くとは限らない。こうなったら中継車を至急手配して』

　ベストは地形の影響を受けないＳＮＧ＝衛星中継車だが、特番で主要な中継先に配置され剝がすことはできない。さらに大型でもあり、狭い山道への投入は不可能に近い。ＦＰＵ＝

マイクロ波を使った通常の中継車はＳＮＧ車より小型だが、やはり出払っている。

中継コーディネーション卓を離れ、中継統括席の北上に状況を話した。

「人質は確かなんだな」

北上は、モニタの前までやって来て、念を押す。

「警察は容疑者を追い詰めています。人質を挟んだ睨み合いになると思います」

「筑摩、中継車回せるか？」

筑摩が中継回線表を取りだして、目で追う。

「ＳＮＧは論外だ。ＦＰＵでも尾根の間となると、電波を経由させる携帯アンテナがいくつか必要になる」

電波は真っ直ぐにしか飛ばない。尾根に囲まれた山中になるなら、何箇所か電波の中継ポイントを設け、最終的に電波を東京スカイツリーに飛ばさなければならない。

「機材庫に武村さんがいます」

羽生は言った。「状況は伝えてあります」

「現場に一番近いのは……埼玉９区……入間の民治党大山信常《おおやまのぶつね》の事務所に５号車が行ってる。ＦＰＵ車だ」

筑摩が中継回線表から顔を上げた。「当確はまだだが」

「いい、引っぺがす。クレームは俺と矢矧さんが引き受ける。羽生は武村さんを連れて現場へ行け。機材庫には予備アンテナがいくつか転がっているはずだ」

「埼玉8区の小《こ》柴忠昌《しばただまさ》事務所に支局の2号車がいる。そっちは当確が出ているから、9区の大山事務所に回す。5号車持ってけ！」

筑摩が拳で羽生の肩を叩いた。

「タクシーにでもなんでもアンテナ積んで5号車と合流しろ。武村さんなら中継場所がどこだろうが、電波をここに届けるマイクロプランが組める」

北上も羽生の背中を叩いた。


「こんなこともあろうかと、トミさんが一台確保していたんだ」

武村は、機材庫脇に横付けされた軽ワゴン車に、扇風機ほどのパラボラアンテナがついたＦＰＵ送受信機と三脚を積み込みながら言った。

「玲衣ちゃんが一台残しておけば、絶対何かあるって言ってね」

運転席の富岡が応える。

用意できた送受信機は三台。足りるかどうかはわからない。武村は機材を固定すると、バックドアを閉め、後部座席に乗り込んだ。羽生も後部に乗り込む。

「トミさん出してくれ」

武村が言うと、富岡は「あいよ」と言い、軽ワゴン車は静かに滑り出した。

「ところでトミさん、配車業務はどうした」

「知らん」

富岡は歯を見せて笑った。車が地下駐車場から出ると、羽生は土方に電話を入れた。

「いま局を出ました。武村さん、富岡さんと一緒です。中継車は手配ができました」

『こっちは完全に山の中。人質がいるし自殺の可能性があるから、とにかく追いかけている状況。座標を送るから、武村さんにＦＰＵの筋読んでもらって』

土方も中継の要諦を押さえていた。すぐにメールで座標が届いた。

《北緯三五度××分……。東経一三九度××分……》

「土方さんから座標が届きました」

羽生はタブレット端末に地図を呼び出して座標を打ち込み、武村に向けた。

マイクロプラン＝電波の「道筋」を決める作業だ。どこにアンテナを置き、どこに向けるか——間違えば、局に電波は届かない。

「狭山丘陵か。尾根の奥に入られたら難儀だな。標高がわかる地図はないか」

武村は膝の上で、大判の道路地図を取りだして広げていた。

羽生はタブレットの表示を、国土地理院のＷＥＢマップに切り替え、色別標高図を重ね合わせた。

「これでいいですか」

武村は無言でディスプレイに目を落とした。

軽ワゴン車は首都高新宿線に乗った。日曜の夜で渋滞のピークは過ぎ、流れはスムーズだ。

十分後、土方から新たな座標が送られてきた。さらに狭山湖に近づいていた。

「金堀沢に向かっているな」

武村は言いつつ、タブレットで標高を確かめ、鉛筆で大判地図に直接、点と線を描き込む。

「狭山丘陵の最深部だ。さてどうするか」

森野美和が行く先には、車輌が通り抜けられる道はなかった。人と二輪車が通れるだけのハイキング道が瑞穂町側、武蔵村山市側に延びているだけだ。そこも警察が押さえるに違いない。森野はなぜ、そんな袋小路へ向かったのか——

午後九時十七分　——渡瀬敦子

連絡道を下る。幾筋ものハンディライトの光が、暗黒の森の中を飛び交う。

十メートル前方を、原島指揮の埼玉県警、警視庁混成チーム五人が先行し、渡瀬、八幡、高千穂が続いていた。さらに後方から、佐倉の小隊が、到着次第追ってくるはずだが——

「Ｐキャス、本格的に使い物にならなくなってきたね。ここほんとに東京？」

「埼玉県の入間市っす」

玲衣が助手と言い合う、緊張感の乏しい声が聞こえてきた。

玲衣にはテレビ用ライトは点けず、最低でも二十メートルの距離を空けることと厳命してあった。金髪の助手はカメラを構え、背には大きな機材を背負っていた。

森野は金堀沢方面に向かっている——古崎からの連絡を堀部に伝えた。

狭山丘陵の反対側に位置する、東大和署には狭山丘陵を見回るバイクの部隊があり、ＳＩ

T隊員がバイクを借り、都立六道山公園から林道に入っているという。

地図によれば、湖畔最深部には導水路があり、車輌が通行可能な道はそこで途切れていた。その導水路付近にオプティが停まっていると、古崎から報告が入っていた。

十数分かけ、連絡道を下りきり、湖畔に到達した。

バイクを降りた古崎と日野が待機していた。

「状況は」と原島。

ヘッドライトの先には、二十メートルほど離れてオプティが停められていた。動きはなく、中は見えない。

「誰も乗ってないけど、すごいガソリン臭がする」

日野が言い、「下から思いきり漏れてる。火気厳禁というところです」と古崎が続けた。

「今は触らずに、車を迂回しましょう。先に様子を見に行きます」

原島の提案に、渡瀬は「お願いします」と返事をしつつ、なぜ森野はここに来たのか考えていた。

斉藤は、草間光一変死の件で森野に迫った。しかし、犯行当日であり、森野は偽装する間もなく拉致せざるを得なくなった。発覚は時間の問題。だから、当初の予定通りひったくりと名執の抹殺を遂行し、森野美和として初めて過ごした地に向かっていたはず——

自殺ならここでなくてもいい。それとも深い想いが残された場所なのか。

タブレット端末に目を落とす。

　九年前の、森野美和と巽伽耶の居住地からここまで、散歩で来てもおかしくはない距離だ。ここにあるもの――自分が逮捕されることより優先される何か。一番に考えられることは、森野と、九年前日本に来た連中とを繋ぐ何かがここに存在するということ。

　現在地をピンポイントで拡大する。狭山湖から尾根の奥へと延びる導水路があり、地下水路となり丘陵の下を通り、瑞穂町に抜けていた。

「ここから渓谷沿いに二百メートルほど先に、取水調整補助弁の小屋がありますね。もしかしたらそこに何かあるのかもしれません」

　そのとき尾根の奥が光り、微かにエンジン音が聞こえてきた。

『先行した特殊班二名が、東京側からバイクにて現場に接近、可能なら被疑者を包囲しろ』

　堀部から無線が入った。『我々も今向かっている』

「だったら急いだほうがいいですな。では」

　原島以下五人が、車を回り込むように渓谷部の林道に踏み出した。振り返って見上げると、尾根の頂《いただき》にある周回林道で、幾筋もの光が移動していた。小型車なのだろう、数台が坂道を下りつつあった。

　八幡が日野と古崎に「出迎えろ」と指示し、二人は降りてきた車輌の誘導に向かった。

　車輌が停まり、降車の音。

「こっちです」と古崎の声が聞こえ、ヘルメットと濃紺の戦闘服に身を包んだ小部隊がやって来た。その後ろを日野が興味深げに、彼らを観察しながらついてくる。

「埼玉県警捜査一課特殊班、久礼《くれ》です」

先頭の男が立ち止まり、言った。装備は警視庁のＳＩＴとほとんど変わらない。

「警視庁分析捜査係の渡瀬です」

渡瀬は簡潔に状況を説明した。「浦和中央署の原島さんを中心とした五名が先行しています」

「警視庁さんもＳＩＴを出しているんですよね」

久礼はわずかに警戒感をにじませる。指揮権の問題だ。

「隊員が二名、急行中ですが、部隊としての指揮系統は確立していません」

渡瀬は応える。「ここの指揮をお願いします。責任はわたしに」

久礼はわずかに目を見開いた。

午後九時――森野美和

坂を下りきり、引き込み導水路の脇で車を停めた。狭山湖から延びるコンクリートの導水路が地下水路となり、山塊の中に消えてゆく狭山湖最深部だ。ヘッドライト以外は暗黒。後方からバイクのライトとエンジン音が近づいてきていたが、速度は遅く、まだしばらく時間はあるだろう。

エンジンを止め、ヘッドライトを消し、左手中指に指輪型のマイクロライトを装着、スマホにハンズフリーマイクをセットし、伽耶の携帯番号をタップした。

『トワちゃん』

この通話もいずれ警察に突き止められるだろうが、なんとでも言い訳は立つ。

「湖畔まで来た。ナビゲートして」

スマホを内ポケットにしまい、ファスナーを閉じる。

『水路に沿った、山のほう……』

伽耶は途中でいなくなった。もしかしてあのとき？

一度電話を切ると、一リットルサイズのペットボトルとリュック、サバイバルナイフを持って、車を降りた。ペットボトルの中身を捨ててから車の下に半身を入れ、サバイバルナイフでガソリンタンクを何度も突いた。すぐにガソリンが漏れてきた。そこにペットボトルの口をあてがい、ガソリンを溜めて蓋をすると、車の下から這いだし、リュックに入れた。

マイクロライトの小さな光を頼りに、トランクを開けた。斉藤は目を開けていた。塞がれた口で呻いたが、ナイフを突きつけると静かになった。

斉藤をトランクから引きずり出し、強引に立たせた。結束バンドで両手首と両足首を固定していたが、足のバンドだけ、ナイフで切った。

「少しの間だけ、人質になってください。言うことを聞けば、危害は加えません。少しでも余計なことをすれば、殺します」

ガソリン臭も気になるのだろう、斉藤は怯えた目で何度もうなずいた。

「さ、歩きましょう」

ナイフで背中をなでると、斉藤はひゅっと息を漏らし、歩き始めた。行く先は、闇の深淵。尾根の底に横たわる隘路だ。地形と地図は頭に入っていた。水道局の水路と並行するように小さな川が流れ、自然の湿地帯が形成されている。

斉藤の足元だけを照らす。湿った土の路面をゆっくりと進んでいたが、背後に光を感じ、振り返った。オプティがバイクのヘッドライトに照らされていた。しかし、警戒しているのか、それ以上近づこうとしない。その後方の周回道路付近には、夥しい数の光。連絡道の入口には十台以上の車輌が集まったようだ。

読まれ、追われていたようだ。このまま行けば、瑞穂町、武蔵村山の森林公園、林道の三箇所に繋がっているが、警察が押さえるのは時間の問題だろう。だが、彼らは一歩遅かった。

再び伽耶に電話を繋ぐ。

「どこまで歩けばいい？」

『その先に……小屋があるでしょ』

声が半べそになっている。

「うん、あるね。どうしたの、元気出して」

見えはしなかったが、この先に『取水調整補助弁』の小屋があることは知っていた。

一歩一歩確かめるように進む。時折刃先で斉藤の背中をつつき、緊張感を持続させる。

やがて、背後から微かな足音と人が接近する気配がした。枯れた斜面を、ハンディライトの光が舐めてゆく。

特殊部隊の狙撃班が出て来たとしても、この暗さと人質が、彼らの仕事を阻むだろう。

闇に目が慣れ、前方に小屋らしき黒い塊が見えてきた――が、さらにその奥から、エンジン音が急速に近づいてきて、ヘッドライトの光が激しく揺れながら闇に割り込んできた。

小屋に到達する前に、前方からの光の輪が、私と斉藤を捉えた。

「またかけるね」

電話を切り、身構える。

ライダー二人が小屋の脇にバイクを停め、降車した。訓練された動きだ。

「森野か。警察だ、そこを動くな」

事前に相当な準備をしなければ、こんなに早く対応できるはずがない。日本の警察は、想像以上に優秀だったようだ。

「完全に包囲されているぞ、斉藤さんを放して投降しなさい」

私は不本意ながら、斉藤の腕を極め、ナイフの刃先を首筋にあてがった。

ああ、最悪だ。

午後九時四十二分――羽生孝之

羽生を乗せた軽ワゴン車は中央自動車道を国立府中で降り、立川市内を北上していた。

北上からの連絡で、Pキャスからの映像はノイズがひどく、視聴不可能の状態だという。

土方と凜々子がいる座標は、尾根と尾根に囲まれた渓谷部だ。致し方なかった。

「おう、なんとかして許可をもらえ、事件だからな」

武村が携帯電話にがなっていた。「で、見えるか……スカイツリー見えるんだな。よし！」

「第一段階はクリアだな」

富岡がのんびりとした口調で言った。「ダムの上に中継車置くなんて、タケさんらしい無茶だな」

武村の計画は、現場から遮蔽物のない湖上に電波を飛ばし、対岸にある山口貯水池ダムの上に中継車を進入させ、電波を中継、スカイツリーに飛ばし、東都放送に送信するというプランだった。

問題は、金堀沢の奥から湖畔のアンテナに電波を飛ばすこと。

中継車はすでにダム管理者に話をねじ込み、ダムのそばにいた。中継車からは送信機を装備したカメラだけを運び出し、ダムの脇で羽生の乗る車に受け渡す算段となった。ほとんどの中継スタッフが武村の後輩であるため、多少無茶な要求でもすぐに通った。

土方から着信――武村にも聞こえるよう、スマホの音声をスピーカーにつなげてあった。

『人質を取った森野と警察の睨み合いになった。事態は膠着。警察はここで決着をつけるつもりみたい。特殊班も来てる。座標送る。急いでね！』

新たな座標が届き、羽生はそれをタブレットの地図に反映させた。

「谷がカーブしている先か。アンテナの置き場所は、湖畔に一つ、谷間のどこかに一つ二つ必要だな……そこから容疑者が動かなければな」

車は芋窪街道を北上し、東大和市を抜けてゆく。

今度は北上からの着信。

『中継入れるぞ。人質事件に発展して戸倉さんが決断した。青葉部長も折れた。準備でき次第行く。コーディネーションは筑摩がやる。急げよ』

「偉くなったな、北上の野郎」

「タケさん、何度か泣かしたよな」

やがて狭山丘陵の山塊が迫ってきた。車は直進し、丘陵を抜ける道に入り、多摩湖にかかる村山上ダムを通り、西武球場の脇をかすめ交差点を左折すると、前方に堤防のような黒い壁が見えてきた。それが、狭山湖の山口貯水池ダムだ。

午後十時、武村と冨岡はダムの入口で待機していたスタッフからカメラとオーディオミキサー、バッテリーライトを受け取ると、狭山湖を周回する林道に入った。

午後九時四十九分——渡瀬敦子

森野美和は、斉藤月子を盾に狭い林道の中央に立っていた。渡瀬からは、ＳＴＳの背中越しに黒い輪郭がわずかに見えるだけだ。森野の向こう側、『取水調整補助弁』の小屋の脇にＳＩＴの隊員が二人。すでに無線周波数の調整が行われ、ＳＴＳとＳＩＴ二人の連携は可能になっている。

ＳＴＳは散開し半包囲の態勢に入っていた。交渉官は森野の説得にかかっていて、斉藤月子の無事は確認されている。

渡瀬と八幡はSTS班長久礼の後方、先頭にいる交渉担当官から、およそ十メートルに陣取った。そのさらに後方では、強引に連絡道を下ってきた原島の前線指揮車が停車し、臨時の前線本部となった。詰めているのは原島と、特殊班出身の佐倉だ。

——ライトはこちらに向けるな。

それが森野の要求だった。特殊班は暗視装置を持っているが、限られた人員だけだ。

渡瀬はタブレットに森野のパーソナルデータを呼び出し、久礼に駆け寄った。

「森野のデータです、交渉に使ってください」

渡瀬はディスプレイを久礼に向ける。「刺激しない限り、人質に危害を加える意図はないと思われます。なにか証拠になるものがこの付近にあり、それを処分するために足を運んだと考えています。森野が動かないのは、その何かがある場所に到達できていないからです。おそらく彼女の目的地は、取水調整補助弁の小屋です」

「了解した」

久礼は隊員にタブレットを渡し、交渉官の元へと運ばせた。

渓谷の奥に光の筋が交錯した。林道の東京側から、新たにバイクが数台やって来たようだ。狭山湖の周回林道からも、続々と車輛のヘッドライトが接近してきていた。

『班長、向こう側に交渉官を含むSITの増援が到着した』

指揮所の佐倉が無線連絡してきた。『指揮系統、このままでいいか』

「久礼さんにお任せしています。変わりません」

不意に、説得する声が重なった。

久礼の舌打ちが聞こえた。

「ＳＩＴの交渉官も説得を始めた」

八幡が唸るように無線に言った。「佐倉、ＳＩＴ《むこう》を黙らせろ」

『やってる』

突如、女性の悲鳴が闇と静寂を切り裂いた。

『被疑者が人質の頭を切りつけた模様』

最前線にいるＳＴＳ交渉官の連絡が入る。『ＳＩＴが余計なこと言うからだ』

「警視庁渡瀬です。現場指揮は埼玉県警特殊班に一本化、久礼班長の指示に従ってください」

渡瀬の背後からまた数人のグループがやって来た。堀部と谷川班の面々だった。

「なぜ先頭に埼玉県警がいる」

事情を知らない捜査員の声が響いた。

「交渉の指揮は」

堀部が聞いてきた。

「ＳＴＳの久礼班長が行っています。現着しているＳＩＴも指揮下に入っています。わたしが要請しました」

——神奈川の次は埼玉か。仲間を信用しないのか。

谷川班の中から、憤然とした声が上がった。谷川本人は、黙したままだ。

「埼玉県警の特殊班が先着し態勢を整えていたので、人質の安全を最優先し、指揮を一元化しました。つい今しがた、東京側との息が合わず、被疑者が刃物で人質を傷つけました」

渡瀬が語調を強めて言い放つと、谷川班は押し黙った。

「現状その判断が賢明だな」

堀部は言った。「谷川、ＳＩＴに厳命。指示に従えと」

午後十時九分　——羽生孝之

狭い道に、十台以上の警察車輛が停まり、制服私服十数人の警官が動いていた。その最後尾に車を停めると、武村と富岡は素早く車を降り、バックドアを開け、カメラとミキサー、バッテリーライトを取りだした。

「こっちだよ、おっちゃん！」

車の間を凜々子が、手を振りながら走り抜けてきた。「現場はこの坂の下」

眼下の木立の中から、光が漏れていた。数百メートル先のようだ。

「凜々子ちゃんもアンテナ持ってくれ」

武村が声をかけると、凜々子が軽ワゴン車の後ろに回り、送受信機に手早く三脚を装着する。

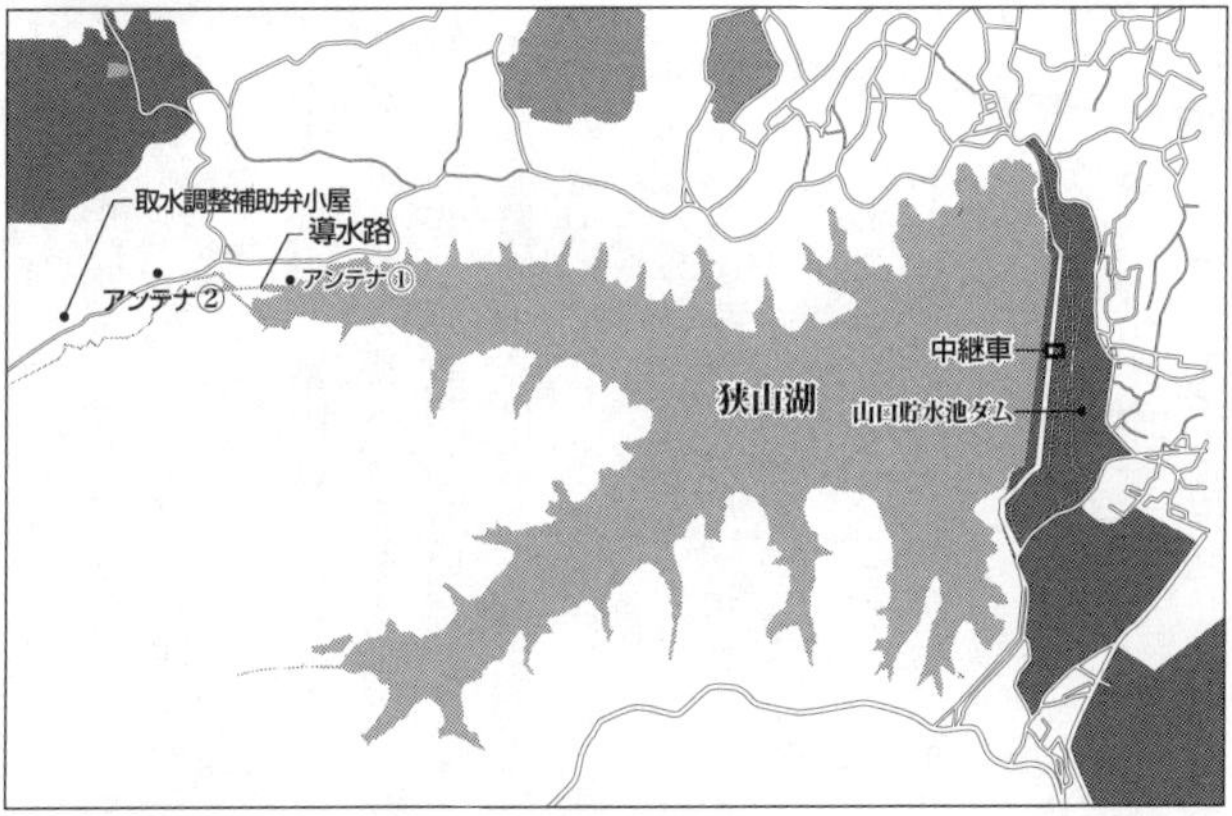

「アンテナはここに置け」

武村が凜々子のコートに、送受信機の設置場所を描いた紙を貼った。

凜々子は「わかった」と応え、羽生に視線を向ける。「現場の仕切りは羽生君、姐さんの命令だから絶対逆らうなよ」

先輩に対し失礼な言い方だが、怒りはわかない。

「先に行くぞ」

武村と富岡は機材を担ぎ、早々に坂を下っていった。

「柊は足元を照らして」

「うっす」

羽生が送受信機を両肩に二台担ぎ、凜々子が一台を担ぎ、片手にハンディライトを持った。途中、何度か足が滑り、ひやりとした。

湖畔まで降りると、羽生はぐるりと周囲を見渡し、地形を確認した。

「いいか柊、アンテナセットしたら5号車と連絡して、電波が通ったら電話してくれ」

羽生の指示で、凜々子が湖畔に一台目の送受信機をセットする。

現場は緩く左へカーブした渓谷の先だ。光が前方の死角から漏れていた。

「では行きましょう」

羽生、武村、富岡は光源に向かって林道を奥へと進んだ。

ガソリン臭が漂う車の脇を抜け、尾根沿いにカーブすると、五十メートルほど先に警官たちの黒い背中が散開していた。二十人ほどだ。人員が十分揃っていないようで、周囲を警戒する制服警官の姿はなく、羽生たちは誰にも制止されなかった。

その背中の群れから、小さな影が離れ、近づいてきた。

「遅い！」

頬を膨らませた土方だ。パンプスとパンツの裾が泥だらけだった。だが目は獲物を捕らえた鷹のように鋭く、爛々としていた。

「ほれ、マイク」

ヘッドフォンを付け、首からミキサーを下げた富岡が、土方にワイヤレス・ハンドマイクを手渡した。

「この先に小屋があって、今はその小屋の辺りに容疑者と人質がいる。現場までは四十メートルくらい。話す内容は、さっき北上さんに伝えた」

相変わらず、先手と根回しは滞りないようだ。羽生は武村とともに、捜査員たちに近づき、その肩越しに現場を確認した。木々と梢の影が複雑にからまり、見えにくいが、光源の中に立つ二人の女性の影が見えた。

「今は交渉人が容疑者を説得中だな」

背中のシルエットの中に、渡瀬警部の姿を認めた。

捜査員たちの影が一つ動いた。大柄で寒そうにコートのポケットに手を突っ込んだ男が歩み寄ってきた。

堀部管理官だった。

「なんだタケさんか。まだカメラ担いでるのか」

「堀部君こそ管理官か、出世したな」

武村は堀部が付けている『捜一管理官』の腕章を見て応えた。

「カメラはここより前に出ないでくれ。被疑者と俺たちの位置関係がわかるような構図は絶対撮るな。人質を直接撮るのもだめだ。それと、交渉中の特殊班も撮影禁止。照明は点けないでくれ。本当は取材厳禁にしたいところだが……」

堀部は土方に視線を向け、土方も視線を合わせた。「そこの彼女に借りがあるからな、特別サービスだ」

「森野が連続放火と、連続路上強盗致死傷事件の容疑者だと伝えてよろしいですね」

土方は慇懃に確認する。

「容疑事実は報道していい。名前はだめだ。あと新たに道交法違反と殺人未遂を付け加えた。

ただ被疑者の出自と死亡した三人との繋がりについては、報道しないことを要請する」

「現時点ではですね」

土方は当然のように、応えた。

「よし、話は決まった」

武村がカメラを担いだ。「羽生ちゃん、凜々子ちゃんが仕掛けたアンテナが見えるところに、そのアンテナをセットしてくれ」

尾根を弓なりに進んできただけだ。カーブしている地点に、送受信機を置けばいい。アンテナは二台で済みそうだった。

「柊、アンテナ置いた場所にライト点けて立ってくれ」

『うっす』と返事があり、羽生は送受信機を手にして、林道を戻り、頃合いを見て道を外れ、尾根の斜面を登り始める。凜々子が持つハンディライトの光は、なかなか見えてこない。何度も足を滑らせながら、斜面を登った。勾配がきつい場所は木の幹で体を支えつつ横に移動する。悪戦苦闘十数分、ようやく木々の間からハンディライトの光を見つけた。

羽生は武村がいる地点も確認し、三脚の脚を調整、送受信機を置くと、武村に電話した。

「アンテナをセットしました。画《え》をください」

『もう送ってる』

武村が応える。電話を一度切り、中継車に電話した。

「現場フロアを担当する羽生です。中継車さん、映像行きましたか」

『来たよ。えらい物々しいな』

中継車のＴＤ《テクニカルディレクター》が応えてきた。

カメラ、羽生の送受信機、凜々子の送受信機、ダムの中継車、東京スカイツリー、東都放送と電波が繋がった。

「よろしくお願いします。後ほど音声回線のチェックを。一度切ります」

羽生は斜面を降りつつ、Ｃ副調整室の筑摩に電話を入れた。

「準備できました」

『いま画が繋がった。すごいことになっているな』

日頃感情を露わにしない筑摩が、興奮を抑えるように言った。『次のＣＭで音声チェック、土方と戸倉さんの掛け合いだ。繋いだままにしておいてくれ』

現場に戻ると、小型モニタが用意されていた。羽生はスマホにイヤフォンマイクを付けた。中継車から送られてくるＯＡの映像も繋がっていた。

「次のＣＭで、戸倉さんと掛け合いのチェック。いいね、土方さん」

「わかった。日本中の度肝を抜いてやりたいけど、人が死ぬのは見たくないね」

初めて、土方の表情に翳りが差した。「これまでの犯行を見る限り、森野に人質を殺す意思はないと踏んでるけど」

五分後、ＣＭに入った。筑摩から土方の音声を送れという指示が来て、カメラの脇に立ち土方に指示を送った。

「現場の土方玲衣です。聞こえますか」

土方が、カメラに向かって言った。

『戸倉です。はっきり聞こえますよ』

「こちらも聞こえます」

「音声は良好」

ガンマイクを肩にかけた富岡がにやりと笑った。羽生のイヤフォンに、音声OKと筑摩の声が聞こえてくる。

『こちらに情報はほとんどないんだ。いろいろ聞くけど大丈夫かな』

「なんでも聞いてください」

『OK、すべて君に預けよう』戸倉は土方に言った。


CMが明け、モニタがMC席の戸倉に切り替わった。

『ここで、緊急中継が入ります。警察が、三人の命を奪った東京都小金井市・小平市・西東京市で発生した連続放火と、埼玉県さいたま市を中心に発生している連続路上強盗致死傷事件の容疑者を追跡、容疑者は現在女性を人質に取って山中に立てこもり、警察の包囲を受けているようです。現場には土方記者が行っています。土方さん』

モニタに土方の姿が映った。

「こちら狭山湖畔の現場です。容疑者はここから四十メートルほど先で、警察の包囲を受け、現在睨み合いが続いています」

イヤフォンを通じて、C副調整室の中がざわめく様子が伝わってきた。

撮影用のバッテリーライトは点けていなかったが、警察が設置したライトで、土方の姿は十分捉えられていた。薄暗さと顔に刻まれた陰影がかえって物々しさを演出している。

画面右上に『LIVE／連続殺人か　容疑者が女性を人質に山中に立てこもり』とスーパーが乗る。

「現場は、東京と埼玉に跨がる狭山丘陵の尾根と尾根の間で、警視庁と埼玉県警の合同チームによって、完全に封鎖されています」

映像が包囲する警官隊の背中にズームした。警官隊の間から、容疑者の姿がシルエットとなって浮かび上がった。だが、説得を続ける特殊班と容疑者の位置関係はわからない。武村ならではの熟練の技だ。

「容疑者は、三鷹市にあるケーブルテレビ局『むさしのコム』のスタッフと見られ、人質の女性も同局の社員です。現在警察の特殊班が容疑者の説得に当たっていますが、人質が負傷したという情報も入ってきています」

『複数の事件について容疑があると聞いていますが』

戸倉からの質問が入った。

「警察は現住建造物等放火と強盗致死傷の容疑で、この容疑者をマークしていましたが、今日、共犯者と思われる男がバイクで路上強盗を働き、その後、容疑者は共犯者と合流したことを確認。警視庁と埼玉県警合同による追跡が始まりました」

戸倉との掛け合いも堂々としたものだった。「わたしは埼玉県警を取材していたのですが、合流した容疑者と共犯者は、さいたま市内で交通事故を起こしました。その瞬間も目の当たりにしました。わたしには、容疑者が共犯者を蹴って事故を誘発させ、バイクから飛び降りたように見えました」

『路上強盗の瞬間の映像があるようですね』

戸倉の声とともに、モニタがＶＴＲに切り替わった。Ｐキャスで映像を送ったひったくりの瞬間と、事故後の混乱する浦和北交差点の様子、そこから車に乗り換えた森野が単独で逃走に移る流れが、テンポよく編集されていた。瀬田はきちんと仕事をしたようだ。

「現場では車十台以上が追突事故に巻き込まれました。交差点付近ではどの車輛も速度を落としていて、負傷者が出たという情報は入っていません。容疑者はこの混乱に乗じて、所沢方面に逃走、我々も警察とともに追いました」

ＶＴＲに土方がライブで解説と補足情報を加えてゆく。体が熱かった。とんでもない瞬間に自分は立ち合っている。羽生は深呼吸しつつ、現場とモニタを交互に見比べる。

『人質の様子は――』『容疑者の素性については――』

モニタがまた現場に切り替わり、土方と戸倉のやり取りが続く。

そのとき、女性の悲鳴と怒号が響いた。

「悲鳴が聞こえました。警察の動きも慌ただしくなっています」

武村が、これ以上近づくなと指示されたラインを越え、一歩二歩と現場に近づいてゆく。富岡も素早い反応で追従し、現場へガンマイクを向けた。

直後に小屋がオレンジ色の光で浮かび上がった。

「火の手が上がりました」

土方の声が上ずった。

午後十時三十一分　――渡瀬敦子

斉藤月子は顔面を血に染めていた。頭皮を傷つけただけで、深傷《ふかで》は負わせていないようだが、流血の効果は覿面だった。ＳＴＳとＳＩＴは一段と慎重になり、森野は無言のままジリジリと小屋に近づいていた。

「小屋の警官は下がらせる。これ以上斉藤さんを傷つけるのは、お互いのためにならない」

交渉官の言葉に、東京側の特殊班がゆっくりと後退していった。森野はそれを確認すると、背負っていたリュックを降ろし、斉藤を引きずって小屋の陰に隠れた。

「どうした！」「小屋に隠れた！」「そっちから見えないか！」

怒号が飛ぶ。ＳＴＳの動きが慌ただしくなった。

だが、不用意に近づけない。

一瞬の時間的空白をおいて、突然、小屋の陰から斉藤が走り出してきた。

「突入！　人質を救出しろ！」

久礼の号令が飛んだ瞬間だった。

小屋から勢いよく炎が噴き出した。斉藤が火に煽られ、地面に倒れ込んだ。斉藤の姿が広がる炎の向こうに消え、ＳＴＳ、ＳＩＴの隊員たちが、燃える小屋へ果敢に突っこんでゆく。ほかの捜査員たちも、一斉に動き出した。渡瀬は邪魔にならないよう、脇に退けようとしたが、背後からきた誰かと衝突し、バランスを崩すと、脇の小川に倒れ込んだ。

水深は二十センチほどだったが、つま先から頭まで水に浸かり、全身の筋肉が収縮した。屈辱、胃痛、水の冷たさ——森野美和は最後までわたしを悩ませ、苦しめる。

「大丈夫、キャップ！」

日野が川に入ってきて、渡瀬を起こした。

燃え上がる小屋が見えた。

そして、小屋から火柱が分離した——いや、人だった。小屋の陰から上半身火だるまになった人間が躍り出てきた。捜査員たちは、逃げるように距離を取った。

「人質確保！」

久礼の声が響き、特殊班の隊員に抱きかかえられ、小屋から離れる斉藤の姿が見えた。

ならば火柱は森野美和。

このまま死なせない。勝ち逃げなんてさせない——そして、何よりもこの事態を誘発させた自分への怒りが、問答無用で渡瀬を突き動かした。

日野の手を振り切り、そのまま小川の中を走り、小屋に近づく。自分が全身濡れ鼠であることは、計算に入っていた。接近してくる火柱。コートは存分に水を吸い、重い。走りながら、コートを脱ぎ、陸上に上がり、捜査員の間を抜ける。

「やめろ班長！」

八幡の怒号が聞こえた。

炎の奥にある目が、渡瀬に向けられた。燃えているくせに、死を目前にしているくせに、すべてをやり遂げた穏やかな目をしていた。それが、余計に許せなかった。

「逃げるな森野！」

コートを広げ、包み込むように火柱に抱きついた。しかし、炎は容易に消えない。自分の髪が焼ける臭い——咄嗟に森野の体を地面に引き倒すと、そのまま小川の中に転がり込んだ。すぐさま、何人もの体が上に覆い被さってきた。誰かの肘が首に当たり、顔が水中に沈み、鼻と口から水が入り込んできた。

このまま死ぬのだろうか——

『詰めが甘いんだよ、敦子は』

最後に浮かんだのは、十五歳の玲衣の顔だった。

午後十時二十九分　——森野美和

首尾よく小屋の裏側に回り込むことができた。四畳半ほどの小さな小屋だった。

再び伽耶に電話する。

「小屋のどこ?」

『裏側の土台と床の隙間に、十センチくらいの隙間があるんだけど、その奥』

「わかった、探してみる」

斉藤は何度か切りつけたら、反抗の意欲を完全に喪失していた。

私は膝をつき、土台と床の隙間に手を入れた。片腕を入れ、探ると、指先にビニールのような感触がした。引っ張り出したかったが、ギリギリで掴めなかった。一度腕を出して、マイクロライトをかざして中を覗くと、ジップロックに入った紙が見えた。八年も、ここに眠っていた——その安堵と感傷が隙となった。

装備を固めた警官——特殊班が急接近してきた。

マイクに呟くと、スマホを地面に置き、サバイバルナイフを突き立てて破壊した。

「じゃあ切るね。伽耶、何も心配はいらない」

そしてペットボトルの蓋を開け、ガソリンを隙間に流し込むと、「ガソリンだ」と警官を威嚇し、小屋の壁や自分の周囲にそれを撒いた。

警官の足が止まった。自分にも派手にかかったが、構わない。

最後に間に合ったことを感謝し、ライターに火を灯した。この状況に及んでも、呆然と動かない斉藤の尻を蹴った。斉藤はたたらを踏むと、我に返ったように逃げ出してゆく。

私はライターを足元に落とした。瞬時に視界がオレンジ色に包まれた。

これで残された最後の証拠が消え、最後の証人も消える。

小屋が燃えるまで、少しでも時間稼ぎだ。私は小屋の陰から出ると、捜査員を威嚇した。ガソリンの炎がそうそう消えないことを、彼らも知っている。

人質確保の声が聞こえた。

喉が焼け、呼吸ができなくなったところで、誰かが迫って来るのに気づいた。

女。

凄まじい形相、凄まじい眼光。

逃げるな森野！　女が叫び、抱きついてきた。

こちらは派手に炎を上げているのに、頭がおかしいのか。

天地が揺らぎ、直後に冷たい水の感触が、全身を覆い尽くした。

推移　――渡瀬敦子

巽伽耶は、小坂翔太郎との出会いから、大学のこと、漫画家志望であることを、まるで友人に相対するように語った。話を聞いている谷川も多少困惑気味だ。

よく笑い、穢れを感じさせない女性だった。何よりもポジティブな思考が、言葉の端々から感じられた。

窓からは、冬晴れの空。

渡瀬と谷川は、三鷹市井の頭にある巽伽耶のマンションを訪れていた。

婚約のマスコミ発表はクリスマスイブ。このマンションは今月中に引き払い、来年早々小坂翔太郎と同居するという。

多少の発達障害があるが、意思の疎通に問題はない、と事前に報告を受けていた。

事件の捜査であることは事前に伝えていた。巽伽耶に警戒心は一切見られなかったが、聴取には慎重に慎重を期すようにと釘を刺されていた。刑事部長もさらに上から釘を刺されているのは、容易に想像できた。

谷川が世間話から、本題に話題を切り替えた。

「この女性を知っていますね」

谷川が森野美和の写真を見せた。

「お友達です」

巽伽耶は即答した。「高校の頃のご近所さんで、今も時々電話とかメールのやり取りをしました」

「先週の土曜、一緒にいましたよね」

「はい、吉祥寺をお散歩していたんですが、カフェで偶然会って。美和ちゃん、用事があったみたいですぐ別れましたけど」

淀みない。躊躇もない。それがかえって不自然だった。

玲衣からの映像――カフェだけでなく、画材店や路上など、いくつかの場所で、距離は取っていたが、巽伽耶と森野美和は幾度か同じフレームに収まっていた。

偶然会ったのではない、他人のふりをした密会だ。

森野美和はまだ集中治療室にいて、意識は戻っていない。体表の七割に酷い火傷を負ったが、死なせはしないと医師は明言した。

トラックと正面衝突した名執も、予断を許さない状態が続いているが、まだ命をつないでいる。

取水調整補助弁の小屋は燃え落ち、有益な遺留物は発見できなかったが、完全に追及の道が絶たれたわけではない。

渡瀬は左の頬に触れる。大判の絆創膏が張ってある。軽い火傷で跡は残らないという。

森野と、取り押さえにかかった捜査員たちの下敷きになり、溺れそうになった渡瀬を引っ張り出してくれたのは、谷川だった。

「日曜の夜、森野美和さんと何度か電話で話していたよね」

谷川は静かに切り出した。聴取まで二日空いた理由で、この場における切り札だった。

誰かと電話で話していたという斉藤の証言で、通話記録を当たり、通話の相手が巽伽耶と判明した。

巽伽耶の表情が、沈んだ。

「思い出話をしていました。しばらく会えなくなるからって」

森野が事件を引き起こしたことを知ったのは翌日だった、と巽伽耶は応えた。

「狭山湖は昔、二人でよくお散歩に行ったんです。今は立入禁止みたいですけど、前は入れたんです」

九年前からの知り合い。今はそれ以上の関係は見いだせていなかった。

「可是你和她一起住住中国了、対不対？《でも中国で一緒に暮らしていたんでしょう》」

渡瀬はタイミングを計り、言った。「你很早就了解她了、対不対？《あなたはずっと前から彼女を知っていた》」

巽伽耶は小首を傾げ、渡瀬を見た。

「中国語ですか？」

表情、仕草に格別な変化なし。彼女は中国語に反応していない。渡瀬には、そう見えた。

「なんて言ったんですか？」

「森野美和さんとはいい友達だったのかって」

渡瀬は無理に微笑をつくった。

「はい」

巽伽耶は笑みを浮かべた。悲哀がこもった笑み。演技なのか、渡瀬には見抜けなかった。

森野美和、巽伽耶と、鈴木夫妻、多村戸紀子、岡田敏広の関係は、国際刑事機構《ICPO》と外交ルートの両面から、中国当局に照会してもらっているが、当時と政権も代わり、どれだけ時間がかかるかわからない。回答があるかどうかもわからない。

大物の政治家一族が、結婚前に巽伽耶の身元確認を行わないはずがない。

おそらく森野美和のところにも、巽伽耶に関する身元の調査が及んだだろう。それが森野を犯行に走らせるトリガーになったのかもしれない。

今は十四日の事件だけではなく、連続放火と連続路上強盗致死傷を含む計画的連続殺人という本丸での捜査が進んでいた。

　島尾が勤務していた居酒屋は『むさしのコム』のスタッフのご用達で、森野も度々利用していたことがわかった。さらに、渡瀬以下分析捜査三係は、専門官とともに森野美和の自宅から押収したノートパソコン、『むさしのコム』で森野が使用していたパソコンのログ解析、消去されたデータの復元を行っていた。

　やれることを滞りなくやっておく。それだけだった。


　最初に進展をもたらしたのは、埼玉県警だった。

　名執所有のスマートフォンのメモリから交友関係を洗い、十八日夕刻までに川口市西川口一丁目に別人名義で小さなガレージを所有していることが判明した。即座に鑑識を派遣、翌十九日までに名執遼太郎の指紋、玉城竜介の毛髪を検出した。

　ガレージはコンテナ型で狭く、中型バイクを二台収容するのが限度だった。ひったくりの犯行に使ったバイクを秋ヶ瀬緑地公園に遺棄した理由も、これで判明した。

　付近は飲食店、ラブホテル、風俗店がひしめく歓楽街であったが、古いビルも多く、防犯カメラの死角が多いことがわかった。また、深夜まで人通りが多く、深夜男性が一人で行動していても目立たないという特性もあった。

　この西川口一丁目を中心に、新たに防犯カメラ映像の収集、聞き込みを行い、二十日までに、連続放火の六件目が発生した十月二十五日の深夜、ガレージ付近での玉城の目撃証言を得ることができた。さらにバイクの窃盗現場と、このガレージへと至る道すがらにあるマンションの防犯カメラが、盗まれたバイクに乗る玉城らしき姿を捉えていた。

捜査本部は、窃盗容疑で逮捕状を請求し、二十一日に玉城竜介を逮捕した。

玉城は、一連のバイク窃盗を認め、青田《あおた》涼子《りょうこ》なる人物から依頼を受け盗んでいたと供述した。まず自分のバイクで西川口のガレージに行き、そこから徒歩で現場に向かい、バイクを盗みガレージに戻り、そこにバイクを置き、自分のバイクで帰宅していた。犯行日時は一連の連続放火と一致、放火における玉城の容疑は晴れた。

青田涼子について森野を含めた複数の写真を提示したところ、玉城はこの中に青田はいないと供述した。

『青田と直接会ったことはない。以前世話になった草間さんから連絡が来て、仕事を受けてほしいと紹介を受けたのが最初だ』

玉城は言った。青田は自分がバイク窃盗グループの構成員であり、仕事を依頼したいと連絡してきたという。玉城はスマホに送られてきたという、青田の写真を見せた。まったく別人の顔だった。

『バイク泥は新鮮でいい息抜きになったよ』

玉城は名執と面識がなく、森野が玉城、名執の両名を操っていたことが浮き彫りとなった。二人の共通点は、かつて草間光一に逮捕された経験があることだった。

森野は仕事を通じて草間と交流があり、斉藤が森野を疑ったのも、二人の関係から何かを察したからなのかもしれなかった。

また、玉城は、七件目の関野町の放火＝名執の犯行の可能性が濃厚＝の時間帯、青田から依頼され、小平市花小金井南町三丁目の住宅から自転車を盗んでいた。多摩湖自転車道沿いの住宅街で、犯行後、多摩湖自転車道の所定の場所に置き、さらに徒歩で武蔵野市内まで移動しバイクを盗み、所定の場所＝赤羽の貸しガレージ＝に置いたという。そのあとは赤羽で朝まで飲み、帰宅した。

自転車は名執の逃走用だろう。バイクは二十四日の七件目のひったくりに使われた可能性が高く、確認中だ。

捜査一課は吉祥寺署とともに、草間光一変死事件の再捜査を開始した。

火、着火、発火などのワードフィルタで、森野美和＝石川和美のログ解析を行っていた分析捜査係の専門官が、膨大なログの中から奇妙な連なりを発見したのは、二十日のことだった。

大宮のインターネットカフェで四月、石川和美こと森野美和が、複数のライターメーカーのＨＰを閲覧していた。専門官は渡瀬に報告、渡瀬はＨＰから共通点を発見した。

火縄ライターを扱っていたのである。さらに、『むさしのコム』の機材庫にある管理パソコンから、同じ頃、京都の花火店のＨＰへアクセスした痕跡が見つかり、捜査員を京都に派遣、翌二十一日、購入記録の中から、石川和美の名を発見した。発送先の住所は、北区赤羽台。電話での注文だった。

石川が購入したのは、火縄だった。

渡瀬は捜査本部に報告、現場から押収していた〝巻物〟を再鑑定、七件目の関野町で焼け残っていた〝巻物〟の内容物に、石川が購入した火縄が交じっていた。

その火縄は三十センチほどが一時間で燃え切るものだった。

オイルの染みこんだ〝巻物〟から火縄を伸ばし、導火線よろしく時間差で発火させた可能性が濃厚になった。これなら、〝発火装置〟自体が燃えてなくなる。

ただし七件目は、実行犯が火縄のことを知らず、直接本体に火を点けたため燃え残ったのだ。

「八月の鈴木邸放火ですが、森野美和が花火をしてわざと通報されてから、火が放たれるまでの一時間以上のタイムラグが気になったのですが、これで納得できました」

捜査本部は、発火推定時刻前後の防犯カメラの映像を収集、解析していたが、渡瀬は防犯カメラ映像を、発火推定時刻から九十分前まで解析範囲を広げ、改めて調べるよう提案した。

これにより、鈴木邸の発火推定時刻の七十分前に、手にコンビニの袋をぶら下げ、天文台通りを横断する森野美和の姿が確認された。

「天然の時限発火装置か、地味に効くね」とため息を漏らしたのは、小山田だった。

小山田班は、江戸川区平井の岡田敏広のアパートも森野が火縄を使ったと想定して、改めて防犯カメラの映像を捜査、発火推定時刻の八十分前に、当該アパート近くの駐車場のカメラに帽子とマスクの女が映っていた。背格好が森野と似ていた。同じ姿の女は、JR平井駅前付近でもとらえられていた。そこではマスクを取っていた。科捜研にて検証し、骨格、動作の特徴、顔相から、森野美和と認定された。

同二十一日、森野美和、名執遼太郎の意識が相次いで戻った。

だが、事情聴取にはほど遠い状態だった。

終章　伽耶

十二月二十四日　水曜　――渡瀬敦子

百人を超える記者、関係者が集まり、記者会見は始まっていた。今時珍しく、ホテルのホールを借り、金屏風の前での会見だった。

雛壇には、小坂翔太郎と、兄で再選を果たした小坂真輔。小坂翔太郎の事務所の社長などがいた。婚約者の巽伽耶は〝一般人〟ということで、出席していなかった。

「あの非常口前に立っているのが、小坂真輔の秘書」

玲衣が会場の隅を指さした。「その隣にいる、狸の皮被った狼みたいなおっさんが三善忠直の秘書。敦子のこと恫喝にでも来たのかな」

渡瀬は表情に困り、曖昧な笑みを浮かべた。

十数台のテレビカメラに、無数のスチールカメラが、小坂翔太郎を狙っていた。目許が凛々しく輪郭がシャープな好青年だ。

『まず私と伽耶さんが熱愛という報道が出まして、非常に驚きました』

今は兄の真輔議員がマイクを握っていた。『でもこれは、翔太郎と伽耶さんにとって、いいカムフラージュになるのかと思いまして、否定しなかったわけです』
おお、とどよめきが上がる。
『兄貴ナイスアシスト！』と翔太郎が応え、会場に笑いが起こった。
玲衣が渡瀬の肘をつついた。
「これ、渡しておく」
メモを渡された。「どう使うか敦子次第」
六人分の名前が書かれていた。

崔明裕、戸井顕子、李哲浩、黄林杏、鈴木十和子、佐藤美也子。


九年前、密入国をした鈴木章介一行の名簿だった。崔、戸井、李、黄は殺された四人、鈴木十和子と佐藤美也子が森野美和と、巽伽耶だろう。

「詳細は聞かないで。ま、高い買い物だった。会社の予算でツケにしたけど」

玲衣は雛壇に視線を向けたまま、鼻をくしゃくしゃにして笑った。

渡瀬も会見に視線を向ける。

「彼女……伽耶ちゃんは幸せなのかな」

玲衣は言った。「わたしなら、重いと思うけど」

玲衣も真相に到達していた。その上での言葉——

「幸せだと思う」

渡瀬は応えた。「彼女のアンテナは、ポジティブな電波しか受信しないし、ネガティブな電波はポジティブに変換される」

事実、巽伽耶の言動は過剰に思えるほど明るく、希望と優しさに満ちていた。希望という時間に針が振れた状態で壊れてしまった時計のように。

そして、森野はかつての仲間に警戒感を与えることなく、伽耶の婚約発表というタイムリミットまでに、仕事をやり遂げた。

今はぽつりぽつりとだが、口を開いているという。

『崔さんが、自分たちに黙って三億か四億の財産を隠してるって、黄さんが言ってきて』

森野は、自分が人身売買組織にいたことは認めたが、巽伽耶とは日本で知り合ったと供述した。『崔と会って。少し探りを入れたら、惚けてるのか、金の隠し場所言って……廈門のまだ見つかってない倉庫だって』

それを独り占めするために、一連の犯罪を計画した——

『全員を抹殺したあと、中国に渡り金を手に入れる予定だった……』

警察は中国当局と連携の上、確認作業をするだろうが、たとえそんな財産がなくとも、認知症の鈴木章介がデタラメを口走ったということですまされるだろう。

それでも捜査本部は巽健三の元妻で、巽伽耶の母親を見つけ出し、任意でＤＮＡの提供を受けた。さらに巽伽耶からも任意でＤＮＡの提供を受けた。

結果、二人の間に親子関係が認められた。

狐につままれた気分だったが、人身売買組織の幹部だった崔明裕＝鈴木章介が借金の形《かた》に彼女を引き取り、温情で元の鞘《さや》に戻したという可能性はあった。

「警察は、なんかうやむやにしそうだね」

玲衣は言った。

今日、東村刑事部長から、捜査の焦点を名執遼太郎の取り調べをベースとする裏付け捜査に置き、福岡県警と合同の密航ルートの捜査を終了するとの通達があった。

だが、森野は名執に対し致命傷になる情報を伝えてはいないだろう。その上で森野は、確認しようのない『自白』をして、巽伽耶を守ろうとしている。その情報は森野が回復し次第本丸の連続殺人で逮捕、起訴したい警察、検察の欲求にも合致していた。そして、森野はすべてを背負い、絞首台に上るつもりなのだ。

『密入国した六人の一人、森野美和が、認知症になった鈴木章介の資産の独り占めを図り、かつての仲間を殺した疑いが濃くなった。ただし、森野を検挙した以上、残り一人の割り出しに意味はないと判断、密航ルートの捜査は不必要だとの見解が出た』

三時間ほど前、捜査本部で堀部が自棄《やけ》気味に、捜査員たちに告げていた。

「十和子と美也子は売春要員だった可能性がある。小坂家側はそんな過去探られたくないでしょうね」

玲衣は言った。彼女の情報源が気になったが、記者は人に喋らせたがるくせに、情報源は明かさない。

「敦子はこれから予定は？」

「一度帳場に戻って、挨拶してうちに帰る」

「わざわざ小金井に行ってから？　ばかじゃない？」

ホテルは高輪にあり、官舎がある南麻布までは車で数分の距離だ。

「しかもイブだよ。味気ない人生だね」

「玲衣はどうなの？」

思わず言い返した。

「仕事で徹夜よ。悪かったわね」

「わたしにとって、うちに帰れるのは、何物にも代えがたい幸せだから」

それが、本音だった。

『伽耶さんの写真は公開できませんが、漫画家の卵でもある伽耶さんが描いた自画像があるそうです』

司会の女性の声で、渡瀬と玲衣は、再び雛壇を見遣った。

小坂翔太郎が、テーブルの下から色紙を取りだして、正面に向けた。

場内に置かれた大型モニタに、色紙に描かれたイラストが映った。

眩いフラッシュが一斉に焚かれた。

両手を思いきり広げ、太陽と風を全身に浴び、髪をたなびかせ、微笑む巽伽耶。背景は空と海。伸びやかなタッチと線は、九年前、海上保安庁が密航船から押収したイラストと酷似していた。九年前の航海は巽伽耶にとって、紛れもなく希望への航海だったのだ。

ただ、巽伽耶の写真はネット上に出回っている。大学から漏れたのだろう。

「警察はこれ以上彼女に触らないのね」

玲衣が静かに問いかけてきて、渡瀬はうなずいた。

十二月二十五日　木曜　——羽生孝之

『なぜ、森野美和容疑者はここを選んだのか、警察はまだ答えをつかんではいません』

夜が明け、朝焼けの中、湖畔に佇む土方玲衣のリポートだ。

「ストップを」

羽生が言うと、オペレータがＳＴＯＰボタンを押した。モニタの中の土方も静止した。

「三十分休憩にしましょう」

「では、三時からですね」

若い女性オペレータは、上着を取り、局内にあるＶＴＲ編集室を出た。十四日に瀬田と組んで、中継用ＶＴＲを短時間で編集した手練れだった。

いつの間にか日付が変わり、二十五日の午前二時半になっていた。

森野美和による連続殺人の続報だ。警察は森野の供述、名執の供述を小出しにしてきているが、巽伽耶という名は一度も出て来ない。

羽生自身は、十四日以降、早くから事件を取材していた者として、一時的にディレクターに復帰し取材を継続、今は朝の情報番組『モーニング・サプリ』のために、VTRを編集している。だがそれも今日が最後だ。

VTR編集フロアを出て、著作権デスクに戻った。泊まり業務の土方がいた。

「お疲れ、順調？」

そう声をかけて来た土方の顔は、疲労を感じさせた。これまで外信部員に肩代わりしてもらったシフトを元に戻し、各部署、各プロダクションの忘年会にも積極的に参加していた。

羽生は土方の向かいに座った。

「黙ってたけど、こんどの事件、わたしにも背負うべき十字架ができた」

土方は珍しく神妙な面持ちで言った。

「なんですか急に」

「十四日に事件を起こすよう、敦子と組んで名執を焚きつけた」

羽生にとってはあまりにも荒唐無稽な話で、リアクションをしかねた。

「信じられない？」

「大事《おおごと》になったのは自分のせいだと言うんですか」

名執の交通事故、人質となった斉藤、自らに火を点けた森野美和——

「だから十字架」

「そんなこと、どうして僕に言うんですか」

土方は息を吐き、肩をすくめる。

「戒め。わたしが今後成り上がる過程で、必要以上に道を外すようなことがあったら止めてもらいたいから。敦子だって反省していないわけがない」

そんな重要なことを押しつけるな——言おうとした寸前で、土方はいつもの笑顔に戻った。恐ろしくて可愛い笑顔。自分を引きつける笑顔。

「昨日からあればっか」

モニタには、深夜のニュースリピートが放送されていた。「確かに最近にしては絢爛豪華な会見だったけど」

昨日の午後に行われた、小坂翔太郎の婚約会見だ。土方も取材に出かけていた。

「なんか、濃い十日間でしたね」

「まだ過去形にするな」

十四日の緊急中継以降、羽生と土方、凜々子は『森野美和事件』に忙殺された。

あの日、午前〇時頃まで現場中継を引っ張り、小屋の炎上から、人質確保、燃え上がる森野美和の確保まで放送された。与党圧勝で面白味がなかった各局選挙特番の中、視聴率はNHKをも大きく凌駕するダントツのトップだった。

また、翌十五日放送の『ニュース・クロス』では、事件の解説と密着ドキュメントを徹夜で製作し、土方も取材記者として出演、また高視聴率を得た。

ただ、警視庁の〝クローザー〟渡瀬敦子が主人公になることはなかった。

『武士の情けよ』と土方は言ったが、今の十字架の話で羽生は合点した。

「あのイラストも全国区になったし、巽伽耶はこれでデビュー決定だね」

土方はイスに背を預ける。モニタには、巽伽耶の〝自画像〟がアップになっていた。「ただ、情報の広域頒布は、諸刃の剣でもある。これ見てごらん」

土方はパソコンの画面に視線を向けた。羽生は席を立ち、土方の背後に回った。

SNSのページだった。

《十年くらい前に拾ってきた絵が、巽伽耶とそっくりな件》

そんなタイトルでアップされていた。画像は、テーブルに置かれたイラストをスマホで撮影したものだ。

「森野美和ですね」

女の子が二人描かれたイラスト。片方は巽伽耶によく似ていて、もう片方は——

説明によると、投稿者が幼い時分に海岸を散歩中、砂浜に打ち揚がっていたものだという。イラストは鉛筆画で、とても上手だと思い投稿者が持ち帰り、しまっておいたものを、会見の自画像を見て思い出したとのこと。

「二時間くらい前にアップされた。拡散が始まっていて、今は画像検索でも出てくる」

絵柄、タッチ、構図とも婚約会見で披露された巽伽耶の自画像とよく似ていた。

「見てごらん」

土方は絵のすみを拡大した。小さく署名のようなものが見えた。

十和、和我

「調べたら〝十和ちゃんと私〟と書いてある」

森野美和のもうひとつの名は、鈴木十和子。そして〝私〟は紛れもなく巽伽耶だ。

画像検索で出てくるなら、大勢の人がこの画像を見ることになる。タッチの相似に気づき、興味を持ち、調べる人間も出てくるだろう。

「取材続行ですか」

「さあ、敦子次第かな」

土方はそう言ったあと、ふわぁと大きなあくびをした。「少し寝る。著作権処理よろしく」

そして、そのままデスクに突っ伏した。

「もうすぐ編集再開なんですけど……」

言ってはみたが、すぐに寝息を立て始めた。

羽生が自席に戻りかけたところで、デスクの上に置かれた土方のスマホが振動した。表示は『渡瀬敦子』だった。土方に起きる気配はない。事件に関することかもしれないと思い、代わりに出た。

『玲衣？　返したいものがあって』

警察官、渡瀬敦子とはまるで違う、飾り気のない口調だった。

「羽生です。土方は、業務中にもかかわらず居眠りしています」

羽生が応えると、『あ』と息を呑むような声が聞こえ、『今、そちらの会社の前にいるのですが、お返ししたいものがあるのでお取りつぎ願えますか』と改まった口調に戻った。

「強引に起こすといろいろ面倒なので、僕が取りに行きます」

エレベータで正面エントランスに降りると、正門付近に佇む渡瀬警部の姿が見えた。

通用口から外に出ると、向こうも気づいて歩み寄ってきた。

「わざわざすみません」

羽生が声をかけると、渡瀬警部は小さな封筒を差し出した。

「昨日、受け取ったんですが、必要なくなったと玲衣に伝えてください」

文字が、わずかに透けて見えた。土方がＴＣＰの高田専務のところへ何度も足を運んで手に入れた〝名簿〟だった。

やはり、警視庁は密航者六人の捜査に深入りしないようだ。

「では、わたしはこれで」

「待ってください」

羽生は、踵を返しかけた渡瀬警部を呼び止めた。

「仕事中ですか？」

「いいえ？」

きょとんとした瞬間の渡瀬警部は、年下の女性に見えた。

「お見せしたいものがあります。よろしければ、近くに終夜営業の中華レストランがあるんですが」

言いながら、素早く編集スケジュールを脳内で組み直す。あのオペレータなら、一時間程度の遅れは取り戻せる。

「ですが……」と俯き、逡巡の仕草を見せる渡瀬は、燃え上がる森野美和に突進していった警官と同一人物とは思えなかった。

「巽伽耶についてなんですが」

「できれば、手短に」

神谷町交差点近くにある中華レストランに移動した。

渡瀬警部と向かい合い、点心と飲み物をオーダーしてから、スマホにＳＮＳを表示させ、渡瀬の前に置いた。

「似てますね、すごく」

渡瀬は言い、顔を上げた。しかし驚いた様子も、興味を持った様子もない。

「でも今は考えたくありません」

警官の口調ではなかった。

「この名簿だって、手に入れるのに結構苦労したみたいですけど、土方さんが」

「彼女が苦労する分には構いません」

本音を聞いた——ような気がした。

「名簿を手に入れる伝を作ったのは、ある意味僕なんですけど」

羽生のミスがなければ、ＴＣＰの高田専務と関係を深めることはなかった。それは、まったく偶然だろうが、事件の真相に近づく、盛大なケガの功名となった。

「余計なことをしてくれました」

にべもない。完全にＯＮとＯＦＦを分け、ＯＦＦを好む人物だとわかった。

「土方は、今回の事件で十字架を背負ったと言っていました」

渡瀬の表情が沈んだ。

「業のようなものです」

渡瀬は呟いた。言わなくても、彼女はすべてを背負っている。中学時代に告発した三人のことも含めて。

『敦子次第』

土方の言葉。彼女の中で事件はもう終わったのだ。

話題を変えよう――

「では、土方玲衣被害者の会発足についてお話を」

「その話なら、大いに興味があります」

渡瀬は微笑んだ。

謝辞

この物語の執筆にあたり、盗犯捜査の実際を、元神奈川県警刑事の小川泰平氏に、犯罪分析、防犯について、東洋大学社会学部社会心理学科の桐生正幸教授に助言とアイデアの種をいただきました。厚く感謝申し上げます。

参考文献

『警視庁科学捜査最前線』今井良（新潮社）
『現着：元捜一課長が語る捜査のすべて』久保正行（新潮社）
『警視庁捜査一課殺人班』毛利文彦（角川書店）
『警視庁捜査二課』萩生田勝（講談社）

本書で使用されている団体名、個人名は、すべて架空のものです。
実在するものとは一切関係ありません。

捜査と報道の垣根を超えた
〝相棒〟が未知の犯罪に挑む

コラムニスト
香山二三郎

　警察小説の花形といえば捜査一課もの。警視庁の場合、刑法犯罪を捜査する刑事部の捜査課は三つに分かれていて、殺人、強盗などの強行犯や誘拐、爆破などの特殊犯を担当するのが捜査一課。現実でも捜査一課は花形と呼ばれ、多忙を極めている。

　だが知られるべき部署はほかにもあるのだ。警視庁刑事部には、多様化する現代犯罪に対応すべく新たなセクションが設けられている。二〇〇九年に設置された捜査支援分析センター、通称ＳＳＢＣもそのひとつ。具体的には「サイバー犯罪やインターネットによる脅迫や威力業務妨害、広域化、複雑化する現代型犯罪に対応する」ための部署で、いわば鑑識と科捜研とサイバー犯罪対策課を合併、再編成させたようなところ。その役割は大きくふたつに分かれる。

　ひとつは防犯カメラの映像や電子機器の解析などの分析捜査支援。もうひとつは犯罪の手口から犯人像を割り出すプロファイリングなどの情報捜査支援。さらにＳＳＢＣは刑事部の事件のみならず、組織犯罪対策部、生活安全部、交通部など警視庁のすべての捜査に横断的に関わることも出来る。

本書『ダークナンバー』は《ミステリマガジン》（早川書房）二〇一五年三月号から翌一六年五月号まで「マイナス・ワン」のタイトルで連載された。そののち改題加筆修正のうえ、一七年三月に早川書房から刊行され、今回文庫化された。新時代の部署ＳＳＢＣの係長をヒロインにした警察捜査小説である。その係長・渡瀬敦子はＦＢＩ仕込みのプロファイラーなのだが、冒頭、自ら女子高生に変装して捜査に加わる。物語は東京都町田市と神奈川県相模原市にまたがる地域で発生している連続通り魔事件の顛末から始まるが、彼女は自ら囮になるのである。警視庁のすべての犯罪捜査に横断的に関わるとはいえ、今回は神奈川県警との合同捜査。ＳＳＢＣの係長が囮になる必要などさらさらないのだが、そこをあえて冒険するところに彼女のキャラクターが立ち現われていよう。

本書はまず警察捜査小説であると書いたが、実はヒロインはひとりではない。しかもそれは警察外部の人間なのだ。大手のテレビ局、東都放送報道局の土方玲衣がその人。彼女は渡瀬敦子の中学時代のクラスメイトでもあり、渡瀬のキャラクターを熟知しているのはもちろん、現在の仕事にも目を付けていた。政治部や社会部からも引きがあるやり手だが、都知事選の選挙特番で犯した些細なミスを報道番組部長にとがめられ、外信部の海外素材著作権デスクという閑職に追いやられた。

しかし小柄で童顔だが、鬼姫の異名を取る彼女はその地位に甘んじていなかった。渡瀬が通り魔事件で活躍したのに続き、東京西部で起きている連続放火事件の捜査に当たることを知ると、夜の看板ニュース番組『ニュース・クロス』のプロデューサー北上に掛け合って、その取材に乗り出す。

こちらもまた、横断的な活躍を見せるというわけだ。

小金井市・小平市・西東京市連続放火事件では犠牲者も出ていた。現場を視察した渡瀬はノビ師（侵入窃盗犯）の犯行とにらみ、容疑者を絞り込む。同じ頃、土方も連続放火事件を追い始めていたが、北上からそれだけでは弱い、埼玉で起きている連続ひったくり事件も追えとの命令が出ていた。さいたま市を中心に起きている同事件では、六件目で女性英語講師が道路で倒され縁石に頭を強打して亡くなっていた。土方は部下の若手ディレクター羽生ともども小金井から浦和へと取材に回り、やがて彼女と渡瀬はふたつの事件の共通項を見出していく。

前半の読みどころは渡瀬たちの連続放火事件の捜査にある。本書では連続放火事件の現場が地図上で示される。ＳＳＢＣの仕事は映像解析とプロファイリングにあるから、本来なら動画や写真なども載せたいところだが、紙の本では無理がある。著者はしかし、視覚的な趣向も大切にして、登場人物とともに推理を進めることが出来るよう工夫を凝らしているといえようか。著者はもともと江戸川乱歩や横溝正史の作品を始めとする本格謎解きもののファンだった。特に横溝作品は角川映画の影響もあって熱中したそうだし、その後の新本格作品にもはまったと聞く。本格ミステリーには、邸の見取り図や地形図といった視覚的な妙に訴える作品が少なくないが、本書における武蔵野界隈やさいたま市周辺の地図の掲載はそうした本格ファンならではの趣向ではないかと。

　そうした工夫は一方で、中盤以降の犯人追及活劇にも役立っていよう。連続放火犯もひったくり犯も犯行の前後に移動する。どこをどう動いたのかも、地図があればわかりやすい。土地勘がある人なら、臨場感も高まるというものだ。

　ミステリーとしての本書は、倒叙ものもちょっと入っている。序章の浜辺のシーンは、さすがに何を物語っているのかはっきりしないが、序盤で早くも「トワ」という女性の一人称視点のエピソードが挿入され、中国に関係があることや本書のタイトルが「存在しない人間」を意味していることなどが呈示される（後半、もうひとつの意味が呈示される）。勘のいい人なら、そこでピンとくるかもしれないけれども、捜査の進展とともに「トワ」の独白も増えていく。著者は最後の種明かしまであれもこれも伏せておくことはせず、小出しに真相を明かしていく。本書で犯人が仕掛ける謎はすこぶる本格ミステリー的だが、謎解きに偏り過ぎないというか。本格マニアックな読者もエンタテインメント嗜好の読者も愉しめるよう気配りが効いている証左ではあるまいか。

　本書は警察小説であり、謎解きミステリーでもあると同時に、渡瀬を追う土方の姿を描いた報道小説でもある。そう、著者はひとつのジャンルに偏るのをよしとしない。つまるところ、警察と報道のせめぎ合いこそが読みどころというべきか。警察と報道という対立構図は、そのまま渡瀬と土方の対立構図でもあるが、このふたりの関係はちょっと複雑。お互い家庭環境に難ありで、しかも渡瀬は肉体的なハンデも背負っていた。それが原因で彼女は中学時代、ひどいいじめにも遭っていたが、それを救ったのが土方。ただし土方は渡瀬が転んでもただでは起きないタフな一面をそなえていることを見抜いていた。土方が渡瀬に肩入れするのも、そうした一面を密かに見守り続けてきたからにほかなるまい。

〝相棒〟というと、お馴染み人気テレビドラマの杉下右京（水谷豊）と冠城亘（反町隆史）のコンビを思い浮かべる向きも多いだろう。水谷の相棒は代替わりしており、反町は四代目。そのいずれもが男性だった。相棒といえば、男同士のコンビが主流だが、本書は女同士で、しかも警察官とテレビウーマンという異色の組み合わせ。渡瀬を静とすれば、土方は動。相棒ものとしても、様々な点でユニークなのだ。

いやそれにしても、いったいどうやったらこんな謎深い犯行を思いつくことが出来るのだろう。著者は自転車乗りで、恐らく本書で地図化された土地も自らの足で踏査しているに違いない。そうやって動き回っているうちに自ずと浮かび上がってきたものか。いや、やはり異国の社会状況が生み出す悲劇にインスパイアされたものなのだろう。徐々に明かされていく「トワ」の内面。その独白から浮かび上がる過酷な人間ドラマ。終盤はスリリングな追跡劇が繰り広げられるとともに、松本清張ばりの社会派ミステリー的な構図も立ち上がってくる。本書は警察小説であり、謎解き小説であり、報道小説であり、相棒小説であり、なおかつ社会派小説でもある。

何のことはない、作品それ自体がジャンル横断的な傑作なのであった。

最後に著者について。長沢樹は一九六九年、新潟県生まれ。一〇代の頃から創作に手を染め、二〇代には新人賞にも応募して予選を通過したこともある。テレビ番組制作に関わるようになり、いったん創作からは離れるが、三〇代後半から再開。二〇一一年、長篇『消失グラデーション』で第三一回横溝正史ミステリ大賞（現横溝正史ミステリ＆ホラー大賞）を受賞して作家デビュー。以後、先鋭的な青春ミステリーを立て続けに発表してきた。本書はそのジャンルの旗手が初めて挑んだ本格的な警察小説である。ストレートな警察小説ではなく、報道小説との二輪仕立てにしたのは、むろん番組制作者として長らくテレビ局で働いてきた経験を活かした作品に挑んでみたかったからだろう（よもや、土方のモデルは自分だなんてことはないだろうな）。

渡瀬敦子と土方玲衣のコンビものはシリーズ化がかない、第二作『イン・ザ・ダスト』がすでに《ミステリマガジン》に発表されている。一九九七年に東京の地下鉄で起きた爆破テロの様子を記録した映像が新たな事件を呼ぶ……。二〇二〇年中に、早川書房より刊行予定だ。

本書は、二〇一七年三月に早川書房より単行本
として刊行された作品を文庫化したものです。

機龍警察〔完全版〕

月村了衛

テロや民族紛争の激化に伴い発達した近接戦闘兵器・機甲兵装。その新型機〝龍機兵〟を導入した警視庁特捜部は、搭乗員として三人の傭兵と契約した。警察組織内で孤立しつつも彼らは機甲兵装による立て籠もり現場へ出動する。だが背後には巨大な闇が……〝至近未来〟警察小説シリーズ第一作を徹底加筆した完全版

機龍警察 自爆条項〔完全版〕（上・下）

月村了衛

軍用有人兵器・機甲兵装の密輸事案を捜査する警視庁特捜部は、英国高官暗殺計画を摑む。だが、不可解な捜査中止命令が。首相官邸、警察庁、外務省、中国黒社会の暗闘の果てに、特捜部付〈傭兵〉ライザ・ラードナー警部の凄絶な過去が浮かぶ！　今世紀最高峰の警察小説シリーズ第二作に大幅加筆した完全版が登場

未必のマクベス

早瀬　耕

ＩＴ企業Ｊプロトコルの中井優一は、バンコクでの商談を成功させた帰国の途上澳門《マカオ》の娼婦から予言めいた言葉を告げられる――「あなたは、王として旅を続けなくてはならない」。やがて香港法人の代表取締役となった優一を、底知れぬ陥穽が待ち受けていた。異色の犯罪小説にして痛切なる恋愛小説。解説／北上次郎

阪堺電車177号の追憶

山本巧次

大阪を走る路面電車・阪堺電車。なかでも現役最古のモ161形177号は、大阪の街を85年間見つめてきた。戦時下に運転士と乗客として出会った二人の女性の数奇な運命、撮り鉄の大学生vsパパラッチvs第三の男の奇妙な対決……昭和8年から平成29年まで、阪堺電車で働く人々、沿線住人が遭遇した事件を描く連作短篇集。

ハヤカワ文庫

第1回アガサ・クリスティー賞受賞作

黒猫の遊歩あるいは美学講義

森 晶麿

でたらめな地図に隠された想い、しゃべる壁に隔てられた青年、川に振りかけられた香水の意味、現れた住職と失踪した研究者、頭蓋骨を探す映画監督、楽器なしで奏でられる音楽……日常に潜む、幻想と現実が交差する瞬間。美学・芸術学を専門とする若き大学教授、通称「黒猫」と、彼の「付き人」をつとめる大学院生は、美学とエドガー・アラン・ポオの講義を通してその謎を解き明かしてゆく。

第6回アガサ・クリスティー賞受賞作

花を追え

仕立屋・琥珀と着物の迷宮

春坂咲月

仙台の夏の夕暮れ。篠笛教室に通う着物が苦手な女子高生・八重は着流し姿の美青年・宝《とも》紀《のり》琥《こ》珀《はく》と出会った。そして仕立屋という職業柄か着物に詳しい琥珀と共に着物にまつわる様々な謎に挑むことに。ドロボウになる祝い着や、端切れのシュシュの呪い、そして幻の古裂「辻が花」……やがて浮かぶ琥珀の過去と、徐々に近づく二人の距離は――? 謎のイケメン仕立て屋が活躍する和ミステリ登場

著者略歴　1969年新潟県生，作家　著書『消失グラデーション』『夏服パースペクティヴ』『リップステイン』『月夜に溺れる』他多数

HM=Hayakawa Mystery
SF=Science Fiction
JA=Japanese Author
NV=Novel
NF=Nonfiction
FT=Fantasy

ダークナンバー

〈JA1412〉

二〇二〇年一月 二十日 印刷
二〇二〇年一月二十五日 発行

（定価はカバーに表示してあります）

著者　長《なが》沢《さわ》樹《いつき》
発行者　早川浩
印刷者　草刈明代
発行所　株式会社 早川書房
郵便番号 一〇一 - 〇〇四六
東京都千代田区神田多町二ノ二
電話 〇三 - 三二五二 - 三一一一
振替 〇〇一六〇 - 三 - 四七七九九
https://www.hayakawa-online.co.jp

乱丁・落丁本は小社制作部宛お送り下さい。
送料小社負担にてお取りかえいたします。

印刷・中央精版印刷株式会社　製本・株式会社明光社

ISBN978-4-15-031412-5 C0193

本書は活字が大きく読みやすい〈トールサイズ〉です。